OEUVRES

COMPLETES

DE

VOLTAIRE.

AGNES SORELLE.

Dessiné par J. M. Moreau le j.ᵉ d'après les Portraits qui sont dans le Cabinet du Roi 1788. et Gravé par N. Xavier

CHARLES VII.

Gravé d'après l'Original tiré du Cabinet du Roi, par N.F. Maviez.

OEUVRES

COMPLETES

DE

VOLTAIRE.

TOME ONZIEME.

DE L'IMPRIMERIE DE LA SOCIÉTÉ LITTÉRAIRE-
TYPOGRAPHIQUE.

1 7 8 5.

JEANNE D'ARC.

Boison Sculp.

LA

PUCELLE

D'ORLEANS.

POEME EN VINGT-UN CHANTS.

AVERTISSEMENT

DES EDITEURS.

CE poëme eſt un des ouvrages de M. de *Voltaire* qui ont excité en même temps et le plus d'enthouſiaſme et les déclamations les plus violentes. Le jour où M. de *Voltaire* fut couronné au théâtre, les ſpectateurs qui l'accompagnèrent en foule juſqu'à ſa maiſon, criaient également autour de lui : *Vive la Henriade*, *vive Mahomet*, *vive la Pucelle*. Nous croyons donc qu'il ne ſera pas inutile d'entrer dans quelques détails hiſtoriques ſur ce poëme.

Il fut commencé vers l'an 1730 : et juſqu'à l'époque où M. de *Voltaire* vint s'établir aux environs de Genève, il ne fut connu que des amis de l'auteur qui avaient des copies de quelques chants, et des ſociétés où *Thiriot* en récitait des morceaux détachés.

Vers la fin de l'année 1755, il en parut une édition imprimée, que M. de *Voltaire* ſe hâta de déſavouer, et il en avait le droit. Non-ſeulement cette édition avait été faite ſur un manuſcrit volé à l'auteur ou à ſes amis; mais elle contenait un

A 2

grand nombre de vers que M. de *Voltaire* n'avait point faits, et quelques autres qu'il ne pouvait pas laiſſer ſubſiſter, parce que les circonſtances auxquelles ces vers feſaient alluſion étaient changées : nous en donnerons pluſieurs preuves dans les *notes* qui ſont jointes au poëme. La morale permet à un auteur de défavouer les brouillons d'un ouvrage qu'on lui vole, et qu'on publie dans l'intention de le perdre.

On attribue cette édition à *la Beaumelle*, et au capucin *Maubert*, réfugié en Hollande. Cette entrepriſe devait leur rapporter de l'argent, et compromettre M. de *Voltaire*. Ils y trouvaient

Leur bien premièrement, et puis le mal d'autrui.

Un libraire, nommé *Graſſet*, eut même l'impudence de propoſer à M. de *Voltaire* de lui payer un de ces manuſcrits volés, en le menaçant des dangers auxquels il s'expoſerait s'il ne l'achetait pas ; et le célèbre anatomiſte - poëte *Haller*, zélé proteſtant, protégea *Graſſet* contre M. de *Voltaire*.

Nous voyons, par la lettre de l'auteur à l'académie françaiſe, que nous avons jointe à la préface, que cette première édition fut faite à Francfort fous le titre de Louvain. Il en parut fort peu de temps après deux éditions femblables en Hollande.

Les premiers éditeurs, irrités du défaveu de M. de *Voltaire*, configné dans les papiers publics, réimprimèrent la Pucelle, en 1756, y joignirent le défaveu pour s'en moquer, et plufieurs pièces fatiriques contre l'auteur. En fe décelant ainfi eux-mêmes, ils empêchèrent une grande partie du mal qu'ils voulaient lui faire.

En 1757, il parut à Londres une autre édition de ce poëme, conforme aux premières, et ornée de gravures d'aufli bon goût que les vers des éditeurs : les réimpreflions fe fuccédèrent rapidement ; et la Pucelle fut imprimée à Paris, pour la première fois, en 1759.

Ce fut en 1762 feulement que M. de *Voltaire* publia une édition de fon ouvrage, très-différente de toutes les autres. Ce poëme fut réimprimé, en 1774, dans l'édition in-4°, avec quelques changemens et des additions affez confidérables. C'eft d'après cette dernière édition, revue et corrigée encore fur d'anciens manufcrits, que nous donnons ici la Pucelle.

La Pucelle. A 3 *

Plufieurs entrepreneurs de librairie, en imprimant ce poëme, ont eu foin de raffembler les variantes ; ce qui nous a obligés de prendre le même parti dans cette édition. Cependant, comme parmi ces variantes il en eft quelques-unes qu'il eft impoffible de regretter, qui ne peuvent appartenir à M. de *Voltaire*, et qui ont été ajoutées par les éditeurs pour remplir les lacunes des morceaux que l'auteur n'avait pas achevés, nous avons cru pouvoir les fupprimer, du moins en partie.

L'impoffibilité d'anéantir ce qui a été imprimé tant de fois, et la néceffité de prouver aux lecteurs les interpolations des premiers éditeurs, font les feuls motifs qui nous aient engagés à conferver un certain nombre de ces variantes.

Il nous refte maintenant à défendre la Pucelle contre les hommes graves qui pardonnent beaucoup moins à M. de *Voltaire* d'avoir ri aux dépens de *Jeanne d'Arc*, qu'à *Jean Cauchon*, évêque de Beauvais, de l'avoir fait brûler vive.

Il nous paraît qu'il n'y a que deux efpèces d'ouvrages qui puiffent nuire aux mœurs :

1°. ceux où l'on établirait que les hommes peuvent se permettre sans scrupule et sans honte les crimes relatifs aux mœurs, tels que le viol, le rapt, l'adultère, la séduction, ou des actions honteuses et dégoûtantes qui, sans être des crimes, avilissent ceux qui les commettent ; 2°. les ouvrages où l'on détaille certains rafinemens de débauche, certaines bizarreries des imaginations libertines.

Ces ouvrages peuvent être pernicieux, parce qu'il est à craindre qu'ils ne rendent les jeunes gens, qui les lisent avec avidité, insensibles aux plaisirs honnêtes, à la douce et pure volupté qui naît de la nature.

Or il n'y a rien dans la Pucelle qui puisse mériter aucun de ces reproches. Les peintures voluptueuses des amours d'*Agnès* et de *Dorothée* peuvent amuser l'imagination, et non la corrompre. Les plaisanteries plus libres dont l'ouvrage est semé ne font ni l'apologie des actions qu'elles peignent, ni une peinture de ces actions, propre à égarer l'imagination.

Ce poëme est un ouvrage destiné à donner des leçons de raison et de sagesse, sous le voile de la volupté et de la folie. L'auteur peut y

A 4

avoir bleffé quelquefois le goût, et non la morale.

Nous ne prétendons pas donner ce poëme pour un catéchifme; mais il eſt du même genre que ces chanſons épicuriennes, ces couplets de table où l'on célèbre l'infouciance dans la conduite, les plaiſirs d'une vie voluptueuſe, et la douceur d'une ſociété libre, animée par la gaieté d'un repas. A-t-on jamais accuſé les auteurs de ces chanſons de vouloir établir qu'il fallait négliger tous ſes devoirs, paſſer ſa vie dans les bras d'une femme, ou autour d'une table? non, ſans doute: ils ont voulu dire ſeulement qu'il y avait plus de raiſon, d'innocence et de bonheur dans une vie voluptueuſe et douce, que dans une vie occupée d'intrigues, d'ambition, d'avidité ou d'hypocriſie.

Cette eſpèce d'exagération, qui naît de l'enthouſiaſme, eſt néceſſaire dans la poëſie. Viendra-t-il un temps où l'on ne parlera que le langage exact et ſévère de la raiſon? Mais ce temps eſt bien éloigné de nous, car il faudrait que tous les hommes puſſent entendre ce langage. Pourquoi donc ne ferait-il point permis d'en emprunter un autre pour parler à ceux qui n'entendent point celui-ci.

D'ailleurs ce mélange de dévotion, de libertinage et de férocité guerrière, peint dans la Pucelle, eſt l'image naïve des mœurs du temps. (1)

Voilà, à ce qu'il nous ſemble, dans quel eſprit les hommes ſévères doivent lire la Pucelle; et nous eſpérons qu'ils feront moins prompts à la condamner.

Enfin, ce poëme n'eût-il ſervi qu'à empêcher un ſeul libertin de devenir ſuperſtitieux et intolérant dans ſa vieilleſſe, il aurait fait plus de bien que toutes les plaiſanteries ne feront jamais de mal. Lorſqu'en jetant un coup d'œil attentif ſur le genre humain, on voit les droits des hommes, les devoirs ſacrés de l'humanité, attaqués et violés impunément, l'eſprit humain abruti par l'erreur, la rage du fanatiſme et celle des conquêtes ou des rapines agiter ſourdement tant d'hommes puiſſans, les fureurs de l'ambition et de l'avarice exerçant par - tout leurs ravages avec impunité, et qu'on entend un prédicateur tonner contre les erreurs de

(1) Un chanoine de Paris, zélé *bourguignon*, rapporte en propres termes, dans ſes annales que pluſieurs de nos compilateurs d'hiſtoires de France ont eu la bonté de copier, que ſous le règne de *Charles VI*, DIEU affligea la ville de Paris d'une toux générale, en punition de ce que les petits garçons chantaient dans les rues : *Votre ... a la toux, commère ; votre ... a la toux.*

la volupté, il femble voir un médecin appelé auprès d'un peftiféré, s'occuper gravement à le guérir d'un cor au pied.

Il ne fera peut-être pas inutile d'examiner ici pourquoi l'on attache tant d'importance à l'auftérité des mœurs. 1°. Dans les pays où les hommes font féroces, et où il y a de mauvaifes lois, l'amour ou le goût du plaifir produifent de grands défordres; et il a toujours été plus facile de faire des déclamations que de bonnes lois. 2°. Les vieillards, qui naturellement pof-sèdent toute l'autorité, et dirigent les opinions, ne demandent pas mieux que de crier contre des fautes qui font celles d'un autre âge. 3°. La liberté des mœurs détruit le pouvoir des femmes, les empêche de l'étendre au-delà du terme de la beauté. 4°. La plupart des hommes ne font ni voleurs, ni calomniateurs, ni affaffins. Il eft donc très-naturel que par-tout les prêtres aient voulu exagérer les fautes de mœurs. Il y a peu d'hommes qui en foient exempts; la plupart même mettent de l'amour-propre à en commettre, ou du moins à en avoir envie: de manière que tout homme à qui on a infpiré des fcrupules fur cet objet, devient l'efclave du pouvoir facerdotal.

Les prêtres peuvent laiffer en repos la confcience des grands fur leurs crimes ; et en leur
infpirant des remords fur leurs plaifirs , s'em-
parer d'eux, les gouverner, et faire d'un voluptueux un perfécuteur ardent et barbare.

Ils n'ont que ce moyen de fe rendre maîtres
des femmes , qui pour la plupart n'ont à fe
reprocher que des fautes de ce genre. Ils s'affurent
par-là un moyen de gouverner defpotiquement
les efprits faibles , les imaginations ardentes , et
fur-tout les vieillards qui , en expiation des
vieilles fautes qu'ils ne peuvent plus répéter ,
ne demandent pas mieux que de dépouiller
leurs héritiers en faveur des prêtres.

Nous obferverons, en cinquième lieu, que ces
mêmes fautes font précifément celles pour lefquelles on peut fe rendre févère en fefant le
moins de facrifices. Il n'y a point de vertu qu'il
foit fi facile de pratiquer , ou de faire femblant
de pratiquer, que la chafteté ; il n'y en a point
qui foit plus compatible avec l'abfence de toute
vertu réelle , et l'affemblage de tous les vices :
en forte que du moment où il eft convenu
d'y attacher une grande importance , tous les
fripons font fûrs d'obtenir, à peu de frais, la
confidération publique.

Auffi cherchez fur tout le globe un pays où,
nous ne difons pas la pureté qui tient à la fim-
plicité, mais l'auftérité de mœurs foit en grand
crédit, et vous ferez fûr d'y trouver tous les vices
et tous les crimes, même ceux que la débauche
fait commettre.

PREFACE

DE

DOM APULEIUS RISORIUS,

BENEDICTIN.

Remercions la bonne ame par laquelle une Pucelle nous eſt venue. Ce poëme héroïque et moral fut compoſé vers l'an 1730, comme les doctes le ſavent, et comme il appert par pluſieurs traits de cet ouvrage. Nous voyons dans une lettre de 1740, imprimée dans le recueil des opuſcules d'un grand prince, ſous le nom du *Philoſophe de Sans-ſouci*, qu'une princeſſe d'Allemagne, à laquelle on avait prêté le manuſcrit, ſeulement pour le lire, fut ſi édifiée de la circonſpection qui règne dans un ſujet ſi ſcabreux, qu'elle paſſa un jour et une nuit à le faire copier, et à tranſcrire elle-même tous les endroits les plus moraux. C'eſt cette même copie qui nous eſt enfin parvenue. On a ſouvent imprimé des lambeaux de notre Pucelle, et les vrais amateurs de la ſaine littérature ont été bien ſcandaliſés de la voir ſi horriblement

défigurée. (2) Des éditeurs l'ont donnée en
quinze chants, d'autres en feize, d'autres en

(2) Lorfque ces éditions parurent, M. de *Voltaire* crut devoir
les défavouer par une lettre adreffée à l'académie françaife. Nous
plaçons ici cette lettre et la réponfe de M. *Duclos*, alors fecrétaire
de l'académie.

MESSIEURS,

JE crois qu'il n'appartient qu'à ceux qui font, comme vous,
à la tête de la littérature, d'adoucir les nouveaux défagrémens
auxquels les gens de lettres font expofés depuis quelques années.
Lorfqu'on donne une pièce de théâtre à Paris, fi elle a un peu de
fuccès, on la tranfcrit d'abord aux repréfentations, et on l'imprime
fouvent pleine de fautes. Des curieux font-ils en poffeffion de quelques
fragmens d'un ouvrage, on fe hâte d'ajufter ces fragmens comme
on peut; on remplit les vides au hafard; et on donne hardiment,
fous le nom de l'auteur, un livre qui n'eft pas le fien. C'eft à la fois
le voler et le défigurer. C'eft ainfi qu'on s'avifa d'imprimer fous mon
nom, il y a deux ans, fous le titre ridicule d'*Hiftoire univerfelle*,
deux petits volumes fans fuite et fans ordre, qui ne contiendraient
pas l'hiftoire d'une ville, et où chaque date était une erreur : quand
on ne peut imprimer l'ouvrage dont on eft en poffeffion, on le
vend en manufcrit; et j'apprends qu'à préfent on débite de cette
manière quelques fragmens informes et falfifiés des *mémoires* que
j'avais amaffés dans les archives publiques, fur la guerre de 1741.
On en ufe encore ainfi à l'égard d'une plaifanterie faite, il y a plus
de trente ans, fur le même fujet qui rendit *Chapelain* fi fameux.
Les copies manufcrites qu'on m'en a envoyées de Paris font de
telle nature qu'un homme qui a l'honneur d'être votre confrère,
qui fait un peu fa langue, et qui a puifé quelque goût dans votre
fociété et dans vos écrits, ne fera jamais foupçonné d'avoir com-
pofé cet ouvrage tel qu'on le débite. On vient de l'imprimer d'une
manière non moins ridicule et non moins révoltante. Ce poëme
a été d'abord imprimé à Francfort, quoiqu'il foit annoncé de
Louvain; et l'on vient d'en donner en Hollande deux éditions qui
ne font pas plus exactes que la première.

Cet abus de nous attribuer des ouvrages que nous n'avons pas
faits, de falfifier ceux que nous avons faits, et de vendre ainfi notre

dix-huit, d'autres en vingt-quatre, tantôt en
coupant un chant en deux, tantôt en rem-
pliſſant des lacunes par des vers que le cocher
de *Vertamont*, ſortant du cabaret pour aller en
bonne fortune, aurait déſavoués. (*a*)

nom, ne peut être détruit que par le décri dans lequel ces œuvres
de *ténèbres* doivent tomber. C'eſt à vous, Meſſieurs, et aux aca-
démies formées ſur votre modèle, dont j'ai l'honneur d'être aſſocié,
que je dois m'adreſſer : lorſque des hommes comme vous élèvent
leur voix pour réprouver tous ces ouvrages que l'ignorance et l'avidité débitent, le public que vous éclairez eſt bientôt déſabuſé.

Je ſuis avec beaucoup de reſpect, &c.

Réponſe de l'académie.

„ L'académie eſt très-ſenſible aux chagrins que vous cauſent les
éditions furtives et défigurées dont vous vous plaignez : c'eſt un
malheur attaché à la célébrité. Ce qui doit vous conſoler, Monſieur,
c'eſt de ſavoir que les lecteurs capables de ſentir le mérite de vos écrits
ne vous attribueront jamais les ouvrages que l'ignorance et la malice
vous imputent, et que tous les honnêtes gens partagent votre peine.
En vous rendant compte des ſentimens de l'académie, je vous prie
d'être perſuadé, &c. *Signé* D U C L O S, ſecrétaire. „

Ce fut peu de temps après la date de ces lettres que parut une nouvelle édition de la Pucelle, où l'on eut ſoin de les inſérer, avec un
avertiſſement et d'autres pièces ſatiriques contre M. de *Voltaire* ; on
peut conclure de là que ces premiers éditeurs étaient ſes ennemis, ou
des hommes vils qui, pour tirer quelque argent d'un libraire, vio-
laient un dépôt, et le falſifiaient en compromettant la ſûreté d'un
grand homme. On a accuſé de cette infamie *la Beaumelle* et *Maubert*.

(*a*) Dans les dernières éditions que des barbares ont faites de
ce poëme, le lecteur eſt indigné de voir une multitude de vers
tels que ceux-ci :

> Chandos ſuant et ſoufflant comme un bœuf,
> Tâte du doigt ſi l'autre eſt une fille.
> Au diable ſoit, dit-il, la ſotte aiguille.

Voici donc *Jeanne* dans toute fa pureté.
Nous craignons de faire un jugement téméraire en nommant l'auteur à qui on attribue
ce poëme épique. Il fuffit que les lecteurs
puiffent tirer quelque inftruction de la morale
cachée fous les allégories du poëme. Qu'importe
de connaître l'auteur ? il y a beaucoup d'ouvrages que les doctes et les fages lifent avec
délices, fans favoir qui les a faits, comme le
Pervigilium Veneris, la fatire fous le nom de
Pétrone, et tant d'autres.

Ce qui nous confole beaucoup, c'eft qu'on
trouvera dans notre Pucelle bien moins de
chofes hardies et libres, que dans tous les
grands hommes d'Italie qui ont écrit dans ce
goût.

Verùm enim verò, à commencer par le *Pulci*,
nous ferions bien fâchés que notre difcret
auteur eût approché des petites libertés que

> Bientôt le diable emporte l'étui neuf.
> Il veut encor fecouer fa guenille,
> Chacun avait fon trot et fon allure.

On y dit de St *Louis :*

> Qu'il eût mieux fait, certes le pauvre fire,
> De fe gaudir avec fa Margoton,
> Onc ne tâta de bifque, d'ortolans, &c.

On y trouve *Calvin* du temps de *Charles VII;* tout eft défiguré,
tout eft gâté par des abfurdités fans nombre : c'eft un capucin
défroqué, lequel a pris le nom de *Maubert*, qui eft l'auteur de
cette infamie faite uniquement pour la canaille.

prend

prend ce docteur florentin dans fon *Morgante*.
Ce *Luigi Pulci*, qui était un grave chanoine,
compofa fon poëme au milieu du quinzième
fiècle, pour la *Signora Lucrezia Tuornaboni*, mère
de *Laurent de Médicis*, le magnifique ; et il eft
rapporté qu'on chantait le *Morgante* à la table
de cette dame. C'eft le fecond poëme épique
qu'ait eu l'Italie. Il y a eu de grandes difputes
parmi les favans, pour favoir fi c'eft un ouvrage
férieux ou plaifant.

Ceux qui l'ont cru férieux fe fondent fur
l'exorde de chaque chant, qui commence par
des verfets de l'Ecriture. Voici, par exemple,
l'exorde du premier chant :

> *In principio era il verbo appreffo a Dio ;*
> *Ed era Iddio il verbo, e el' verbo lui.*
> *Quefto era il principio al parer mio, &c.*

Si le premier chant commence par l'évangile,
le dernier finit par le *Salve, Regina* ; et cela peut
juftifier l'opinion de ceux qui ont cru que l'auteur avait écrit très-férieufement, puifque dans
ces temps-là, les pièces de théâtre qu'on jouait
en Italie étaient tirées de la paffion et des actes
des faints.

Ceux qui ont regardé le *Morgante* comme
un ouvrage badin n'ont confidéré que quelques
hardieffes trop fortes, auxquelles il s'abandonne.

La Pucelle.   B

Morgante demande à *Margutte* s'il eſt chrétien
ou mahométan.

> *E ſe egli crede in Criſto o in Maometto.*
> *Riſpoſe allor Margutte, per dir tel' toſto :*
> *Io non credo più al nero che al azzurro ;*
> *Ma nel cappone o leſſo o voglia arroſto,*
>
> . . . .
>
> *Ma ſopra tutto nel buon vino ho fede*
>
> . . . .
>
>   *Or queſte ſon' trè virtù cardinale,*
> *La gola, il dado, el' culo come io t'o detto.*

Vous remarquerez, s'il vous plaît, que le
Creſcembeni, qui ne fait nulle difficulté de ranger
le *Pulci* parmi les vrais poëmes épiques, dit,
pour l'excuſer, qu'il était l'écrivain de ſon
temps le plus modeſte et le plus meſuré ; *il più
modeſto e moderato ſcrittore.* Le fait eſt qu'il fut
le précurſeur du *Boyardo* et de l'*Arioſte.* C'eſt
par lui que les *Roland*, les *Renaud*, les *Olivier*,
les *Dudon* furent célèbres en Italie, et il eſt
preſque égal à l'*Arioſte* pour la pureté de la
langue.

On en a fait depuis peu une très-belle édition *col' licenza di ſuperiori.* Ce n'eſt pas moi
aſſurément qui l'ai faite ; et ſi notre Pucelle
parlait auſſi imprudemment que ce *Margutte*,
fils d'un prêtre turc et d'une religieuſe grecque,
je me garderais bien de l'imprimer.

On ne trouvera pas non plus dans *Jeanne* les mêmes témérités que dans l'*Ariofte* ; on n'y verra point un St *Jean* qui habite dans la lune, et qui dit :

> *Gli fcrittori amo, e fo il debito mio,*
> *Che al voftro mondo fu fcrittore anche io ;*
> *E ben convenne al mio lodato Crifto*
> *Rendermi guiderdon d'un fi gran forte, &c.*

Cela eft gaillard ; et St *Jean* prend-là une licence qu'aucun faint de la Pucelle ne prendra jamais. Il femble que *Jéfus* ne doive fa divinité qu'au premier chapitre de St *Jean*, et que cet évangélifte l'ait flatté. Ce difcours fent un peu fon focinien. Notre auteur difcret n'a garde de tomber dans un tel excès.

C'eft encore pour nous un grand fujet d'édification, que notre modefte auteur n'ait imité aucun de nos anciens romans, dont le favant *Huet*, évêque d'Avranches, et le compilateur l'abbé *Langlet* ont fait l'hiftoire. Qu'on fe donne feulement le plaifir de lire *Lancelot du Lac*, au chapitre ci-intitulé : *Comment Lancelot coucha avec la royne, et comment le fire de Lagant la reprint* ; on verra quelle eft la pudeur de notre auteur, en comparaifon de nos auteurs antiques.

Mais *quid dicam* de l'hiftoire merveilleufe de *Gargantua*, dédiée au cardinal de *Tournon* ?

On fait que le chapitre des *Torches-cul* eft un des plus modeftes de l'ouvrage.

Nous ne parlons point ici des modernes ; nous dirons feulement que tous les vieux contes imaginés en Italie, et mis en vers par *la Fontaine*, font encore moins moraux que notre Pucelle. Au refte, nous fouhaitons à tous nos graves cenfeurs les fentimens délicats du beau *Monrofe*; à nos prudes, s'il y en a, la naïveté d'*Agnès*, et la tendreffe de *Dorothée*; à nos guerriers, le bras de la robufte *Jeanne*; à tous les jéfuites, le caractère du bon confeffeur *Bonifoux*; à tous ceux qui tiennent une bonne maifon, les attentions et le favoir-faire de *Bonneau*.

Nous croyons d'ailleurs ce petit livre un remède excellent contre les vapeurs qui affligent en ce temps-ci plufieurs dames et plufieurs abbés ; et quand nous n'aurions rendu que ce fervice au public, nous croirions n'avoir pas perdu notre temps.

La pudeur paſſe et l'amour ſeul demeure,

Son tendre Amant l'embraſſe tout à l'heure.

Chant 1.er

J. M. Moreau le J.e inv.　　　　1788.　　　　Simonet Sculp

LA PUCELLE

D'ORLEANS.

CHANT PREMIER.

ARGUMENT.

Amours honnêtes de Charles VII, et d'Agnès Sorel. Siége d'Orléans par les Anglais. Apparition de St Denis, &c.

JE ne suis né pour célébrer les saints : (a)
Ma voix est faible, et même un peu profane.
Il faut pourtant vous chanter cette Jeanne
Qui fit, dit-on, des prodiges divins.
Elle affermit, de ses pucelles mains,
Des fleurs de lis la tige gallicane,
Sauva son roi de la rage anglicane,
Et le fit oindre au maître-autel de Reims.
Jeanne montra sous féminin visage,
Sous le corset et sous le cotillon,
D'un vrai Roland le vigoureux courage.
J'aimerais mieux, le soir, pour mon usage,
Une beauté douce comme un mouton ;
Mais Jeanne d'Arc eut un cœur de lion :
Vous le verrez, si lisez cet ouvrage.
Vous tremblerez de ses exploits nouveaux ;
Et le plus grand de ses rares travaux
Fut de garder un an son pucelage.

O Chapelain, (*b*) toi dont le violon
De difcordante et gothique mémoire,
Sous un archet maudit par Apollon,
D'un ton fi dur a raclé fon hiftoire;
Vieux Chapelain, pour l'honneur de ton art,
Tu voudrais bien me prêter ton génie:
Je n'en veux point; c'eft pour la Motte-Houdart, (*c*)
Quand l'Iliade eft par lui traveftie. (*d*)

LE bon roi Charle, au printemps de fes jours,
Au temps de pâque, en la cité de Tours,
A certain bal (ce prince aimait la danfe)
Avait trouvé, pour le bien de la France,
Une beauté nommée Agnès Sorel. (*e*)
Jamais l'Amour ne forma rien de tel.
Imaginez de Flore la jeuneffe,
La taille et l'air de la nymphe des bois,
Et de Vénus la grâce enchantereffe,
Et de l'Amour le féduifant minois,
L'art d'Arachné, le doux chant des firènes:
Elle avait tout; elle aurait dans fes chaînes
Mis les héros, les fages et les rois.
La voir, l'aimer, fentir l'ardeur naiffante
Des doux défirs, et leur chaleur brûlante,
Lorgner Agnès, foupirer et trembler,
Perdre la voix en voulant lui parler,
Preffer fes mains d'une main careffante,
Laiffer briller fa flamme impatiente,
Montrer fon trouble, en caufer à fon tour,
Lui plaire enfin, fut l'affaire d'un jour.
Princes et rois vont très-vîte en amour.
Agnès voulut, favante en l'art de plaire,

Couvrir le tout des voiles du myſtère,
Voiles de gaze, et que les courtiſans
Percent toujours de leurs yeux malfeſans.

POUR colorer comme on put cette affaire,
Le roi fit choix du conſeiller Bonneau, (ƒ)
Confident sûr et très-bon Tourangeau :
Il eut l'emploi qui certes n'eſt pas mince,
Et qu'à la cour, où tout ſe peint en beau,
Nous appelons être l'ami du prince,
Et qu'à la ville, et ſur-tout en province,
Les gens groſſiers ont nommé maquereau.
Monſieur Bonneau, ſur le bord de la Loire,
Etait ſeigneur d'un fort joli château.
Agnès un ſoir s'y rendit en bateau,
Et le roi Charle y vint à la nuit noire.
On y ſoupa ; Bonneau ſervit à boire ;
Tout fut ſans faſte, et non pas ſans apprêts.
Feſtins des Dieux, vous n'êtes rien auprès !
Nos deux amans, pleins de trouble et de joie,
Ivres d'amour, à leurs déſirs en proie,
Se renvoyaient des regards enchanteurs,
De leurs plaiſirs brûlans avant-coureurs.
Les doux propos, libres ſans indécence,
Aiguillonnaient leur vive impatience.
Le prince en feu des yeux la dévorait ;
Contes d'amour d'un air tendre il feſait,
Et du genou le genou lui ſerrait.

LE ſouper fait, on eut une muſique,
Italienne, en genre chromatique ; (g)
On y mêla trois différentes voix

B 4

Aux violons, aux flûtes, aux haut-bois.
Elles chantaient l'allégorique hiftoire
De ces héros qu'Amour avait domptés,
Et qui, pour plaire à de tendres beautés,
Avaient quitté les fureurs de la gloire.
Dans un réduit cette mufique était
Près de la chambre où le bon roi foupait.
La belle Agnès, difcrète et retenue,
Entendait tout, et d'aucuns n'était vue.

DEJA la lune eft au haut de fon cours :
Voilà minuit ; c'eft l'heure des amours.
Dans une alcove artiftement dorée,
Point trop obfcure, et point trop éclairée,
Entre deux draps que la Frife a tiffus,
D'Agnès Sorel les charmes font reçus.
Près de l'alcove une porte eft ouverte,
Que dame Alix, fuivante très-experte,
En s'en allant oublia de fermer.
O vous, amans, vous qui favez aimer,
Vous voyez bien l'extrême impatience
Dont pétillait notre bon roi de France !
Sur fes cheveux, en treffe retenus,
Parfums exquis font déjà répandus.
Il vient, il entre au lit de fa maîtreffe ;
Moment divin de joie et de tendreffe ;
Le cœur leur bat ; l'amour et la pudeur
Au front d'Agnès font monter la rougeur.
La pudeur paffe, et l'amour feul demeure.
Son tendre amant l'embraffe tout à l'heure.
Ses yeux ardens, éblouis, enchantés,
Avidement parcourent fes beautés.

Qui n'en ferait en effet idolâtre ?

Sous un cou blanc qui fait honte à l'albâtre,
Sont deux tetons féparés, faits au tour,
Allans, venans, arrondis par l'Amour ;
Leur boutonnet a la couleur des rofes.
Teton charmant, qui jamais ne repofes,
Vous invitiez les mains à vous preffer,
L'œil à vous voir, la bouche à vous baifer.
Pour mes lecteurs tout plein de complaifance,
J'allais montrer à leurs yeux ébaudis
De ce beau corps les contours arrondis ;
Mais la vertu qu'on nomme bienféance
Vient arrêter mes pinceaux trop hardis. (h)
Tout eft beauté, tout eft charme dans elle.
La volupté, dont Agnès a fa part,
Lui donne encore une grâce nouvelle ;
Elle l'anime : amour eft un grand fard,
Et le plaifir embellit toute belle.

Trois mois entiers nos deux jeunes amans
Furent livrés à ces raviffemens.
Du lit d'amour ils vont droit à la table.
Un déjeûner, reftaurant délectable,
Rend à leurs fens leur première vigueur ;
Puis pour la chaffe épris de même ardeur,
Ils vont tous deux fur des chevaux d'Efpagne
Suivre cent chiens japans dans la campagne.
A leur retour on les conduit aux bains.
Pâtes, parfums, odeurs de l'Arabie,
Qui font la peau douce, fraîche et polie,
Sont prodigués fur eux à pleines mains

LE dîner vient ; la délicate chère !
L'oifeau du Phafe et le coq de bruyère,
De vingt ragoûts l'apprêt délicieux,
Charment le nez, le palais et les yeux.
Du vin d'Aï la mouffe pétillante,
Et du Tokai la liqueur jauniffante, (i)
En chatouillant les fibres des cerveaux,
Y porte un feu qui s'exhale en bons mots,
Auffi brillans que la liqueur légère
Qui monte et faute et mouffe au bord du verre :
L'ami Bonneau d'un gros rire applaudit
A fon bon roi qui montre de l'efprit.
Le dîner fait, on digère, on raifonne,
On conte, on rit, on médit du prochain,
On fait brailler des vers à maître Alain,
On fait venir des docteurs de forbonne,
Des perroquets, un finge, un arlequin.
Le foleil baiffe ; une troupe chôifie
Avec le roi court à la comédie ;
Et fur la fin de ce fortuné jour
Le couple heureux s'enivre encor d'amour.

PLONGÉS tous deux dans le fein des délices,
Ils paraiffaient en goûter les prémices.
Toujours heureux et toujours plus ardens,
Point de foupçons, encor moins de querelles,
Nulle langueur ; et l'Amour et le Temps
Auprès d'Agnès ont oublié leurs ailes.
Charles fouvent difait entre fes bras,
En lui donnant des baifers tout de flamme :
Ma chère Agnès, idole de mon ame,
Le monde entier ne vaut point vos appas.

Vaincre et régner, ce n'eſt rien que folie.
Mon parlement (*k*) me bannit aujourd'hui ;
Au fier Anglais la France eſt aſſervie.
Ah ! qu'il ſoit roi, mais qu'il me porte envie :
J'ai votre cœur, je fuis plus roi que lui.

UN tel diſcours n'eſt pas trop héroïque ;
Mais un héros, quand il tient dans un lit
Maîtreſſe honnête, et que l'amour le pique,
Peut s'oublier, et ne fait ce qu'il dit.

COMME il menait cette joyeuſe vie,
Tel qu'un abbé dans ſa graſſe abbaye,
Le prince anglais (*l*) toujours plein de furie,
Toujours aux champs, toujours armé, botté,
Le pot en tête et la dague au côté,
Lance en arrêt, la viſière hauſſée,
Foulait aux pieds la France terraſſée.
Il marche, il vole, il renverſe en ſon cours
Les murs épais, les menaçantes tours,
Répand le ſang, prend l'argent, taxe, pille,
Livre aux ſoldats et la mère et la fille,
Fait violer des couvens de nonnains,
Boit le muſcat des pères bernardins,
Frappe en écus l'or qui couvre les ſaints,
Et, ſans reſpect pour Jéſus ni Marie,
De mainte égliſe il fait mainte écurie :
Ainſi qu'on voit dans une bergerie
Des loups fanglans de carnage altérés,
Et ſous leurs dents les troupeaux déchirés,
Tandis qu'au loin, couché dans la prairie,
Colin s'endort ſur le ſein d'Egérie,

Et que fon chien près d'eux eft occupé
A fe faifir des reftes du foupé.

Or, du plus haut du brillant apogée,
Séjour des faints, et fort loin de nos yeux,
Le bon Denis, (*m*) prêcheur de nos aïeux,
Vit les malheurs de la France affligée,
L'état horrible où l'Anglais l'a plongée,
Paris aux fers, et le roi très-chrétien
Baifant Agnès, et ne fongeant à rien.
Ce bon Denis eft patron de la France,
Ainfi que Mars fut le faint des Romains,
Ou bien Pallas chez les Athéniens.
Il faut pourtant en faire différence;
Un faint vaut mieux que tous les dieux païens.

Ah! par mon chef, dit-il, il n'eft pas jufte
De voir ainfi tomber l'empire augufte
Où de la foi j'ai planté l'étendard :
Trône des lis, tu cours trop de hafard;
Sang des Valois, je reffens tes misères.
Ne fouffrons pas que les fuperbes frères
De Henri cinq, (*n*) fans droit et fans raifon,
Chaffent ainfi le fils de la maifon.
J'ai, quoique faint, et Dieu me le pardonne,
Averfion pour la race bretonne :
Car, fi j'en crois le livre des deftins,
Un jour ces gens raifonneurs et mutins
Se gaufferont des faintes décrétales,
Déchireront les romaines annales,
Et tous les ans le pape brûleront.
Vengeons de loin ce facrilége affront :

Mes chers Français feront tous catholiques;
Ces fiers Anglais feront tous hérétiques ;
Frappons, chaffons ces dogues britanniques;
Puniffons-les , par quelque nouveau tour,
De tout le mal qu'ils doivent faire un jour.

DES Gallicans ainfi parlait l'apôtre,
De maudiffons lardant fa patenôtre:
Et cependant que tout feul il parlait,
Dans Orléans un confeil fe tenait.
Par les Anglais cette ville bloquée,
Au roi de France allait être extorquée.
Quelques feigneurs et quelques confeillers,
Les uns pédans et les autres guerriers,
Sur divers tons déplorant leur mifère,
Pour leur refrain difaient : Que faut-il faire ?
Poton, la Hire, et le brave Dunois, (o)
S'écriaient tous en fe mordant les doigts:
Allons, amis, mourons pour la patrie ;
Mais aux Anglais vendons cher notre vie,
Le Richemont criait tout haut : Par Dieu,
Dans Orléans il faut mettre le feu ;
Et que l'Anglais, qui penfe ici nous prendre,
N'ait rien de nous que fumée et que cendre.

POUR la Trimouille, il difait : C'eft en vain
Que mes parens me firent poitevin ;
J'ai dans Milan laiffé ma Dorothée;
Pour Orléans, hélas ! je l'ai quittée.
Je combattrai, mais je n'ai plus d'efpoir;
Faut-il mourir, ô ciel, fans la revoir ?
Le préfident Louvet, (p) grand perfonnage,
Au maintien grave, et qu'on eût pris pour fage,

Dit : Je voudrais que préalablement
Nous fiffions rendre arrêt de parlement
Contre l'Anglais, et qu'en ce cas énorme
Sur toute chofe on procédât en forme.
Louvet était un grand clerc ; mais hélas !
Il ignorait fon trifte et piteux cas :
S'il le favait, fa gravité prudente
Procèderait contre fa préfidente.
Le grand Talbot, le chef des affiégeans,
Brûle pour elle, et règne fur fes fens :
Louvet l'ignore, et fa mâle éloquence
N'a pour objet que de venger la France.
Dans ce confeil de fages, de héros,
On entendait les plus nobles propos ;
Le bien public, la vertu les infpire :
Sur-tout l'adroit et l'éloquent la Hire
Parla long-temps, et pourtant parla bien ;
Ils difaient d'or, et ne concluaient rien.

COMME ils parlaient, on vit par la fenêtre
Je ne fais quoi dans les airs apparaître.
Un beau fantôme au vifage vermeil,
Sur un rayon détaché du foleil ;
Des cieux ouverts fend la voûte profonde.
Odeur de faint fe fentait à la ronde.
Le farfadet deffus fon chef avait
A deux pendans une mitre pointue
D'or et d'argent, fur le fommet fendue ;
Sa dalmatique au gré des vents flottait,
Son front brillait d'une fainte auréole, (q)
Son cou penché laiffait voir fon étole,
Sa main portait ce bâton paftoral

Qui fut jadis *lituus* augural. (*r*)
A cet objet qu'on difcernait fort mal,
Voilà d'abord monfieur de la Trimouille,
Paillard dévot, qui prie et s'agenouille.
Le Richemont, qui porte un cœur de fer,
Blafphémateur, jureur impitoyable,
Hauffant la voix, dit que c'était le diable
Qui leur venait du fin fond de l'enfer ;
Que ce ferait chofe très-agréable
Si l'on pouvait parler à Lucifer.
Maître Louvet s'en courut au plus vîte
Chercher un pot tout rempli d'eau bénite.
Poton, la Hire et Dunois ébahis,
Ouvrent tous trois de grands yeux ébaubis.
Tous les valets font couchés fur le ventre.
L'objet approche, et le faint fantôme entre
Tout doucement porté fur fon rayon ;
Puis donne à tous fa bénédiction.
Soudain chacun fe figne et fe profterne.

Il les relève avec un air paterne ;
Puis il leur dit : Ne faut vous effrayer ;
Je fuis Denis, (*s*) et faint de mon métier.
J'aime la Gaule, et l'ai catéchifée,
Et ma bonne ame eft très-fcandalifée
De voir Charlot, mon filleul tant aimé,
Dont le pays en cendre eft confumé,
Et qui s'amufe, au lieu de le défendre,
A deux tetons qu'il ne ceffe de prendre.
J'ai réfolu d'affifter aujourd'hui
Les bons Français qui combattent pour lui.
Je veux finir leur peine et leur misère.

Tout mal, dit-on, guérit par son contraire.
Or si Charlot veut, pour une catin,
Perdre la France et l'honneur avec elle,
J'ai résolu, pour changer son destin,
De me servir des mains d'une pucelle.
Vous, si d'en-haut vous désirez les biens,
Si vos cœurs font et français et chrétiens,
Si vous aimez le roi, l'Etat, l'Eglise,
Assistez-moi dans ma sainte entreprise;
Montrez le nid où nous devons chercher
Ce vrai phénix que je veux dénicher.

AINSI parla le vénérable sire.
Quand il eut fait, chacun se prit à rire.
Le Richemont, né plaisant et moqueur,
Lui dit: Ma foi, mon cher prédicateur,
Monsieur le saint, ce n'était pas la peine
D'abandonner le céleste domaine
Pour demander à ce peuple méchant
Ce beau joyau que vous estimez tant.
Quand il s'agit de sauver une ville,
Un pucelage est une arme inutile.
Pourquoi d'ailleurs le prendre en ce pays?
Vous en avez tant dans le paradis!
Rome et Lorette ont cent fois moins de cierges
Que chez les saints il n'est là-haut de vierges.
Chez les Français, hélas, il n'en est plus.
Tous nos moûtiers font à sec là-dessus.
Nos francs-archers, nos officiers, nos princes,
Ont dès long-temps dégarni les provinces.
Ils ont tous fait, en dépit de vos saints,
Plus de bâtards encor que d'orphelins. (t)

Monsieur

Monsieur Denis, pour finir nos querelles,
Cherchez ailleurs, s'il vous plaît, des pucelles.

LE saint rougit de ce discours brutal;
Puis aussitôt il remonte à cheval
Sur son rayon, sans dire une parole,
Pique des deux, et par les airs s'envole,
Pour déterrer, s'il peut, ce beau bijou,
Qu'on tient si rare, et dont il semble fou.
Laissons-le aller; et tandis qu'il se perche
Sur l'un des traits qui vont porter le jour,
Ami lecteur, puissiez-vous en amour
Avoir le bien de trouver ce qu'il cherche!

Fin du premier Chant.

NOTES ET VARIANTES

DU CHANT PREMIER.

N. B. Les notes font de M. de *Voltaire*, et prifes dans l'édition in-4°.

Les feules notes relatives aux variantes ne font pas de l'auteur. Il n'a jamais donné d'autre variante que celle du premier vers du poëme. Toutes les autres font tirées des manufcrits ou des premières éditions, dont nous entendons parler, en général en citant celle de 1756 qui leur eft conforme.

(*a*) PLUSIEURS éditions portent :

Vous m'ordonnez de célébrer des faints.

Cette leçon eft correcte ; mais nous avons adopté l'autre, comme plus récréative. De plus elle montre la grande modeftie de l'auteur. Il avoue qu'il n'eft pas digne de chanter une pucelle. Il donne en cela un démenti aux éditeurs qui, dans une de leurs éditions de fes œuvres, lui ont attribué une ode à *fainte Geneviève*, dont affurément il n'eft pas l'auteur.

(*b*) Tous les doctes favent qu'il y eut, du temps du cardinal de *Richelieu*, un *Chapelain*, auteur d'un fameux poëme de la Pucelle, dans lequel (à ce que dit *Boileau*) *il fit de méchans vers douze fois douze cents. Boileau* ne favait pas que ce grand homme en fit douze fois vingt-quatre cents, mais que par difcrétion il n'en fit imprimer que la moitié. La maifon de *Longueville*, qui defcendait du beau bâtard *Dunois*, fit à l'illuftre *Chapelain* une penfion de douze mille livres tournois. On pouvait mieux employer fon argent.

(*c*) *La Motte-Houdart*, auteur d'une traduction en vers de l'Iliade, traduction très-abrégée, et cependant très-mal reçue. *Fontenelle*, dans l'éloge académique de *la Motte*, dit que c'eft la faute de l'original.

(*d*) Il y a dans l'édition de 1756 :

Ou pour quelqu'un de fon académie.

(*e*) *Agnès Sorel*, dame de Fromentau, près de Tours. Le roi *Charles VII* lui donna le château de Beauté-fur-Marne, et on l'appela dame de *Beauté*. Elle eut deux enfans du roi, fon amant, quoiqu'il n'eût point de privautés avec elle, fuivant les hiftoriographes de *Charles VII*, gens qui difent toujours la vérité du vivant des rois.

(*f*) Perfonnage feint. Quelques curieux prétendent que le difcret auteur avait en vue certain gros valet de chambre d'un certain prince ; mais nous ne fommes pas de cet avis , et notre remarque fubfifte , comme dit *Dacier*.

(*g*) Le chromatique procède par plufieurs femi-tons confécutifs, ce qui produit une mufique efféminée , très-convenable à l'amour.

(*h*) Manufcrit :

> Tout répondait , lecteur , tu dois m'en croire ,
> A la beauté de fa gorge d'yvoire.
> *La volupté* , *&c.*

(*i*) Manufcrit :

> *Et du tokai la liqueur jauniffante*
> Dans le cerveau portent un feu brillant ;
> Mille bons mots en partent à l'inftant.
> Après dîner , on digère , on raifonne ,
> On parle , on lit , on médit du prochain ,
> *On fait brailler* , *&c.*

(*k*) Le parlement de Paris fit ajourner trois fois à fon de trompe le roi , alors dauphin , à la table de marbre , fur les conclufions de l'avocat du roi , *Marigni*. [Voyez les recherches de *Pafquier*.]

(*l*) Ce prince anglais eft le duc de *Bedfort* , frère puiné de *Henri V*, roi d'Angleterre , couronné roi de France à Paris.

(*m*) Ce bon *Denis* n'eft point *Denis* le prétendu aréopagite , mais un évêque de Paris. L'abbé *Hildouin* fut le premier qui écrivit que cet évêque ayant été décapité , porta fa tête entre fes bras , de Paris jufqu'à l'abbaye qui porte fon nom. On érigea enfuite des croix dans tous les endroits où ce faint s'était arrêté en chemin. Le cardinal de *Polignac* contant cette hiftoire à Mme la marquife du *Deffant* , et ajoutant que *Denis* n'avait eu de peine à porter fa tête que jufqu'à la première ftation , cette dame lui répondit : *Je le crois bien , il n'y a dans de telles affaires que le premier pas qui coûte.*

(*n*) *Henri V* , roi d'Angleterre , le plus grand homme de fon temps , beau-frère de *Charles VII* , dont il avait époufé la fœur , était mort à Vincennes , après avoir été reconnu roi de France à Paris ; fon frère , le duc de *Bedfort* , gouvernait la meilleure partie de la France au nom de fon neveu *Henri VI* , reconnu auffi pour roi de France à Paris par le parlement , l'hôtel-de-ville , le châtelet , l'évêque , les corps de métiers , et la forbonne.

(*o*) *Poton de Saintrailles* , *la Hire* , grands capitaines : *Jean de Dunois* , fils naturel de *Jean d'Orléans* et de la comtesse d'*Enguien* ; *Richemont* , connétable de France , depuis duc de Bretagne ; *la Trimouille* , d'une grande maison du Poitou.

(*p*) Le préfident *Louvet* , ministre d'Etat fous *Charles VII*.

(*q*) Auréole , c'est la couronne de rayons que les faints ont toûjours fur la tête. Elle paraît imitée de la couronne de laurier dont les feuilles divergentes femblaient environner de rayons la tête des héros ; ce qui a fait tirer à quelques-uns l'étymologie d'auréole , de *laurum* , *laureola* ; d'autres la tirent d'*aurum*. St *Bernard* dit que cette couronne est d'or pour les vierges. *Coronam quam noftri majores aureolam vocant* , *credo idcircò nominatam.*

(*r*) Le bâton des augures reffemblait parfaitement à une croffe.

(*s*) Ce *Denis* , patron de la France , est un faint de la façon des moines. Il ne vint jamais dans les Gaules. Voyez fa légende dans le *Dictionnaire philofophique* à l'article D E N I S : vous apprendrez qu'il fut d'abord créé évêque d'Athènes par faint *Paul* ; qu'il alla rendre une vifite à la vierge *Marie* , et la complimenta fur la mort de fon fils ; qu'enfuite il quitta l'évêché d'Athènes pour celui de Paris ; qu'on le pendit , et qu'il prêcha fort éloquemment du haut de fa potence ; qu'on lui coupa la tête pour l'empêcher de parler ; qu'il prit fa tête entre fes bras , qu'il la baifait en chemin , en allant à une lieue de Paris fonder une abbaye de fon nom.

(*t*) Manufcrit :

> Ainfi vieux fou , pour finir nos querelles,
> Cherchez ailleurs , s'il vous plaît , des pucelles.

Fin des Notes et Variantes du Chant premier.

CHANT II.

ARGUMENT.

Jeanne, armée par St Denis, va trouver Charles VII à Tours : ce qu'elle fit en chemin ; et comment elle eut son brevet de pucelle.

HEUREUX cent fois qui trouve un pucelage !
C'eft un grand bien ; mais de toucher un cœur
Eft à mon fens un plus cher avantage.
Se voir aimé, c'eft-là le vrai bonheur.
Qu'importe hélas ! d'arracher une fleur ?
C'eft à l'amour à nous cueillir la rofe. (*a*)
De très-grands clercs ont gâté par leur glofe
Un fi beau texte ; ils ont cru faire voir
Que le plaifir n'eft point dans le devoir.
Je veux contre eux faire un jour un beau livre ;
J'enfeignerai le grand art de bien vivre ;
Je montrerai qu'en réglant nos défirs,
C'eft du devoir que viennent nos plaifirs.
Dans cette honnête et favante entreprife,
Du haut des cieux faint Denis m'aidera ;
Je l'ai chanté, fa main me foutiendra.
En attendant il faut que je vous dife
Quel fut l'effet de fa fainte entremife.

VERS les confins du pays champenois,
Où cent poteaux, marqués de trois merlettes, (*b*)

C 3

Difaient aux gens : *En Lorraine vous êtes*,
Eft un vieux bourg peu fameux autrefois ;
Mais il mérite un grand nom dans l'hiftoire ;
Car de lui vient le falut et la gloire
Des fleurs de lis et du peuple gaulois.
De Domremi chantons tous le village ;
Fefons paffer fon beau nom d'âge en âge.

O Domremi ! tes pauvres environs
N'ont ni mufcats, ni pêches, ni citrons,
Ni mine d'or, ni bon vin qui nous damne ;
Mais c'eft à toi que la France doit Jeanne.
Jeanne (*c*) y naquit : certain curé du lieu,
Fefant par-tout des ferviteurs à Dieu,
Ardent au lit, à table, à la prière,
Moine autrefois, de Jeanne fut le père ;
Une robufte et graffe chambrière
Fut l'heureux moule où ce pafteur jeta
Cette beauté, qui les Anglais dompta.
Vers les feize ans, en une hôtellerie
On l'engagea pour fervir l'écurie,
A Vaucouleurs ; et déjà de fon nom
La Renommée empliffait le canton.
Son air eft fier, affuré, mais honnête ;
Ses grands yeux noirs brillent à fleur de tête ;
Trente-deux dents d'une égale blancheur
Sont l'ornement de fa bouche vermeille,
Qui femble aller de l'une à l'autre oreille,
Mais bien bordée et vive en fa couleur,
Appétiffante et fraîche par merveille.
Ses tetons bruns, mais fermes comme un roc,
Tentent la robe, et le cafque et le froc :

Elle eſt active, adroite, vigoureuſe ;
Et d'une main potelée et nerveuſe
Soutient fardeaux, verſe cent brocs de vin,
Sert le bourgeois, le noble, le robin :
Chemin feſant, vingt foufflets diſtribue
Aux étourdis dont l'indiſcrète main
Va tâtonnant ſa cuiſſe ou gorge nue ;
Travaille et rit du ſoir juſqu'au matin,
Conduit chevaux, les panſe, abreuve, étrille ;
Et les preſſant de ſa cuiſſe gentille,
Les monte à cru comme un ſoldat romain. (d)

O profondeur ! ô divine Sageſſe !
Que tu confonds l'orgueilleuſe faibleſſe
De tous ces grands ſi petits à tes yeux !
Que les petits ſont grands quand tu le veux !
Ton ſerviteur Denis le bienheureux
N'alla rôder aux palais des princeſſes,
N'alla chez vous, meſdames les ducheſſes ;
Denis courut, amis, qui le croirait ?
Chercher l'honneur, où ? dans un cabaret.

Il était temps que l'apôtre de France
Envers ſa Jeanne uſât de diligence.
Le bien public était en grand haſard.
De Satanas la malice eſt connue ;
Et ſi le faint fût arrivé plus tard
D'un ſeul moment, la France était perdue. (ε)
Un cordelier, qu'on nommait Grisbourdon,
Avec Chandos arrivé d'Albion,
Etait alors dans cette hôtellerie :
Il aimait Jeanne autant que ſa patrie.

C 4

C'était l'honneur de la pénaillerie,
De tous côtés allant en miffion,
Prédicateur, confeffeur, efpion,
De plus, grand clerc en la forcellerie, (f)
Savant dans l'art en Egypte facré,
Dans ce grand art cultivé chez les mages,
Chez les Hébreux, chez les antiques fages,
De nos favans dans nos jours ignoré.
Jours malheureux ! tout eft dégénéré.

En feuilletant fes livres de cabale,
Il vit qu'aux fiens Jeanne ferait fatale,
Qu'elle portait deffous fon court jupon
Tout le deftin d'Angleterre et de France.
Encouragé par la noble affiftance
De fon génie, il jura fon cordon,
Son Dieu, fon diable, et faint François d'Affife,
Qu'à fes vertus Jeanne ferait foumife,
Qu'il faifirait ce beau palladion. (g)
Il s'écriait, en fefant l'oraifon : (h)
Je fervirai ma patrie et l'Eglife ;
Moine et breton, je dois faire le bien
De mon pays, et plus encor le mien.

Au même temps, un ignorant, un ruftre,
Lui difputait cette conquête illuftre :
Cet ignorant valait un cordelier ;
Car vous faurez qu'il était muletier ;
Le jour, la nuit, offrant fans fin, fans terme,
Son lourd fervice et l'amour le plus ferme.
L'occafion, la douce égalité,

Fefaient pencher Jeanne de fon côté,
Mais fa pudeur triomphait de la flamme,
Qui par les yeux fe gliffait dans fon ame.
Le Grisbourdon vit fa naiffante ardeur :
Mieux qu'elle encore il lifait dans fon cœur.
Il vint trouver fon rival fi terrible ;
Puis il lui tint ce difcours très-plaufible :

Puissant héros, qui paffez au befoin
Tous les mulets commis à votre foin,
Vous méritez fans doute la Pucelle ;
Elle a mon cœur comme elle a tous vos vœux :
Rivaux ardens, nous nous craignons tous deux,
Et comme vous je fuis amant fidèle.
Ça partageons, et rivaux fans querelle,
Tâtons tous deux de ce morceau friand
Qu'on pourrait perdre en fe le difputant.
Conduifez-moi vers le lit de la belle ;
J'évoquerai le démon du dormir ;
Ses doux pavots vont foudain l'affoupir,
Et tour à tour nous veillerons pour elle.

Incontinent le père au grand cordon
Prend fon grimoire, évoque le démon,
Qui de Morphée eut autrefois le nom.
Ce pefant diable eft maintenant en France. (i)
Vers le matin, lorfque nos avocats
Vont s'enrouer à commenter Cujas,
Avec meffieurs il ronfle à l'audience.
L'apiès-dînée il affifte aux fermons
Des apprentis dans l'art des Maffillons,
A leurs trois points, à leurs citations,

Aux lieux communs de leur belle éloquence.
Dans le parterre il vient bâiller le foir.

Aux cris du moine il monte en fon char noir,
Par deux hiboux traîné dans la nuit fombre.
Dans l'air il gliffe, et doucement fend l'ombre.
Les yeux fermés il arrive en bâillant,
Se met fur Jeanne, et tâtonne et s'étend ;
Et fecouant fon pavot narcotique,
Lui fouffle au fein vapeur foporifique.
Tel on nous dit que le moine Girard, (*k*)
En confeffant la gentille Cadière,
Infinuait de fon fouffle paillard
De diablotaux une ample fourmillière.

Nos deux galans, pendant ce doux fommeil,
Aiguillonnés du démon du réveil,
Avaient de Jeanne ôté la couverture.
Déjà trois dés roulant fur fon beau fein,
Vont décider, au jeu de faint Guilain,
Lequel des deux doit tenter l'aventure.
Le moine gagne ; un forcier eft heureux :
Le Grisbourdon fe faifit des enjeux ;
Il fond fur Jeanne. O foudaine merveille !
Denis arrive, et Jeanne fe réveille.
O Dieu, qu'un faint fait trembler tout pécheur !
Nos deux rivaux fe renverfent de peur.
Chacun d'eux fuit, emportant dans le cœur
Avec la crainte un défir de mal faire.
Vous avez vu fans doute un commiffaire
Cherchant de nuit un couvent de Vénus ;

Un jeune effaim de tendrons demi-nus
Saute du lit ; s'efquive , fe dérobe
Aux yeux hagards du noir pédant en robe.
Ainfi fuyaient mes paillards confondus.

DENIS s'avance et reconforte Jeanne,
Tremblante encor de l'attentat profane.
Puis il lui dit : Vafe d'élection ,
Le Dieu des rois , par tes mains innocentes,
Veut des Français venger l'oppreffion ,
Et renvoyer dans les champs d'Albion
Des fiers Anglais les cohortes fanglantes.
Dieu fait changer , d'un fouffle tout-puiffant,
Le rofeau frêle en cèdre du Liban ,
Sécher les mers , abaiffer les collines ,
Du monde entier réparer les ruines.
Devant tes pas la foudre grondera ;
Autour de toi la terreur volera ,
Et tu verras l'ange de la victoire
Ouvrir pour toi les fentiers de la gloire.
Suis-moi , renonce à tes humbles travaux ; (l)
Viens placer Jeanne au nombre des héros.

A ce difcours terrible et pathétique, (m)
Très-confolant et très-théologique ,
Jeanne étonnée , ouvrant un large bec,
Crut quelque temps que l'on lui parlait grec.
La grâce agit : cette auguftine grâce
Dans fon efprit porte un jour efficace.
Jeanne fentit dans le fond de fon cœur
Tous les élans d'une fublime ardeur.

La Pucelle.

Non, ce n'eft plus Jeanne la chambrière,
C'eft un héros, c'eft une ame guerrière.
Tel un bourgeois humble, fimple, groffier,
Qu'un vieux richard a fait fon héritier,
En un palais fait changer fa chaumière :
Son air honteux devient démarche fière ;
Les grands furpris admirent fa hauteur,
Et les petits l'appellent monfeigneur. (*n*)

O R, pour hâter leur augufte entreprife,
Jeanne et Denis s'en vont droit à l'églife.
Lors apparut deffus le maître-autel
(Fille de Jean, quelle fut ta furprife !)
Un beau harnois tout frais venu du ciel ;
Des arfenaux du terrible empyrée,
En cet inftant, par l'archange Michel,
La noble armure avait été tirée :
On y voyait l'armet de Débora ; (*o*)
Ce clou pointu, funefte à Sizara ;
Le caillou rond, dont un berger fidelle
De Goliath entama la cervelle ;
Cette mâchoire avec quoi combattit
Le fier Samfon, qui fes cordes rompit,
Lorfqu'il fe vit vendu par fa donzelle ; (*p*)
Le coutelet de la belle Judith,
Cette beauté fi galamment perfide,
Qui, pour le ciel, faintement homicide,
Son cher amant maffacra dans fon lit.
A ces objets la fainte émerveillée
De cette armure eft bientôt habillée ;
Elle vous prend et cafque et corfelet,
Braffards, cuiffards, baudrier, gantelet,

Lance, clou, dague, épieu, caillou, mâchoire,
Marche, s'effaie, et brûle pour la gloire.

TOUTE héroïne a befoin d'un courfier;
Jeanne en demande au trifte muletier:
Mais auffitôt un âne fe préfente,
Au beau poil gris, à la voix éclatante,
Bien étrillé, fellé, bridé, ferré,
Portant arçons, avec chanfrein doré,
Caracollant, du pied frappant la terre,
Comme un courfier de Thrace ou d'Angleterre.

CE beau grifon deux ailes poffédait
Sur fon échine, et fouvent s'en fervait.
Ainfi Pégafe, au haut des deux collines,
Portait jadis neuf pucelles divines;
Et l'hipogryphe, à la lune volant,
Portait Aftolphe au pays de faint Jean.
Mon cher lecteur veut connaître cet âne,
Qui vint alors offrir fa croupe à Jeanne,
Il le faura, mais dans un autre chant: (q)
Je l'avertis cependant qu'il révère
Cet âne heureux, qui n'eft pas fans myftère.

SUR fon grifon Jeanne a déjà fauté;
Sur fon rayon Denis eft remonté:
Tous deux s'en vont vers les rives de Loire,
Porter au roi l'efpoir de la victoire.
L'âne tantôt trotte d'un pied léger,
Tantôt s'élève et fend les champs de l'air.
Le cordelier toujours plein de luxure,
Un peu remis de fa trifte aventure,

Ufant enfin de fes droits de forcier,
Change en mulet le pauvre muletier,
Monte deffus, chevauche, pique, et jure
Qu'il fuivra Jeanne au bout de la nature.
Le muletier en fon mulet caché,
Bât fur le dos, crut gagner au marché;
Et du vilain l'ame terreftre et craffe,
A peine vit qu'elle eût changé de place.

JEANNE et Denis s'en allaient donc vers Tours
Chercher ce roi plongé dans les amours.
Près d'Orléans, comme enfemble ils pafsèrent,
L'oft des Anglais de nuit ils traversèrent.
Ces fiers Bretons, ayant bu triftement,
Cuvaient leur vin, dormaient profondément.
Tout était ivre, et goujats et vedettes:
On n'entendait ni tambours ni trompettes;
L'un dans fa tente était couché tout nu,
L'autre ronflait fur fon page étendu.

ALORS Denis, d'une voix paternelle,
Tint ces propos tout bas à la pucelle:
Fille de bien, tu fauras que Nifus, (r)
Etant un foir aux tentes de Turnus,
Bien fecondé de fon cher Euryale,
Rendit la nuit aux Rutulois fatale.
Le même advint au quartier de Rhéfus, (s)
Quand la valeur du preux fils de Tydée,
Par la nuit noire et par Ulyffe aidée,
Sut envoyer, fans danger, fans effort,
Tant de Troyens du fommeil à la mort.

Tu peux jouir de semblable victoire.
Parle, dis-moi, veux-tu de cette gloire ?
Jeanne lui dit : Je n'ai point lu l'histoire ;
Mais je ferais d'un courage bien bas,
De tuer gens qui ne combattent pas.
Disant ces mots elle avise une tente,
Que les rayons de la lune brillante
Fesaient paraître à ses yeux éblouis,
Tente d'un chef ou d'un jeune marquis :
Cent gros flacons remplis de vin exquis
Sont tout auprès. Jeanne avec assurance
D'un grand pâté prend les vastes débris,
Et boit six coups avec monsieur Denis,
A la santé de son bon roi de France.

LA tente était celle de Jean Chandos, (t)
Fameux guerrier qui dormait sur le dos.
Jeanne saisit sa redoutable épée,
Et sa culotte en velours découpée.
Ainsi jadis, David aimé de DIEU,
Ayant trouvé Saül en certain lieu,
Et lui pouvant ôter très-bien la vie,
De sa chemise il lui coupa partie,
Pour faire voir à tous les potentats
Ce qu'il put faire, et ce qu'il ne fit pas.
Près de Chandos était un jeune page
De quatorze ans, mais charmant pour son âge,
Lequel montrait deux globes faits au tour,
Qu'on aurait pris pour ceux du tendre Amour.
Non loin du page était une écritoire,
Dont se servait le jeune homme après boire,
Quand tendrement quelques vers il fesait,

Pour la beauté qui fon cœur féduifait.
Jeanne prend l'encre, et fa main lui deffine
Trois fleurs de lis, jufte deffous l'échine;
Préfage heureux du bonheur des Gaulois,
Et monument de l'amour de fes rois.
Le bon Denis voyait, fe pâmant d'aife,
Les lis français fur une feffe anglaife.

Q u i fut penaud le lendemain matin?
Ce fut Chandos, ayant cuvé fon vin;
Car s'éveillant, il vit fur ce beau page
Les fleurs de lis. Plein d'une jufte rage,
Il crie alerte, il croit qu'on le trahit;
A fon épée il court auprès du lit;
Il cherche en vain, l'épée eft difparue;
Point de culotte; il fe frotte la vue,
Il gronde, il crie, et penfe fermement
Que le grand diable eft entré dans le camp.

A h qu'un rayon de foleil et qu'un âne,
Cet âne ailé qui fur fon dos a Jeanne,
Du monde entier feraient bientôt le tour!
Jeanne et Denis arrivent à la cour.
Le doux prélat fait par expérience
Qu'on eft railleur à cette cour de France.
Il fe fouvient des propos infolens
Que Richemont lui tint dans Orléans,
Et ne veut plus, à pareille aventure,
D'un faint évêque expofer la figure.
Pour fon honneur il prit un nouveau tour;
Il s'affubla de la trifte encolure
Du bon Roger, feigneur de Baudricour, (u)

Preux

Preux chevalier et ferme catholique,
Hardi parleur, loyal et véridique,
Malgré cela pas trop mal à la cour.

EH ! jour de Dieu, dit-il parlant au prince,
Vous languiffez au fond d'une province,
Efclave roi, par l'Amour enchaîné !
Quoi ! votre bras indignement repofe !
Ce front royal, ce front n'eft couronné
Que de tiffus et de myrte et de rofe !
Et vous laiffez vos cruels ennemis
Rois dans la France et fur le trône affis !
Allez mourir, ou faites la conquête
De vos Etats ravis par ces mutins :
Le diadême eft fait pour votre tête,
Et les lauriers n'attendent que vos mains.
Dieu dont l'efprit allume mon courage,
Dieu dont ma voix annonce le langage,
De fa faveur eft prêt à vous couvrir.
Ofez le croire, ofez vous fecourir :
Suivez du moins cette augufte amazone ;
C'eft votre appui, c'eft le foutien du trône ;
C'eft par fon bras que le maître des rois
Veut rétablir nos princes et nos lois.
Jeanne avec vous chaffera la famille
De cet anglais fi terrible et fi fort :
Devenez homme, et fi c'eft votre fort
D'être à jamais mené par une fille,
Fuyez au moins celle qui vous perdit,
Qui votre cœur dans fes bras amollit ;
Et digne enfin de ce fecours étrange,
Suivez les pas de celle qui vous venge.

La Pucelle.   D

UN roi de France eut toujours dans le cœur (x)
Avec l'amour un très-grand fond d'honneur.
Du vieux foldat le difcours pathétique
A diffipé fon fommeil léthargique,
Ainfi qu'un ange un jour du haut des airs
De fa trompette ébranlant l'univers,
Rouvrant la tombe, animant la pouffière,
Rappellera les morts à la lumière :
Charle éveillé, Charles bouillant d'ardeur,
Ne lui répond qu'en s'écriant aux armes.
Les feuls combats à fes yeux ont des charmes.
Il prend fa pique, il brûle de fureur.

BIENTOT après la première chaleur
De ces tranfports où fon ame eft en proie,
Il voulut voir fi celle qu'on envoie,
Vient de la part du Diable ou du Seigneur,
Ce qu'il doit croire, et fi ce grand prodige
Eft en effet ou miracle ou preftige.
Donc fe tournant vers la fière beauté,
Le roi lui dit, d'un ton de majefté
Qui confondrait toute autre fille qu'elle :
Jeanne, écoutez ; Jeanne, êtes-vous pucelle ?
Jeanne lui dit : O grand Sire, ordonnez
Que médecins, lunettes fur le nez,
Matrones, clercs, pédans, apothicaires,
Viennent fonder ces féminins myftères ;
Et fi quelqu'un fe connaît à cela,
Qu'il trouffe Jeanne et qu'il regarde là.

A fa réponfe et fage et mefurée,
Le roi vit bien qu'elle était infpirée.

Or fus, dit-il, fi vous en favez tant,
Fille de bien, dites-moi dans l'inftant
Ce que j'ai fait cette nuit à ma belle;
Mais parlez net. Rien du tout, lui dit-elle.
Le roi furpris foudain s'agenouilla,
Cria tout haut miracle, et fe figna.
Incontinent la cohorte fourrée,
Bonnet en tête, Hippocrate à la main,
Vient obferver le pur et noble fein
De l'amazone à leurs regards livrée : (*y*)
On la met nue; et monfieur le doyen,
Ayant le tout confidéré très-bien,
Deffus, deffous, expédie à la belle
En parchemin un brevet de pucelle.

L'ESPRIT tout fier de ce brevet facré,
Jeanne foudain d'un pas délibéré
Retourne au roi, devant lui s'agenouille,
Et déployant la fuperbe dépouille
Que fur l'Anglais elle a prife en paffant :
Permets, dit-elle, ô mon maître puiffant !
Que fous tes lois la main de ta fervante
Ofe venger la France gémiffante.
Je remplirai les oracles divins :
J'ofe à tes yeux jurer par mon courage,
Par cette épée et par mon pucelage,
Que tu feras huilé bientôt à Reims.
Tu chafferas les anglaifes cohortes,
Qui d'Orléans environnent les portes.
Viens accomplir tes augustes deftins,
Viens, et de Tours abandonnant la rive,
Dès ce moment fouffre que je te fuive.

LES courtifans autour d'elle preffés,
Les yeux au ciel et vers Jeanne adreffés,
Battent des mains, l'admirent, la fecondent.
Cent cris de joie à fon difcours répondent.
Dans cette foule il n'eft point de guerrier
Qui ne voulût lui fervir d'écuyer,
Porter fa lance et lui donner fa vie ;
Il n'en eft point qui ne foit poffédé
Et de la gloire, et de la noble envie
De lui ravir ce qu'elle a tant gardé.
Prêt à partir chaque officier s'empreffe:
L'un prend congé de fa vieille maîtreffe ;
L'un fans argent va droit à l'ufurier ;
L'autre à fon hôte, et compte fans payer.
Denis a fait déployer l'oriflamme. (z)
A cet afpect le roi Charles s'enflamme
D'un noble efpoir à fa valeur égal.
Cet étendard aux ennemis fatal,
Cette héroïne, et cet âne aux deux ailes,
Tout lui promet des palmes immortelles.

DENIS voulut, en partant de ces lieux,
Des deux amans épargner les adieux.
On eût verfé des larmes trop amères,
On eût perdu des heures toujours chères.

AGNÈS dormait, quoiqu'il fût un peu tard :
Elle était loin de craindre un tel départ.
Un fonge heureux, dont les erreurs la frappent,
Lui retraçait des plaifirs qui s'échappent.
Elle croyait tenir entre fes bras
Le cher amant dont elle eft fouveraine;

Songe flatteur, tu trompais fes appas :
Son amant fuit, et faint Denis l'entraîne.
Tel dans Paris un médecin prudent
Force au régime un malade gourmand,
A l'appétit fe montre inexorable,
Et fans pitié le fait fortir de table.

Le bon Denis eut à peine arraché
Le roi de France à fon charmant péché,
Qu'il courut vîte à fon ouaille chère,
A fa pucelle, à fa fille guerrière.
Il a repris fon air de bienheureux,
Son ton dévot, fes plats et courts cheveux,
L'anneau béni, la croffe paftorale,
Ses gants, fa croix, fa mitre épifcopale :
Va, lui dit-il, fers la France et ton roi ;
Mon œil benin fera toujours fur toi.
Mais au laurier du courage héroïque,
Joins le rofier de la vertu pudique.
Je conduirai tes pas dans Orléans.
Lorfque Talbot, le chef des mécréans,
Le cœur faifi du démon de luxure,
Croira tenir fa préfidente impure,
Il tombera fous ton robufte bras.
Punis fon crime, et ne l'imite pas.
Sois à jamais dévote avec courage.
Je pars, adieu ; penfe à ton pucelage.
La belle en fit un ferment folemnel ;
Et fon patron repartit pour le ciel.

Fin du fecond Chant.

D 3

NOTES ET VARIANTES

DU CHANT SECOND.

(*a*) E<small>DITION</small> de 1756 :

C'eſt à l'Amour à nous cueillir la roſe ;
Mes chers amis , ayons tous cet honneur ,
Ainſi ſoit-il ; mais parlons d'autre choſe.
Vers les confins , &c.

(*b*) Il y avait alors ſur toutes les frontières de Lorraine des poteaux aux armes du duc, qui ſont trois alérions ; ils ont été ôtés en 1738.

(*c*) Elle était en effet native du village de Domrémi , fille de *Jean d'Arc* et d'*Iſabeau* , âgée alors de vingt-ſept ans , et ſervante de cabaret ; ainſi ſon père n'était point curé. C'eſt une fiction poëtique qui n'eſt peut-être pas permiſe dans un ſujet grave.

(*d*) *Montait chevaux à poil , et feſait apertiſes qu'autres filles n'ont point coùtume de faire* , comme dit la chronique de *Monſtrelet.*

(*e*) On lit dans quelques manuſcrits :

Voici le fait. Le père Grisbourdon ,
Grand cordelier , grand chercheur d'aventure ,
Prêcheur de nonne , écumant de luxure ,
Avait juré ſon froc et ſon cordon
Son Dieu , ſon diable et Saint-François d'Aſſiſe ,
Que dans ſes lacs Jeannette ſerait priſe.
     D'une autre part un large muletier
Non moins hardi , non moins franc du collier , (*)

(*) Il y a dans un autre manuſcrit.

Le jour , la nuit , montrant ſans fin , ſans terme ,
Signes certains de l'amour le plus ferme.
Même on a cru qu'à ce puiſſant objet
Notre héroïne enfin s'apprivoiſait ;
Qu'elle ſentait une ſubtile flamme ,
Qui par les yeux ſe gliſſait dans ſon ame.
Je n'en crois rien : mais notre cordelier ,
Hardi paillard , étant de plus ſorcier ,
Alla trouver ce rival ſi terrible ;
Puis il lui tint ce diſcours très-plauſible :
Puiſſant héros , &c.

Groſſièrement ſoupirait pour la belle ,
Et par état ſe croyait né pour elle.
L'occaſion , la douce égalité
Feſaient pencher Jeanne de ſon côté.
Mais ſa pudeur triomphait de la flamme
Qui par les yeux ſe gliſſait dans ſon ame.
Le franciſcain vit ſa naiſſante ardeur ;
Mieux qu'elle encore il liſait dans ſon cœur.
Ce moine était grand clerc dans l'art magique ,
Art cultivé dans ce beau ſiècle antique ,
De nos ſavans en nos jours ignoré ,
Car aujourd'hui tout a dégénéré.
En feuilletant , &c.

(*f*) La ſorcellerie était alors ſi en vogue , que *Jeanne d'Arc* elle-même fut brûlée depuis comme ſorcière , ſur la requête de la ſorbonne.

(*g*) Figure de *Pallas*, à laquelle le deſtin de Troye était attaché : preſque tous les peuples ont eu de pareilles ſuperſtitions.

(*h*) Edition de 1762 :

J'aurai , dit-il , ma Jeanne en ma puiſſance ;
Je ſuis anglais , je dois faire le bien
De mon pays , et plus encor le mien.

(*i*) Edition de 1756 :

Ce peſant diable eſt maintenant en France ,
Avec meſſieurs il ronfle à l'audience ,
Dans le parterre il vient bâiller le ſoir.

(*k*) Le jéſuite *Girard* , convaincu d'avoir eu de petites privautés avec la demoiſelle *Cadière* , ſa pénitente , fut accuſé de l'avoir enſorcelée en ſoufflant ſur elle. [*Voyez les notes du chant troiſième.*]

(*l*) Edition de 1756 :

» Suis-moi , renonce à tes humbles travaux ;
» Charle eſt un Jean , et Jeanne eſt un héros. »
A ce diſcours , &c.

(*m*) Dans l'édition de 1762 , et les éditions précédentes , on liſait :

A ce diſcours terrible et pathétique ,
Et qui n'eſt point en ſtyle académique ,
Jeanne étonnée , ouvrant un large bec ,
Crut quelque temps que l'on lui parlait grec.

Dans ce moment un rayon de la grâce
Dans son esprit porte un jour efficace.

Et dans un manuscrit :

A ce discours consolant et terrible,
Pris mot pour mot des cahiers de la bible, &c.

(n) Edition de 1756 :

Telle plutôt cette heureuse grisette
Que la nature ainsi que l'art forma
Pour le sérail ou bien pour l'opéra,
Qu'une maman avilée et discrète,
Au noble lit d'un fermier éleva,
Et que l'Amour, d'une main plus adroite,
Sous un monarque entre deux draps plaça.
Sa vive allure est un vrai port de reine,
Ses yeux fripons s'arment de majesté,
Sa voix a pris le ton de souveraine,
Et sur son rang son esprit s'est monté.
Or pour hâter, &c.

(o) *Débora* est la première femme guerrière dont il soit parlé dans le monde. *Jahel*, autre héroïne, enfonça un clou dans la tête du général *Sizara :* on conserve ce clou dans plusieurs couvens grecs et latins, avec la mâchoire dont se servit *Samson*, la fronde de *David*, et le couperet avec lequel la célèbre *Judith* coupa la tête du général *Holoferne* ou *Olsern*, après avoir couché avec lui.

(p) Edition de 1756, et manuscrit :

Ces pots brillans dont Gédéon défit
De Madian la cohorte infidelle,
Le couperet de la belle Judith,
Cette beauté si saintement perfide
Qui, pour le ciel, galamment homicide,
Son cher amant massacra dans son lit.
Plus d'abondant le sacré cimeterre
Dont le Sauveur voulut que s'armât Pierre
Pour lui donner une oreille à guérir,
Et de son nom laisser un souvenir.

(q) Lecteur, qui avez du goût, remarquez que notre auteur, qui en a aussi, et qui est au-dessus des préjugés, rime toujours pour les oreilles plus que pour les yeux. Vous ne le verrez point faire rimer *trône* avec *bonne*, *pâte* avec *patte*, *homme* avec *héaume*. Une brève n'a pas le même fon, et ne fe prononce pas comme une longue. *Jean* et *chant* fe prononcent de même.

(*r*) Aventure décrite dans l'Énéide.

(*s*) Aventure de l'Iliade.

(*t*) L'un des grands capitaines de ce temps-là.

(*u*) Il ne s'appelait point *Roger*, mais *Robert :* cette faute eft légère ; ce fut lui qui mena *Jeanne d'Arc* à Tours, en 1429, et qui la préfenta au roi. C'était un bon champenois qui n'y entendait pas fineffe. Son château était auprès de Brienne en Champagne. J'ai vu fa devife fur la porte de ce pauvre château : c'était un cep de vigne avec la légende, *Beau, dru et court.* On peut juger par-là de l'efprit du temps.

(*x*) Edition de 1756 :

    ,, Un roi de France a toujours dans le cœur,
    ,, Malgré le vice, un très-grand fond d'honneur ;
    ,, Vous l'avez vu dernièrement, mes frères,
    ,, Lorfque Louis, fe dérobant des bras
    ,, De la beauté qu'exorcifait Linières
    ,, Au bord du Rhin, du fond des Pays-Bas
    ,, Vint cogner Charle, et braver le trépas. ,,
    Du vieux foldat, &c.

(*y*) Effectivement des médecins et des matrones vifitèrent *Jeanne d'Arc*, et la déclarèrent pucelle.

(*z*) Etendard apporté par un ange dans l'abbaye de Saint-Denis, lequel était autrefois entre les mains des comtes de *Vexin*.

Fin des Notes et Variantes du Chant fecond.

CHANT III.

ARGUMENT.

*Description du palais de la Sottise. Combat vers Orléans.
Agnès se revêt de l'armure de Jeanne pour aller trouver
son amant : elle est prise par les Anglais, et sa pudeur
souffre beaucoup.*

CE n'est le tout d'avoir un grand courage,
Un coup d'œil ferme au milieu des combats,
D'être tranquille à l'aspect du carnage,
Et de conduire un monde de soldats;
Car tout cela se voit en tous climats,
Et tour à tour ils ont cet avantage.
Qui me dira si nos ardens Français,
Dans ce grand art, l'art affreux de la guerre,
Sont plus savans que l'intrépide Anglais?
Si le Germain l'emporte sur l'Ibère?
Tous ont vaincu, tous ont été défaits.
Le grand Condé fut vaincu par Turenne; (a)
Le fier Villars fut battu par Eugène. (b)
De Staniflas le vertueux support,
Ce roi soldat, dom Quichotte du Nord,
Dont la valeur a paru plus qu'humaine,
N'a-t-il pas vu, dans le fond de l'Ukraine,
A Pultava tous ses lauriers flétris (c)
Par un rival, objet de ses mépris?

UN beau secret serait, à mon avis,
De bien savoir éblouir le vulgaire,

De s'établir un divin caractère, (d)
D'en impofer aux yeux des ennemis ;
Car les Romains, à qui tout fut foumis,
Domptaient l'Europe au milieu des miracles.
Le ciel pour eux prodigua les oracles.
Jupiter, Mars, Pollux et tous les dieux
Guidaient leur aigle et combattaient pour eux.
Le grand Bacchus qui mit l'Afie en cendre,
L'antique Hercule et le fier Alexandre,
Pour mieux régner fur les peuples conquis,
De Jupiter ont paffé pour les fils :
Et l'on voyait les princes de la terre
A leurs genoux redouter le tonnerre,
Tomber du trône et leur offrir des vœux.

DENIS fuivit ces exemples fameux ;
Il prétendit que Jeanne la pucelle
Chez les Anglais pafsât même pour telle ;
Et que Bedfort, et l'amoureux Talbot,
Et Tirconel, et Chandos l'indévot,
Cruffent la chofe, et qu'ils viffent dans Jeanne
Un bras divin, fatal à tout profane.

POUR réuffir en ce hardi deffein,
Il s'en va prendre un vieux bénédictin,
Non tel que ceux dont le travail immenfe
Vient d'enrichir les libraires de France ;
Mais un prieur engraiffé d'ignorance,
Et n'ayant lu que fon miffel latin :
Frère Lourdis fut le bon perfonnage
Qui fut choifi pour ce nouveau voyage.

DEVERS la lune, où l'on tient que jadis
Etait placé des fous le paradis, (f)

Sur les confins de cet abyme immenfe,
Où le Chaos, et l'Erèbe et la Nuit,
Avant les temps de l'univers produit,
Ont exercé leur aveugle puiffance ;
Il eft un vafte et caverneux féjour,
Peu careffé des doux rayons du jour,
Et qui n'a rien qu'une lumière affreufe,
Froide, tremblante, incertaine et trompeufe :
Pour toute étoile on a des feux follets.
L'air eft peuplé de petits farfadets.
De ce pays la reine eft la Sottife.
Ce vieil enfant porte une barbe grife,
Oeil de travers et bouche à la Danchet. (g)
Sa lourde main tient pour fceptre un hochet,
De l'Ignorance elle eft, dit-on, la fille.
Près de fon trône eft fa fotte famille,
Le fol Orgueil, l'Opiniâtreté,
Et la Pareffe et la Crédulité.
Elle eft fervie, elle eft flattée en reine ;
On la croirait en effet fouveraine ;
Mais ce n'eft rien qu'un fantôme impuiffant,
Un Chilperic, un vrai roi fainéant.
La Fourberie eft fon miniftre avide.
Tout eft réglé par ce maire perfide ;
Et la Sottife eft fon digne inftrument.
Sa cour plénière eft à fon gré fournie
De gens profonds en fait d'aftrologie,
Sûrs de leur art, à tous momens déçus,
Dupes, fripons, et partant toujours crus.

C'EST-LA qu'on voit les maîtres d'alchimie
Fefant de l'or, et n'ayant pas un fou,

Les Roses-croix, et tout ce peuple fou
Argumentant fur la théologie.

Le gros Lourdis, pour aller en ces lieux,
Fut donc choifi parmi tous fes confrères.
Lorfque la nuit couvrait le front des cieux
D'un tourbillon de vapeurs non légères,
Enveloppé dans le fein du repos,
Il fut conduit au paradis des fots. (h)
Quand il y fut, il ne s'étonna guères :
Tout lui plaifait, et même en arrivant
Il crut encore être dans fon couvent.

Il vit d'abord la fuite emblématique
Des beaux tableaux de ce féjour antique.
Cacodémon, qui ce grand temple orna,
Sur la muraille à plaifir griffonna
Un long croquis de toutes nos fottifes :
Traits d'étourdi, pas de clerc, balourdifes,
Projets mal faits, plus mal exécutés,
Et tous les mois du Mercure vantés.
Dans cet amas de merveilles confufes,
Parmi ces flots d'impofteurs et de bufes,
On voit fur-tout un fuperbe écoffais,
Lafs eft fon nom ; nouveau roi des Français,
D'un beau papier il porte un diadême,
Et fur fon front il eft écrit *fyftême* ; (i)
Environné de grands balots de vent,
Sa noble main les donne à tout venant :
Prêtres, catins, guerriers, gens de juftice,
Lui vont porter leur or par avarice.

A H quel fpectacle ! ah vous êtes donc là,
Tendre Efcobar, fuffifant (*k*) Molina,
Petit Doucin, dont la main pateline
Donne à baifer une bulle divine, (*l*)
Que le Tellier (*m*) lourdement fabriqua,
Dont Rome même en fecret fe moqua,
Et qui chez nous eft la noble origine
De nos partis, de nos divifions,
Et qui pis eft de volumes profonds,
Remplis, dit-on, de poifons hérétiques,
Tous poifons froids, et tous foporifiques !

L E S combattans, nouveaux Bellérophons,
Dans cette nuit, montés fur des chimères,
Les yeux bandés, cherchent leurs adverfaires ;
De longs fifflets leur fervent de clairons ;
Et dans leur docte et fainte frénéfie,
Ils vont frappant à grands coups de veffie.
Ciel, que d'écrits, de difquifitions,
De mandemens et d'explications,
Que l'on explique encor peur de s'entendre !

O chroniqueur des héros du Scamandre,
Toi qui jadis des grenouilles, des rats,
Si doctement as chanté les combats,
Sors du tombeau, viens célébrer la guerre
Que pour la bulle on fera fur la terre !
Le janfénifte, efclave du deftin,
Enfant perdu de la grâce efficace,
Dans fes drapeaux porte un Saint-Auguftin,
Et pour plufieurs il marche avec audace. (*n*)
Les ennemis s'avancent tout courbés
Deffus le dos de cent petits abbés.

CESSEZ, ceffez, ô difcordes civiles;
Tout va changer : place, place, imbécilles.
Un grand tombeau fans ornement, fans art,
Eft élevé non loin de Saint-Médard. (o)
L'efprit divin, pour éclairer la France,
Sous cette tombe enferme fa puiffance;
L'aveugle y court, et d'un pas chancelant,
Aux Quinze-vingts retourne en tâtonnant.
Le boiteux vient clopinant fur la tombe,
Crie *hofanna*, faute, gigotte et tombe.
Le fourd approche, écoute, et n'entend rien.
Tout auffitôt de pauvres gens de bien
D'aife pâmés, vrais témoins de miracle,
Du bon Pâris baifent le tabernacle. (p)
Frère Lourdis fixant fes deux gros yeux,
Voit ce faint œuvre, en rend grâces aux cieux,
Joint les deux mains, et riant d'un fot rire,
Ne comprend rien, et toute chofe admire.

AH ! le voici ce favant tribunal,
Moitié prélats et moitié monacal;
D'inquifiteurs une troupe facrée,
Eft là pour Dieu de sbires entourée.
Ces faints docteurs, affis en jugement,
Ont pour habit plumes de chat-huant;
Oreilles d'âne ornent leur tête augufte :
Et pour pefer le jufte avec l'injufte,
Le vrai, le faux, balance eft dans leurs mains.
Cette balance a deux larges baffins;
L'un tout comblé contient l'or qu'ils excroquent,
Le bien, le fang des pénitens qu'ils croquent;

Dans l'autre font bulles, brefs, oremus,
Beaux chapelets, fcapulaires, agnus.
Aux pieds bénits de la docte affemblée,
Voyez-vous pas le pauvre Galilée, (q)
Qui tout contrit leur demande pardon,
Bien condamné pour avoir eu raifon ?

Murs de Loùdun, quel nouveau feu s'allume?
C'eft un curé que le bûcher confume :
Douze faquins ont déclaré forcier
Et fait griller meffire Urbain Grandier. (r)

Galigaï, ma chère maréchale, (s)
Du parlement, épaulé de maint pair,
La compagnie ignorante et vénale
Te fait chauffer en feu brillant et clair
Pour avoir fait pacte avec Lucifer.
Ah ! qu'aux favans notre France eft fatale !
Qu'il y fait bon croire au pape, à l'enfer,
Et fe borner à favoir fon *Pater !*
Je vois plus loin cet arrêt authentique (t)
Pour Ariftote et contre l'émétique.

Venez, venez, mon beau père Girard, (u)
Vous méritez un long article à part.
Vous voilà donc, mon confeffeur de fille,
Tendre dévot qui prêchez à la grille ;
Que dites-vous des pénitens appas
De ce tendron converti dans vos bras?
J'eftime fort cette douce aventure.
Tout eft humain, Girard, en votre fait ;
Ce n'eft pas-là pécher contre nature :

Que

Que de dévots en ont encor plus fait !
Mais, mon ami, je ne m'attendais guère
De voir entrer le diable en cette affaire.
Girard, Girard, tous vos accusateurs,
Jacobin, carme, et feseur d'écriture,
Juges, témoins, ennemis, protecteurs,
Aucun de vous n'est sorcier, je vous jure. (x)
Lourdis enfin voit nos vieux parlemens
De vingt prélats brûler les mandemens,
Et par arrêt exterminer la race
D'un certain fou qu'on nomme saint Ignace ;
Mais, à leur tour, eux-même on les proscrit:
Quesnel en pleure, et saint Ignace en rit.
Paris s'émeut à leur destin tragique,
Et s'en console à l'opéra-comique.

O toi, Sottise ! ô grosse déité,
De qui les flancs à tout âge ont porté
Plus de mortels que Cybèle féconde
N'avait jadis donné de dieux au monde,
Qu'avec plaisir ton grand œil hébété
Voit tes enfans dont ma patrie abonde :
Sots traducteurs, et sots compilateurs,
Et sots auteurs, et non moins sots lecteurs.
Je t'interroge, ô suprême puissance !
Daigne m'apprendre, en cette foule immense,
De tes enfans qui sont les plus chéris,
Les plus féconds en lourds et plats écrits,
Les plus constans à broncher comme à braire
A chaque pas dans la même carrière:
Ah ! je connais que tes soins les plus doux
Sont pour l'auteur du journal de Trévoux.

La Pucelle.   E

TANDIS qu'ainſi Denis notre bon père
Devers la lune en ſecret préparait
Contre l'Anglais cet innocent myſtère,
Une autre ſcène en ce moment s'ouvrait
Chez les grands fous du monde ſublunaire.
Charle eſt déjà parti pour Orléans,
Ses étendards flottent au gré des vents.
A ſes côtés Jeanne, le caſque en tête,
Déjà de Reims lui promet la conquête.
Voyez-vous pas ces jeunes écuyers,
Et cette fleur de loyaux chevaliers ?
La lance au poing, cette troupe environne
Avec reſpect notre ſainte amazone.
Ainſi l'on voit lé ſexe maſculin
A Fontevraud ſervir le féminin. (y)
Le ſceptre eſt là dans les mains d'une femme;
Et père Anſelme eſt béni par madame.

LA belle Agnès, en ces cruels momens,
Ne voyant plus ſon amant qu'elle adore,
Cède au chagrin dont l'excès la dévore;
Un froid mortel s'empare de ſes ſens.
L'ami Bonneau, toujours plein d'induſtrie,
En cent façons la rappelle à la vie.
Elle ouvre encor ſes yeux, ces doux vainqueurs,
Mais ce n'eſt plus que pour verſer des pleurs.
Puis ſur Bonneau ſe penchant d'un air tendre :
C'en eſt donc fait, dit-elle, on me trahit.
Où va-t-il donc ? que veut-il entreprendre ?
Etait-ce-là le ferment qu'il me fit,
Lorſqu'à ſa flamme il me fit condeſcendre ?
Toute la nuit il faudra donc m'étendre,

Sans mon amant, feule au milieu d'un lit : (z)
Et cependant cette Jeanne hardie,
Non des Anglais, mais d'Agnès ennémie,
Va contre moi lui prévenir l'efprit.
Ciel ! que je hais ces créatures fières,
Soldats en jupe, hommaffes chevalières, (aa)
Du fexe mâle affectant la valeur,
Sans poff* éder les agrémens du nôtre,
A tous les deux prétendant faire honneur,
Et qui ne font ni de l'un ni de l'autre.
Difant ces mots elle pleure et rougit,
Frémit de rage, et de douleur gémit.
La jaloufie en fes yeux étincelle ;
Puis tout à coup, d'une rufe nouvelle
Le tendre amour lui fournit le deffein.

VERS Orléans elle prend fon chemin,
De dame Alix et de Bonneau fuivie.
Agnès arrive en une hôtellerie,
Où dans l'inftant, laffe de chevaucher,
La fière Jeanne avait été coucher.
Agnès attend qu'en ce logis tout dorme,
Et cependant fubtilement s'informe
Où couche Jeanne, où l'on met fon harnois :
Puis dans la nuit fe gliffe en tapinois,
De Jean Chandos prend la culotte et paffe
Ses cuiffes entre, et l'aiguillette lace ;
De l'amazone elle prend la cuiraffe.
Le dur acier, forgé pour les combats,
Preffe et meurtrit fes membres délicats.
L'ami Bonneau la foutient fous les bras.

E 2

LA belle Agnès dit alors à voix baſſe :
Amour, Amour, maître de tous mes ſens,
Donne la force à cette main tremblante,
Fais-moi porter cette armure peſante,
Pour mieux toucher l'auteur de mes tourmens.
Mon amant veut une fille guerrière,
Tu fais d'Agnès un ſoldat pour lui plaire :
Je le ſuivrai ; qu'il permette aujourd'hui
Que ce ſoit moi qui combatte avec lui ;
Et ſi jamais la terrible tempête
Des dards anglais vient menacer ſa tête,
Qu'ils tombent tous ſur ces triſtes appas ;
Qu'il ſoit du moins ſauvé par mon trépas ;
Qu'il vive heureux, que je meure pâmée
Entre ſes bras, et que je meure aimée.
Tandis qu'ainſi cette belle parlait,
Et que Bonneau ſes armes lui mettait,
Le roi Charlot à trois milles était.

LA tendre Agnès prétend à l'heure même,
Pendant la nuit, aller voir ce qu'elle aime.
Ainſi vêtue et pliant ſous le poids,
N'en pouvant plus, maudiſſant ſon harnois,
Sur un cheval elle s'en va juchée,
Jambe meurtrie, et la feſſe écorchée.
Le gros Bonneau, ſur un normand monté,
Va lourdement et ronfle à ſon côté.
Le tendre Amour, qui craint tout pour la belle,
La voit partir, et ſoupire pour elle.

AGNÈS à peine avait gagné chemin,
Qu'elle entendit devers un bois voiſin

Bruit de chevaux, et grand cliquetis d'armes.
Le bruit redouble ; et voici des gendarmes,
Vêtus de rouge ; et pour comble de maux,
C'était les gens de monsieur Jean Chandos.
L'un d'eux s'avance, et demande *qui vive?*
A ce grand cri, notre amante naïve
Songeant au roi, répondit sans détour :
Je suis Agnès, vive France et l'Amour !
A ces deux noms, que le ciel équitable
Voulut unir du nœud le plus durable,
On prend Agnès et son gros confident ;
Ils font tous deux menés incontinent
A ce Chandos qui, terrible en sa rage,
Avait juré de venger son outrage,
Et de punir les brigands ennemis
Qui sa culotte et son fer avaient pris.

DANS ces momens où la main bienfesante
Du doux sommeil laisse nos yeux ouverts,
Quand les oiseaux reprennent leurs concerts,
Qu'on sent en soi sa vigueur renaissante,
Que les désirs, pères des voluptés,
Sont par les sens dans notre ame excités ;
Dans ces momens, Chandos, on te présente
La belle Agnès, plus belle et plus brillante
Que le soleil au bord de l'Orient.
Que sentis-tu, Chandos, en t'éveillant,
Lorsque tu vis cette nymphe si belle
A tes côtés, et tes grègues sur elle ?

CHANDOS, pressé d'un aiguillon bien vif,
La dévorait de son regard lascif.

E 3

Agnès en tremble, et l'entend qui marmotte
Entre ſes dents : *Je t'aurai, ma culotte !*
A ſon chevet d'abord il la fait ſeoir :
Quittez, dit-il, ma belle priſonnière,
Quittez ce poids d'une armure étrangère.
Ainſi parlant, plein d'ardeur et d'eſpoir,
Il la décaſque, il vous la décuiraſſe :
La belle Agnès s'en défend avec grâce,
Elle rougit d'une aimable pudeur,
Penſant à Charle, et ſoumiſe au vainqueur.
Le gros Bonneau, que le Chandos deſtine
Au digne emploi de chef de ſa cuiſine,
Va dans l'inſtant mériter cet honneur ;
Des boudins blancs il était l'inventeur,
Et tu lui dois, ô nation françaiſe !
Pâtés d'anguille, et gigots à la braiſe. (*bb*)

MONSIEUR Chandos, hélas ! que faites-vous ?
Diſait Agnès d'un ton timide et doux.
Pardieu, dit-il, (tout héros anglais jure) (*cc*)
Quelqu'un m'a fait une ſanglante injure.
Cette culotte eſt mienne ; et je prendrai
Ce qui fut mien où je le trouverai.
Parler ainſi, mettre Agnès toute nue,
C'eſt même choſe ; et la belle éperdue
Tout en pleurant était entre ſes bras,
Et lui diſait : non, je n'y conſens pas.

DANS l'inſtant même un horrible fracas
Se fait entendre ; on crie : alerte, aux armes.
Et la trompette, organe du trépas,
Sonne la charge, et porte les alarmes.

A fon réveil, Jeanne cherchant en vain
L'affublement du harnois mafculin,
Son bel armet ombragé de l'aigrette,
Et fon haubert, (*dd*) et fa large braguette, (*ee*)
Sans raifonner faifit foudainement
D'un écuyer le dur accoutrement,
Monte à cheval fur fon âne, et s'écrie:
Venez venger l'honneur de la patrie.
Cent chevaliers s'empreffent fur fes pas,
Ils font fuivis de fix cents vingt foldats.

FRERE Lourdis, en ce moment de crife,
Du beau palais où règne la Sottife,
Eft defcendu chez les Anglais guerriers,
Environné d'atomes tout groffiers,
Sur fon gros dos portant balourderies,
Oeuvres de moine et belles âneries.
Ainfi bâté, fitôt qu'il arriva,
Sur les Anglais fa robe il fecoua
Son ample robe; et dans leur camp verfa
Tous les tréfors de fa craffe ignorance,
Tréfors communs au bon pays de France.
Ainfi des nuits la noire déité,
Du haut d'un char d'ébène marqueté,
Répand fur nous les pavots et les fonges,
Et nous endort dans le fein des menfonges.

Fin du troifième Chant.

NOTES ET VARIANTES

DU CHANT TROISIEME.

(*a*) A la fameufe bataille des Dunes , près de Dunkerque.

(*b*) A Malplaquet , près de Mons, en 1709.

Dans l'édition de 1756, au lieu de ces deux vers, on lit :

> Le grand Condé fut battu par Turenne,
> Créqui vaincu fut enfuite vainqueur ,
> L'heureux Villars, fanfaron plein de cœur ,
> Gagna le quitte ou double avec Eugène.
> *De Staniflas , &c.*

Il eft aifé de voir que *gagna le quitte ou double* , et le *fanfaron plein de cœur* , ne font pas de M. de *Voltaire.*

(*c*) Auffi en 1709.

(*d*) Après un *divin caractère* , on lifait dans l'édition de 1756 :

> Avec cela tout eft humble et foumis.
> Voyons comment , dans la grande chronique ,
> Du fin Jéthro le gendre politique
> S'y prit jadis pour être plus que roi.
> Aux bonnes gens dont Jacob fut le père ,
> Gens d'efprit faible et de robufte foi ,
> Il dit que DIEU , lui montrant fon derrière ,
> L'endoctrinait fur l'admirable loi
> Qui le devait , et les fils de fon frère ,
> Entretenir pour jamais à rien faire ;
> Qu'il lui dictait tous les importans cas
> Où les lépreux , les femmes bien apprifes
> Devaient changer de robe et de chemifes ,
> Paraître en rue ou refter dans les draps.
> De vingt pétards , et d'autant de fufées ,
> Le feu faillant , et les brillans éclats ,
> Sur un rocher caché dans les nuées ,
> Dont une garde , et des ordres exprès ,
> Aux curieux interdifaient l'accès ,
> Pour les idiots furent une tempête ;

Le peuple au loin admirant le fracas,
Du Tout-Puiffant crut connaître le bras,
Et treffaillit pour le hardi prophète.
Le drôle avait étudié fa bête.
Seul au fommet du myftérieux mont,
Comme il voulut il fit la quarantaine ;
Puis tout à coup fe montra dans la plaine,
Cornes de bouc flamboyantes au front.
Du phyficien le brillant phénomène,
Sur les efprits fit un effet fort prompt.
Il dit que DIEU roulé dans un buiffon,
A lui chétif avait donné leçon.
C'en fut affez ; il vit en révérence
Tout un chacun recevoir fon fermon.
On crut du ciel encourir la vengeance,
Si l'on ofait manquer d'obéiffance
Et de refpect à monfieur Aaron ;
Et des ftatuts, dont l'auteur malhabile
Eût mérité les petites-maifons,
Furent des lois que ce peuple imbécille
Crut renfermer le fort des nations.
Le bon Numa, de fa nymphe fubtile,
S'aida très-bien chez les enfans de Mars ;
Le grand Bacchus qui mit l'Afie en cendre,
L'antique Hercule, et le fier Alexandre,
Et le premier de ces fameux Céfars,
De quelque dieu prétendirent defcendre.
Ces fiers Romains, à qui tout fut foumis,
Domptaient l'Europe au milieu des miracles.
Le ciel pour eux, &c.

Ces vers font encore bien moins dans le ftyle de M. de *Voltaire* que dans celui du capucin *Maubert*, ou du propofant *la Beaumelle*.

(e) On lit dans les manufcrits :

Denis fuivit ces exemples fameux :
Du merveilleux il fe fervit comme eux ;
Il prétendit que Jeanne la pucelle
Chez les Anglais, paffât même pour telle,
Et que Bedford et Talbot, et Chandos,
Et Tirconel, qui n'étaient pas des fots,
Cruffent la chofe, &c.

(f) On appelait autrefois *paradis des fous*, *paradis des fots*, les limbes ; et on plaça dans ces limbes les ames des imbécilles et des petits enfans morts fans baptême. *Limbe* fignifie *bord*, *bordure*; et c'était vers les bords de la lune qu'on avait établi ce paradis. *Milton* en parle; il fait paffer le diable par le paradis des fots: *the paradife of fools.*

(*g*) Ceci paraît une allufion aux fameux couplets de *Roufleau*.

> Je te vois, innocent Danchet,
> Grands yeux ouverts, bouche béante.

Une bouche à la Danchet était devenu une efpèce de proverbe. Ce *Danchet* était un poëte médiocre, qui a fait quelques pièces de théâtre, &c. Au lieu de ces deux vers on en trouve deux autres dans quelques manufcrits:

> Oreille longue avec le chef pointu,
> Bouche béante, œil louche, pied tortu.
> *De l'ignorance*, &c.

(*h*) Ce font les limbes inventés, dit-on, par un nommé *Pierre Chryfologue*. C'eft-là qu'on envoie tous les petits enfans qui meurent fans avoir été baptifés; car, s'ils meurent à 15 ans, ils font damnés fans difficulté.

(*i*) Le fyftême fameux du fieur *Lafs* ou *Law*, écoffais, qui bouleverfa tant de fortunes en France depuis 1718 jufqu'à 1720, avait encore laiffé des traces funeftes, et l'on s'en reffentait en 1730, qui fut le temps où nous jugeons que l'auteur commença ce poëme.

(*k*) On connaît affez, par les excellentes *Lettres provinciales*, les cafuiftes *Efcobar* et *Molina*. Ce *Molina* eft appelé ici *fuffifant*, par allufion à la grâce *fuffifante* et *verfatile*, fur laquelle il avait fait un fyftême abfurde, comme celui de fes adverfaires.

(*l*) Edition de 1756:

> Donne à baifer une bulle divine;
> Plus d'un prélat la met dévotement
> Tout à côté du nouveau teftament.
> Ciel! à leurs yeux une cohorte fière
> En même temps s'en torche le derrière;
> L'ignatien furieux, éperdu,
> Court fe faifir du facré torche-cu.
> Dieux! quels combats! quels flots d'encre et de bile!
> On prêche, on court, on barbouille, on exile.
> *Toi qui jadis des grenouilles*, &c.

(*m*) *Le Tellier* jéfuite, fils d'un procureur de Vire en Baffe-Normandie, confeffeur de *Louis XIV*, auteur de la *bulle*, et de tous les troubles qui la fuivirent, exilé pendant la régence, et dont la mémoire eft abhorrée de nos jours. Le père *Doucin* était fon premier miniftre.

(*n*) Les janféniftes difent que le meffie n'eft venu que pour plufieurs.

(*o*) Ceci défigne les convulfionnaires, et les miracles atteftés par des milliers de janféniftes, miracles dont *Carré de Mongeron* fit imprimer un gros recueil qu'il préfenta au roi *Louis XV.*

(*p*) Le bon *Pâris* était un diacre imbécille, mais qui, étant un des janféniftes les plus zélés, et les plus accrédités parmi la populace, fut regardé comme un faint par cette populace. Ce fut vers l'an 1724 qu'on imagina d'aller prier fur la tombe de ce bon-homme, au cimetière d'une églife de Paris, érigée à un faint *Médard*, qui d'ailleurs eft peu connu. Ce faint *Médard* n'avait jamais fait de miracles ; mais l'abbé *Pâris* en fit une multitude. Le plus marqué eft celui que madame la ducheffe du *Maine* célébra dans cette chanfon :

> Un décroteur à la royale,
> Du talon gauche eftropié,
> Obtint pour grâce fpéciale,
> D'être boiteux de l'autre pied.

Ce faint *Pâris* fit trois ou quatre cents miracles de cette efpèce : il aurait reffufcité des morts fi on l'avait laiffé faire, mais la police y mit ordre ; de-là ce diftique connu :

> De par le roi, défenfe à DIEU
> D'opérer miracle en ce lieu.

(*q*) *Galilée*, le fondateur de la philofophie en Italie, fut condamné par la congrégation du Saint-Office, mis en prifon, et traité très-durement, non-feulement comme hérétique, mais comme ignorant, pour avoir démontré le mouvement de la terre.

(*r*) *Urbain Grandier*, curé de Loudun, condamné au feu en 1629 par une commiffion du confeil, pour avoir mis le diable dans le corps de quelques religieufes. Un nommé *la Menardaie* a été affez imbécille pour faire imprimer, en 1749, un livre dans lequel il croit prouver la vérité de ces poffeffions.

(*s*) *Eléonore Galigaï*, fille de grande qualité, attachée à la reine *Marie de Médicis*, et fa dame d'honneur, époufe de *Concino Concini*, florentin, marquis d'Ancre, maréchal de France, fut non-feulement décapitée à la Grève en 1617, comme il eft dit dans l'abrégé chronologique de l'hiftoire de France, mais fut brûlée comme forcière, et fes biens furent donnés à fes ennemis. Il n'y eut que cinq confeillers qui, indignés d'une horreur fi abfurde, ne voulurent pas affifter au jugement.

(*t*) Le parlement sous *Louis XIII* défendit, sous peine des galères, qu'on enseignât une autre doctrine que celle d'*Aristote*, et défendit ensuite l'émétique, mais sans condamner aux galères les médecins ni les malades. *Louis XIV* fut guéri à Calais par l'émétique, et l'arrêt du parlement perdit de son crédit.

(*u*) L'histoire du jésuite *Girard*, et de la *Cadière*, est assez publique ; le jésuite fut condamné au feu comme sorcier par la moitié du parlement d'Aix, et absous par l'autre moitié.

(*x*) Edition de 1756 :

> *Aucun de vous n'est sorcier, je vous jure.*
> Lourdis était aussi dans ce tableau :
> Mais à ses yeux il n'en put rien paraître.
> Il ne vit rien. Le cas n'est pas nouveau ;
> Le plus habile a peine à s'y connaître.
> Quand vers la lune ainsi l'on préparait
> *Contre l'Anglais*, &c.

(*y*) *Fontevraud*, *Fontevraux*, *Fons-Ebraldi*, est un bourg en Anjou, à trois lieues de Saumur, connu par une célèbre abbaye de filles, chef-d'ordre, érigée par *Robert d'Arbrissel*, né en 1047, et mort en 1117. Après avoir fixé ses tabernacles à la forêt de Fontevraud, il parcourut nus pieds les provinces du royaume, afin d'exhorter à la pénitence les filles de joie, et les attirer dans son cloître ; il fit de grandes conversions en ce genre, entre autres dans la ville de Rouen. Il persuada à la célèbre reine *Bertrade* de prendre l'habit de Fontevraud, et il établit son ordre par toute la France. Le pape *Paschal II* le mit sous la protection du saint-siége en 1106. *Robert*, quelque temps avant sa mort, en conféra le généralat à une dame nommée *Pétronille du Chemille*, et voulut que toujours une femme succédât à une autre femme dans la dignité de chef de l'ordre, commandant également aux religieux comme aux religieuses. Trente-quatre ou trente-cinq abbesses ont succédé jusqu'à ce jour à *Pétronille*, parmi lesquelles on compte quatorze princesses, et dans ce nombre cinq de la maison de *Bourbon*. Voyez sur cela *Sainte-Marthe*, dans le quatrième volume du *Gallia Christiana*, et le *Clypeus ordinis Fontebraldensis* du père de la *Mainferme*.

(*z*) Edition de 1756 :

> Jeanne en ces lieux conduite par l'Envie,
> Non des Anglais mais d'Agnès ennemie,
> Portant culotte et brayette au-devant,
> Large brayette, inutile ornement,
> Jeanne la brune, en gendarme vêtue,
> Va désormais lui fasciner la vue ;
> Jeanne plaira, moi je serai perdue.
> *Disant ces mots*, &c.

(*aa*) Il y a grande apparence que l'auteur a ici en vue les héroïnes de l'*Ariofte* et du *Taffe*. Elles devaient être un peu mal-propres ; mais les chevaliers n'y regardaient pas de fi près.

(*bb*) Edition de 1756 :

> . . . . *Et gigots à la braife.*
> La dame Alix , malgré fon teint flétri ,
> Parut encore à la troupe bretonne
> De bonne prife ; et Robert Makarti ,
> Brave écoffais , vaillant chef de parti ,
> Dedans fa tente emmena tôt la bonne.
> *Monfieur Chandos ,* &c.

(*cc*) Les Anglais jurent *by God* , *damn me* , *blood* &c. les Allemands *facrament* ; les Français , par un mot qui eft au jurement des Italiens ce que l'action eft à l'inftrument ; les Efpagnols , *voto à Dios*. Un révérend père récollet a fait un livre fur les juremens de toutes les nations , qui fera probablement très-exact et très-inftructif : on l'imprime actuellement.

(*dd*) *Haubert , aubergeon* , cotte d'armes ; elle était d'ordinaire compofée de mailles de fer , quelquefois couvertes de foie ou de laine blanche ; elle avait des manches larges , et un gorgerin. Les fiefs de haubert font ceux dont le feigneur avait droit de porter cette cotte.

(*ee*) *Braguette* , de *braye* , *bracca*. On portait de longues braguettes détachées du haut-de-chauffes ; et fouvent au fond de ces braguettes on portait une orange qu'on préfentait aux dames. *Rabelais* parle d'un beau livre , intitulé : *De la dignité des braguettes ;* c'était la prérogative diftinctive du fexe le plus noble ; c'eft pourquoi la forbonne préfenta requête pour faire brûler la Pucelle , attendu qu'elle avait porté culotte avec braguette. Six évêques de France , affiftés de l'évêque de Vinchefter , la condamnèrent au feu ; ce qui était bien jufte : c'eft dommage que cela n'arrive pas plus fouvent ; mais il ne faut défefpérer de rien.

Fin des Notes et Variantes du Chant troifième.

CHANT IV.

ARGUMENT.

Jeanne et Dunois combattent les Anglais. Ce qui leur arrive dans le château d'Hermaphrodix.

Si j'étais roi, je voudrais être jufte,
Dans le repos maintenir mes fujets,
Et tous les jours de mon empire augufte
Seraient marqués par de nouveaux bienfaits.
Que fi j'étais contrôleur des finances,
Je donnerais à quelques beaux-efprits,
Par-ci, par-là, de bonnes ordonnances;
Car après tout leur travail vaut fon prix.
Que fi j'étais archevêque à Paris,
Je tâcherais avec le molinifte
D'apprivoifer le rude janfénifte:
Mais fi j'aimais une jeune beauté,
Je ne voudrais m'éloigner d'auprès d'elle;
Et chaque jour une fête nouvelle,
Chaffant l'ennui de l'uniformité,
Tiendrait fon cœur en mes fers arrêté.
Heureux amans, que l'abfence eft cruelle!
Que de dangers on effuie en amour!
On rifque, hélas! dès qu'on quitte fa belle,
D'être cocu deux ou trois fois par jour.

Le preux Chandos à peine avait la joie
De s'ébaudir fur fa nouvelle proie,

LE COM.^{TE} DE DUNOIS.

Que tout à coup Jeanne de rang en rang
Porte la mort, et fait couler le fang.
De Débora la redoutable lance
Perce Dildo fi fatal à la France,
Lui qui pilla les tréfors de Clairvaux,
Et viola les fœurs de Fontevraux.
D'un coup nouveau les deux yeux elle crève
A Fonkinar digne d'aller en Grève.
Cet impudent, né dans les durs climats
De l'Hibernie au milieu des frimats,
Depuis trois ans fefait l'amour en France,
Comme un enfant de Rome ou de Florence.
Elle terraffe, et milord Halifax,
Et fon coufin l'impertinent Borax,
Et Midarblou qui renia fon père,
Et Bartonay qui fit cocu fon frère.
A fon exemple on ne voit chevalier,
Il n'eft gendarme, il n'eft bon écuyer,
Qui dix anglais n'enfile de fa lance.
La mort les fuit, la terreur les devance.
Ils croyent voir en ce moment affreux
Un dieu puiffant qui combat avec eux.

PARMI le bruit de l'horrible tempête,
Frère Lourdis criait à pleine tête :
Elle eft pucelle ; Anglais, frémiffez tous,
C'eft faint Denis qui l'arme contre vous ;
Elle eft pucelle, elle a fait des miracles ;
Contre fon bras vous n'avez point d'obftacles.
Vîte à genoux, excrémens d'Albion,
Demandez-lui fa bénédiction.
Le fier Talbot, écumant de colère,

Incontinent fait empoigner le frère ;
On vous le lie, et le moine content,
Sans s'émouvoir, continuait, criant :
,, Je fuis martyr ; Anglais, il faut me croire ;
Elle eft pucelle ; elle aura la victoire. ,,

L'HOMME eft crédule, et dans fon faible cœur
Tout eft reçu ; c'eft une molle argile.
Mais que fur-tout il paraît bien facile
De nous furprendre, et de nous faire peur !
Du bon Lourdis le difcours extatique,
Fit plus d'effet fur le cœur des foldats,
Que l'amazone et fa troupe héroïque
N'en avaient fait par l'effort de leurs bras.
Ce vieil inftinct qui fait croire aux prodiges,
L'efprit d'erreur, le trouble, les vertiges, (a)
La froide crainte, et les illufions,
Ont fait tourner la tête des Bretons.
De ces Bretons la nation hardie
Avait alors peu de philofophie ;
Maints chevaliers étaient des efprits lourds ;
Les beaux-efprits ne font que de nos jours.

LE preux Chandos, toujours plein d'affurance,
Criait aux fiens : Conquérans de la France,
Marchez à droite. Il dit, et dans l'inftant
On tourne à gauche, et l'on fuit en jurant.
Ainfi jadis dans ces plaines fécondes,
Que de l'Euphrate environnent les ondes,
Quand des humains l'orgueil capricieux
Voulut bâtir près des voûtes des cieux, (b)
DIEU ne voulant d'un pareil voifinage,

En

En cent jargons tranfmua leur langage.
Sitôt qu'un d'eux à boire demandait,
Plâtre ou mortier d'abord on lui donnait,
Et cette gent, de qui DIEU fe moquait,
Se fépara, laiffant là fon ouvrage.

ON fait bientôt aux remparts d'Orléans
Ce grand combat contre les affiégeans.
La Renommée y vole à tire d'aile,
Et va prônant le nom de la Pucelle :
Vous connaiffez l'impétueufe ardeur
De nos Français ; ces fous font pleins d'honneur :
Ainfi qu'au bal ils vont tous aux batailles.
Déjà Dunois la gloire des bâtards,
Dunois qu'en Gréce on aurait pris pour Mars,
Et la Trimouille, et la Hire, et Saintrailles,
Et Richemont, font fortis des murailles,
Croyant déjà chaffer les ennemis,
Et criant tous : Où font-ils ? où font-ils ?

ILS n'étaient pas bien loin ; car près des portes
Sire Talbot, homme de très-grand fens,
Pour s'oppofer à l'ardeur de nos gens,
En embufcade avait mis dix cohortes.

SIRE Talbot a, depuis plus d'un jour,
Juré tout haut par faint George, et l'Amour,
Qu'il entrerait dans la ville affiégée.
Son ame était vivement partagée :
Du gros Louvet la fuperbe moitié
Avait pour lui plus que de l'amitié ;
Et ce héros, qu'un noble efpoir enflamme,
Veut conquérir, et la ville, et fa dame.

La Pucelle. F

Nos chevaliers à peine ont fait cent pas
Que ce Talbot leur tombe fur les bras ;
Mais nos Français ne s'étonnèrent pas.
Champs d'Orléans, noble et petit théâtre
De ce combat terrible, opiniâtre,
Le fang humain dont vous fûtes couverts
Vous engraiffa pour plus de cent hivers.
Jamais les champs de Zama, (c) de Pharfale, (d)
De Malplaquet la campagne fatale, (e)
Célèbres lieux couverts de tant de morts,
N'ont vu tenter de plus hardis efforts.
Vous euffiez vu les lances hériffées,
L'une fur l'autre en cent tronçons caffées ;
Les écuyers, les chevaux renverfés,
Deffus leurs pieds dans l'inftant redreffés ;
Le feu jaillir des coups de cimeterre,
Et du foleil redoubler la lumière ;
De tous côtés, voler, tomber à bas
Epaules, nez, mentons, pieds, jambes, bras.

Du haut des cieux les anges de la guerre,
Le fier Michel, et l'exterminateur,
Et des Perfans le grand flagellateur, (f)
Avaient les yeux attachés fur la terre,
Et regardaient ce combat plein d'horreur.

Michel alors prit la vafte balance (g)
Où dans le ciel on pèfe les humains ;
D'une main sûre il pesa les deftins,
Et les héros d'Angleterre et de France.
Nos chevaliers pefés exactement,
Légers de poids par malheur fe trouvèrent :

Du grand Talbot les deftins l'emportèrent ;
C'était du ciel un fecret jugement.
Le Richemont fe voit incontinent
Percé d'un trait de la hanche à la feffe ;
Le vieux Saintraille au-deffus du genou ;
Le beau la Hire, ah ! je n'ofe dire où,
Mais que je plains fa gentille maîtreffe !
Dans un marais la Trimouille enfoncé
N'en put fortir qu'avec un bras caffé :
Donc à la ville il fallut qu'ils revinffent
Tout éclopés, et qu'au lit ils fe tinffent.
Voilà comment ils furent bien punis ;
Car ils s'étaient moqués de faint Denis.

COMME il lui plaît DIEU fait juftice ou grâce :
Quefnel (h) l'a dit, nul ne peut en douter.
Or il lui plut le bâtard excepter
Des étourdis dont il punit l'audace.
Un chacun d'eux, laidement ajufté,
S'en retournait fur un brancard porté,
En maugréant et Jeanne, et fa fortune.
Dunois n'ayant égratignure aucune,
Pouffe aux Anglais plus prompt que les éclairs :
Il fend leurs rangs, fe fait jour à travers,
Paffe, et fe trouve aux lieux où la Pucelle
Fait tout tomber, où tout fuit devant elle.
Quand deux torrens, l'effroi des laboureurs,
Précipités du fommet des montagnes,
Mêlent leurs flots, affemblent leurs fureurs,
Ils vont noyer l'efpoir de nos campagnes :
Plus dangereux étaient Jeanne et Dunois,
Unis enfemble, et frappans à la fois.

F 2

DANS leur ardeur si bien ils s'emportèrent,
Si rudement les Anglais ils chassèrent,
Que de leurs gens bientôt ils s'écartèrent.
La nuit survint ; Jeanne, et l'autre héros,
N'entendant plus ni Français ni Chandos,
Font tous deux halte en criant *vive France*,
Au coin d'un bois où régnait le silence :
Au clair de lune ils cherchent le chemin,
Ils viennent, vont, tournent, le tout en vain :
Enfin, rendus ainsi que leur monture,
Mourans de faim, et lassés de chercher,
Ils maudissaient la fatale aventure
D'avoir vaincu sans savoir où coucher.
Tel un vaisseau sans voile, sans boussole,
Tournoie au gré de Neptune et d'Eole.

UN certain chien, qui passa tout auprès,
Pour les sauver sembla venir exprès ;
Ce chien approche ; il jappe, il leur fait fête ;
Virant sa queue, et portant haut sa tête,
Devant eux marche ; et se tournant cent fois,
Il paraissait leur dire en son patois :
Venez par-là, Messieurs, suivez-moi vîte ;
Venez, vous dis-je, et vous aurez bon gîte.
Nos deux héros entendirent fort bien
Par ses façons ce que voulait ce chien.
Ils suivent donc, guidés par l'espérance,
En priant DIEU pour le bien de la France,
En se fesant tous deux de temps en temps
Sur leurs exploits de très-beaux complimens,
Du coin lascif d'une vive prunelle
Dunois lorgnait malgré lui la Pucelle ;

Mais il favait qu'à fon bijou caché
De tout l'Etat le fort eft attaché,
Et qu'à jamais la France eft ruinée,
Si cette fleur fe cueille avant l'année.
Il étouffait noblement fes défirs,
Et préférait l'Etat à fes plaifirs.
Et cependant, quand la route mal sûre
De l'âne faint fefait clocher l'allure,
Dunois ardent, Dunois officieux,
De fon bras droit retenait la guerrière,
Et Jeanne d'Arc, en clignotant des yeux,
De fon bras gauche étendu par derrière
Serrait auffi ce héros vertueux :
Dont il advint, tandis qu'ils chevauchèrent,
Que très-fouvent leurs bouches fe touchèrent,
Pour fe parler tous les deux de plus près
De la patrie, et de fes intérêts.

On m'a conté, ma belle Konifmare, (i)
Que Charles douze, en fon humeur bizarre,
Vainqueur des rois, et vainqueur de l'amour,
N'ofa t'admettre à fa brutale cour.
Charles craignit de te rendre les armes ;
Il fe fentit, il évita tes charmes :
Mais tenir Jeanne, et ne point y toucher,
Se mettre à table, avoir faim fans manger,
Cette victoire était cent fois plus belle.
Dunois reffemble à Robert d'Arbriffelle, (k)
A ce grand faint qui fe plut à coucher
Entre les bras de deux nonnes feffues,
A careffer quatre cuiffes dodues,
Quatre tetons, et le tout fans pécher.

F 3

Au point du jour apparut à leur vue
Un beau palais d'une vaste étendue :
De marbre blanc était bâti le mur ;
Une dorique, et longue colonnade,
Porte un balcon formé de jafpe pur ;
De porcelaine était la baluftrade.
Nos paladins enchantés, éblouis,
Crurent entrer tout droit en paradis.
Le chien aboie ; auffitôt vingt trompettes
Se font entendre, et quarante eftafiers
A pourpoints d'or, à brillantes braguettes,
Viennent s'offrir à nos deux chevaliers.
Très-galamment deux jeunes écuyers
Dans le palais par la main les conduifent,
Dans des bains d'or filles les introduifent
Honnêtement ; puis lavés, effuyés,
D'un déjeûner amplement feftoyés,
Dans de beaux lits brodés ils fe couchèrent,
Et jufqu'au foir en héros ils ronflèrent.

Il faut favoir que le maître et feigneur
De ce logis, digne d'un empereur,
Etait le fils de l'un de ces génies
Des vaftes cieux habitans éternels,
De qui fouvent les grandeurs infinies
S'humanifaient chez les faibles mortels.
Or cet efprit, mêlant fa chair divine
Avec la chair d'une bénédictine,
En avait eu le noble Hermaphrodix,
Grand négromant, et le très-digne fils
De cet incube, et de la mère Alix.
Le jour qu'il eut quatorze ans accomplis,

Son géniteur, descendant de sa sphère,
Lui dit : Enfant, tu me dois la lumière ;
Je viens te voir, tu peux former des vœux ;
Souhaite, parle, et je te rends heureux.
Hermaphrodix né très-voluptueux,
Et digne en tout de sa belle origine,
Dit : Je me sens de race bien divine,
Car je rassemble en moi tous les désirs ;
Et je voudrais avoir tous les plaisirs.
De voluptés rassasiez mon ame ;
Je veux aimer comme homme, et comme femme,
Etre la nuit du sexe féminin,
Et tout le jour du sexe masculin.
L'incube dit : *Tel sera ton destin ;*
Et dès ce jour la ribaude figure
Jouit des droits de sa double nature. (*l*)
Ainsi Platon, le confident des dieux, (*m*)
A prétendu que nos premiers aïeux
D'un pur limon pétri de mains divines,
Nés tous parfaits, et nommés androgynes,
Egalement des deux sexes pourvus,
Se suffisaient par leurs propres vertus.

HERMAPHRODIX était bien au-dessus ;
Car se donner du plaisir à soi-même,
Ce n'est pas-là le fort le plus divin ;
Il est plus beau d'en donner au prochain,
Et deux à deux est le bonheur suprême.
Ses courtisans disaient que tour à tour
C'était Vénus, c'était le tendre Amour :
De tous côtés ils lui cherchaient des filles,
Des bacheliers ou des veuves gentilles.

F 4

HERMAPHRODIX avait oublié net
De demander un don plus néceſſaire,
Un don ſans quoi nul plaiſir n'eſt parfait,
Un don charmant ; eh quoi ? celui de plaire.
DIEU, pour punir cet effréné paillard,
Le fit plus laid que Samuel Bernard ;
Jamais ſes yeux ne firent de conquêtes ;
C'eſt vainement qu'il prodiguait les fêtes,
Les longs repas, les danſes, les concerts,
Quelquefois même il compoſait des vers.
Mais quand le jour il tenait une belle,
Et quand la nuit ſa vanité femelle
Se ſoumettait à quelque audacieux,
Le ciel alors trahiſſait tous ſes vœux ;
Il recevait pour toutes embraſſades,
Mépris, dégoûts, injures, rebuſades,
Le juſte ciel lui feſait bien ſentir
Que les grandeurs ne ſont pas du plaiſir.
Quoi ! diſait-il, la moindre chambrière
Tient ſon galant étendu ſur ſon ſein ;
Un lieutenant trouve une conſeillère,
Dans un moutier un moine a ſa nonnain :
Et moi génie, et riche, et ſouverain,
Je ſuis le ſeul dans la machine ronde
Privé d'un bien dont jouit tout le monde !
Lors il jura, par les quatre élémens,
Qu'il punirait les garçons, et les belles,
Qui n'auraient pas pour lui des ſentimens,
Et qu'il ferait des exemples ſanglans
Des cœurs ingrats, et ſur-tout des cruelles.

Il recevait en roi les ſurvenans :

Et de Saba la reine bafanée, (*n*)
Et Thaleftris dans la Perfe amenée,
Avaient reçu de moins riches préfens
Des deux grands rois qui brûlèrent pour elles,
Qu'il n'en fefait aux chevaliers errans,
Aux bacheliers, aux gentes demoifelles.
Mais fi quelqu'un d'un efprit trop rétif
Manquait pour lui d'un peu de complaifance,
S'il lui fefait la moindre réfiftance,
Il était sûr d'être empalé tout vif.

    LE foir venu, monfeigneur étant femme,
Quatre huiffiers de la part de madame
Viennent prier notre aimable bâtard
De vouloir bien defcendre fur le tard
Dans l'entrefol, tandis qu'en compagnie
Jeanne foupait avec cérémonie.
Le beau Dunois tout parfumé defcend
Au cabinet où le foupé l'attend;
Tel que jadis la fœur de Ptolomée, (*o*)
De tout plaifir noblement affamée,
Sut en donner à ces Romains fameux,
A ces héros fiers et voluptueux,
Au grand Céfar, au brave ivrogne Antoine;
Tel que moi-même en ai fait chez un moine,
Vainqueur heureux de fes pefans rivaux,
Quand on l'élut roi tondu de Clairvaux:
Ou tel encore aux voûtes éternelles,
Si l'on en croit frère Orphée et Nafon,
Et frère Homère, Héfiode, Platon,
Le dieu des dieux, patron des infidèles,
Loin de Junon foupe avec Sémélé.

Avec Iſis, Europe ou Danaé;
Les plats ſont mis ſur la table divine
Des belles mains de la tendre Euphroſine,
Et de Thalie, et de la jeune Eglé,
Qui, comme on fait, ſont là-haut les trois Grâces,
Dont nos pédans ſuivent ſi peu les traces.
Le doux nectar eſt ſervi par Hébé,
Et par l'enfant du fondateur de Troie, (p)
Qui dans Ida par un aigle enlevé,
De ſon ſeigneur en ſecret fait la joie.
Ainſi ſoupa madame Hermaphrodix
Avec Dunois, juſte entre neuf et dix.

MADAME avait prodigué la parure,
Les diamans ſurchargeaient ſa coiffure;
Son gros cou jaune, et ſes deux bras quarrés,
Sont de rubis, de perles entourés;
Elle en était encor plus effroyable.
Elle le preſſe au ſortir de la table.
Dunois trembla pour la première fois.
Des chevaliers c'était le plus courtois:
Il eût voulu de quelque politeſſe
Payer au moins les ſoins de ſon hôteſſe;
Et du tendron contemplant la laideur,
Il ſe diſait: J'en aurai plus d'honneur.
Il n'en eut point: le plus brillant courage
Peut quelquefois eſſuyer cet outrage. (q)
Hermaphrodix en ſon affliction
Eut pour Dunois quelque compaſſion;
Car en ſecret ſon ame était flattée
Des grands efforts du triſte champion.
Sa probité, ſa bonne intention

Fut cette fois pour le fait réputée.
Demain, dit-elle, on pourra vous offrir
Votre revanche. Allez, faites en forte
Que votre amour fur vos refpects l'emporte,
Et foyez prêt, feigneur, à mieux fervir.

DEJA du jour la belle avant-courrière
De l'Orient entr'ouvrait la barrière.
Or vous favez que cet inftant préfix
En cavalier changeait Hermaphrodix.
Alors brûlant d'une flamme nouvelle,
Il s'en va droit au lit de la Pucelle,
Les rideaux tire, et lui fourrant au fein
Sans compliment fon impudente main, (r)
Et lui donnant un baifer immodefte,
Attente en maître à fa pudeur célefte :
Plus il s'agite, et plus il devient laid.
Jeanne, qu'anime une chrétienne rage,
D'un bras nerveux lui détache un foufflet
A poing fermé fur fon vilain vifage.
Ainfi j'ai vu, dans mes fertiles champs,
Sur un pré verd une de mes cavales,
Au poil de tigre, aux taches inégales,
Aux pieds légers, aux jarrets bondiffans,
Réprimander d'une fière ruade
Un bouriquet de fa croupe amoureux,
Qui dans fa lourde et groffière embraffade,
Dreffait l'oreille et fe croyait heureux.
Jeanne en cela fit fans doute une faute ;
Elle devait des égards à fon hôte.
De la pudeur je prends les intérêts ;
Cette vertu n'eft point chez moi bannie :

Mais quand un prince, et sur-tout un génie,
De vous baiser a quelque douce envie,
Il ne faut pas lui donner des soufflets.
Le fils d'Alix, quoiqu'il fût des plus laids,
N'avait point vu de femme affez hardie
Pour l'ofer battre en fon propre palais.
Il crie, on vient; fes pages, fes valets,
Gardes, lutins, à fes ordres font prêts :
L'un d'eux lui dit que la fière pucelle
Envers Dunois n'était pas fi cruelle.
O calomnie ! affreux poifon des cours,
Difcours malins, faux rapports, médifance,
Serpens maudits, fifflerez-vous toujours
Chez les amans comme à la cour de France?

Notre tyran, doublement outragé,
Sans nul délai voulut être vengé.
Il prononça la fentence fatale :
Allez, dit-il, amis, qu'on les empale.
On obéit; on fit incontinent
Tous les apprêts de ce grand châtiment.
Jeanne et Dunois, l'honneur de leur patrie,
S'en vont mourir au printemps de leur vie.
Le beau bâtard eft garrotté tout nu,
Pour être affis fur un bâton pointu.
Au même inftant une troupe profane
Mène au poteau la belle et fière Jeanne :
Et fes soufflets, ainfi que fes appas,
Seront punis par un affreux trépas.
De fa chemife auffitôt dépouillée,
De coups de fouet en paffant flagellée,
Elle eft livrée aux cruels empaleurs.

Le beau Dunois soumis à leurs fureurs,
N'attendant plus que son heure dernière,
Fesait à DIEU sa dévote prière;
Mais une œillade impérieuse et fière,
De temps en temps étonnait les bourreaux,
Et ses regards disaient, c'est un héros.
Mais quand Dunois eut vu son héroïne,
Des fleurs de lis vengeresse divine,
Prête à subir cette effroyable mort,
Il déplora l'inconstance du sort :
De la Pucelle il parcourait les charmes;
Et regardant les funestes apprêts
De ce trépas, il répandit des larmes,
Que pour lui-même il ne versa jamais.

NON moins superbe, et non moins charitable,
Jeanne aux frayeurs toujours impénétrable,
Languissamment le beau bâtard lorgnait,
Et pour lui seul son grand cœur gémissait.
Leur nudité, leur beauté, leur jeunesse,
En dépit d'eux réveillaient leur tendresse.
Ce feu si doux, si discret et si beau,
Ne s'échappait qu'au bord de leur tombeau :
Et cependant l'animal amphibie,
A son dépit joignant la jalousie,
Fesait aux siens l'effroyable signal
Qu'on empalât le couple déloyal.

DANS ce moment une voix de tonnerre,
Qui fit trembler, et les airs, et la terre,
Crie : *Arrêtez, gardez-vous d'empaler,*
N'empalez pas. Ces mots font reculer

Les fiers licteurs. On regarde, on avife
Sous le portail un grand homme d'églife,
Coiffé d'un froc, les reins ceints d'un cordon;
On reconnut le père Grisbourdon.
Ainfi qu'un chien dans la forêt voifine,
Ayant fenti d'une adroite narine
Le doux fumet, et tous ces petits corps
Sortant au loin de quelque cerf dix cors,
Il le pourfuit d'une courfe légère,
Et fans le voir, par l'odorat mené,
Franchit foffés, fe gliffe en la bruyère,
Par d'autres cerfs il n'eft point détourné:
Ainfi le fils de faint François d'Affife,
Porté toujours fur fon lourd muletier,
De la Pucelle a fuivi le fentier,
Courant fans ceffe, et ne lâchant point prife.

En arrivant il cria: Fils d'Alix,
Au nom du diable, et par les eaux du Styx;
Par le démon qui fut ton digne père,
Par le pfautier de fœur Alix ta mère,
Sauve le jour à l'objet de mes vœux;
Regarde-moi, je viens payer pour deux.
Si ce guerrier, et fi cette pucelle, (s)
Ont mérité ton indignation,
Je tiendrai lieu de ce couple rebelle;
Tu fais quelle eft ma réputation.
Tu vois de plus cet animal infigne,
Ce mien mulet de me porter fi digne;
Je t'en fais don, c'eft pour toi qu'il eft fait;
Et tu diras, tel moine, tel mulet.
Laiffons aller ce gendarme profane;

Qu'on le délie, et qu'on nous laiſſe Jeanne ;
Nous demandons tous deux pour digne prix
Cette beauté dont nos cœurs ſont épris. (*t*)

JEANNE écoutait cet horrible langage
En frémiſſant : ſa foi, ſon pucelage,
Ses ſentimens d'amour et de grandeur,
Plus que la vie étaient chers à ſon cœur.
La grâce encor, du ciel ce don ſuprême,
Dans ſon eſprit combattait Dunois même.
Elle pleurait, elle implorait les cieux ;
Et rougiſſant d'être ainſi toute nue,
De temps en temps fermant ſes triſtes yeux,
Ne voyant point, penſait n'être point vue.

LE bon Dunois était déſeſpéré :
Quoi, diſait-il, ce pendard décloîtré
Aura ma Jeanne, et perdra ma patrie !
Tout va céder à ce ſorcier impie,
Tandis que moi, diſcret juſqu'à ce jour,
Modeſtement je cachais mon amour !

ET cependant l'offre honnête et polie
De Grisbourdon, fit un très-bon effet
Sur les cinq ſens, ſur l'ame du génie,
Il s'adoucit, il parut ſatisfait.
Ce ſoir, dit-il, vous et votre mulet,
Tenez-vous prêts : je cède, je pardonne
A ces Français ; je vous les abandonne. (*u*)

LE moine gris poſſédait le bâton
Du bon Jacob, (*x*) l'anneau de Salomon,

Sa clavicule, et la verge enchantée
Des confeillers-forciers de Pharaon,
Et le balai fur qui parut montée
Du preux Saül la forcière édentée,
Quand dans Endor à ce prince imprudent
Elle fit voir l'ame d'un revenant.
Le cordelier en favait tout autant;
Il fit un cercle, et prit de la pouffière,
Que fur la bête il jeta par derrière,
En lui difant ces mots toujours puiffans,
Que Zoroaftre enfeignait aux Perfans. (y)
A ces grands mots dits en langue du diable:
O grand pouvoir! ô merveille ineffable!
Notre mulet fur deux pieds fe dreffa,
Sa tête oblongue en ronde fe changea,
Ses longs crins noirs petits cheveux devinrent,
Sous fon bonnet fes oreilles fe tinrent.
Ainfi jadis ce fublime empereur, (z)
Dont D I E U punit le cœur dur et fuperbe,
Devenu bœuf, et fept ans nourri d'herbe,
Redevint homme; et n'en fut pas meilleur.

D u cintre bleu de la célefte fphère,
Denis voyait, avec des yeux de père,
De Jeanne d'Arc le déplorable cas; (aa)
Il eût voulu s'élancer ici-bas,
Mais il était lui-même en embarras.
Denis s'était attiré fur les bras
Par fon voyage une fâcheufe affaire.
Saint George était le patron d'Angleterre; (bb)
Il fe plaignit que monfieur faint Denis,
Sans aucun ordre, et fans aucun avis,

A

A ſes Bretons eût fait ainſi la guerre.
George et Denis, de propos en propos,
Piqués au vif en vinrent aux gros mots.
Les ſaints anglais ont dans leur caractère
Je ne ſais quoi de dur et d'inſulaire :
On tient toujours un peu de ſon pays.
En vain notre ame eſt dans le paradis ;
Tout n'eſt pas pur ; et l'accent de province
Ne ſe perd point, même à la cour du prince.

MAIS il eſt temps, lecteur, de m'arrêter ;
Il faut fournir une longue carrière ;
J'ai peu d'haleine, et je dois vous conter
L'événement de tout ce grand myſtère,
Dire comment ce nœud ſe débrouilla,
Ce que fit Jeanne, et ce qui ſe paſſa
Dans les enfers, au ciel, et ſur la terre.

 *Fin du quatrième Chant.*

La Pucelle. G

NOTES ET VARIANTES

DU CHANT QUATRIEME.

(a) EDITION de 1756 :

> La froide crainte et la confufion
> Sur les Anglais répandent leur poifon.
> Les cris perçans et les clameurs qu'ils jettent,
> Les hurlemens que les échos répètent,
> Et la trompette , et le fon des tambours,
> Font un vacarme à rendre les gens fourds.
> Le grand Chandos , toujours plein d'affurance ,
> Leur crie : Enfans, conquérans de la France,
> *Marchez à droite* , &c.

(b) La tour de Babel fut élevée , comme on fait , cent vingt ans après le déluge univerfel. *Flavien Jofephe* croit qu'elle fut bâtie par *Nemrod* ou *Nembrod : le* judicieux dom *Calmet* a donné le profil de cette tour élevée jufqu'à onze étages , et il a orné fon dictionnaire de tailles-douces dans ce goût d'après les monumens : le livre du favant juif *Jaleus* donne à la tour de Babel vingt-fept mille pas de hauteur, ce qui eft bien vraifemblable. Plufieurs voyageurs ont vu les reftes de cette tour.

Le faint patriarche *Alexandre Eutychius* affure dans fes annales que foixante et douze hommes bâtirent cette tour. Ce fut , comme on le fait, l'époque de la confufion des langues : le fameux *Becan* prouve admirablement que la langue flamande fut celle qui retint le plus de l'hébraïque.

(c) Remarquez qu'à la bataille de Zama , entre *Publius Scipion* et *Annibal* , il y avait des français qui fervaient dans l'armée carthaginoife felon *Polybe :* ce *Polybe* , contemporain et ami de *Scipion* , dit que le nombre était égal de part et d'autre ; le chevalier de *Folard* n'en convient pas : il prétend que *Scipion* attaqua en colonnes ; cependant il paraît que la chofe n'eft pas poffible, puifque *Polybe* dit que les troupes combattaient toutes de main à main : c'eft fur quoi nous nous en rapportons aux doctes.

(d) *Nota bené* qu'à Pharfale *Pompée* avait cinquante-cinq mille hommes, et *Céfar* vingt-deux mille ; le carnage fut grand : les vingt-deux mille céfariens, après un combat opiniâtre , vainquirent les cinquante-cinq mille pompéiens : cette bataille décida du fort de la république romaine, et mit fous la puiffance du mignon de *Nicoméde* la Gréce, l'Afie mineure, l'Italie, les Gaules, l'Efpagne, &c. &c.

Cette bataille eut plus de fuites que le petit combat de *Jeanne*; mais enfin c'eft *Jeanne*, c'eft notre *Pucelle* : fachons gré à notre cher compatriote d'avoir comparé les exploits de cette chère fille à ceux de *Céfar* qui n'avait pas fon pucelage. Les révérends pères jéfuites n'ont-ils pas comparé faint *Ignace* à *Céfar*, et faint *François Xavier* à *Alexandre* ? ils leur reffemblaient comme les vingt-quatre vieillards de *Pofcal* reffemblent aux vingt-quatre vieillards de l'Apocalypfe : on compare tous les jours le premier roi venu à *Céfar* ; pardonnons donc au grave chantre de notre héroïne, d'avoir comparé un petit choc de *Bibus* aux batailles de Zama et de Pharfale.

(*e*) Il y eut à cette bataille vingt-huit mille fept cents hommes couchés, non pas fur le carreau, comme le dit un hiftorien, mais dans la boue et dans le fang ; ils furent comptés par le marquis de *Crèvecœur*, aide-de-camp du maréchal de *Villars*, chargé de faire enterrer les morts. [Voyez le *Siècle de Louis XIV*, année 1709.]

(*f*) Apparemment que notre profond auteur donne le nom de *Perfans* aux foldats de *Sennacherib* qui étaient Affyriens, parce que les Perfans furent long-temps dominateurs en Affyrie ; mais il eft conftant que l'ange du Seigneur tua tout feul cent quatre-vingt-cinq mille foldats de l'armée de *Sennacherib* qui avait l'infolence de marcher contre Jérufalem ; et quand *Sennacherib* vit tous ces corps morts, il s'en retourna. Ceci arriva l'an du monde 3293, comme on dit ; cependant plufieurs doctes prétendent que cette aventure toute fimple eft de l'an 3295 : nous la croyons de 3296, comme nous le prouverons ci-deffous.

(*g*) Cet endroit paraît imité d'*Homère*. *Milton* fait pefer les deftins des hommes dans le figne de la balance.

(*h*) Allufion aux fentimens répandus dans les livres de *Quefnel*, prêtre de l'oratoire.

(*i*) *Aurore Konifmare*, maîtreffe du roi de Pologne *Augufte I*, et mère du célèbre comte de *Saxe*.

(*k*) *Robert d'Arbriffel*, fondateur du bel ordre de Fontevraud : il convertit en 1100, d'un coup de filet, par un feul fermon, toutes les filles de joie de la ville de Rouen. Il s'impofa un nouveau genre de martyre : ce fut de coucher toutes les nuits entre deux jeunes religieufes pour tromper le diable, qui apparemment le lui rendit bien. Il n'aimait pas la loi falique ; car il fit une femme abbé général des moines et moineffes de fon ordre.

(*l*) Dans l'édition de 1756 , et dans presque toutes les autres , ce génie se nommait *Conculix*. Après *De sa double nature* , on lisait :

> Mais Conculix avait oublié net
> De demander un don plus nécessaire ,
> Un don sans quoi nul plaisir n'est parfait ,
> Un don charmant : eh quoi ? celui de plaire.
> DIEU , pour punir ce génie effréné ,
> Le rendit laid comme un diable incarné ;
> Et l'impudique avait dessous le linge
> Odeur de bouc , et poil gris d'un vieux singe :
> Pour comble enfin , de lui-même charmé ,
> Il se croyait tout fait pour être aimé.
> De tous côtés on lui cherchait des belles ,
> Des bacheliers , des pages , des pucelles ;
> Et si quelqu'un à ce monstre lascif
> N'accordait pas le plaisir malhonnête ,
> Bouchait son nez , ou détournait la tête ,
> Il était sûr d'être empalé tout vif.
>   Le soir venu , Conculix étant femme ,
> Un farfadet , de la part de madame ,
> S'en vint prier monseigneur le bâtard
> A manger caille , oie , et bœuf au gros lard ,
> Dans l'entresol , tandis qu'en compagnie
> Jeanne soupait avec cérémonie ;
> Le beau Dunois tout parfumé descend ;
> Chez Conculix un souper fin l'attend.
> Madame avait prodigué la parure ,
> *Les diamans , &c.*

(*m*) Selon *Platon* l'homme fut formé avec les deux sexes. *Adam* apparut tel à la dévote *Bourignon* , et à son directeur *Abadie*.

(*n*) La reine de Saba vint voir *Salomon* , dont elle eut un fils , qui est certainement la tige des rois d'Ethiopie , comme cela est prouvé. On ne sait pas ce que devint la race d'*Alexandre* et de *Thalestris*.

(*o*) *Cléopâtre.*

(*p*) *Ganimède.*

(*q*) Edition de 1756 :

> Lors Conculix , qui le crut impuissant ,
> Chassa du lit le guerrier languissant ,
> Et prononça la sentence fatale ,
> Criant aux siens : Sergens , qu'on me l'empale.

Le beau Dunois vit faire incontinent
Tous les apprêts de ce grand châtiment.
Ce fier guerrier, l'honneur de sa patrie,
S'en va périr au printemps de sa vie.
Dedans la cour il est conduit tout nu,
Pour être assis sur un bâton pointu.
Déjà du jour la belle avant-courrière, &c.

(r) Edition de 1756 :

.... *Et lui fourant au sein*
Les doigts velus d'une gluante main,
Il a déjà l'héroïne empestée
D'un gros baiser de sa bouche infectée.
Plus il s'agite, et plus il devient laid.
　　Jeanne, qu'anime une chrétienne rage,
D'un bras nerveux lui détache un soufflet,
A poing fermé, sur son vilain visage.
Le magot tombe, et roule au bas du lit,
Les yeux se poche, et le nez se meurtrit.
Il crie, il hurle. Une troupe profane
Vient à son aide ; on vous empoigne Jeanne ;
On va punir sa fière cruauté
Par l'instrument chez les Turcs usité.
　　De sa chemise aussitôt dépouillée,
De coups de fouet en passant déchirée,
Elle est livrée aux cruels empaleurs.
　　Le beau Dunois, &c.

(s) Edition de 1756 :

Si ce guerrier et si cette pucelle
N'ont pu remplir avec toi leur devoir,
Je tiendrai lieu de ce couple rebelle ;
D'un cordelier éprouve le pouvoir.
Tu vois, &c.

(t) Edition de 1756 :

On vous dira qu'il n'est point de femelle,
Tant pudibonde et tant vierge fût-elle,
Qui n'eût été fort aise en pareil cas.
Mais la Pucelle aimait mieux le trépas ;
Et ce secours infernal et lubrique
Semblait horrible à son ame pudique.
Elle pleurait, &c.

G 3

(*u*) Edition de 1756 et manuscrits :

> Pour Conculix , le discours énergique
> Du cordelier fit sur lui grand effet ;
> Il accepta le marché séraphique.
> Ce soir , dit-il , vous et votre mulet ,
> Tenez-vous prêts ; cependant je pardonne
> A ces Français , et vous les abandonne.
> Le moine alors , d'un air d'autorité ,
> Frappa trois coups sur l'animal bâté ,
> Puis fit un cercle , et prit de la poussière
> Que sur la bête il jeta par derrière ,
> En lui disant ces mots toujours puissans
> *Que Zoroastre , &c.*

(*x*) Les charlatans ont le bâton de *Jacob* ; les magiciens, les livres de *Salomon*, intitulés *l'anneau et la clavicule*. Les conseillers du roi, sorciers à la cour de *Pharaon*, qui firent les mêmes prodiges que *Moïse*, s'appelaient *Jannès* et *Mambrès*. On ne sait pas le nom de la pythonisse d'Endor qui évoqua l'ombre de *Samuel*; mais tout le monde sait ce que c'est qu'une ombre , et que cette femme avait un esprit *Python* ou de *Python*.

(*y*) *Zoroastre*, dont le nom propre est *Zerdust*, était un grand magicien, ainsi qu'*Albert le grand* , *Roger Bacon* , et le révérend père *Grisbourdon*.

(*z*) *Nébucadnetzar* , *Nabuchodonosor* , fils de *Nabo - Polassar* , roi des Chaldéens , assiégea Jérusalem , la prit , et fit charger de fers *Joachim* , roi de Juda , qu'il envoya prisonnier à Babylone , l'an du monde 3429. *Nébucadnetzar* fit un songe, et l'oublia ; les magiciens , les astrologues ni les sages ne purent le deviner ; en conséquence *Arioc* , officier de sa maison, eut ordre de les faire mourir : le jeune *Daniel* devine le songe et l'explique ; Ce songe était une belle statue , &c. A quelque temps de-là *Nébucadnetzar* fit élever un colosse d'or pur, haut de soixante coudées, et large de six ; il obligea tout son peuple assemblé d'adorer ce colosse au son du cor, du clairon , de la harpe , de la saquebute et du psaltérion ; et sur le refus qu'en firent *Sadrac* , *Misac* et *Habed-nego* , jeunes hébreux , compagnons de *Daniel* , le roi les fit jeter dans une fournaise , qu'on chauffa cette fois-là sept fois plus qu'à l'ordinaire ; et ils en sortirent sains et saufs. *Nébucadnetzar* songea encore : il vit un arbre grand et fort ; le sommet touchait les cieux, et les oiseaux habitaient dans ses branches. Un saint alors descendit, et cria: *Coupez l'arbre et l'ébranchez , &c.* *Daniel* expliqua encore ce songe ; il prédit au roi qu'il serait chassé d'entre les hommes , que pendant sept ans son habitation serait avec les bêtes , qu'il paîtrait l'herbe comme les bœufs, jufqu'à ce que fon poil crût comme celui de l'aigle, et fes ongles comme ceux des oifeaux ; ce qui arriva. *Tertullien* et faint *Augustin* difent que *Nabuchodonofor* s'imagina être bœuf, par l'effet d'une maladie qu'on nomme *lycanthropie*. Au bout de fept ans ce prince recouvra fa raifon, et remonta fur le trône : il ne vécut qu'un an depuis fon rétabliffement ; mais il l'employa fi bien, que faint *Augustin*, faint *Jérôme*, faint *Epiphane*, *Théodoret*, &c. cités par *Pérérius*, comptent fur fon falut.

(*aa*) Edition de 1756 :

> Denis voyait avec des yeux de père
> De Jeanne d'Arc le trifte et piteux cas ;
> Faire eût-il dû de Vulcain le faux pas,
> Il eût voulu s'élancer fur la terre.
> *Mais il était lui-même*, &c.

(*bb*) Il ne faut pas confondre *George*, patron de l'Angleterre et de l'ordre de la Jarretière, avec faint *George* le moine, tué pour avoir foulevé le peuple contre l'empereur *Zénon*. Notre faint *George* eft le cappadocien, colonel au fervice de *Dioclétien*, martyrifé, dit-on, en Perfe dans une ville nommée Diofpole. Mais, comme les Perfans n'avaient point de ville de ce nom, on a placé depuis fon martyre en Arménie, à Mitilène. Il n'y a pas plus de Mitilène en Arménie que de Diofpole en Perfe. Mais ce qui eft conftant, c'eft que *George* était colonel de cavalerie, puifqu'il a encore fon cheval en paradis.

Fin des Notes et Variantes du Chant quatrième.

G 4

CHANT V.

ARGUMENT.

*Le cordelier Grisbourdon , qui avait voulu violer Jeanne ,
eſt en enfer très-juſtement. Il raconte ſon aventure aux
diables.*

O mes amis , vivons en bons chrétiens !
C'eſt le parti , croyez-moi , qu'il faut prendre.
A ſon devoir il faut enfin ſe rendre.
Dans mon printemps j'ai hanté des vauriens ;
A leurs déſirs ils ſe livraient en proie ,
Souvent au bal , jamais dans le ſaint lieu ,
Soupant , couchant chez des filles de joie ,
Et ſe moquant des ſerviteurs de DIEU.
Qu'arrive-t-il ? la mort , la mort fatale ,
Au nez camard , à la tranchante faulx ,
Vient viſiter nos diſeurs de bons mots ;
La fièvre ardente , à la marche inégale ,
Fille du Styx , huiſſière d'Athropos ,
Porte le trouble en leurs petits cerveaux ;
A leur chevet une garde , un notaire ,
Viennent leur dire : Allons , il faut partir ;
Où voulez-vous , Monſieur , qu'on vous enterre ?
Lors un tardif et faible repentir ,
Sort à regret de leur mourante bouche.
L'un à ſon aide appelle ſaint Martin ,
L'autre ſaint Roch , l'autre ſainte Mitouche. (a)

Le Cordelier plein d'une sainte horreur,

Baise à genoux l'ergot de son Seigneur;

Pucelle Chant 5

J. M. Moreau le j.e ino.   1789   Baquoy Sculp

On pfalmodie, on braille du latin,
On les afperge, hélas ! le tout en vain.
Aux pieds du lit fe tapit le malin,
Ouvrant la griffe, et lorfque l'ame échappe
Du corps chétif, au paffage il la happe,
Puis vous la porte au fin fond des enfers,
Digne féjour de ces efprits pervers.

MON cher lecteur, il eft temps de te dire
Qu'un jour Satan, feigneur du fombre empire, (*b*)
A fes vaffaux donnait un grand régal.
Il était fête au manoir infernal :
On avait fait une énorme recrue,
Et les démons buvaient la bien-venue
D'un certain pape, et d'un gros cardinal,
D'un roi du Nord, de quatorze chanoines, (*c*)
Trois intendans, deux confeillers, vingt moines,
Tous frais venus du féjour des mortels,
Et dévolus aux brafiers éternels.
Le roi cornu de la huaille noire
Se déridait entouré de fes pairs.
On s'enivrait du nectar des enfers,
On fredonnait quelques chanfons à boire,
Lorfqu'à la porte il s'élève un grand cri :
Ah, bon jour donc, vous voilà, vous voici ;
C'eft lui, Meffieurs, c'eft le grand émiffaire,
C'eft Grisbourdon, notre féal ami ;
Entrez, entrez, et chauffez-vous ici :
Et bras deffus, et bras deffous, beau père,
Beau Grisbourdon, docteur de Lucifer,
Fils de Satan, apôtre de l'enfer.
On vous l'embraffe, on le baife, on le ferre ;

On vous le porte en moins d'un tour de main,
Toujours baifé, vers le lieu du feftin.

SATAN fe lève, et lui dit : Fils du diable,
O des fraparts ornement véritable, (*d*)
Certes fi tôt je n'efpérais te voir ;
Chez les humains tu m'étais néceffaire.
Qui mieux que toi peuplait notre manoir ?
Par toi la France était mon féminaire ;
En te voyant je perds tout mon efpoir.
Mais du deftin la volonté foit faite !
Bois avec nous, et prends place à ma draite.

LE cordelier, plein d'une fainte horreur,
Baife à genoux l'ergot de fon feigneur ;
Puis d'un air morne il jette au loin la vue
Sur cette vafte et brûlante étendue,
Séjour de feu qu'habitent pour jamais
L'affreufe mort, les tourmens, les forfaits ;
Trône éternel où fied l'efprit immonde,
Abyme immenfe où s'engloutit le monde ;
Sépulcre où gît la docte antiquité,
Efprit, amour, favoir, grâce, beauté,
Et cette foule immortelle, innombrable,
D'enfans du ciel créés tous pour le diable.
Tu fais, lecteur, qu'en ces feux dévorans
Les meilleurs rois font avec les tyrans.
Nous y plaçons Antonin, Marc-Aurèle,
Ce bon Trajan, des princes le modèle ;
Ce doux Titus, l'amour de l'univers ;
Les deux Catons, ces fléaux des pervers ;

Ce Scipion maître de son courage,
Lui qui vainquit, et l'Amour, et Carthage.
Vous y grillez, sage et docte Platon,
Divin Homère, éloquent Cicéron;
Et vous, Socrate, enfant de la Sagesse,
Martyr de DIEU dans la profane Gréce;
Juste Aristide, et vertueux Solon,
Tous malheureux morts sans confession.

MAIS ce qui plus étonna Grisbourdon,
Ce fut de voir en la chaudière grande
Certains quidams, saints ou rois, dont le nom
Orne l'histoire, et pare la légende.
Un des premiers était le roi Clovis. (e)
Je vois d'abord mon lecteur qui s'étonne
Qu'un si grand roi, qui tout son peuple a mis
Dans le chemin du benoît paradis,
N'ait pu jouir du salut qu'il nous donne.
Ah! qui croirait qu'un premier roi chrétien
Fût en effet damné comme un païen?
Mais mon lecteur se souviendra très-bien,
Qu'être lavé de cette eau salutaire
Ne suffit pas quand le cœur est gâté.
Or ce Clovis, dans le crime empâté,
Portait un cœur inhumain, sanguinaire;
Et saint Rémi ne put laver jamais
Ce roi des Francs, gangrené de forfaits.

PARMI ces grands, ces souverains du monde,
Ensevelis dans cette nuit profonde,
On discernait le fameux Constantin.

Eſt-il bien vrai, criait avec ſurpriſe
Le moine gris? ô rigueur! ô deſtin!
Quoi, ce héros fondateur de l'Egliſe,
Qui de la terre a chaſſé les faux dieux,
Eſt deſcendu dans l'enfer avec eux?
Lors Conſtantin dit ces propres paroles: (f)
J'ai renverſé le culte des idoles;
Sur les débris de leurs temples fumans
Au Dieu du ciel j'ai prodigué l'encens;
Mais tous mes ſoins pour ſa grandeur ſuprême
N'eurent jamais d'autre objet que moi-même;
Les ſaints autels n'étaient à mes regards
Qu'un marchepied du trône des Céſars.
L'ambition, les fureurs, les délices
Etaient mes dieux, avaient mes ſacrifices.
L'or des chrétiens, leurs intrigues, leur ſang,
Ont cimenté ma fortune et mon rang.
Pour conſerver cette grandeur ſi chère,
J'ai maſſacré mon malheureux beau-père.
Dans les plaiſirs, et dans le ſang plongé,
Faible et barbare en ma fureur jalouſe,
Ivre d'amour, et de ſoupçons rongé,
Je fis périr mon fils et mon épouſe.
O Grisbourdon, ne ſois plus étonné
Si comme toi Conſtantin eſt damné. (g)

Le révérend de plus en plus admire
Tous les ſecrets du ténébreux empire.
Il voit par-tout de grands prédicateurs,
Riches prélats, caſuiſtes, docteurs,
Moines d'Eſpagne, et nonnains d'Italie.
De tous les rois il voit les confeſſeurs,

De nos beautés il voit les directeurs :
Le paradis ils ont eu dans leur vie.
Il aperçut dans le fond d'un dortoir
Certain frocard moitié blanc, moitié noir,
Portant crinière en écuelle arrondie.
Au fier afpect de cet animal pie,
Le cordelier, riant d'un ris malin,
Se dit tout bas : Cet homme eft jacobin. (*h*)
Quel eft ton nom ? lui cria-t-il foudain.
L'ombre répond d'un ton mélancolique :
Hélas ! mon fils, je fuis faint Dominique. (*i*)

A ce difcours, à cet augufte nom,
Vous euffiez vu reculer Grisbourdon ;
Il fe fignait, il ne pouvait le croire.
Comment ? dit-il, dans la caverne noire
Un fi grand faint, un apôtre, un docteur !
Vous de la foi le facré promoteur,
Homme de DIEU, prêcheur évangélique,
Vous dans l'enfer ainfi qu'un hérétique !
Certes ici la grâce eft en défaut.
Pauvres humains, qu'on eft trompé là-haut !
Et puis allez, dans vos cérémonies,
De tous les faints chanter les litanies.

LORS repartit avec un ton dolent
Notre efpagnol au manteau noir et blanc :
Ne fongeons plus aux vains difcours des hommes ;
De leurs erreurs qu'importe le fracas ?
Infortunés, tourmentés où nous fommes,
Loués, fêtés où nous ne fommes pas :

Tel fur la terre a plus d'une chapelle,
Qui dans l'enfer rôtit bien triftement,
Et tel au monde on damne impunément,
Qui dans les cieux a la vie éternelle.
Pour moi, je fuis dans la noire féquelle
Très-juftement, pour avoir autrefois
Perfécuté ces pauvres Albigeois.
Je n'étais pas envoyé pour détruire,
Et je fuis cuit pour les avoir fait cuire. (*k*)

OH, quand j'aurais une langue de fer
Toujours parlant, je ne pourrais fuffire,
Mon cher lecteur, à te nombrer, et dire,
Combien de faints on rencontre en enfer!

QUAND des damnés la cohorte rôtie
Eut affez fait au fils de faint François
Tous les honneurs de leur trifte patrie,
Chacun cria d'une commune voix:
Cher Grisbourdon, conte-nous, conte, conte,
Qui t'a conduit vers une fin fi prompte.
Conte-nous donc par quel étonnant cas
Ton ame dure eft tombée ici-bas.
Meffieurs, dit-il, je ne m'en défends pas;
Je vous dirai mon étrange aventure;
Elle pourra vous étonner d'abord:
Mais il ne faut me taxer d'impofture;
On ne ment plus fi tôt que l'on eft mort.

J'ETAIS là-haut, comme on fait, votre apôtre;
Et pour l'honneur du froc, et pour le vôtre,
Je concluais l'exploit le plus galant

Que jamais moine ait fait hors du couvent.
Mon muletier, ah, l'animal infigne !
Ah, le grand homme ! ah, quel rival condigne ! (*l*)
Mon muletier, ferme dans fon devoir,
D'Hermaphrodix avait paffé l'efpoir.
J'avais auffi pour ce monftre femelle,
Sans vanité, prodigué tout mon zèle ;
Le fils d'Alix, ravi d'un tel effort,
Nous laiffait Jeanne en vertu de l'accord.
Jeanne la forte, et Jeanne la rebelle,
Perdait bientôt ce grand nom de pucelle ;
Entre mes bras elle fe débattait,
Le muletier par deffous la tenait,
Hermaphrodix de bon cœur ricanait.

MAIS croirez-vous ce que je vais vous dire ?
L'air s'entr'ouvrit, et du haut de l'empire
Qu'on nomme ciel (lieux où ni vous ni moi
N'irons jamais, et vous favez pourquoi.)
Je vis defcendre, ô fatale merveille !
Cet animal qui porte longue oreille,
Et qui jadis à Balaam parla,
Quand Balaam fur la montagne alla.
Quel terrible âne ! il portait une felle
D'un beau velours, et fur l'arçon d'icelle
Etait un fabre à deux larges tranchans :
De chaque épaule il lui fortait une aile,
Dont il volait, et devançait les vents.
A haute voix alors s'écria Jeanne :
Dieu foit loué ! voici venir mon âne.
A ce difcours je fus tranfi d'effroi ;
L'âne à l'inftant fes quatre genoux plie,

La Pucelle.   ❀

Lève fa queue, et fa tête polie,
Comme difant à Dunois : monte-moi.
Dunois le monte, et l'animal s'envole
Sur notre tête, et paffe, et caracole.
Dunois planant, le cimeterre en main,
Sur moi chétif fondit d'un vol foudain.
Mon cher Satan, mon feigneur fouvérain,
Ainfi, dit-on, lorfque tu fis la guerre
Imprudemment au maître du tonnerre, (*m*)
Tu vis fur toi s'élancer faint Michel,
Vengeur fatal des injures du ciel.

R É D U I T alors à défendre ma vie,
J'eus mon recours à la forcellerie.
Je dépouillai d'un nerveux cordelier
Le fourcil noir et le vifage altier.
Je pris la mine et la forme charmante.
D'une beauté douce, fraîche, innocente ;
De blonds cheveux fe jouaient fur mon fein.
De gaze fine une étoffe brillante
Fit entrevoir une gorge naiffante.
J'avais tout l'art du fexe féminin.
Je compofais mes yeux et mon vifage ;
On y voyait cette naïveté
Qui toujours trompe, et qui toujours engage.
Sous ce vernis un air de volupté
Eût des humains rendu fou le plus fage.
J'euffe amolli le cœur le plus fauvage ;
Car j'avais tout, artifice et beauté.
Mon paladin en parut enchanté.
J'allais périr, ce héros invincible
Avait levé fon braquemart (*n*) terrible ;

Son

Son bras était à demi-defcendu,
Et Grisbourdon fe croyait pourfendu.

DUNOIS regarde, il s'émeut, il s'arrête.
Qui de Médufe eût vu jadis la tête,
Etait en roc mué foudainement :
Le beau Dunois changea bien autrement.
Il avait l'ame avec les yeux frappée ;
Je vis tomber fa redoutable épée :
Je vis Dunois fentir à mon afpect
Beaucoup d'amour et beaucoup de refpect.
Qui n'aurait cru que j'euffe eu la victoire ?
Mais voici bien le pis de mon hiftoire.

LE muletier, qui preffait dans fes bras
De Jeanne d'Arc les robuftes appas,
En me voyant fi gentille et fi belle,
Brûla foudain d'une flamme nouvelle.
Hélas ! mon cœur ne le foupçonnait pas
De convoiter des charmes délicats.
Un cœur groffier connaître l'inconftance !
Il lâcha prife, et j'eus la préférence.
Il quitte Jeanne ; ah funefte beauté !
A peine Jeanne eft-elle en liberté,
Qu'elle aperçut le brillant cimeterre
Qu'avait Dunois laiffé tomber par terre.
Du fer tranchant fa dextre fe faifit ;
Et dans l'inftant que le ruftre infidèle
Quittait pour moi la fuperbe Pucelle,
Par le chignon Jeanne d'Arc m'abattit,
Et d'un revers la nuque me fendit.

La Pucelle.   H

Depuis ce temps je n'ai nulle nouvelle
Du muletier, de Jeanne la cruelle,
D'Hermaphrodix, de l'âne, de Dunois.
Puiſſent-ils tous être empalés cent fois!
Et que le ciel, qui confond les coupables,
Pour mon plaiſir les donne à tous les diables!
Ainſi parlait le moine avec aigreur,
Et tout l'enfer en rit d'aſſez bon cœur.

Fin du cinquième Chant.

NOTES ET VARIANTES

DU CHANT CINQUIEME.

(*a*) O N difait autrefois *fainte n'y touche*, et on difait bien. On voit aifément que c'eft une femme qui a l'air de n'y pas toucher ; c'eft par corruption qu'on dit *fainte Mitouche*. La langue dégénère tous les jours. J'aurais fouhaité que l'auteur eût eu le courage de dire *fainte n'y touche*, comme nos pères.

(*b*) *Satan* eft un mot chaldéen, qui fignifie à peu-près l'*Arimane* des Perfes, le *Typhon* des Égyptiens, le *Pluton* des Grecs, et parmi nous le diable. Ce n'eft que chez nous qu'on le peint avec des cornes. Voyez le feptième tome *De formâ diaboli*, du révérend père *Tambourini*.

(*c*) Dans les premières éditions on lifait :

> D'un roi du Nord, de quatorze chanoines,
> De deux curés, et de quarante moines.

(*d*) *Frapart*, nom d'amitié que les cordeliers fe donnèrent entre eux dès le quinzième fiècle. Les doctes font partagés fur l'étymologie de ce mot ; il fignifie certainement frappeur robufte, roide joûteur.

(*e*) On ne peut regarder cette damnation de *Clovis*, et de tant d'autres, que comme une fiction poëtique ; cependant on peut, moralement parlant, dire que *Clovis* a pu être puni pour avoir fait affaffiner plufieurs régas fes voifins, et plufieurs de fes parens ; ce qui n'eft pas trop chrétien.

(*f*) *Conftantin* arracha la vie à fon beau-père, à fon beau-frère, à fon neveu, à fa femme, à fon fils, et fut le plus ambitieux, le plus vain, et le plus voluptueux de tous les hommes ; d'ailleurs bon catholique : mais il mourut arien, et baptifé par un évêque arien.

(*g*) Edition de 1756 :

> *Si comme toi Conftantin eft damné :*
> Ainfi que lui vingt rois fêtés à Rome
> Dans ces bas lieux brûleront à jamais.
> Le pape eut beau, pour payer leurs bienfaits,
> Les mettre en rouge au livre qu'on renomme,
> Leur donner jour, et vouloir qu'on les chomme,
> Le diable rit de tous cès beaux décrets.
> D'après leur vie il leur lut leurs arrêts,
> Et chacun d'eux, jugé fur fes forfaits,
> Rôtit ou boût comme il fut méchant homme.

H 2

Riant au nez du fire Conftantin,
Le cordelier en fort mauvais latin
Fit compliment, puis en marchant admire
Tous les fecrets du ténébreux empire.

En même rang que ces fameux brigands,
Si fottement célébrés fur la terre,
Et juftement dévoués aux tourmens
Dans les enfers, le très-révérend frère
Vit faint Louis, la fleur de nos patrons,
Ce faint Louis, le père des Bourbons !
Il maudiffait la cruelle manie
Qui, fur la foi d'un fourbe ultramontain,
Lui fit laiffer à fon mauvais deftin,
Sans nuls galans, fa femme tant jolie,
Pour s'en aller dans la turque Syrie (*)
Affaffiner le pauvre Sarrazin.
Ce roi bigot, infenfé paladin,
Qui dans le ciel aurait eu belle place,
S'il eût été tout fimplement chrétien,
Grillait là-bas, et le méritait bien.
Homme pieux fans être homme de bien,
Laiffant le vrai pour prendre la grimace,
Il fut toujours au-delà de la grace,
Et bien plus loin que les commandemens.
Il fe feffa, fe couvrit de la haire,
Il but de l'eau, fit fort mauvaife chère ;
Onc ne tâta de bifques, d'ortolans ;
Onc ne mangea ni perdrix ni faifans.
Sur un châlit, fans fermer la paupière,
L'efprit au ciel, la difcipline en main,
Il attendit fouvent le lendemain.
Il eût mieux fait, certes, le pauvre fire,
De fe gaudir avec fa Margoton
Tranquillement au fein de fon empire.
C'eft, fur ma foi, pour aller au démon,
Un fot chemin que celui du martyre.

Cet innocent renta les quinze-vingts,
Pour le moutier dota cent pauvres filles,
Et fonda gîte aux dévots pélerins.
C'eft bien de quoi le mettre au rang des faiuts !

(*) C'eft en Egypte que faiut *Louis* alla faire la guerre, et il mena fa femme avec lui. Voyez *Joinville*, et concluez que M. de *Voltaire*, qui l'avait lu, n'a pu faire ces vers, d'ailleurs fi peu dignés de lui.

Mais fans remords, dans le fein des familles,
Il répandit de fes dévotes mains
Les triftes fruits des combats inhumains,
Et le trépas et l'affreufe indigence.
Il appauvrit, il dévafta la France,
Il la remplit de veuves, d'orphelins.
Quel diable eût fait plus de mal aux humains ?
Le Grisbourdon le vit, et fut fe taire.
Dans un réduit, à feu de réverbère,
Il vit bouillir maints grands prédicateurs,
Riches prélats, cafuiftes, docteurs,
Moines d'Efpagne et nonnains d'Italie ;
De tous les rois les graves confeffeurs,
De nos beautés les paillards directeurs :
Le paradis ils ont eu dans leur vie.
 Dans le foyer d'un grand feu de charbon,
La tête hors d'un énorme chaudron,
Sous un grand feutre en forme de galère,
Le moine vit le féroce Calvin
Qui des deux yeux, au défaut de la main,
Fefait la nique à Luther, fon confrère,
Puis menaçait un pontife romain.
A fon regard farouche, atrabilaire,
On connaiffait de l'orgueilleux fectaire
Le mauvais cœur, l'efprit intolérant,
L'ame jaloufe et digne d'un tyran.
Tout en cuifant, il femblait être encore
Dans fa cité, qu'un galant homme abhorre,
Et que redoute un efprit dégagé
Des contes vieux et du fot préjugé,
A voir rôtir Servet le grand apôtre,
Jufte ennemi, toutefois indifcret,
De faint auteur, de fainte patenôtre,
Rival haï, dont tout le crime était
De raifonner mieux que lui ne fefait.
Maître Calvin, les yeux chargés d'envie,
Semblait entendre et voir à fes genoux,
Lui crier grâce et demander la vie,
Ce Nivernois, (*) dont il fut fi jaloux ;

(*) *Spifame*, évêque de Nevers, décapité à Genève en 1566. *Calvin* eft mort en 1564, et il n'était point queftion de chambrières dans le procès de *Spifame*, qui n'était point réduit à la condition d'artifan, mais était devenu membre du confeil des déux cents et de celui des foixante. Ceux qui ont fait ces vers n'étaient pas au courant.

Ce fot prélat , feseur de boutonnières ,
Galant chéri des jeunes chambrières ,
Qui préféra les cafards génevois
Aux bonnes gens du pays champenois.
Pendez , pendez , le vilain semblait dire;
Baiser soubrette est péché dont ma loi
Ne permet point aux huguenots de rire ;
Et ce paillard doit périr sur ma foi ,
Pour avoir eu plus de plaisir que moi.
    Le cordelier , d'une voix de tonnerre
Qu'accompagnait un regard furieux ,
Lui dit : Maraud , de quel droit sur la terre
Prétendis-tu punir l'amour heureux?
Qui t'avoua de la cruelle guerre
Que tu livras à ces enfans des dieux ,
Qu'un zèle ardent pour la paix des familles
Consacre au soin de soulager les filles ?
Dans la fureur dont il était atteint ,
Certes le moine allait faire tapage ,
Et de Genève à mal mettre le saint ,
Quand il connut qu'il était dans la cage
Où de sa main Lucifer même a peint
Tous les damnés que fournira chaque âge.
Quiconque entrait dans ce damné réduit
Se sentait tôt animé de l'esprit ;
Il croyait voir , il lui semblait entendre
Se démener et gémir les portraits.
De l'avenir pénétrant les secrets
Comme présens , sans jamais s'y méprendre ,
Il les avait dans son cerveau frappé ;
Et des damnés , chez les races futures ,
Il devinait les noires aventures
Mieux que prophète ou démon incarné.
    Le Grisbourdon dedans la galerie
Venant calmer sa claustrale furie ,
Il aperçut dans le fond d'un dortoir
Certain frocard , moitié blanc , moitié noir ,
Portant crinière en étoile arrondie.
Au fier aspect , &c.

(*h*) Les cordeliers ont été de tout temps ennemis des dominicains.

(*i*) Il semble que l'auteur n'ait voulu faire ici qu'une plaisanterie.
Cependant ce *Gusman* , inventeur de l'inquisition , et que nous appelons

Dominique, fut réellement un perfécuteur. Il eft certain que les Langue-dociens , nommés Albigeois , étaient des peuples fidèles à leur fouverain , et qu'on leur fit la guerre la plus barbare , uniquement à caufe de leurs dogmes. Il n'y a rien de plus abominable que de faire périr par le fer et par le feu un prince et fes fujets , fous prétexte qu'ils ne penfent pas comme nous.

(*k*) Edition de 1756 :

> Non que je fois condamné fans retour ,
> J'efpère encor me trouver quelque jour
> Avec les faints au féjour de la gloire ;
> Mais en ce lieu je fais mon purgatoire.
> *Oh ! quand j'aurais , &c.*

(*l*) *Condigne* , du latin *condignus* ; ce mot fe trouve dans les auteurs du feizième fiècle.

(*m*) Cette guerre n'eft rapportée que dans le livre apocryphe fous le nom d'*Enoch* ; il n'en eft parlé ailleurs dans aucun livre juif. Le chef de l'armée célefte était en effet *Michel* , comme le dit notre auteur ; mais le capitaine des mauvais anges n'était point *Satan* , c'était *Semexiah* : on peut excufer cette inadvertance dans un long poëme.

(*n*) Ancien mot qui fignifie cimeterre.

Fin des Notes et variantes du Chant cinquième.

CHANT VI.

ARGUMENT.

Aventure d'Agnès et de Monrose. Temple de la Renommée.
Aventure tragique de Dorothée.

Q<small>UITTONS</small> l'enfer, quittons ce gouffre immonde,
Où Grisbourdon brûle avec Lucifer :
Dreſſons mon vol aux campagnes de l'air,
Et revoyons ce qui ſe paſſe au monde.
Ce monde, hélas! eſt bien un autre enfer.
J'y vois par-tout l'innocence proſcrite,
L'homme de bien flétri par l'hypocrite ;
L'eſprit, le goût, les beaux arts éperdus,
Sont envolés, ainſi que les vertus.
Une rampante et lâche politique
Tient lieu de tout, eſt le mérite unique.
Le zèle affreux des dangereux dévots
Contre le ſage arme la main des ſots :
Et l'Intérêt, ce vil roi de la terre,
Pour qui l'on fait et la paix et la guerre,
Triſte et penſif, auprès d'un coffre-fort,
Vend le plus faible aux crimes du plus fort.
Chétifs mortels, inſenſés et coupables,
De tant d'horreurs à quoi bon vous noircir?
Ah malheureux! qui péchez ſans plaiſir,
Dans vos erreurs ſoyez plus raiſonnables ;
Soyez au moins des pécheurs fortunés ;

A ses genoux le chétif Muletier,

Craignant pour soi le fort du Cordelier,

Pucelle Ch. 6.

J. M.ᵉ Moreau le j.ᵉ inv.

Triere Sculp.

Et puifqu'il faut que vous foyez damnés,
Damnez-vous donc pour des fautes aimables.

AGNÈS Sorel fut en ufer ainfi.
On ne lui peut reprocher dans fa vie
Que les douceurs d'une tendre folie.
Je lui pardonne, et je penfe qu'auffi
DIEU tout clément aura pris pitié d'elle :
En paradis tout faint n'eft pas pucelle ;
Le repentir eft vertu du pécheur.

QUAND Jeanne d'Arc défendait fon honneur,
Et que du fil de fa célefte épée
De Grisbourdon la tête fut coupée,
Notre âne ailé, qui deffus fon harnois
Portait en l'air le chevalier Dunois,
Conçut alors le caprice profane
De l'éloigner, et de l'ôter à Jeanne.
Quelle raifon en avait-il ? l'amour ;
Le tendre amour, et la naiffante envie,
Dont en fecret fon ame était faifie.
L'ami lecteur apprendra quelque jour
Quel trait de flamme, et quelle idée hardie
Preffait déjà ce héros d'Arcadie.

L'ANIMAL faint eut donc la fantaifie
De s'envoler devers la Lombardie ;
Le bon Denis en fecret confeilla
Cette efcapade à fa monture ailée ;
Vous demandez, lecteur, pourquoi cela ?
C'eft que Denis lut dans l'ame troublée

De fon bel âne, et de fon beau bâtard.
Tous deux brûlaient d'un feu qui tôt ou tard
Aurait pu nuire à la caufe commune,
Perdre la France, et Jeanne, et fa fortune,
Denis penfa que l'abfence et le temps,
Les guériraient de leurs amours naiffans.
Denis encore avait en cette affaire
Un autre but, une bonne œuvre à faire.
Craignez, lecteur, de blâmer fes deffeins ;
Et refpectez tout ce que font les faints.

L'ANE célefte, où Denis met fa gloire,
S'envola donc loin des rives de Loire,
Droit vers le Rhône, et Dunois ftupéfait
A tire d'aile eft parti comme un trait.
Il regardait de loin fon héroïne,
Qui toute nue, et le fer à la main,
Le cœur ému d'une fureur divine,
Rouge de fang fe frayait un chemin.
Hermaphrodix veut l'arrêter en vain ;
Ses farfadets, fon peuple aérien,
En cent façons volent fur fon paffage.
Jeanne s'en moque, et paffe avec courage.
Lorfqu'en un bois quelque jeune imprudent
Voit une ruche, et s'approchant admire
L'art étonnant de ce palais de cire ;
De toutes parts un effaim bourdonnant
Sur mon badaud s'en vient fondre avec rage ;
Un peuple ailé lui couvre le vifage :
L'homme piqué court à tort, à travers,
De fes deux mains il frappe, il fe démène,
Diffipe, tue, écrafe par centaine

Cette canaille habitante des airs.
C'était ainſi que la Pucelle fière
Chaſſait au loin cette foule légère.

A ſes genoux le chétif muletier,
Craignant pour ſoi le ſort du cordelier,
Tremble et s'écrie : O Pucelle, ô ma mie !
Dans l'écurie autrefois tant ſervie !
Quelle furie ! épargne au moins ma vie ;
Que les honneurs ne changent point tes mœurs !
Tu vois mes pleurs, ah Jeanne ! je me meurs.

JEANNE répond : Faquin, je te fais grâce ;
Dans ton vil ſang, de ſange tout chargé,
Ce fer divin ne ſera point plongé.
Végète encore, et que ta lourde maſſe
Ait à l'inſtant l'honneur de me porter :
Je ne te puis en mulet tranſlater ;
Mais ne m'importe ici de ta figure ;
Homme ou mulet, tu ſeras ma monture.
Dunois m'a pris l'âne qui fut pour moi,
Et je prétends le retrouver en toi ;
Çà qu'on ſe courbe : elle dit, et la bête
Baiſſe à l'inſtant ſa chauve et lourde tête,
Marche des mains, et Jeanne ſur ſon dos
Va dans les champs affronter les héros. (a)
Pour le Génie, il jura par ſon père
De tourmenter toujours les bons Français ;
Son cœur navré pencha vers les Anglais ;
Il ſe promit, dans ſa juſte colère,
De ſe venger du tour qu'on lui jouait,
De bien punir tout Français indiſcret,
Qui pour ſon dam paſſerait ſur ſa terre.

Il fait bâtir au plus vîte un château
D'un goût bizarre, et tout-à-fait nouveau,
Un labyrinthe, un piége où fa vengeance
Veut attraper les héros de la France. (*b*)

MAIS que devint la belle Agnès Sorel?
Vous fouvient-il de fon trouble cruel?
Comme elle fut interdite, éperdue,
Quand Jean Chandos l'embraffait toute nue?
Ce Jean Chandos s'élança de fes bras
Très-brufquement, et courut aux combats.
La belle Agnès crut fortir d'embarras.
De fon danger encor toute furprife,
Elle jurait de n'être jamais prife
A l'avenir en un femblable cas.
Au bon roi Charle elle jurait tout bas
D'aimer toujours ce roi qui n'aime qu'elle,
De refpecter ce tendre et doux lien,
Et de mourir plutôt qu'être infidelle:
Mais il ne faut jamais jurer de rien.

DANS ce fracas, dans ce trouble effroyable,
D'un camp furpris tumulte inféparable,
Quand chacun court, officier et foldat,
Que l'un s'enfuit, et que l'autre combat,
Que les valets, fripons fuivans l'armée,
Pillent le camp de peur des ennemis:
Parmi les cris, la poudre et la fumée,
La belle Agnès fe voyant fans habits,
Du grand Chandos entre en la garde-robe;
Puis avifant chemife, mules, robe,

Saisit le tout en tremblant et sans bruit;
Même elle prend jusqu'au bonnet de nuit.
Tout vint à point, car de bonne fortune
Elle aperçut une jument bai-brune,
Bride à la bouche, et selle sur le dos,
Que l'on devait amener à Chandos.
Un écuyer, vieil ivrogne intrépide,
Tout en dormant la tenait par la bride.
L'adroite Agnès s'en va subtilement
Oter la bride à l'écuyer dormant;
Puis se servant de certaine escabelle,
Y pose un pied, monte, se met en selle,
Pique et s'en va, croyant gagner les bois,
Pleine de crainte et de joie à la fois.
L'ami Bonneau court à pied dans la plaine,
En maudissant sa pesante bedaine,
Ce beau voyage, et la guerre, et la cour,
Et les Anglais, et Sorel, et l'amour.

OR de Chandos le très-fidèle page,
(Monrose était le nom du (c) personnage)
Qui revenait ce matin d'un message,
Voyant de loin tout ce qui se passait,
Cette jument qui vers les bois courait,
Et de Chandos la robe et le bonnet;
Devinant mal ce que ce pouvait être,
Crut fermement que c'était son cher maître,
Qui loin du camp demi-nu s'enfuyait.
Epouvanté de l'étrange aventure,
D'un coup de fouet il hâte sa monture,
Galope, et crie : Ah mon maître! ah seigneur!
Vous poursuit-on? Charlot est-il vainqueur?

Où courez-vous ? Je vais par-tout vous fuivre :
Si vous mourez, je cefferai de vivre ;
Il dit, et vole, et le vent emportait
Lui, fon cheval, et tout ce qu'il difait.

LA belle Agnès, qui fe croit pourfuivie,
Court dans le bois au péril de fa vie ;
Le page y vole, et plus elle s'enfuit,
Plus notre anglais avec ardeur la fuit.
La jument bronche, et la belle éperdue,
Jetant un cri dont retentit la nue,
Tombe à côté fur la terre étendue.
Le page arrive aussi prompt que les vents ;
Mais il perdit l'ufage de fes fens,
Quand cette robe ouverte et voltigeante
Lui découvrit une beauté touchante,
Un fein d'albâtre, et les charmans tréfors
Dont la nature enrichiffait fon corps.

BEL Adonis, (d) telle fut ta furprife,
Quand la maîtreffe, et de Mars, et d'Anchife,
Du haut des cieux, le foir au coin d'un bois,
S'offrit à toi pour la première fois.
Vénus, fans doute, avait plus de parure ;
Une jument n'avait point renverfé
Son corps divin de fatigue harraffé ;
Bonnet de nuit n'était point fa coiffure ;
Son cu d'ivoire était fans meurtriffure :
Mais Adonis, à ces attraits tout nus,
Balancerait entre Agnès et Vénus.

LE jeune anglais fe fentit l'ame atteinte
D'un feu mêlé de refpect et de crainte ;

Il prend Agnès, et l'embraffe en tremblant :
Hélas ! dit-il, feriez-vous point bleffée ?
Agnès fur lui tourne un œil languiffant,
Et d'une voix timide, embarraffée,
En foupirant elle lui parle ainfi :
Qui que tu fois qui me pourfuis ici,
Si tu n'as point un cœur né pour le crime,
N'abufe point du malheur qui m'opprime ;
Jeune étranger, conferve mon honneur,
Sois mon appui, fois mon libérateur.
Elle ne put en dire davantage :
Elle pleura, détourna fon vifage,
Trifte, confufe, et tout bas promettant
D'être fidelle au bon roi fon amant.
Monrofe ému, fut un temps en filence ;
Puis il lui dit d'un ton tendre et touchant :
O de ce monde adorable ornement,
Que fur les cœurs vous avez de puiffance !
Je fuis à vous, comptez fur mon fecours ;
Vous difpofez de mon cœur, de mes jours,
De tout mon fang ; ayez tant d'indulgence
Que d'accepter que j'ofe vous fervir :
Je n'en veux point une autre récompenfe :
C'eft être heureux que de vous fecourir.
Il tire alors un flacon d'eau des carmes ;
Sa main timide en arrofe fes charmes,
Et les endroits de rofes et de lis,
Qu'avaient la felle et la chute meurtris.
La belle Agnès rougiffait fans colère,
Ne trouvait point fa main trop téméraire,
Et le lorgnait fans bien favoir pourquoi,
Jurant toujours d'être fidelle au roi.

Le page ayant employé fa bouteille :
Rare beauté, dit-il, je vous confeille
De cheminer jufqu'en un bourg voifin :
Nous marcherons par ce petit chemin.
Dedans ce bourg nul foldat ne demeure ;
Nous y ferons avant qu'il foit une heure.
J'ai de l'argent ; et l'on vous trouvera
Et coiffe, et jupe, et tout ce qu'il faudra
Pour habiller avec plus de décence
Une beauté digne d'un roi de France.

LA dame errante approuva fon avis ;
Monrofe était fi tendre et fi foumis,
Etait fi beau, favait à tel point vivre,
Qu'on ne pouvait s'empêcher de le fuivre.

QUELQUE cenfeur, interrompant le fil
De mon difcours, dira : Mais fe peut-il
Qu'un étourdi, qu'un jeune anglais, qu'un page
Fût près d'Agnès refpectueux et fage ?
Qu'il ne prit point la moindre liberté ?
Ah ! laiffez là vos cenfures rigides ;
Ce page aimait, et fi la volupté
Nous rend hardis, l'amour nous rend timides.

AGNÈS et lui marchaient donc vers ce bourg,
S'entretenant de beaux propos d'amour,
D'exploits de guerre, et de chevalerie,
De vieux romans pleins de galanterie.
Notre écuyer, de cent pas en cent pas,
S'approchait d'elle, et baifait fes beaux bras ;

Le

Le tout d'un air refpectueux et tendre ;
La belle Agnès ne favait s'en défendre ;
Mais rien de plus : ce jeune homme de bien
Voulait beaucoup, et ne demandait rien.
Dedans le bourg ils font entrés à peine,
Dans un logis fon écuyer la mène
Bien fatiguée ; Agnès entre deux draps
Modeftement repofe fes appas.
Monrofe court, et va tout hors d'haleine
Chercher par-tout pour dignement fervir,
Alimenter, chauffer, coiffer, vêtir
Cette beauté déjà fa fouveraine.
Charmant enfant, dont l'amour et l'honneur
Ont pris plaifir à diriger le cœur,
Où font les gens dont la fageffe égale
Les procédés de ton ame loyale ?

DANS ce logis (je ne puis le nier) (e)
De Jean Chandos logeait un aumônier.
Tout aumônier eft plus hardi qu'un page.
Le fcélérat, informé du voyage
Du beau Monrofe et de la belle Agnès,
Et trop inftruit que dans fon voifinage
A quatre pas repofaient tant d'attraits ;
Preffé foudain de fon défir infame,
Les yeux ardens, le fang rempli de flamme,
Le corps en rut, de luxure enivré,
Entre en jurant comme un défefpéré,
Ferme la porte, et les deux rideaux tire.
Mais, cher lecteur, il convient de te dire
Ce que fefait en ce même moment
Le grand Dunois fur fon âne volant.

La Pucelle.   I

Au haut des airs, où les Alpes chenues
Portent leur tête, et divifent les nues,
Vers ce rocher fendu par Annibal, (f)
Fameux paffage aux Romains fi fatal,
Qui voit le ciel s'arrondir fur fa tête,
Et fous fes pieds fe former la tempête,
Eft un palais de marbre tranfparent,
Sans toit ni porte, ouvert à tout venant.
Tous les dedans font des glaces fidelles;
Si que chacun qui paffe devant elles,
Ou belle ou laide, ou jeune homme ou barbon,
Peut fe mirer tant qu'il lui femble bon.

Mille chemins mènent devers l'empire
De ces beaux lieux où fi bien l'on fe mire;
Mais ces chemins font tous bien dangereux;
Il faut franchir des abymes affreux.
Tel bien fouvent fur ce nouvel Olympe
Eft arrivé fans trop favoir par où;
Chacun y court; et tandis que l'un grimpe,
Il en eft cent qui fe caffent le cou.

De ce palais la fuperbe maîtreffe
Eft cette vieille et bavarde déeffe,
La Renommée, à qui dans tous les temps
Le plus modefte a donné quelque encens.
Le fage dit que fon cœur la méprife;
Qu'il hait l'éclat que lui donne un grand nom,
Que la louange eft pour l'ame un poifon:
Le fage ment, et dit une fottife.

La Renommée eft donc en ces beaux lieux.
Les courtifans dont elle eft entourée,

Princes, pédans, guerriers, religieux,
Cohorte vaine, et de vent enivrée,
Vont tous priant, et criant à genoux :
O Renommée ! ô puiffante déeffe !
Qui favez tout, et qui parlez fans ceffe,
Par charité parlez un peu de nous.

POUR contenter leurs ardeurs indifcrètes,
La Renommée a toujours deux trompettes :
L'une à fa bouche, appliquée à propos,
Va célébrant les exploits des héros ;
L'autre eft au cu, puifqu'il faut vous le dire :
C'eft celle-là qui fert à nous inftruire
De ce fatras de volumes nouveaux, (g)
Productions de plumes mercenaires,
Et du Parnaffe infectes éphémères,
Qui l'un par l'autre éclipfés tour-à-tour,
Faits en un mois, périffent en un jour,
Enfevelis dans le fond des colléges,
Rongés des vers, eux et leurs priviléges.

UN vil ramas de prétendus auteurs,
Du vrai génie infames détracteurs,
Guyon, Fréron, la Beaumelle, Nonotte ;
Et ce rebut de la troupe bigotte,
Ce Savatier, de la fraude inftrument,
Qui vend fa plume, et ment pour de l'argent ;
Tous ces marchands d'opprobre et de fumée,
Ofent pourtant chercher la Renommée ;
Couverts de fange, ils ont la vanité
De fe montrer à la divinité.
A coups de fouet chaffés du fanctuaire,
A peine encore ils ont vu fon derrière. (h)

GENTIL Dunois, fur ton ânon monté
En ce beau lieu tu te vis tranfporté.
Ton nom fameux, qu'avec juftice on fête
Etait corné par la trompette honnête.
Tu regardas ces miroirs fi polis.
O quelle joie enchantait tes efprits !
Car tu voyais dans ces glaces brillantes
De tes vertus les peintures vivantes ;
Non-feulement des fiéges, des combats,
Et ces exploits qui font tant de fracas ;
Mais des vertus encor plus difficiles,
Des malheureux de tes bienfaits chargés,
Te béniffant au fein de leurs afiles,
Des gens de bien à la cour protégés,
Des orphelins de leurs tuteurs vengés.
Dunois ainfi contemplant fon hiftoire,
Se complaifait à jouir de fa gloire.
Son âne auffi s'amufant à fe voir,
Se pavanait de miroir en miroir.

ON entendit, deffus ces entrefaites,
Sonner en l'air une des deux trompettes ;
Elle difait : Voici l'horrible jour
Où dans Milan la fentence eft dictée ;
On va brûler la belle Dorothée :
Pleurez, mortels qui connaiffez l'amour.
Qui ? dit Dunois ; quelle eft donc cette belle ?
Qu'a-t-elle fait ? pourquoi la brûle-t-on ?
Paffe après tout fi c'eft une laidron ;
Mais dans le feu mettre un jeune tendron,
Par tous les faints c'eft chofe trop cruelle !
Les Milanais ont donc perdu l'efprit.

Comme il parlait, la trompette reprit :
O Dorothée, ô pauvre Dorothée !
En feu cuifant tu vas être jetée,
Si la valeur d'un chevalier loyal
Ne te *recout* de ce brafier fatal.

A cet avis Dunois fentit dans l'ame
Un prompt défir de fecourir la dame :
Car vous favez que fitôt qu'il s'offrait
Occafion de marquer fon courage,
Venger un tort, redreffer quelque outrage,
Sans raifonner ce héros y courait.
Allons, dit-il à fon âne fidèle,
Vole à Milan, vole où l'honneur t'appelle.
L'âne auffitôt fes deux ailes étend ;
Un chérubin va moins rapidement. (*i*)
On voit déjà la ville où la juftice
Arrangeait tout pour cet affreux fupplice.
Dans la grand'place on élève un bûcher ;
Trois cents archers, gens cruels et timides,
Du mal d'autrui monftres toujours avides,
Rangent le peuple, empêchent d'approcher.
On voit par-tout le beau monde aux fenêtres,
Attendant l'heure, et déjà larmoyant ;
Sur un balcon l'archevêque et fes prêtres
Obfervent tout d'un œil ferme et content.

QUATRE alguazils (*k*) amènent Dorothée,
Nue en chemife, et de fer garrottée.
Le défefpoir et la confufion,
Le jufte excès de fon affliction,
Devant fes yeux répandent un nuage,
Des pleurs amers inondent fon vifage.

I 3

Elle entrevoit d'un œil mal affuré
L'affreux poteau pour fa mort préparé;
Et fes fanglots fe fefant un paffage :
O mon amant ! ô toi qui dans mon cœur
Règnes encore en ces momens d'horreur !..
Elle ne put en dire davantage ;
Et, bégayant le nom de fon amant,
Elle tomba fans voix, fans mouvement,
Le front jauni d'une pâleur mortelle ;
Dans cet état elle était encor belle.

Un fcélérat nommé Sacrogorgon,
De l'archevêque infame champion, (*l*)
La dague au poing, vers le bûcher s'avance,
Le chef armé de fer et d'impudence,
Et dit tout haut : Meffieurs, je jure DIEU
Que Dorothée a mérité le feu.
Eft-il quelqu'un qui prenne fa querelle?
Eft-il quelqu'un qui combatte pour elle?
S'il en eft un, que cet audacieux
Ofe à l'inftant fe montrer à mes yeux,
Voici de quoi lui fendre la cervelle.
Difant ces mots il marche fièrement,
Branlant en l'air un braquemart (*m*) tranchant,
Roulant les yeux, tordant fa laide bouche.
On frémiffait à fon afpect farouche ;
Et dans la ville il n'était écuyer
Qui Dorothée ofât juftifier.
Sacrogorgon venait de les confondre :
Chacun pleurait, et nul n'ofait répondre.

Le fier prélat, du haut de fon balcon,
Encourageait le brutal champion.

LE beau Dunois, qui planait fur la place,
Fut fi choqué de l'infolente audace
De ce pervers ; et Dorothée en pleurs
Etait fi belle au fein de tant d'horreurs,
Son défefpoir la rendait fi touchante,
Qu'en la voyant il la crut innocente.
Il faute à terre, et d'un ton élevé :
C'eft moi, dit-il, face de réprouvé,
Qui viens ici montrer par mon courage,
Que Dorothée eft vertueufe et fage,
Et que tu n'es qu'un fanfaron brutal,
Suppôt du crime, et menteur déloyal.
Je veux d'abord favoir de Dorothée
Quelle noirceur lui peut être imputée,
Quel eft fon cas, et par quel guet-à-pan
On fait brûler les belles à Milan.
Il dit : le peuple, à la furprife en proie,
Pouffa des cris d'efpérance et de joie.
Sacrogorgon, qui fe mourait de peur,
Fit comme il put femblant d'avoir du cœur.
Le fier prélat, fous fa mine hypocrite,
Ne peut cacher le trouble qui l'agite.

A Dorothée alors le beau Dunois
S'en vint parler d'un air noble et courtois.
Les yeux baiffés, la belle lui raconte,
En foupirant, fon malheur et fa honte :
L'âne divin, fur l'églife perché,
De tout ce cas paraiffait fort touché ;
Et de Milan les dévotes familles
Béniffaient DIEU qui prend pitié des filles.

Fin du fixième Chant.

NOTES ET VARIANTES

DU CHANT SIXIÈME.

(*a*) Edition de 1756 :

> Pour Conculix, honteux, plein de colère,
> Il s'en alla murmurer chez son père.
> *Mais que devint*, &c.

(*b*) Voyez le dix-septième Chant.

(*c*) C'est le même page sur le derrière duquel *Jeanne* avait crayonné trois fleurs de lis.

(*d*) *Adonis* ou *Adoni*, fils de *Cinyras* et de *Myrrha*, dieu des Phéniciens, amant de *Vénus Astarté*. Les Phéniciens pleuraient tous les ans sa mort, ensuite ils se réjouissaient de sa résurrection.

(*e*) Manuscrit :

> Dans ce logis était un aumônier,
> ·Fier, peu soigneux de dire son psautier.
> *Tout aumônier*, &c.

(*f*) On croit qu'*Annibal* passa par la Savoie : c'est donc chez les Savoyards qu'est le temple de la Renommée.

(*g*) Edition de 1756, et manuscrit :

> De ce fatras de volumes nouveaux,
> Vers de Danchet, prose de Marivaux,
> Nouveaux Cyrus, voyage de Sethos,
> Tous fort loués et qu'on ne saurait lire ;
> *Qui l'un par l'autre*, &c,

(*h*) Ce ramas est bien vil en effet. Ces gens-là, comme on sait, ont vomi des torrens de calomnies contre l'auteur qui ne leur avait fait aucun mal. Ils ont imprimé qu'il était un plagiaire, qu'il ne croyait pas en DIEU, que le bienfaiteur de la race de *Corneille* était l'ennemi de

Corneille; qu'il était fils d'un payfan. Ils lui ont attribué les aventures les plus fauffes. Ils ont redit vingt fois qu'il vendait fes ouvrages. Il eft bien jufte qu'à la fin il chaffe cette canaille du fanctuaire de la Renommée, où elle a voulu s'introduire, comme des voleurs fe gliffent de nuit dans une églife pour y voler des calices. (Voyez fur *Sabatier*, nommé ici *Savatier* par dérifion, et fur tous ces autres meffieurs, le texte et les notes du dix-huitième Chant.)

(*i*) *Chérubin*, efprit célefte, ou ange du fecond ordre de la première hiérarchie. Ce mot vient de l'hébreu *chérub*, dont le pluriel eft *chérubin*. Les chérubins avaient quatre ailes comme quatre faces, et des pieds de bœuf.

(*k*) Alguazil : *Guazil* en arabe fignifie huiffier, de-là *alguazil*, archer efpagnol.

(*l*) Champion vient de champ, pion du champ : *Pion*, mot indien adopté par les Arabes, il fignifie foldat.

(*m*) Braquemart, du grec *braki-makera*, courte épée.

Fin des Notes et Variantes du Chant fixième.

CHANT VII.

ARGUMENT.

Comment Dunois fauva Dorothée condamnée à la mort par l'inquifition.

Lorsqu'autrefois, au printemps de mes jours,
Je fus quitté par ma belle maîtreffe,
Mon tendre cœur fut navré de trifteffe,
Et je penfai renoncer aux amours ;
Mais d'offenfer par le moindre difcours
Cette beauté que j'avais encenfée,
De fon bonheur ofer troubler le cours,
Un tel forfait n'entra dans ma penfée.
Gêner un cœur, ce n'eft pas ma façon.
Que fi je traite ainfi les infidelles,
Vous comprenez, à plus forte raifon,
Que je refpecte encor plus les cruelles.
Il eft affreux d'aller perfécuter
Un jeune cœur que l'on n'a pu dompter.
Si la maîtreffe, objet de votre hommage,
Ne peut pour vous des mêmes feux brûler,
Cherchez ailleurs un plus doux efclavage :
On trouve affez de quoi fe confoler ;
Ou bien buvez : c'eft un parti fort fage.
Et plût à DIEU qu'en un cas tout pareil,
Le tonfuré qu'amour rendit barbare,
Cet oppreffeur d'une beauté fi rare,
Se fût fervi d'un auffi bon confeil !

Allons, dit-il, venez à moi, mon âne :

Pucelle Chant 7.ᵉ

J. Mh. Moreau le J.ᵉ inv.   Delignon sculp.

DEJA Dunois à la belle affligée
Avait rendu le courage et l'espoir :
Mais avant tout il convenait savoir
Les attentats dont elle était chargée.

O vous, dit-elle, en baissant ses beaux yeux,
Ange divin qui descendez des cieux,
Vous qui venez prendre ici ma défense,
Vous savez bien quelle est mon innocence.
Dunois reprit : Je ne suis qu'un mortel ;
Je suis venu par une étrange allure,
Pour vous sauver d'un trépas si cruel.
Nul dans les cœurs ne lit que l'Eternel.
Je crois votre ame et vertueuse et pure ;
Mais dites-moi, pour DIEU, votre aventure.

LORS Dorothée, en essuyant les pleurs
Dont le torrent son beau visage mouille,
Dit : L'amour seul a fait tous mes malheurs.
Connaissez-vous monsieur de la Trimouille ?

OUI, dit Dunois, c'est mon meilleur ami.
Peu de héros ont une ame aussi belle ;
Mon roi n'a point de guerrier plus fidèle,
L'Anglais n'a point de plus fier ennemi ;
Nul chevalier n'est plus digne qu'on l'aime.
Il est trop vrai, dit-elle, c'est lui-même.
Il ne s'est pas écoulé plus d'un an,
Depuis le jour qu'il a quitté Milan.
C'est en ces lieux qu'il m'avait adorée ;
Il le jurait, et j'ose être assurée

Que fon grand cœur eft toujours enflammé,
Qu'il m'aime encor, car il eft trop aimé.

NE doutez point, dit Dunois, de fon ame;
Votre beauté vous répond de fa flamme:
Je le connais; il eft, ainfi que moi,
A fes amours fidèle comme au roi.
L'autre reprit: Ah! Monfieur, je vous croi.
O jour heureux où je le vis paraître,
Où des mortels il était à mes yeux
Le plus aimable et le plus vertueux,
Où de mon cœur il fe rendit le maître!
Je l'adorais avant que ma raifon
Eût pu favoir fi je l'aimais ou non.

CE fut, Monfieur, ô moment délectable!
Chez l'archevêque, où nous étions à table,
Que ce héros plein de fa paffion
Me fit, me fit fa déclaration.
Ah! j'en perdis la parole et la vue.
Mon fang brûla d'une ardeur inconnue:
Du tendre amour j'ignorais le danger,
Et de plaifir je ne pouvais manger.
Le lendemain il me rendit vifite:
Elle fut courte, il prit congé trop vîte.
Quand il partit, mon cœur le rappelait,
Mon tendre cœur après lui s'envolait.
Le lendemain il eut un tête-à-tête
Un peu plus long, mais non pas moins honnête.
Le lendemain il en reçut le prix,
Par deux baifers fur mes lèvres ravis.

Le lendemain il ofa davantage ;
Il me promit la foi de mariage.
Le lendemain il fut entreprenant ;
Le lendemain il me fit un enfant.
Que dis-je ? hélas ! faut-il que je raconte
De point en point mes malheurs et ma honte,
Sans que je fache, ô digne chevalier,
A quel héros j'ofe me confier ?

LE chevalier par pure obéiffance
Dit, fans vanter fes faits ni fa naiffance :
Je fuis Dunois. C'était en dire affez.
DIEU, reprit-elle, ô DIEU, qui m'exaucez,
Quoi, vos bontés font voler à mon aide
Ce grand Dunois, ce bras à qui tout cède ! (a)
Ah ! qu'on voit bien d'où vous tenez le jour,
Charmant bâtard, cœur noble, ame fublime,
Le tendre Amour me fefait fa victime ;
Mon falut vient d'un enfant de l'Amour :
Le ciel eft jufte, et l'efpoir me ranime.

Vous faurez donc, brave et gentil Dunois,
Que mon amant, au bout de quelques mois,
Fut obligé de partir pour la guerre,
Guerre funefte, et maudite Angleterre !
Il écouta la voix de fon devoir.
Mon tendre amour était au défefpoir.
Un tel état vous eft connu, fans doute ;
Et vous favez, Monfieur, ce qu'il en coûte.
Ce fier devoir fit feul tous nos malheurs ;
Je l'éprouvais en répandant des pleurs :

Mon cœur était forcé de fe contraindre,
Et je mourais, mais fans pouvoir me plaindre.
Il me donna le préfent amoureux
D'un bracelet fait de fes blonds cheveux,
Et fon portrait qui, trompant fon abfence,
M'a fait cent fois retrouver fa préfence.
Un cher écrit fur-tout il me laiffa,
Que de fa main le ferme Amour traça.
C'était, Monfieur, une jufte promeffe,
Un sûr garant de fa fainte tendreffe ;
On y lifait : Je jure par l'Amour,
Par les plaifirs de mon ame enchantée,
De revenir bientôt en cette cour,
Pour époufer ma chère Dorothée.

LAS ! il partit, il porta fa valeur
Dans Orléans. Peut-être il eft encore
Dans ces remparts où l'appela l'honneur.
Ah ! s'il favait quels maux et quelle horreur
Sont, loin de lui, le prix de mon ardeur !
Non, jufte ciel ! il vaut mieux qu'il l'ignore.

IL partit donc ; et moi je m'en allai,
Loin des foupçons d'une ville indifcrète,
Chercher aux champs une fombre retraite,
Conforme aux foins de mon cœur défolé.
Mes parens morts, libre dans ma trifteffe,
Cachée au monde, et fuyant tous les yeux,
Dans le fecret le plus myftérieux
J'enfevelis mes pleurs et ma groffeffe.
Mais par malheur, hélas ! je fuis la nièce

De l'archevêque : à ces funeftes mots,
Elle fentit redoubler fes fanglots.

PUIS vers le ciel tournant fes yeux en larmes,
J'avais, dit-elle, en fecret mis au jour
Ce tendre fruit de mon furtif amour ;
Avec mon fils confolant mes alarmes,
De mon amant j'attendais le retour.
A l'archevêque il prit en fantaifie
De venir voir quelle efpèce de vie
Menait fa nièce au fond de ces forêts :
Pour ma campagne il quitta fon palais ;
Il fut touché de mes faibles attraits.
Cette beauté, préfent cher et funefte,
Ce don fatal, qu'aujourd'hui je détefte,
Perça fon cœur des plus dangereux traits.
Il s'expliqua : ciel, que je fus furprife !
Je lui parlai des devoirs de fon rang,
De fon état, des nœuds facrés du fang :
Je remontrai l'horreur de l'entreprife ;
Elle outrageait la nature et l'Eglife.
Hélas ! j'eus beau lui parler de devoir,
Il s'entêta d'un chimérique efpoir.
Il fe flattait que mon cœur indocile
D'aucun objet ne s'était prévenu,
Qu'enfin l'amour ne m'était point connu,
Que fon triomphe en ferait plus facile ;
Il m'accablait de fes foins fatigans,
De fes défirs rebutés et preffans.

HELAS ! un jour que toute à ma triftefſe
Je relifais cette douce promeffe,

Que de mes pleurs je mouillais cet écrit,
Mon cruel oncle en lifant me furprit.
Il fe faifit, d'une main ennemie,
De ce papier qui contenait ma vie :
Il lut ; il vit dans cet écrit fatal
Tous mes fecrets, ma flamme et fon rival.
Son ame alors, jaloufe et forcenée,
A fes défirs fut plus abandonnée.
Toujours alerte, et toujours m'épiant,
Il fut bientôt que j'avais un enfant.
Sans doute, un autre en eût perdu courage ;
Mais l'archevêque en devint plus ardent ;
Et fe fentant fur moi cet avantage :
Ah ! me dit-il, n'eft-ce donc qu'avec moi
Que vous aurez la fureur d'être fage ?
Et vos faveurs feront le feul partage
De l'étourdi qui ravit votre foi ?
Ofez-vous bien me faire réfiftance ?
Y penfez-vous ? vous ne méritez pas
Le fol amour que j'ai pour vos appas :
Cédez fur l'heure, ou craignez ma vengeance.
Je me jetai tremblante à fes genoux ;
J'atteftai D I E U, je répandis des larmes.
Lui, furieux d'amour et de courroux,
En cet état me trouva plus de charmes.
Il me renverfe, et va me violer ;
A mon fecours il fallut appeler :
Tout fon amour foudain fe tourne en rage.
D'un oncle, ô ciel ! fouffrir un tel outrage !
De coups affreux il meurtrit mon vifage.
On vient au bruit ; mon oncle au même inftant
Joint à fon crime un crime encor plus grand :

Chrétiens,

Chrétiens, dit-il, ma nièce eft une impie ;
Je l'abandonne, et je l'excommunie :
Un hérétique, un damné fuborneur
Publiquement a fait fon déshonneur ;
L'enfant qu'ils ont eft un fruit d'adultère.
Que DIEU confonde, et le fils, et la mère !
Et puifqu'ils ont ma malédiction,
Qu'ils foient livrés à l'inquifition.

IL ne fit point une menace vaine ;
Et dans Milan le traître arrive à peine,
Qu'il fait agir le grand-inquifiteur.
On me faifit, prifonnière on m'entraîne
Dans des cachots, où le pain de douleur
Etait ma feule et trifte nourriture :
Lieux fouterrains, lieux d'une nuit obfcure,
Séjour de mort, et tombeau des vivans !
Après trois jours on me rend la lumière,
Mais pour la perdre au milieu des tourmens.
Vous les voyez ces brafiers dévorans ;
C'eft là qu'il faut expirer à vingt ans !
Voilà mon lit à mon heure dernière !
C'eft là, c'eft là, fans votre bras vengeur,
Qu'on m'arrachait la vie avec l'honneur !
Plus d'un guerrier aurait, felon l'ufage,
Pris ma défenfe, et pour moi combattu ;
Mais l'archevêque enchaîne leur vertu :
Contre l'Eglife ils n'ont point de courage. (b)
Qu'attendre, hélas ! d'un cœur italien ?
Ils tremblent tous à l'afpect d'une étole ; (c)
Mais un Français n'eft alarmé de rien,
Et braverait le pape au capitole.

La Pucelle.   K

A ces propos Dunois piqué d'honneur,
Plein de pitié pour la belle accufée,
Plein de courroux pour fon perfécuteur,
Brûlait déjà d'exercer fa valeur,
Et fe flattait d'une victoire aifée :
Bien furpris fut de fe voir entouré
De cent archers, dont la cohorte fière
L'inveftiffait noblement par derrière.
Un cuiftre en robe, avec bonnet carré,
Criait d'un ton de vrai *miferere* :
,, On fait favoir de par la fainte Eglife,
,, Par Monfeigneur, pour la gloire de DIEU,
,, A tous chrétiens que le ciel favorife,
,, Que nous venons de condamner au feu
,, Cet étranger, ce champion profane,
,, De Dorothée infame chevalier,
,, Comme infidèle, hérétique et forcier ;
,, Qu'il foit brûlé fur l'heure avec fon âne. ,,

CRUEL prélat, Bufiris en foutane, (*d*)
C'était, perfide, un tour de ton métier ;
Tu redoutais le bras de ce guerrier ;
Tu t'entendais avec le faint office
Pour opprimer, fous le nom de juftice,
Quiconque eût pu lever le voile affreux
Dont tu cachais ton crime à tous les yeux,

TOUT auffitôt l'affaffine cohorte,
Du faint office abominable efcorte,
Pour fe faifir du fuperbe Dunois,
Deux pas avance, et recule de trois ;

Puis marche encor; puis fe figne et s'arrête.
Sacrogorgon, qui tremblait à leur tête,
Leur crie : Allons, il faut vaincre ou périr ;
De ce forcier tâchons de nous faifir.
Au milieu d'eux les diacres de la ville,
Les facriftains arrivent à la file :
L'un tient un pot, et l'autre un goupillon ; (*e*)
Ils font leur ronde, et de leur eau falée
Benoîtement afpergent l'affemblée.
On exorcife, on maudit le démon ;
Et le prélat, toujours l'ame troublée,
Donne par-tout la bénédiction.

LE grand Dunois, non fans émotion,
Voit qu'on le prend pour envoyé du diable :
Lors faififfant de fon bras redoutable
Sa grande épée, et de l'autre montrant
Un chapelet, catholique inftrument,
De fon falut cher et facré garant :
Allons, dit-il, venez à moi, mon âne.
L'âne defcend, Dunois monte, et foudain
Il va frappant, en moins d'un tour de main,
De ces croquans la cohorte profane.
Il perce à l'un le *fternum* et le bras; (*f*)
Il atteint l'autre à l'os qu'on nomme atlas : (*g*)
Qui voit tomber fon nez et fa mâchoire,
Qui fon oreille, et qui fon *humerus* ;
Qui pour jamais s'en va dans la nuit noire,
Et qui s'enfuit difant fes *oremus*.
L'âne, au milieu du fang et du carnage,
Du paladin feconde le courage ;

La Pucelle.   K 2 *

Il vole, il rue, il mord, il foule aux pieds
Ce tourbillon de faquins effrayés.
Sacrogorgon abaissant sa visière,
Toujours jurant s'en allait en arrière ;
Dunois le joint, l'atteint à l'os *pubis* ; (*h*)
Le fer sanglant lui sort par le *coccis* : (*i*)
Le vilain tombe, et le peuple s'écrie :
Béni soit Dieu ! le barbare est sans vie.

LE scélérat encor se débattait
Sur la poussière, et son cœur palpitait,
Quand le héros lui dit : Ame traîtresse !
L'enfer t'attend ; crains le diable, et confesse
Que l'archevêque est un coquin mitré,
Un ravisseur, un parjure avéré ;
Que Dorothée est l'innocence même ;
Qu'elle est fidelle au tendre amant qu'elle aime ;
Et que tu n'es qu'un sot et qu'un fripon.
Oui, Monseigneur, oui, vous avez raison :
Je suis un sot, la chose est par trop claire,
Et votre épée a prouvé cette affaire.
Il dit : son ame alla chez le démon.
Ainsi mourut le fier Sacrogorgon.

DANS l'instant même où ce bravache infame
A Belzébut rendait sa vilaine ame,
Devers la place arrive un écuyer,
Portant salade (*k*) avec lance dorée :
Deux postillons à la jaune livrée
Allaient devant. C'était chose assurée
Qu'il arrivait quelque grand chevalier.

A cet objet, la belle Dorothée,
D'étonnement et d'amour tranſportée :
Ah! DIEU puiſſant, ſe mit-elle à crier,
Serait-ce lui ! ferait-il bien poſſible !
A mes malheurs le ciel eſt trop ſenſible.

LES Milanais, peuple très-curieux,
Vers l'écuyer avaient tourné les yeux.

EH ! cher lecteur, n'êtes-vous pas honteux
De reſſembler à ce peuple volage,
Et d'occuper vos yeux et votre eſprit
Du changement qui dans Milan ſe fit?
Eſt-ce donc là le but de mon ouvrage?
Songez, lecteur, aux remparts d'Orléans,
Au roi de France, aux cruels aſſiégeans,
A la Pucelle, à l'illuſtre amazone,
La vengerèſſe, et du peuple, et du trône,
Qui ſans jupon, ſans pourpoint ni bonnet,
Parmi les champs comme un centaure allait,
Ayant en DIEU ſa plus ferme eſpérance,
Comptant ſur lui plus que ſur ſa vaillance,
Et s'adreſſant à monſieur ſaint Denis,
Qui cabalait alors en paradis
Contre ſaint George en faveur de la France.

SUR-TOUT, lecteur, n'oubliez point Agnès ;
Ayez l'eſprit tout plein de ſes attraits :
Tout honnête homme à mon gré doit s'y plaire.
Eſt-il quelqu'un ſi morne et ſi ſévère,
Que pour Agnès il ſoit ſans intérêt ?
Et franchement dites-moi, s'il vous plaît,

Si Dorothée au feu fut condamnée,
Si le Seigneur, du haut du firmament,
Sauva le jour à cette infortunée,
Semblable cas advient très-rarement.
Mais que l'objet où votre cœur s'engage,
Pour qui vos pleurs ne peuvent s'effuyer,
Soit dans les bras d'un robufte aumônier,
Ou femble épris pour quelque jeune page,
Cet accident peut-être eft plus commun ;
Pour l'amener ne faut miracle aucun.
Je l'avoûrai, j'aime toute aventure
Qui tient de près à l'humaine nature ;
Car je fuis homme, et je me fais honneur
D'avoir ma part aux humaines faibleffes ;
J'ai dans mon temps poffédé des maîtreffes,
Et j'aime encore à retrouver mon cœur.

Fin du feptiéme Chant.

NOTES ET VARIANTES

DU CHANT SEPTIEME.

(a) EDITION de 1756 :

> Ce grand Dunois, ce bras à qui tout cède !
> Gentil guerrier, noble fils de l'Amour,
> Eh quoi ! c'est vous, vous l'espoir de la France,
> Qui me sauvez et l'honneur et le jour !
> Votre nom seul aurait ma confiance.
> Vous saurez donc, &c.

(b) Dans les premières éditions on lisait :

> Contre l'Eglise ils n'ont pas de courage,
> Ardens au mal, de glace pour le bien.
> Qu'attendre, hélas ! &c.

(c) Etole ; ornement sacerdotal qu'on passe par-dessus le surplis. Ce mot vient du grec στολή, qui signifie une robe longue. L'étole est aujourd'hui une bande large de quatre doigts. L'étole des anciens était fort différente ; c'était quelquefois un habit de cérémonie que les rois donnaient à ceux qu'ils voulaient honorer ; de-là ces expressions de l'Ecriture : Stolam gloriæ induit eum, &c.

(d) Busiris était un roi d'Egypte qui passait pour un tyran.

(e) Le goupillon est un instrument garni en tout sens de soies de porc prises dans des fils d'archal, passés à l'extrémité d'un manche de bois ou de métal. Il sert à distribuer l'eau bénite, &c. Cet instrument était usité dans l'antiquité ; on s'en servait pour arroser les initiés de l'eau lustrale.

(f) Sternum, terme grec, comme sont presque tous ceux de l'anatomie ; c'est cette partie antérieure de la poitrine à laquelle sont jointes les côtes : elle est composée de sept os si bien assemblés, qu'ils semblent n'en faire qu'un. C'est la cuirasse que la nature a donnée au cœur et aux poumons.

K 4

(*g*) *Atlas* , la première vertèbre du cou : elle foutient tous les fardeaux qu'on pofe fur la tête , laquelle tourne fur cet *atlas* comme fur un pivot.

(*h*) *Pubis* , de puberté , os barré , qui fe joint aux deux hanches , *os pubis* , *os pectinis*.

(*i*) *Coccis* , κοκκυξ , croupion , placé immédiatement au-deffous de l'os *fœrum*. Il n'eft pas honnête d'être bleffé là.

(*k*) *Salade ;* on devrait dire *célade* , de *celata ;* mais le mauvais ufage prévaut par-tout.

Fin des Notes et Variantes du Chant feptième.

. . . . oh ! oh ! dit le Breton,

Dieu me pardonne, on nous a pris nos belles ;

Chant 8.ᵉ

De Longueil C.ᵛ. Du Roy Sculp. 1788.

CHANT VIII.

ARGUMENT.

Comment le charmant la Trimouille rencontra un anglais
à Notre-Dame de Lorette, et ce qui s'ensuivit avec
sa Dorothée.

QUE cette histoire est sage, intéressante !
Comme elle forme et *l'esprit et le cœur !*
Comme on y voit la vertu triomphante,
Des chevaliers le courage et l'honneur,
Les droits des rois, des belles la pudeur !
C'est un jardin dont tout le tour m'enchante,
Par sa culture et sa variété.
J'y vois sur-tout l'aimable chasteté,
Des belles fleurs la fleur la plus brillante,
Comme un lis blanc que le ciel a planté,
Levant sans tache une tête éclatante.
Filles, garçons, lisez assidûment
De la vertu ce divin rudiment :
Il fut écrit par notre abbé Tritême, (*a*)
Savant picard, de son siècle ornement ;
Il prit Agnès et Jeanne pour son thême.
Que je l'admire, et que je me sais gré
D'avoir toujours hautement préféré
Cette lecture honnête et profitable,
A ce fatras d'insipides romans
Que je vois naître et mourir tous les ans,
De cerveaux creux avortons languissans !

De Jeanne d'Arc l'hiftoire véritable
Triomphera de l'envie et du temps.
Le vrai me plaît, le vrai feul eft durable.

DE Jeanne d'Arc cependant, cher lecteur,
En ce moment je ne puis rendre compte ;
Car Dorothée, et Dunois fon vengeur,
Et la Trimouille objet de fon ardeur,
Ont de grands droits ; et j'avoûrai fans honte
Qu'avec raifon vous vouliez être inftruit
Des beaux effets que leur amour produit.

PRÈS d'Orléans vous avez fouvenance
Que la Trimouille, ornement du Poitou,
Pour fon bon roi fignalant fa vaillance,
Dans un foffé fut plongé jufqu'au cou.
Ses écuyers tirèrent avec peine,
Du fale fond de la fangeufe arène,
Notre héros en cent endroits froiffé,
Un bras démis, le coude fracaffé.
Vers les remparts de la ville affiégée
On reportait fa figure affligée ;
Mais de Talbot les efforts vigilans
Avaient fermé les chemins d'Orléans.
On tranfporta, de crainte de furprife,
Mon paladin, par de fecrets détours,
Sur un brancard, en la cité de Tours,
Cité fidelle, au roi Charles foumife.
Un charlatan, arrivé de Venife,
Adroitement remit fon *radius*, (*b*)
Dont le pivot rejoignit l'*humerus*.

Son écuyer lui fit bientôt connaître
Qu'il ne pouvait retourner vers son maître,
Que les chemins étaient fermés pour lui.
Le chevalier, fidèle à sa tendresse,
Se résolut, dans son cuisant ennui,
D'aller au moins rejoindre sa maîtresse.

Il courut donc, à travers cent hasards,
Au beau pays conquis par les Lombards.
En arrivant aux portes de la ville,
Le Poitevin est entouré, heurté,
Pressé des flots d'une foule imbécille,
Qui d'un pas lourd, et d'un œil hébété,
Court à Milan des campagnes voisines;
Bourgeois, manans, moines, bénédictines,
Mères, enfans: c'est un bruit, un concours,
Un chamaillis; chacun se précipite;
On tombe, on crie: Arrivons, entrons vîte;
Nous n'aurons pas tels plaisirs tous les jours.

Le paladin fut bientôt quelle fête
Allait chômer ce bon peuple lombard,
Et quel spectacle à ses yeux on apprête.
Ma Dorothée! ô Ciel! Il dit, et part;
Et son coursier s'élançant sur la tête
Des curieux, le porte en quatre bonds
Dans les faubourgs, dans la ville, à la place,
Où du bâtard la généreuse audace
A dissipé tous ces monstres félons;
Où Dorothée, interdite, éperdue,
Osait à peine encor lever la vue.

L'abbé Tritême, avec tout fon talent,
N'eût pu jamais nous faire la peinture
De la furprife et du faififfement,
Et des tranfports dont cette ame fi pure
Fut pénétrée en voyant fon amant.
Quel coloris, quel pinceau pourrait rendre
Ce doux mélange, et fi vif et fi tendre,
L'impreffion d'un refte de douleur,
La douce joie où fe livrait fon cœur,
Son embarras, fa pudeur et fa honte,
Que par degrés la tendreffe furmonte ?
Son la Trimouille, ardent, ivre d'amour,
Entre fes bras la tient long-temps ferrée,
Faible, attendrie, encor toute éplorée ;
Il embraffait, il baifait tour-à-tour
Le grand Dunois, et fa maîtreffe, et l'âne.

TOUT le beau fexe, aux fenêtres penché,
Battait des mains, de tendreffe touché ;
On voyait fuir tous les gens à foutane
Sur les débris du bûcher renverfé,
Qui dans le fang nage au loin difperfé.
Sur ces débris le bâtard intrépide
De Dorothée affermiffant les pas,
A l'air, le port, et le maintien d'Alcide,
Qui fous fes pieds enchaînant le trépas,
Le triple chien, et la triple Euménide,
Remit Alcefte à fon dolent époux,
Quoiqu'en fecret il fût un peu jaloux.

AVEC honneur la belle Dorothée
Fut en litière à fon logis portée,
Des deux héros noblement efcortée.

Le lendemain le bâtard généreux
Vint près du lit du beau couple amoureux :
Je fens, dit-il, que je fuis inutile
Aux doux plaifirs que vous goûtez tous deux :
Il me convient de fortir de la ville ;
Jeanne et mon roi me rappellent près d'eux ;
Il faut les joindre, et je fens trop que Jeanne
Doit regretter la perte de fon âne.
Le grand Denis, le patron de nos lois,
M'a cette nuit préfenté fa figure :
J'ai vu Denis tout comme je vous vois ;
Il me prêta fa divine monture,
Pour fecourir les dames et les rois :
Denis m'enjoint de revoir ma patrie.
Grâces au ciel, Dorothée eft fervie,
Je dois fervir Charles fept à fon tour.
Goûtez les fruits de votre tendre amour :
A mon bon roi je vais donner ma vie ;
Le temps me preffe, et mon âne m'attend.

　　Sur mon cheval je vous fuis à l'inftant,
Lui répliqua l'aimable la Trimouille.
La belle dit : C'eft auffi mon projet ;
Un défir vif dès long-temps me chatouille
De contempler la cour de Charles fept,
Sa cour fi belle, en héros fi féconde,
Sa tendre Agnès, qui gouverne fon cœur,
Sa fière Jeanne, en qui valeur abonde.
Mon cher amant, mon cher libérateur,
Me conduiraient jufques au bout du monde.
Mais fur le point d'être cuite en ce lieu,
En récitant ma prière fecrète,

Je fis tout bas à la Vierge un beau vœu
De vifiter fa maifon de Lorette,
S'il lui plaifait de me tirer du feu.
Tout auffitôt la mère du bon DIEU
Vous députa fur votre âne célefte ;
Vous me fauvez de ce bûcher funefte ;
Je vis par vous ; mon vœu doit fe tenir,
Sans quoi la Vierge a droit de me punir.

VOTRE difcours eft très-jufte et très-fage,
Dit la Trimouille ; et ce pélerinage
Eft à mes yeux un devoir bien facré :
Vous permettrez que je fois du voyage.
J'aime Lorette, et je vous conduirai.
Allez, Dunois, par la plaine étoilée,
Fendez les airs, volez aux champs de Blois ;
Nous vous joindrons avant qu'il foit un mois.
Et vous, Madame, à Lorette appelée,
Venez remplir votre vœu fi pieux ;
Moi j'en fais un digne de vos beaux yeux :
C'eft de prouver à toute heure, en tous lieux,
A tout venant, par l'épée et la lance,
Que vous devez avoir la préférence
Sur toute fille ou femme de renom,
Que nulle n'eft et fi fage et fi belle.
Elle rougit. Cependant le grifon
Frappe du pied, s'élève fur fon aile,
Plane dans l'air, et laiffant l'horizon,
Porte Dunois vers les fources du Rhône.

LE Poitevin prend le chemin d'Ancône (c)
Avec fa dame, un bourdon dans la main,

Portant tous deux chapeau de pélerin,
Bien relevé de coquilles bénies.
A leur ceinture un rofaire pendait
De beaux grains d'or, et de perles unies :
Le paladin fouvent le récitait,
Difait *Ave :* la belle répondait
Par des foupirs, et par des litanies ;
Et *je vous aime* était le doux refrain
Des *oremus* qu'ils chantaient en chemin.
Ils vont à Parme, à Plaifance, à Modène,
Dans Urbino, dans la tour de Céfène,
Toujours logés dans de très-beaux châteaux
De princes, ducs, comtes et cardinaux.
Le paladin eut par-tout l'avantage
De foutenir que dans le monde entier
Il n'eft beauté plus aimable et plus fage
Que Dorothée ; et nul n'ofa nier
Ce qu'avançait un fi grand perfonnage ;
Tant les feigneurs de tout ce beau canton
Avaient d'égards et de difcrétion.

ENFIN portés fur les bords du Musône,
Près Ricanate en la Marche d'Ancône,
Les pélerins virent briller de loin
Cette maifon de la fainte Madône,
Ces murs divins de qui le ciel prend foin ;
Murs convoités des avides corfaires,
Et qu'autrefois des anges tutélaires
Firent voler dans les plaines des airs,
Comme un vaiffeau qui fend le fein des mers.
A *Loretto* les anges s'arrêtèrent ; (*d*)
Les murs facrés d'eux-mêmes fe fondèrent ;

Et ce que l'art a de plus précieux,
De plus brillant, de plus induftrieux,
Fut employé depuis par les faints pères,
Maîtres du monde, et du ciel grands-vicaires,
A l'ornement de ces auguftes lieux.
Les deux amans de cheval defcendirent,
D'un cœur contrit à deux genoux fe mirent :
Puis chacun d'eux, pour accomplir fon vœu,
Offrit des dons pleins de magnificence,
Tous acceptés avec reconnaiffance
Par la Madône, et les moines du lieu.

Au cabaret les deux amans dînèrent ;
Et ce fut là qu'à table ils rencontrèrent
Un brave Anglais, fier, dur, et fans fouci,
Qui venait voir la fainte Vierge auffi.
Par paffe-temps, fe moquant dans fon ame
Et de Lorette et de fa Notre-Dame :
Parfait Anglais, voyageant fans deffein,
Achetant cher de modernes antiques,
Regardant tout avec un air hautain,
Et méprifant les faints et leurs reliques.
De tout Français c'eft l'ennemi mortel,
Et fon nom eft Chriftophe d'Arondel.
Il parcourait triftement l'Italie ;
Et fe fentant fort fujet à l'ennui,
Il amenait fa maîtreffe avec lui.
Plus dédaigneufe encor, plus impolie,
Parlant fort peu, mais belle, faite au tour,
Douce la nuit, infolente le jour,
A table, au lit, par caprice emportée,
Et le contraire en tout de Dorothée.

LE

LE beau baron, du Poitou l'ornement,
Lui fit d'abord un petit compliment,
Sans recevoir aucune repartie.
Puis il parla de la Vierge Marie ;
Puis il conta comme il avait promis,
Chez les Lombards, à monfieur faint **Denis**,
De foutenir en tout lieu la fageffe,
Et la beauté de fa chère maîtreffe.
Je crois, dit-il au dédaigneux Breton,
Que votre dame eft noble, et d'un grand nom,
Qu'elle eft fur-tout auffi fage que belle :
Je crois encor, quoiqu'elle n'ait rien dit,
Que dans le fond elle a beaucoup d'efprit ;
Mais Dorothée eft fort au-deffus d'elle ;
Vous l'avoûrez : on peut fans l'abaiffer
Au fecond rang dignement la placer.

LE fier Anglais, à ce difcours honnête,
Le regarda des pieds jufqu'à la tête :
Pardieu, dit-il, il m'importe fort peu
Que vous ayez à Denis fait un vœu ;
Et peu me chaut que votre damoifelle
Soit fage ou folle, et foit ou laide ou belle.
Chacun fe doit contenter de fon bien
Tout uniment, fans fe vanter de rien.
Mais puifqu'ici vous avez l'impudence
D'ofer prétendre à quelque préférence
Sur un Anglais, je vous enfeignerai
Votre devoir, et je vous prouverai
Que tout Anglais en affaires pareilles
A tout Français donne fur les oreilles ;
Que ma maîtreffe en figure, en couleur,

La Pucelle. L

En gorge, en bras, cuiſſes, taille, rondeur,
Même en ſageſſe, en ſentimens d'honneur,
Vaut cent fois mieux que votre pélerine;
Et que mon roi, (dont je fais peu de cas)
Quand il voudra, ſaura bien mettre à bas
Et votre maître, et ſa groſſe héroïne.
Hé bien, reprit le noble Poitevin,
Sortons de table, éprouvons-nous ſoudain;
A vos dépens je ſoutiendrai peut-être
Mon tendre amour, mon pays, et mon maître.
Mais comme il faut être toujours courtois,
De deux combats je vous laiſſe le choix,
Soit à cheval, ſoit à pied; l'un et l'autre
Me ſont égaux: mon choix ſuivra le vôtre.
A pied, mort-dieu! dit le rude Breton;
Je n'aime point qu'un cheval ait la gloire
De partager ma peine et ma victoire.
Point de cuiraſſe, et point de morion;
C'eſt à mon ſens une arme de poltron;
Il fait trop chaud, j'aime à combattre à l'aiſe.
Je veux tout nu vous ſoutenir ma thèſe:
Nos deux beautés jugeront mieux des coups.

Très-volontiers, dit d'un ton noble et doux
Le beau Français. Sa chère Dorothée
Frémit de crainte à ce défi cruel,
Quoiqu'en ſecret ſon ame fût flattée
D'être l'objet d'un ſi noble duel.
Elle tremblait que Chriſtophe Arondel
Ne tranſperçât de quelque coup mortel
La douce peau de ſon cher la Trimouille,
Que de ſes pleurs tendrement elle mouille.

La dame anglaise animait son anglais,
D'un coup d'œil fier, et sûr de ses attraits.
Elle n'avait jamais versé de larmes;
Son cœur altier se plaisait aux alarmes,
Et les combats des coqs de son pays
Avaient été ses passe-temps chéris.
Son nom était Judith de Rosamore,
Cher à Bristol, et que Cambridge honore. (e)

VOILA déjà nos braves paladins
Dans un champ clos près d'en venir aux mains:
Tous deux charmés, dans leurs nobles querelles,
De soutenir leur patrie et leurs belles.
La tête haute, et le fer de droit fil,
Le bras tendu, le corps en son profil,
En tierce, en quarte, ils joignent leurs épées,
L'une par l'autre à tout moment frappées.
C'est un plaisir de les voir se baisser,
Se relever, reculer, avancer,
Parer, sauter, se ménager des feintes,
Et se porter les plus rudes atteintes.
Ainsi l'on voit dans une belle nuit,
Sous le lion ou sous la canicule,
Tout l'horizon qui s'enflamme et qui brûle
De mille feux dont notre œil s'éblouit:
Un éclair passe, un autre éclair le suit.

LE Poitevin adresse une apostrophe
Droit au menton du superbe Christophe;
Puis en arrière il saute allègrement,
Toujours en garde; et Christophe à l'instant

Engage en tierce ; et ferrant la mefure,
Au ferrailleur inflige une bleffure
Sur une cuiffe ; et de fang empourpré,
Ce bel ivoire eft teint et bigarré.

Ils s'acharnaient à cette noble efcrime,
Voulant mourir pour jouir de l'eftime
De leur maîtreffe, et pour bien décider
Quelle beauté doit à l'autre céder ;
Lorfqu'un bandit des Etats du faint père
Avec fa troupe entra dans ces cantons
Pour s'acquitter de fes dévotions.

Le fcélérat fe nommait Martinguerre,
Voleur de jour, voleur de nuit, corfaire,
Mais faintement à la Vierge attaché,
Et fans manquer récitant fon rofaire,
Pour être pur et net de tout péché.
Il aperçut fur le pré les deux belles,
Et leurs chevaux, et leurs brillantes felles,
Et leurs mulets chargés d'or et d'*agnus*.
Dès qu'il les vit, on ne les revit plus.
Il vous enlève, et Judith Rofamore,
Et Dorothée, et le bagage encore,
Mulets, chevaux, et part comme un éclair.

Les champions tenaient toujours en l'air,
A poing fermé, leurs brandiffantes lames,
Et ferraillaient pour l'honneur de ces dames.
Le Poitevin s'avife le premier
Que fa maîtreffe eft comme difparue.
Il voit de loin courir fon écuyer ;
Il s'ébahit, et fon arme pointue

Refte en fa main fans force, et fans effet.
Sire Arondel demeure ftupéfait.
Tous deux reftaient la prunelle effarée,
Bouche béante, et la mine égarée,
L'un contre l'autre. Oh! oh! dit le breton,
DIEU me pardonne, on nous a pris nos belles;
Nous nous donnons cent coups d'eftramaçon
Très-fottement; courons vîte après elles,
Reprenons-les, et nous nous rebattrons
Pour leurs beaux yeux quand nous les trouverons.

L'AUTRE en convient, et différant la fête,
En bons amis ils fe mettent en quête
De leur maîtreffe. A peine ils font cent pas,
Que l'un s'écrie: Ah! la cuiffe! ah! le bras!
L'autre criait la poitrine, et la tête;
Et n'ayant plus ces efprits animaux
Qui vont au cœur, et qui font les héros,
Ayant perdu cette ardeur enflammée
Avec leur fang au combat confumée,
Tous deux meurtris, faibles, et languiffans,
Sur le gazon tombent en même temps,
Et de leur fang ils rougiffent la terre.
Leurs écuyers, qui fuivaient Martinguerre,
Vont à fa pifte, et gagnent le pays.
Les deux héros, fans valets, fans habits,
Et fans argent, étendus dans la plaine,
Manquant de tout, croyaient leur fin prochaine;
Lorfqu'une vieille, en paffant vers ces lieux,
Les voyant nus s'approcha plus près d'eux,
En eut pitié, les fit fur des civières
Porter chez elle; et par des reftaurans

L 3

En moins de rien leur rendit tous leurs fens,
Leur coloris, et leurs forces premières.

LA bonne vieille, en ce lieu refpecté,
Eſt en odeur qu'on dit de fainteté.
Devers Ancône il n'eſt point de béate,
Point d'ame fainte en qui la grâce éclate
Par des bienfaits plus fignalés, plus grands.
Elle prédit la pluie, et le beau temps;
Elle guérit les bleſſures légères
Avec de l'huile et de faintes prières;
Elle a par fois converti des méchans.

LES paladins à la vieille contèrent
Leur aventure, et conſeil demandèrent.
La décrépite alors ſe recueillit,
Pria Marie, ouvrit la bouche, et dit:
Allez en paix, aimez tous deux vos belles,
Mais que ce ſoit à bonne intention;
Et gardez-vous de vous tuer pour elles.
Les doux objets de votre affection
Sont maintenant à des épreuves rudes;
Je plains leurs maux, et vos follicitudes.
Habillez-vous; prenez des chevaux frais,
Ne manquez pas le chemin qu'il faut prendre;
Le ciel par moi daigne ici vous apprendre,
Pour les trouver, qu'il faut courir après.

LE Poitevin admira l'énergie
De ce diſcours; et le Breton penſif
Lui dit: Je crois à votre prophétie;
Nous pourſuivrons le voleur fugitif,

Quand nous aurons retrouvé des montures,
Et des pourpoints, et fur-tout des armures.
La vieille dit : On vous en fournira.
Un circoncis par bonheur était là,
Enfant barbu d'Ifâc et de Juda,
Dont la belle ame, à fervir empreffée,
Fefait fleurir la gent déprépucée.
Le digne hébreu leur prêta galamment
Deux mille écus à quarante pour cent,
Selon les *us* de la race bénite
En Canaan par Moïfe conduite ;
Et le profit que le juif s'arrogea
Entre la fainte et lui fe partagea.

Fin du huitième Chant.

NOTES

DU CHANT HUITIEME.

(*a*) L'ABBÉ *Tritême* n'était point de Picardie ; il était du diocèfe de Trèves ; il mourut en 1516. Nous n'oferions affurer que fa famille ne fût pas d'origine picarde ; nous nous en rapportons au favant auteur qui fans doute a vu le manufcrit de la Pucelle dans quelque abbaye de bénédictins.

(*b*) Le *radius* et l'*ulna* font les deux os qui partent du coude et fe joignent au poignet ; l'*humerus* eft l'os du bras qui fe joint à l'épaule.

(*c*) C'eft dans la Marche d'Ancône qu'eft la maifon de la Vierge, apportée de Nazareth par les anges ; ils la mirent d'abord en dépôt en Dalmatie pendant trois ans et fept mois, et enfuite la pofèrent près de Ricanati. Sa ftatue eft de quatre pieds de haut ; fon vifage noir ; elle porte la même tiare que le pape : on connaît fes miracles et fes tréfors.

(*d*) Ils ne s'arrêtèrent pas d'abord à *Loretto* ; c'eft une inadvertance de notre auteur : *non ego paucis offendar maculis*. Cependant on peut dire pour fa défenfe, que les anges s'arrêtèrent enfin à Lorette, eux et la maifon, après avoir effayé de plufieurs autres pays qui ne plurent point à la fainte Vierge. Cette aventure fe paffa fous le pontificat de *Boniface VIII*, dont on dit qu'il ufurpa fa place comme un renard, qu'il s'y comporta comme un loup, et qu'il mourut comme un chien. Les hiftoriens qui ont parlé ainfi de *Boniface* n'avaient pas de penfion de la cour de Rome.

(*e*) Briftol et Cambridge, deux villes célèbres, la première par fon commerce, la feconde par fon univerfité qui a eu de grands hommes.

Fin des Notes du Chant huitième.

D'un gros baiſer la barbouille, & lui dit,
J'aimai toûjours les filles d'Angleterre.

Pucelle Chant 9.e

J. M. Moreau le J.ene.   Dambrun Sculp

CHANT IX.

ARGUMENT.

Comment la Trimouille et sire Arondel retrouvèrent leurs maîtresses en Provence ; et du cas étrange advenu dans la Sainte-Baume.

DEUX chevaliers qui se sont bien battus,
Soit à cheval, soit à la noble escrime,
Avec le sabre ou de longs fers pointus,
De pied en cap tout couverts, ou tout nus,
Ont l'un pour l'autre une secrète estime ;
Et chacun d'eux exalte les vertus
Et les grands coups de son digne adversaire,
Lorsque sur-tout il n'est plus en colère.
Mais s'il advient, après ce beau conflit,
Quelque accident, quelque triste fortune,
Quelque misère à tous les deux commune,
Incontinent le malheur les unit :
L'amitié naît de leurs destins contraires,
Et deux héros persécutés sont frères.
C'est ce qu'on vit dans le cas si cruel
De la Trimouille et du triste Arondel.
Cet Arondel reçut de la nature
Une ame altière, indifférente, et dure ;
Mais il sentit ses entrailles d'airain
Se ramollir pour le doux Poitevin :
Et la Trimouille, en se laissant surprendre
A ces beaux nœuds qui forment l'amitié,
Suivit son goût ; car son cœur est né tendre.

Que je me fens, dit-il, fortifié,
Mon cher ami, par votre courtoifie !
Ma Dorothée, hélas ! me fut ravie ;
Vous m'aiderez, au milieu des combats,
A retrouver la trace de fes pas,
A délivrer ce que mon cœur adore ;
J'affronterai les plus cruels trépas
Pour vous nantir de votre Rofamore.

Les deux amans, les deux nouveaux amis,
Partent enfemble ; et fur un faux avis
Marchent en hâte, et tirent vers Livourne.
Le raviffeur d'un autre côté tourne,
Par un chemin juftement oppofé.
Tandis qu'ainfi le couple fe fourvoie,
Au fcélérat rien ne fut plus aifé
Que d'enlever fa noble et riche proie.
Il la conduit bientôt en fureté
Dans un château des chemins écarté,
Près de la mer, entre Rome et Gayette :
Mafure affreufe, exécrable retraite,
Où l'infolence, et la rapacité,
La gourmandife, et la malpropreté,
L'emportement de l'ivreffe bruyante,
Les démêlés, les combats qu'elle enfante,
La dégoûtante et fale impureté
Qui de l'amour éteint les tendres flammes,
Tous les excès des plus vilaines ames,
Font voir à l'œil ce qu'eft le genre-humain,
Lorfqu'à lui-même il eft livré fans frein.
Du Créateur image fi parfaite,
Or voilà donc comme vous êtes faite !

EN arrivant le corfaire effronté
Se met à table, et fait placer les belles
Sans compliment chacune à fon côté,
Mange, dévore, et boit à leur fanté.
Puis il leur dit : Voyez, Mefdemoifelles,
Qui de vous deux couche avec moi la nuit ;
Tout m'eft égal, tout m'eft bon, tout me duit ;
Poil blond, poil noir, anglaife, italienne,
Petite ou grande, infidelle ou chrétienne,
Il ne m'importe ; et buvons. A ces mots
La rougeur monte à l'aimable vifage
De Dorothée : elle éclate en fanglots ;
Sur fes beaux yeux il fe forme un nuage,
Qui tombe en pleurs fur ce nez fait au tour,
Sur ce menton où l'on dit que l'Amour
Lui fit un creux la careffant un jour ;
Dans la trifteffe elle eft enfevelie.
Judith l'anglaife un moment recueillie,
Et regardant le corfaire inhumain,
D'un air de tête, et d'un fouris hautain :
Je veux, dit-elle, avoir ici la joie
Sur le minuit de me voir votre proie ;
Et l'on faura ce qu'avec un bandit
Peut une Anglaife alors qu'elle eft au lit.
A ce propos le brave Martinguerre
D'un gros baifer la barbouille, et lui dit :
J'aimai toujours les filles d'Angleterre.
Il la rebaife, et puis vide un grand verre,
En vide un autre, et mange, et boit, et rit,
Et chante, et jure ; et fa main effrontée,
Sans nul égard, fe porte impudemment
Sur Rofamore, et puis fur Dorothée.

Celle-ci pleure; et l'autre fièrement,
Sans s'émouvoir, fans changer de vifage,
Laiffe tout faire au rude perfonnage.
Enfin de table il fort en bégayant,
Le pied mal fûr, mais l'œil étincelant,
Avertiffant, d'un gefte de corfaire,
Qu'on foit fidelle aux marchés convenus;
Et rayonnant des préfens de Bacchus,
Il fe prépare aux combats de Cythère.

LA milanaife, avec des yeux confus,
Dit à l'anglaife: Oferez-vous, ma chère,
Du fcélérat confommer le défir?
Mérite-t-il qu'une beauté fi fière
S'abaiffe au point de donner du plaifir?
Je prétends bien lui donner autre chofe,
Dit Rofamore; on verra ce que j'ofe;
Je fais venger ma gloire, et mes appas.
Je fuis fidelle au chevalier que j'aime.
Sachez que DIEU, par fa bonté fuprême,
M'a fait préfent de deux robuftes bras,
Et que Judith eft mon nom de baptême.
Daignez m'attendre en cet indigne lieu,
Laiffez-moi faire, et fur-tout priez DIEU.
Puis elle part, et va la tête haute
Se mettre au lit à côté de fon hôte.

LA nuit couvrait d'un voile ténébreux
Les toits pourris de ce repaire affreux.
Des malandrins la groffière cohue
Cuvait fon vin dans la grange étendue;
Et Dorothée, en ces momens d'horreur,
Demeurait feule, et fe mourait de peur.

LE boucanier, dans la groffe partie
Par où l'on penfe, était tout offufqué
De la vapeur des raifins d'Italie.
Moins à l'amour qu'au fommeil provoqué,
Il va preffant, d'une main engourdie,
Les fiers appas dont fon cœur eft piqué :
Et la Judith, prodiguant fes tendreffes,
L'enveloppait, par de fauffes careffes,
Dans les filets que lui tendait la mort.
Le diffolu, laffé d'un tel effort,
Bâille un moment, tourne la tête, et dort.

A fon chevet pendait le cimeterre
Qui fit long-temps redouter Martinguerre.
Notre Bretonne auffitôt le tira,
En invoquant Judith, et Débora, (a)
Jahel, Aod, et Simon nommé Pierre,
Simon Barjone aux oreilles fatal,
Qu'à furpaffer l'héroïne s'aprête ;
Puis empoignant les crins de l'animal
De fa main gauche, et foulevant la tête,
La tête lourde, et le front engourdi,
Du mécréant qui ronfle appefanti,
Elle s'ajufte, et fa droite élevée
Tranche le cou du brave débauché.
De fang, de vin, la couche eft abreuvée ;
Le large tronc de fon chef détaché
Rougit le front de la noble héroïne
Par trente jets de liqueur purpurine.
Notre amazone alors faute du lit,
Portant en main cette tête fanglante,
Et va trouver fa compagne tremblante,

Qui dans fes bras tombe, et s'évanouit,
Puis reprenant fes fens, et fon efprit :
Ah ! jufte D I E U, quelle femme vous êtes !
Quelle action ! quel coup, et quel danger '
Où fuirons-nous ? fi fur ces entrefaites
Quelqu'un s'éveille, on va nous égorger.
Parlez plus bas, répliqua Rofamore,
Ma miffion n'eft pas finie encore,
Prenez courage, et marchez avec moi.
L'autre reprit courage avec effroi.

LEURS deux amans, errans toujours loin d'elles,
Couraient par-tout fans avoir rien trouvé.
A Gène enfin l'un et l'autre arrivé,
Ayant par terre en vain cherché leurs belles,
S'en vont par mer à la merci des flots.
Des deux objets qui troublent leur repos
Aux quatre vents demander des nouvelles.
Ces quatre vents les portent tour-à-tour,
Tantôt aux bords de cet heureux féjour,
Où des chrétiens le père apoftolique
Tient humblement les clefs du paradis ;
Tantôt au fond du golfe adriatique,
Où le vieux doge eft l'époux de Thétis ; (b)
Puis devers Naple au rivage fertile
Où Sannazar eft trop près de Virgile. (c)
Ces dieux mutins, prompts, ailés, et jouflus,
Qui ne font plus les enfans d'Orithye,
Sur le dos bleu des flots qu'ils ont émus,
Les font voguer à ces gouffres connus,
Où l'onde amère autrefois engloutie
Par la Charybde, aujourd'hui ne l'eft plus ; (d)

Où de nos jours on ne peut plus entendre
Les hurlemens des dogues de Scylla ;
Où les géans écrafés fous l'Etna (e)
Ne jettent plus la flamme avec la cendre ;
Tant l'univers avec le temps changea.
Le couple errant non loin de Syracufe
Va faluer la fontaine Aréthufe,
Qui dans fon fein tout couvert de rofeaux
De fon amant ne reçoit plus les eaux. (f)
Ils ont bientôt découvert le rivage
Où floriffaient Auguftin (g) et Carthage ;
Séjour affreux, dans nos jours infecté
Par les fureurs et la rapacité
Des mufulmans, enfans de l'Ignorance.
Enfin le ciel conduit nos chevaliers
Aux doux climats de la belle Provence.

LA, fur des bords couronnés d'oliviers,
On voit les tours de Marfeille l'antique,
Beau monument d'un vieux peuple ionique. (h)
Noble cité, grecque et libre autrefois,
Tu n'as plus rien de ce double avantage ;
Il eft plus beau de fervir fous nos rois ;
C'eft, comme on fait, un bien heureux partage.
Mais tes confins pofsèdent un tréfor
Plus merveilleux, plus falutaire encor.
Chacun connaît la belle Magdelène,
Qui de fon temps ayant fervi l'Amour,
Servit le ciel étant fur le retour,
Et qui pleura fa vanité mondaine.
Elle partit des rives du Jourdain,
Pour s'en aller au pays de Provence,

Et fe feffa long-temps par pénitence,
Au fond d'un creux du roc de Maximin. (*i*)
Depuis ce temps un baume tout divin
Parfume l'air qu'en ces lieux on refpire.
Plus d'une fille, et plus d'un pélerin,
Grimpe au rocher, pour abjurer l'empire
Du dieu d'amour, qu'on nomme efprit malin.

ON tient qu'un jour la pénitente juive,
Prête à mourir, requit une faveur
De Maximin fon pieux directeur :
Obtenez-moi, fi jamais il arrive
Que fur mon roc une paire d'amans
En rendez-vous viennent paffer leur temps,
Leurs feux impurs dans tous les deux s'éteignent ;
Qu'au même inftant ils s'évitent, fe craignent,
Et qu'une forte et vive averfion
Soit de leurs cœurs la feule paffion.
Ainfi parla la fainte aventurière.
Son confeffeur exauça fa prière.
Depuis ce temps ces lieux fanctifiés
Vous font haïr les gens que vous aimiez.

LES paladins ayant bien vu Marfeilles,
Son port, fa rade, et toutes les merveilles
Dont les bourgeois rebattaient leurs oreilles,
Furent requis de vifiter le roc,
Ce roc fameux, furnommé Sainte-Baume,
Tant célébré chez la gent porte-froc,
Et dont l'odeur parfumait le royaume.
Le beau français y va par piété,
Le fier anglais par curiofité.

En

En graviſſant ils virent près du dôme,
Sur les degrés dans ce roc pratiqués,
Des voyageurs à prier appliqués.
Dans cette troupe étaient deux voyageuſes,
L'une à genoux, mains jointes, cou tendu;
L'autre debout, et des plus dédaigneuſes.

O doux objets! moment inattendu!
Ils ont tous deux reconnu leurs maîtreſſes!
Les voilà donc pécheurs et péchereſſes,
Dans ce parvis ſi funeſte aux amours.
En peu de mots l'anglaiſe leur raconte
Comment ſon bras, par le divin ſecours,
Sur Martinguerre a ſu venger ſa honte.
Elle eut le ſoin, dans ce péril urgent,
De ſe ſaiſir d'une bourſe aſſez ronde
Qu'avait le mort; attendu que l'argent
Eſt inutile aux gens de l'autre monde.
Puis franchiſſant dans l'horreur de la nuit
Les murs mal clos de cet affreux réduit,
Le ſabre au poing, vers la prochaine rive
Elle a conduit ſa compagne craintive;
Elle a monté ſur un léger eſquif;
Et, réveillant matelots, capitaine,
En bien payant, le couple fugitif
A navigé ſur la mer de Tyrrène.
Enfin des vents le ſort capricieux,
Ou bien le Ciel qui fait tout pour le mieux,
Les met tous quatre aux pieds de Magdelène.

O grand miracle! ô vertu ſouveraine!
A chaque mot que prononçait Judith,
De ſon amant le grand cœur s'affadit;

La Pucelle.   M

Ciel, quel dégoût! et bientôt quelle haine
Succède aux traits du plus charmant amour!
Il eſt payé d'un ſemblable retour.
Ce la Trimouille, à qui ſa Dorothée
Parut long-temps plus belle que le jour,
La trouve laide, imbécille, affectée,
Gauche, mauſſade, et lui tourne le dos.
La belle en lui voyait le roi des ſots,
Le déteſtait, et détournait la vue;
Et Magdelène, au milieu d'une nue,
Goûtait en paix la ſatisfaction
D'avoir produit cette converſion.

      MAIS Magdelène, hélas! fut bien déçue,
Car elle obtint des ſaints du paradis,
Que tout amant venu dans ſon logis
N'aimerait plus l'objet de ſes faibleſſes,
Tant qu'il ſerait dans ces rochers bénis.
Mais dans ſes vœux la ſainte avait omis
De ſtipuler que les amans guéris
Ne prendraient pas de nouvelles maîtreſſes.
Saint Maximin ne prévit point le cas,
Dont il advint que l'anglaiſe infidelle
Au Poitevin tendit ſes deux beaux bras,
Et qu'Arondel jouit des doux appas
De Dorothée, et fut enchanté d'elle.
L'abbé Tritême a même prétendu
Que Magdelène, à ce troc imprévu,
Du haut du ciel s'était miſe à ſourire.
On peut le croire, et la juſtifier.
La vertu plaît: mais, malgré ſon empire,
On a du goût pour ſon premier métier.

IL arriva que les quatre parties
De Sainte-Baume à peine étaient sorties,
Que le miracle alors n'opéra plus.
Il n'a d'effet que dans l'auguste enceinte,
Et dans le creux de cette roche sainte.
Au bas du mont, la Trimouille confus
D'avoir haï quelque temps Dorothée,
Rendant justice à ses touchans attraits,
La retrouva plus tendre que jamais,
Plus que jamais elle s'en vit fêtée ;
Et Dorothée, en proie à sa douleur,
Par son amour expia son erreur
Entre les bras du héros qu'elle adore.
Sire Arondel reprit sa Rosamore,
Dont le courroux fut bientôt désarmé.
Chacun aima comme il avait aimé :
Et je puis dire encor que Magdelène
En les voyant leur pardonna sans peine.

LE dur Anglais, l'aimable Poitevin,
Ayant chacun leur héroïne en croupe,
Vers Orléans prirent leur droit chemin,
Tous deux brûlans de rejoindre leur troupe,
Et de venger l'honneur de leur pays.
Discrets amans, généreux ennemis,
Ils voyageaient comme de vrais amis,
Sans désormais se faire de querelles,
Ni pour leurs rois, ni même pour leurs belles.

Fin du neuvième Chant.

NOTES
DU CHANT NEUVIEME.

(*a*) IL n'eſt lecteur qui ne connaiſſe la belle *Judith*. *Débora* , brave épouſe de *Lapidoth* , défit le roi *Jabin* , qui avait neuf cents chariots armés de faulx , dans un pays de montagnes où il n'y a aujourd'hui que des ânes. La brave femme *Jahel* , épouſe de *Haber* , reçut chez elle *Sizara* , maréchal général de *Jabin* ; elle l'enivra avec du lait , et cloua ſa tête à terre, d'une tempe à l'autre, avec un clou ; c'était un maître clou, et elle une maîtreſſe femme. *Aod* le gaucher alla trouver le roi *Eglon* de la part du Seigneur , et lui enfonça un grand couteau dans le ventre avec la main gauche , et auſſitôt *Eglon* alla à la ſelle. Quant à *Simon Barjone* , il ne coupa qu'une oreille à *Malchus* , et encore eut-il ordre de remettre l'épée au fourreau , ce qui prouve que l'Egliſe ne doit point verſer le ſang.

(*b*) On ſait que le doge de Veniſe épouſe la mer.

(*c*) *Sannazar* , poëte médiocre , enterré près de *Virgile* , mais dans un plus beau tombeau.

(*d*) Autrefois cet endroit paſſait pour un gouffre très-dangereux.

(*e*) L'Etna ne jette plus de flammes que très-rarement.

(*f*) Le paſſage ſouterrain du fleuve Alphée , juſqu'à la fontaine Aréthuſe , eſt reconnu pour une fable.

(*g*) Saint *Auguſtin* était évêque d'Hippone.

(*h*) Les Phocéens.

(*i*) Le rocher de Saint-Maximin eſt tout auprès ; c'eſt le chemin de la Sainte-Baume.

Fin des Notes du Chant neuvième.

Et si jamais je vais en Paradis,
Je n'y ferai qu'auprès de Magdelène.

J. M. Moreau le jeune inv.
P. Croutelle Sculp.

CHANT X.

ARGUMENT.

Agnès Sorel poursuivie par l'aumônier de Jean Chandos.
Regrets de son amant, &c. Ce qui advint à la belle Agnè
dans un couvent.

Eн quoi, toujours clouer une préface
A tous mes chants ! la morale me lasse ;
Un simple fait conté naïvement,
Ne contenant que la vérité pure,
Narré succinct, sans frivole ornement,
Point trop d'esprit, aucun rafinement,
Voilà de quoi désarmer la censure.
Allons au fait, lecteur, tout rondement ; (*a*)
C'est mon avis. Tableau d'après nature,
S'il est bien fait, n'a besoin de bordure.

   Le bon roi Charle, allant vers Orléans,
Enflait le cœur de ses fiers combattans,
Les remplissait de joie, et d'espérance,
Et relevait le destin de la France.
Il ne parlait que d'aller aux combats ;
Il étalait une fière alégresse ;
Mais en secret il soupirait tout bas,
Car il était absent de sa maîtresse.
L'avoir laissée, avoir pu seulement
De son Agnès s'écarter un moment,

M 3

C'était un trait d'une vertu suprême,
C'était quitter la moitié de foi-même.

LORSQU'IL se fut au logis renfermé,
Et qu'en son cœur il eut un peu calmé
L'emportement du démon de la gloire,
L'autre démon qui préside à l'amour,
Vint à ses sens s'expliquer à son tour ;
Il plaidait mieux ; il gagna la victoire.
D'un air distrait le bon prince écouta
Tous les propos dont on le tourmenta :
Puis en sa chambre en secret il alla,
Où, d'un cœur triste et d'une main tremblante,
Il écrivit une lettre touchante,
Que de ses pleurs tendrement il mouilla ;
Pour les sécher Bonneau n'était pas là.
Certain butor, gentilhomme ordinaire,
Fut dépêché, chargé du doux billet.
Une heure après, ô douleur trop amère !
Notre courrier rapporte le poulet.
Le roi, saisi d'une crainte mortelle,
Lui dit : Hélas ! pourquoi donc reviens-tu ?
Quoi, mon billet !.... Sire, tout est perdu ;
Sire, armez-vous de force et de vertu.
Les Anglais.... Sire.... ah ! tout est confondu ;
Sire,.... ils ont pris Agnès et la Pucelle.

A ce propos dit sans ménagement,
Le roi tomba, perdit tout sentiment,
Et de ses sens il ne reprit l'usage
Que pour sentir l'excès de son tourment.
Contre un tel coup quiconque a du courage

N'eſt pas, ſans doute, un véritable amant :
Le roi l'était ; un tel événement
Le tranſperçait de douleur et de rage.
Ses chevaliers perdirent tous leurs ſoins
A l'arracher à ſa douleur cruelle ;
Charles fut près d'en perdre la cervelle :
Son père, hélas ! devint fou pour bien moins.
Ah ! cria-t-il, que l'on m'enlève Jeanne,
Mes chevaliers, tous mes gens à ſoutane,
Mon directeur, et le peu de pays
Que m'ont laiſſé mes deſtins ennemis !
Cruels Anglais, ôtez-moi plus encore,
Mais laiſſez-moi ce que mon cœur adore.
Amour, Agnès, monarque malheureux !
Que fais-je ici, m'arrachant les cheveux ?
Je l'ai perdue, il faudra que j'en meure.
Je l'ai perdue ; et pendant que je pleure,
Peut-être hélas ! quelque inſolent anglais
A ſon plaiſir ſubjugue ſes attraits,
Nés ſeulement pour des baiſers français.
Une autre bouche à tes lèvres charmantes
Pourrait ravir ces faveurs ſi touchantes !
Une autre main careſſer tes beautés !
Un autre... ô ciel ! que de calamités !
Eh qui ſait même, en ce moment terrible,
A leurs plaiſirs ſi tu n'es pas ſenſible ?
Qui ſait, hélas ! ſi ton tempérament
Ne trahit pas ton malheureux amant ?
Le triſte roi, de cette incertitude
Ne pouvant plus ſouffrir l'inquiétude,
Va ſur ce cas conſulter les docteurs,
Nécromanciens, devins, ſorboniqueurs,

M 4

Juifs, jacobins, quiconque favait lire. (*b*)

MESSIEURS, dit-il, il convient de me dire
Si mon Agnès eſt fidelle à ſa foi,
Si pour moi ſeul ſa belle ame ſoupire :
Gardez-vous bien de tromper votre roi ;
Dites-moi tout ; de tout il faut m'inſtruire.
Eux bien payés conſultèrent ſoudain,
En grec, hébreu, ſyriaque, latin ;
L'un du roi Charle examine la main,
L'autre en quarré deſſine une figure ;
Un autre obſerve, et Vénus, et Mercure ;
Un autre va, ſon pſautier parcourant,
Diſant *amen*, et tout bas murmurant ;
Cet autre-ci regarde au fond d'un verre,
Et celui-là fait des cercles à terre : (*c*)
Car c'eſt ainſi que dans l'antiquité
On a toujours cherché la vérité.
Aux yeux du prince ils travaillent, ils ſuent ;
Puis louant DIEU tous enſemble ils concluent
Que ce grand roi peut dormir en repos,
Qu'il eſt le ſeul parmi tous les héros
A qui le ciel, par ſa grâce infinie,
Daigne octroyer une fidelle amie ;
Qu'Agnès eſt ſage, et fuit tous les amans.
Puis fiez-vous à meſſieurs les ſavans. (*d*)

CET aumônier terrible, inexorable,
Avait ſaiſi le moment favorable :
Malgré les cris, malgré les pleurs d'Agnès,
Il triomphait de ſes jeunes attraits, (*e*)
Il raviſſait des plaiſirs imparfaits ;

Tranfports groffiers, volupté fans tendreffe,
Trifte union fans douceur, fans careffe,
Plaifirs honteux qu'Amour ne connaît pas :
Car qui voudrait tenir entre fes bras
Une beauté qui détourne la bouche,
Qui de fes pleurs inonde votre couche?
Un honnête homme a bien d'autres défirs : (f)
Il n'eft heureux qu'en donnant des plaifirs.
Un aumônier n'eft pas fi difficile ;
Il va piquant fa monture indocile,
Sans s'informer fi le jeune tendron
Sous fon empire a du plaifir ou non.

LE page aimable, amoureux et timide,
Qui dans le bourg était allé courir,
Pour dignement honorer et fervir
La déité qui de fon fort décide,
Revint enfin. Las ! il revint trop tard.
Il entre, il voit le damné de frappart,
Qui tout en feu, dans fa brutale joie,
Se démenait, et dévorait fa proie.
Le beau Monrofe, à cet objet fatal,
Le fer en main, vole fur l'animal ;
Du chapelain l'impudique furie
Cède au befoin de défendre fa vie ;
Du lit il faute, il empoigne un bâton,
Il s'en efcrime, il accolle le page.
Chacun des deux eft brave champion ;
Monrofe eft plein d'amour et de courage,
Et l'aumônier de luxure et de rage.

LES gens heureux, qui goûtent dans les champs
La douce paix, fruit des jours innocens,

Ont vu fouvent près de quelque bocage
Un loup cruel, affamé de carnage,
Qui de fes dents déchire la toifon,
Et boit le fang d'un malheureux mouton.
Si quelque chien à l'oreille écourtée,
Au cœur fuperbe, à la gueule endentée,
Vient comme un trait tout prêt à guerroyer,
Incontinent l'animal carnaffier
Laiffe tomber de fa gueule écumante
Sur le gazon, la victime innocente ;
Il court au chien qui, fur lui s'élançant,
A l'ennemi livre un combat fanglant ;
Le loup mordu, tout bouillant de colère,
Croit étrangler fon fuperbe adverfaire ;
Et le mouton, palpitant auprès d'eux,
Fait pour le chien de très-fincères vœux.
C'était ainfi que l'aumônier nerveux,
D'un cœur farouche, et d'un bras formidable,
Se débattait contre le page aimable ;
Tandis qu'Agnès, demi-morte de peur,
Reftait au lit, digne prix du vainqueur.

L'HOTE, et l'hôteffe, et toute la famille,
Et les valets, et la petite fille,
Montent au bruit ; on fe jette entre deux :
On fit fortir l'aumônier fcandaleux ;
Et contre lui chacun fut pour le page :
Jeuneffe et grâce ont par-tout l'avantage.
Le beau Monrofe eut donc la liberté
De refter feul auprès de fa beauté ;
Et fon rival, hardi dans fa détreffe,
Sans s'étonner alla chanter fa meffe.

AGNÈS honteufe, Agnès au défefpoir
Qu'un facriftain à ce point l'eût pollue,
Et plus encor qu'un beau page l'eût vue
Dans le combat indignement vaincue,
Verfait des pleurs, et n'ofait plus le voir.
Elle eût voulu que la mort la plus prompte
Fermât fes yeux, et terminât fa honte;
Elle difait dans fon grand défarroi,
Pour tout difcours : Ah! Monfieur, tuez-moi.
Qui vous, mourir? lui répondit Monrofe;
Je vous perdrais! ce prêtre en ferait caufe!
Ah! croyez-moi, fi vous aviez péché,
Il faudrait vivre, et prendre patience.
Eft-ce à nous deux de faire pénitence?
D'un vain remords votre cœur eft touché,
Divine Agnès, quelle erreur eft la vôtre,
De vous punir pour le péché d'un autre!
Si fon difcours n'était pas éloquent,
Ses yeux l'étaient; un feu tendre et touchant
Infinuait à la belle attendrie
Quelque défir de conferver fa vie.

FALLUT dîner : car, malgré leurs chagrins,
(Chétif mortel, j'en ai l'expérience ;)
Les malheureux ne font point abftinence.
En enrageant on fait encor bombance.
Voilà pourquoi tous ces auteurs divins,
Ce bon Virgile, et ce bavard Homère
Que tout favant, même en bâillant, révère,
Ne manquent point, au milieu des combats,
L'occafion de parler d'un repas.
La belle Agnès dîna donc tête à tête

Près de son lit, avec ce page honnête.
Tous deux d'abord également honteux,
Sur leur assiette arrêtaient leurs beaux yeux;
Puis enhardis tous deux se regardèrent,
Et puis enfin tous deux ils se lorgnèrent.

Vous savez bien que dans la fleur des ans,
Quand la santé brille dans tous vos sens,
Qu'un bon dîner fait couler dans vos veines
Des passions les semences soudaines;
Tout votre cœur cède au besoin d'aimer:
Vous vous sentez doucement enflammer
D'une chaleur bénigne et pétillante;
La chair est faible, et le diable vous tente.

Le beau Monrose, en ces temps dangereux,
Ne pouvant plus commander à ses feux,
Se jette aux pieds de la belle éplorée:
O cher objet! ô maîtresse adorée!
C'est à moi seul désormais de mourir,
Ayez pitié d'un cœur soumis et tendre:
Quoi, mon amour ne pourrait obtenir
Ce qu'un barbare a bien osé vous prendre!
Ah! si le crime a pu le rendre heureux,
Que devez-vous à l'amour vertueux?
C'est lui qui parle, et vous devez l'entendre.
Cet argument paraissait assez bon.
Agnès sentit le poids de la raison.
Une heure encore elle osa se défendre;
Elle voulut reculer son bonheur,
Pour accorder le plaisir et l'honneur,
Sachant très-bien qu'un peu de résistance

Vaut encor mieux que trop de complaifance.
Monrofe enfin, Monrofe fortuné,
Eut tous les droits d'un amant couronné ;
Du vrai bonheur il eut la jouiffance.
Du prince anglais la gloire et la puiffance,
Ne s'étendaient que fur des rois vaincus ;
Le fier Henri n'avait pris que la France ;
Le lot du page était bien au-deffus.

MAIS que la joie eft trompeufe et légère !
Que le bonheur eft chofe paffagère !
Le charmant page à peine avait goûté
De ce torrent de pure volupté,
Que des Anglais arrive une cohorte.
On monte, on entre, on enfonce la porte.
Couple enivré des careffes d'Amour,
C'eft l'aumônier qui vous joua ce tour. (g)
La douce Agnès, de crainte évanouie,
Avec Monrofe eft auffitôt faifie ;
C'eft à Chandos qu'on prétend les mener.
A quoi Chandos va-t-il les condamner ?
Tendres amans, vous craignez fa vengeance,
Vous favez trop, par votre expérience,
Que cet anglais eft fans compaffion.
Dans leurs beaux yeux eft la confufion ;
Le défefpoir les preffe et les dévore ;
Et cependant ils fe lorgnaient encore :
Ils rougiffaient de s'être faits heureux.
A Jean Chandos que diront-ils tous deux ? (h)
Dans le chemin advint que de fortune
Ce corps anglais rencontra fur la brune
Vingt chevaliers qui pour Charles tenaient,

Et qui de nuit en ces quartiers rôdaient,
Pour découvrir si l'on avait nouvelle
Touchant Agnès, et touchant la Pucelle.

QUAND deux mâtins, deux coqs, et deux amans,
Nez contre nez, se rencontrent aux champs,
Lorsqu'un suppôt de la grâce efficace
Trouve un cou tors de l'école d'Ignace ;
Quand un enfant de Luther ou Calvin
Voit par hasard un prêtre ultramontain,
Sans perdre temps un grand combat commence,
A coups de gueule, ou de plume, ou de lance.
Semblablement les gendarmes de France,
Tout du plus loin qu'ils virent les Bretons,
Fondent dessus légers comme faucons.
Les gens anglais sont gens qui se défendent ;
Mille beaux coups se donnent et se rendent.
Le fier courfier qui notre Agnès portait
Etait actif, jeune, fringant comme elle ;
Il se cabrait, il ruait, il tournait ;
Agnès allait sautillant sur la selle.
Bientôt au bruit des cruels combattans
Il s'effarouche, il prend le mors aux dents.
Agnès en vain veut d'une main timide
Le gouverner dans sa courfe rapide ;
Elle est trop faible : il lui fallut enfin
A son cheval remettre son deftin.

LE beau Monrofe, au fort de la mêlée,
Ne peut favoir où sa nymphe est allée ;
Le courfier vole aussi prompt que le vent ;
Et sans relâche ayant couru fix mille,

Il s'arrêta dans un vallon tranquille,
Tout vis-à-vis la porte d'un couvent.
Un bois était près de ce monaftère :
Auprès du bois une onde vive et claire
Fuit et revient, et par de longs détours,
Parmi des fleurs elle pourfuit fon cours.
Plus loin s'élève une colline verte,
A chaque automne enrichie et couverte
Des doux préfens dont Noé nous dota,
Lorfqu'à la fin fon grand coffre il quitta,
Pour réparer du genre humain la perte ;
Et que laffé du fpectacle de l'eau,
Il fit du vin par un art tout nouveau.
Flore et Pomone, et la féconde haleine
Des doux zéphyrs parfument ces beaux champs ;
Sans fe laffer, l'œil charmé s'y promène.
Le paradis de nos premiers parens
N'avait point eu de vallons plus rians,
Plus fortunés ; et jamais la nature
Ne fut plus belle, et plus riche, et plus pure.
L'air qu'on refpire en ces lieux écartés
Porte la paix dans les cœurs agités ;
Et des chagrins calmant l'inquiétude,
Fait aux mondains aimer la folitude.

Au bord de l'onde Agnès fe repofa,
Sur le couvent fes deux beaux yeux fixa,
Et de fes fens le trouble s'apaifa.
C'était, lecteur, un couvent de nonnettes.
Ah ! dit Agnès, adorables retraites !
Lieux où le ciel a verfé fes bienfaits,
Séjour heureux d'innocence et de paix !

Hélas ! du ciel la faveur infinie
Peut-être ici me conduit tout exprès,
Pour y pleurer les erreurs de ma vie.
De chaftes fœurs, époufes de leur Dieu,
De leurs vertus embaument ce beau lieu ;
Et moi fameufe entre les péchereffes,
J'ai confumé mes jours dans les faibleffes.
Agnès ainfi parlant à haute voix,
Sur le portail aperçut une croix :
Elle adora d'humilité profonde
Ce figne heureux du falut de ce monde ;
Et fe fentant quelque componction,
Elle comptait s'en aller à confeffe ;
Car de l'amour à la dévotion
Il n'eft qu'un pas ; l'un et l'autre eft faibleffe.

O R du Moutier la vénérable abbeffe
Depuis deux jours était allée à Blois,
Pour du couvent y foutenir les droits.
Ma fœur Befogne avait en fon abfence
Du faint troupeau la bénigne intendance.
Elle accourut au plus vîte au parloir,
Puis fit ouvrir pour Agnès recevoir.
Entrez, dit-elle, aimable voyageufe ;
Quel bon patron, quelle fête joyeufe
Peut amener au pied de nos autels
Cette beauté dangereufe aux mortels ?
Seriez-vous point quelque ange ou quelque fainte,
Qui des hauts cieux abandonne l'enceinte,
Pour ici-bas nous faire la faveur
De confoler les filles du Seigneur ?
Agnès répond : C'eft pour moi trop d'honneur ;

Je

Je fuis, ma fœur, une pauvre mondaine ;
De grands péchés mes beaux jours font ourdis ;
Et fi jamais je vais en paradis,
Je n'y ferai qu'auprès de Magdelène.
De mon deftin le caprice fatal,
DIEU, mon bon ange, et fur-tout mon cheval,
Ne fais comment, en ces lieux m'ont portée ;
De grands remords mon ame eft agitée ;
Mon cœur n'eft point dans le crime endurci ;
J'aime le bien, j'en ai perdu la trace,
Je la retrouve, et je fens que la grâce
Pour mon falut veut que je couche ici.

MA fœur Befogne, avec douceur prudente,
Encouragea la belle pénitente ;
Et de la grâce exaltant les attraits,
Dans fa cellule elle conduit Agnès ;
Cellule propre, et bien illuminée,
Pleine de fleurs, et galamment ornée,
Lit ample et doux : on dirait que l'Amour
A de fes mains arrangé ce féjour.
Agnès tout bas louant la Providence,
Vit qu'il eft doux de faire pénitence.

APRÈS foupé (car je n'omettrai point
Dans mes récits ce noble et digne point)
Befogne dit à la belle étrangère :
Il eft nuit clofe, et vous favez, ma chère,
Que c'eft le temps où les efprits malins (i)
Rôdent par-tout, et vont tenter les faints.
Il nous faut faire une œuvre profitable ;
Couchons enfemble, afin que, fi le diable

La Pucelle.   N

Veut contre nous faire ici quelque effort,
Nous trouvant deux, le diable en foit moins fort.
La dame errante accepta la partie :
Elle fe couche, et croit faire œuvre pie,
Croit qu'elle eft fainte, et que le ciel l'abfout ;
Mais fon deftin la pourfuivait par-tout.

Puis-je au lecteur raconter fans vergogne,
Ce que c'était que cette fœur Befogne ?
Il faut le dire, il faut tout publier.
Ma fœur Befogne était un bachelier,
Qui d'un Hercule eut la force en partage,
Et d'Adonis le gracieux vifage,
N'ayant encor que vingt ans et demi,
Blanc comme lait, et frais comme rofée ;
La dame abbeffe, en perfonne avifée,
En avait fait depuis peu fon ami.
Sœur bachelier vivait dans l'abbaye,
En cultivant fon ouaille jolie :
Ainfi qu'Achille, en fille déguifé,
Chez Lycomède était favorifé
Des doux baifers de fa Déidamie.

La pénitente était à peine au lit
Avec fa fœur, foudain elle fentit
Dans la nonnain métamorphofe étrange.
Affurément elle gagnait au change.
Crier, fe plaindre, éveiller le couvent,
N'aurait été qu'un fcandale imprudent.
Souffrir en paix, foupirer, et fe taire,
Se réfigner eft tout ce qu'on peut faire.

Puis rarement en telle occasion
On a le temps de la réflexion.
Quand sœur Besogne à sa fureur claustrale
(Car on se lasse) eut mis quelque intervale,
La belle Agnès , non sans contrition ,
Fit en secret cette réflexion :
C'est donc en vain que j'eus toujours en tête
Le beau projet d'être une femme honnête ;
C'est donc en vain que l'on fait ce qu'on peut :
N'est pas toujours femme de bien qui veut.

Fin du dixième Chant.

NOTES ET VARIANTES

DU CHANT DIXIEME.

(*a*) EDITION de 1756 :

> Va donc , Voltaire , au fait plus rondement ,
> *C'eſt mon avis , &c.*

Ce vers eſt une nouvelle preuve que M. de *Voltaire* n'eut aucune part à la publication des premières éditions de ce poëme , et qu'elles furent faites par ſes ennemis.

(*b*) Ces ſortes de divinations étaient fort uſitées ; nous voyons même que le roi *Philippe III* envoya un évêque et un abbé à une béguine de Nivelle auprès de Bruxelles , grande devinereſſe , pour ſavoir ſi *Marie de Brabant* , ſa femme , lui était fidelle.

(*c*) Edition de 1756 :

> Il n'eſt aucun qui doute de ſon art ;
> Aucun ne croit qu'un diable n'y prend part.
> *Aux yeux du prince , &c.*

(*d*) *ibid.* Ils ſe trompaient , hélas ! les bonnes gens :
> Agnès aimait ; . . . .
> *Puis fiez-vous , &c.*

(*e*) *ibid.* Il triomphait de ſes jeunes attraits ;
> Et l'accablant de ſa mâle éloquence ,
> Il raviſſait des plaiſirs imparfaits :
> Volupté triſte , et fauſſe jouiſſance ,
> *Plaiſirs honteux , &c.*

(*f*) *ibid.* A ſes baiſers il veut que l'on riposte ,
> Et qu'on l'invite à . . . .

On retrouve ici le ſtyle des éditeurs , et l'on voit que ces vers ont été interpollés.

(*g*) Edition de 1756 :

> On prend Agnès, on prend son ami tendre ;
> Devers Chandos on s'en va les mener :
> Certes au diable il me faudrait donner ,
> Pour vous décrire et pour vous bien apprendre
> L'effroi , le trouble et la confusion ,
> Le désespoir , la désolation ,
> L'amas d'horreurs , l'état épouvantable
> Qui le beau page et son Agnès accable.
> *Ils rougissaient , &c.*

(*h*) Le dixième chant de l'édition de 1762 est divisé en deux dans l'édition de 1756 , où le huitième chant finit par ce vers :

> A Jean Chandos que diront-ils tous deux?

Et le neuvième commence par celui-ci :

> Dans le chemin advint que de fortune.

(*i*) Ce ne fut jamais que pendant la nuit que les lémures , les larves , les bons et mauvais génies apparurent ; il en était de même de nos farfadets , le chant du coq les fesait tous disparaître.

Fin des Notes et Variantes du Chant dixième.

CHANT XI.

ARGUMENT.

Les Anglais violent le couvent : combat de faint George,
patron d'Angleterre, contre faint Denis, patron de la
France.

Je vous dirai, fans harangue inutile,
Que le matin nos deux charmans reclus,
Laffés tous deux de plaifirs défendus,
S'abandonnaient, l'un vers l'autre étendus,
Au doux repos d'une ivreffe tranquille.

Un bruit affreux dérangea leur fommeil.
De tous côtés le flambeau de la guerre,
L'horrible mort éclaire leur réveil ;
Près du couvent le fang couvrait la terre.
Cet efcadron de malandrins anglais
Avait battu cet efcadron français.
Ceux-ci s'en vont au travers de la plaine,
Le fer en main ; ceux-là volent après,
Frappant, tuant, criant tous hors d'haleine :
Mourez fur l'heure, ou rendez-nous Agnès.
Mais aucun d'eux n'en favait des nouvelles.
Le vieux Colin, pafteur de ces cantons,
Leur dit : Meffieurs, en gardant mes moutons,
Je vis hier le miracle des belles,
Qui vers le foir entrait en ce Moutier.
Lors les Anglais fe mirent à crier :

Il a mon casque ; il a ma soubreveste.

Il était vrai ; la Jeanne avait raison.

Pucelle Chant 11.ᵉ

J. M. Moreau le jeune inv.   Simonet Sculp.

Ah! c'eft Agnès, n'en doutons point, c'eft elle;
Entrons, amis. La cohorte cruelle
Saute à l'inftant deffus ces murs bénis.
Voilà les loups au milieu des brebis.

DANS le dortoir, de cellule en cellule,
A la chapelle, à la cave, en tout lieu,
Ces ennemis des fervantes de Dieu
Attaquent tout fans honte et fans fcrupule.
Ah! fœur Agnès, fœur Marton, fœur Urfule,
Où courez-vous, levant les mains aux cieux,
Le trouble au fein, la mort dans vos beaux yeux?
Où fuyez-vous, colombes gémiffantes?
Vous embraffez, interdites, tremblantes,
Ce faint autel, afile redouté,
Sacré garant de votre chafteté.
C'eft vainement, dans ce péril funefte,
Que vous criez à votre époux célefte.
A fes yeux même, à ces mêmes autels,
Tendre troupeau, vos raviffeurs cruels
Vont profaner la foi pure et facrée
Qu'innocemment votre bouche a jurée.

JE fais qu'il eft des lecteurs bien mondains,
Gens fans pudeur, ennemis des nonnains,
Mauvais plaifans, de qui l'efprit frivole
Ofe infulter aux filles qu'on viole:
Laiffons-les dire. — Hélas! mes chères fœurs,
Qu'il eft affreux pour de fi jeunes cœurs,
Pour des beautés fi fimples, fi timides,
De fe débattre en des bras homicides,
De recevoir les baifers dégoûtans
De ces félons de carnage fumans;

N 4

Qui d'un effort détestable et farouche,
Les yeux en feu, le blafphême à la bouche,
Mêlant l'outrage avec la volupté,
Vous font l'amour avec férocité !
De qui l'haleine horrible, empoifonnée,
La barbe dure et la main forcenée,
Le corps hideux, le bras noir et fanglant,
Semblent donner la mort en careffant,
Et qu'on prendrait, dans leurs fureurs étranges,
Pour des démons qui violent des anges !

DEJA le crime, aux regards effrontés,
A fait rougir ces pudiques beautés.
Sœur Rebondi, fi dévote et fi fage,
Au fier Shipunk eft tombée en partage.
Le dur Barclay, l'incrédule Warton,
Sont tous les deux après fœur Amidon.
On pleure, on prie, on jure, on preffe, on cogne.
Dans le tumulte on voyait fœur Befogne
Se débattant contre Bard et Parfon.
Ils ignoraient que Befogne eft garçon,
Et la preffaient fans entendre raifon.
Aimable Agnès, dans la troupe affligée
Vous n'étiez pas pour être négligée ;
Et votre fort, objet charmant et doux,
Eft à jamais de pécher malgré vous.
Le chef fanglant de la gent facrilége,
Hardi vainqueur, vous preffe et vous affiége;
Et les foldats, foumis dans leur fureur,
Avec refpect lui cédaient cet honneur.

LE jufte ciel, en fes décrets févères,
Met quelquefois un terme à nos misères.

Car dans le temps que meſſieurs d'Albion
Avaient placé l'abomination
Tout au milieu de la ſainte Sion,
Du haut des cieux le patron de la France,
Le bon Denis propice à l'innocence,
Sut échapper aux ſoupçons inquiets
Du fier ſaint George, ennemi des Français.
Du paradis il vint en diligence :
Mais pour deſcendre au terreſtre ſéjour,
Plus ne monta ſur un rayon du jour ;
Sa marche alors aurait paru trop claire.
Il s'en alla vers le dieu du myſtère, (a)
Dieu ſage et fin, grand ennemi du bruit,
Qui par-tout vole et ne va que de nuit.
Il favoriſe (et certes c'eſt dommage)
Force fripons ; mais il conduit le ſage ;
Il eſt ſans ceſſe à l'égliſe, à la cour ;
Au temps jadis il a guidé l'Amour.
Il mit d'abord au milieu d'un nuage
Le bon Denis ; puis il fit le voyage
Par un chemin ſolitaire, écarté,
Parlant tout bas, et marchant de côté.

Des bons Français le protecteur fidèle,
Non loin de Blois rencontra la Pucelle,
Qui ſur le dos de ſon gros muletier
Gagnait pays par un petit ſentier,
En priant Dieu qu'une heureuſe aventure
Lui fit enfin retrouver ſon armure.
Tout du plus loin que ſaint Denis la vit,
D'un ton bénin le bon patron lui dit :
O ma pucelle, ô vierge deſtinée

A protéger les filles et les rois,
Viens fecourir la pudeur aux abois ;
Viens réprimer la rage forcenée,
Viens ; que ce bras vengeur des fleurs de lis
Soit le fauveur de mes tendrons bénis :
Vois ce couvent ; le temps preffe, on viole :
Viens, ma pucelle ; il dit, et Jeanne y vole ;
Le cher patron lui fervant d'écuyer,
A coups de fouet hâtait le muletier.

Vous voici, Jeanne, au milieu des infames
Qui tourmentaient ces vénérables dames.
Jeanne était nue ; un anglais impudent
Vers cet objet tourne foudain la tête ;
Il la convoite ; il penfe fermement
Qu'elle venait pour être de la fête.
Vers elle il court, et fur fa nudité
Il va cherchant la fale volupté.
On lui répond d'un coup de cimeterre
Droit fur le nez. L'infame roule à terre,
Jurant ce mot des Français révéré,
Mot énergique, au plaifir confacré,
Mot que fouvent le profane vulgaire
Indignement prononce en fa colère.

Jeanne à fes pieds foulant fon corps fanglant,
Criait tout haut à ce peuple méchant :
Ceffez, cruels, ceffez, troupe profane ;
O violeurs, craignez Dieu, craignez Jeanne.
Ces mécréans, au grand œuvre attachés,
N'écoutaient rien, fur leurs nonnains juchés ;
Tels des ânons broutent des fleurs naiffantes
Malgré les cris du maître et des fervantes.

Jeanne qui voit leurs impudens travaux,
De grande horreur faintement tranfportée,
Invoquant DIEU, de Denis affiftée,
Le fer en main, vole de dos en dos,
De nuque en nuque, et d'échine en échine,
Frappant, perçant de fa pique divine;
Pourfendant l'un alors qu'il commençait,
Dépêchant l'autre alors qu'il finiffait,
Et moiffonnant la cohorte félonne;
Si que chacun fut percé fur fa nonne,
Et perdant l'ame au fort de fon défir,
Allait au diable en mourant de plaifir.

ISAC Warton, dont la lubrique rage
Avait preffé fon déteftable ouvrage,
Ce dur Warton fut le feul écuyer
Qui de fa nonne ofa fe délier;
Et droit en pied reprenant fon armure,
Attendit Jeanne, et changea de pofture.

O vous, grand Saint, protecteur de l'Etat,
Bon faint Denis, témoin de ce combat,
Daignez redire à ma mufe fidelle
Ce qu'à vos yeux fit alors ma pucelle.
Jeanne d'abord frémit, s'émerveilla:
Mon cher Denis! mon faint, que vois-je-là?
Mon corfelet, mon armure célefte,
Ce beau préfent que tu m'avais donné,
Brille à mes yeux au dos de ce damné!
Il a mon cafque; il a ma foubrevefte.
Il était vrai; la Jeanne avait raifon:
La belle Agnès en troquant de jupon,

De cette armure en secret habillée,
Par Jean Chandos fut bientôt dépouillée ;
Isâc Warton, écuyer de Chandos,
Prit cette armure et s'en couvrit le dos. (b)

O Jeanne d'Arc, ô fleur des héroïnes,
Tu combattais pour tes armes divines,
Pour ton grand roi si long-temps outragé,
Pour la pudeur de cent bénédictines,
Pour saint Denis de leur honneur chargé.
Denis la voit qui donne avec audace
Cent coups de sabre à sa propre cuirasse,
A son armet d'une aigrette ombragé.
Au mont Etna, dans leur forge brûlante,
Du noir Vulcain les borgnes compagnons
Font retentir l'enclume étincelante
Sous des marteaux moins pesans et moins prompts,
En préparant au maître du tonnerre
Son gros canon trop bravé sur la terre.

Le fier anglais, de fer enharnaché,
Recule un pas ; son ame est stupéfaite,
Quand il se voit si rudement touché
Par une jeune et fringante brunette.
La voyant nue il sentit des remords ;
Sa main tremblait de blesser ce beau corps.
Il se défend, et combat en arrière,
De l'ennemie admirant les trésors,
Et se moquant de sa vertu guerrière.

Saint George alors au sein du paradis
Ne voyant plus son confrère Denis,

Se douta bien que le faint de la France
Portait aux fiens fa divine affiftance.
Il promenait fes regards inquiets
Dans les recoins du célefte palais.
Sans balancer auffitôt il demande
Son beau cheval connu dans la légende.
Le cheval vint ; George le bien monté, (c)
La lance au poing, et le fabre au côté,
Va parcourant cet effroyable efpace,
Que des humains veut mefurer l'audace ;
Ces cieux divers, ces globes lumineux
Que fait tourner René le fonge - creux, (d)
Dans un amas de fubtile pouffière,
Beaux tourbillons que l'on ne prouve guère ;
Et que Newton, rêveur bien plus fameux,
Fait tournoyer fans bouffole et fans guide
Autour du rien, tout au travers du vide.

GEORGE, enflammé de dépit et d'orgueil,
Franchit ce vide, arrive en un clin d'œil
Devers les lieux arrofés par la Loire,
Où faint Denis croyait chanter victoire.
Ainfi l'on voit dans la profonde nuit
Une comète, en fa longue carrière,
Etinceler d'une horrible lumière.
On voit fa queue, et le peuple frémit ;
Le pape en tremble, et la terre étonnée
Croit que les vins vont manquer cette année.

TOUT du plus loin que faint George aperçut
Monfieur Denis, de colère il s'émut ;
Et brandiffant fa lance meurtrière,
Il dit ces mots dans le vrai goût d'Homère : (e)

Denis, Denis ! rival faible et hargneux,
Timide appui d'un parti malheureux,
Tu defcends donc en fecret fur la terre
Pour égorger mes héros d'Angleterre !
    rois-tu changer les ordres du deftin,
Avec ton âne et ton bras féminin ?
Ne crains-tu pas que ma jufte vengeance
Puniffe enfin, toi, ta fille et la France ?
Ton trifte chef, branlant fur ton cou tors,
S'eft déjà vu féparé de ton corps :
Je veux t'ôter, aux yeux de ton églife,
Ta tête chauve en fon lieu mal remife,
Et t'envoyer vers les murs de Paris,
Digne patron des badauds attendris,
Dans ton faubourg, où l'on chôme ta fête,
Tenir encore et rebaifer ta tête.

    LE bon Denis, levant les mains aux cieux,
Lui répondit d'un ton noble et pieux :
O grand faint George, ô mon puiffant confrère !
Veux-tu toujours écouter ta colère ?
Depuis le temps que nous fommes au ciel,
Ton cœur dévot eft tout pétri de fiel.
Nous faudra-t-il, bienheureux que nous fommes,
Saints enchâffés, tant fêtés chez les hommes,
Nous qui devons l'exemple aux nations,
Nous décrier par nos divifions ?
Veux-tu porter une guerre cruelle
Dans le féjour de la paix éternelle ?
Jufques à quand les faints de ton pays
Mettront-ils donc le trouble en paradis ?
O fiers Anglais, gens toujours trop hardis,

Le ciel un jour à fon tour en colère
Se laffera de vos façons de faire ;
Ce ciel n'aura, grâce à vos foins jaloux,
Plus de dévots qui viennent de chez vous.
Malheureux faint, pieux atrabilaire,
Patron maudit d'un peuple fanguinaire,
Sois plus traitable, et pour DIEU, laiffe-moi
Sauver la France et fecourir mon roi.

A ce difcours George bouillant de rage,
Sentit monter le rouge à fon vifage ;
Et des badauds contemplant le patron,
Il redoubla de force et de courage,
Car il prenait Denis pour un poltron.
Il fond fur lui, tel qu'un puiffant faucon
Vole de loin fur un tendre pigeon.
Denis recule, et prudent il appelle
A haute voix fon âne fi fidèle,
Son âne ailé, fa joie et fon fecours.
Viens, criait-il, viens défendre mes jours.
Ainfi parlant, le bon Denis oublie
Que jamais faint n'a pu perdre la vie.

LE beau grifon revenait d'Italie
En ce moment ; et moi, conteur fuccint,
J'ai déjà dit ce qui fit qu'il revint.
A fon Denis dos et felle il préfente.
Notre patron, fur fon âne élancé,
Sentit foudain fa valeur renaiffante.
Subtilement il avait ramaffé
Le fer tranchant d'un anglais trépaffé.
Lors brandiffant le fatal cimeterre,
Il pouffe à George, il le preffe, il le ferre.

George indigné lui fait tomber en bref
Trois horions fur fon malheureux chef ;
Tous font parés ; Denis garde fa tête,
Et de fes coups dirige la tempête
Sur le cheval et fur le cavalier.
Le feu jaillit de l'élaftique acier ;
Les fers croifés, et de taille et de pointe,
A tout moment vont, au fort du combat,
Chercher le cou, le cafque, le rabat,
Et l'auréole, et l'endroit délicat
Où la cuiraffe à l'aïguillette eft jointe.

CES vains efforts les rendaient plus ardens ;
Tous deux tenaient la victoire en fufpens, (ƒ)
Quand de fa voix terrible et difcordante,
L'âne entonna fon octave écorchante.
Le ciel en tremble ; écho du fond des bois
En frémiffant répète cette voix.
George pâlit : Denis d'une main lefte
Fait une feinte, et d'un revers célefte
Tranche le nez du grand faint d'Albion. (g)
Le bout fanglant roule fur fon arçon.

GEORGE fans nez, mais non pas fans courage,
Venge à l'inftant l'honneur de fon vifage ;
Et jurant Dieu, felon les nobles us
De fes Anglais, d'un coup de cimeterre
Coupe à Denis ce que jadis faint Pierre,
Certain jeudi, fit tomber à Malchus.

A ce fpectacle, à la voix ampoulée
De l'âne faint, à fes terribles cris,
Tout fut ému dans les divins lambris.

Le

Le beau portail de la voûte étoilée
S'ouvrit alors, et des arches du ciel
On vit fortir l'archange Gabriel,
Qui foutenu fur fes brillantes ailes
Fend doucement les plaines éternelles,
Portant en main la verge qu'autrefois
Devers le Nil eut le divin Moïfe,
Quand dans la mer fufpendue et foumife
Il engloutit les peuples et les rois.

Que vois-je ici ? cria-t-il en colère ;
Deux faints patrons, deux enfans de lumière,
Du DIEU de paix confidens éternels,
Vont s'échiner comme de vils mortels !
Laiffez, laiffez aux fots enfans des femmes
Les paffions, et le fer et les flammes ;
Abandonnez à leur profane fort
Les corps chétifs de ces groffières ames,
Nés dans la fange et formés pour la mort :
Mais vous, enfans qu'au féjour de la vie
Le ciel nourrit de fa pure ambrofie,
Etes-vous las d'être trop fortunés ?
Etes-vous fous ? ciel ! une oreille, un nez !
Vous que la grâce et la miféricorde
Avaient formés pour prêcher la concorde,
Pouvez-vous bien de je ne fais quels rois
En étourdis embraffer la querelle ?
Ou renoncez à la voûte éternelle,
Ou dans l'inftant qu'on fe rende à mes lois.
Que dans vos cœurs la charité s'éveille.
George infolent, ramaffez cette oreille,
Ramaffez, dis-je ; et vous, monfieur Denis,

La Pucelle. O

Prenez ce nez avec vos doigts bénis :
Que chaque chofe en fon lieu foit remife.

DENIS foudain va, d'une main foumife,
Rendre le bout au nez qu'il fit camus.
George à Denis rend l'oreille dévote
Qu'il lui coupa. Chacun des deux·marmotte
A Gabriel un gentil *oremus ;*
Tout fe rajufte, et chaque cartilage
Va fe placer à l'air de fon vifage.
Sang, fibres, chair, tout fe confolida ;
Et nul veftige aux deux faints ne refta
De nez coupé, ni d'oreille abattue ;
Tant les faints ont la chair ferme et dodue.

PUIS Gabriel, d'un ton de préfident :
Çà qu'on s'embraffe ; il dit, et dans l'inftant
Le doux Denis, fans fiel et fans colère,
De bonne foi baifa fon adverfaire.
Mais le fier George en l'embraffant jurait,
Et promettait que Denis le païrait.
Le bel archange, après cette embraffade,
Prend mes deux faints, et d'un air gracieux
A fes côtés les fait voguer aux cieux,
Où de nectar on leur verfe rafade.

PEU de lecteurs croiront ce grand combat ;
Mais fous les murs qu'arrofait le Scamandre,
N'a-t-on pas vu jadis avec éclat
Les dieux armés de l'Olympe defcendre ?
N'a-t-on pas vu chez cet anglais Milton
D'anges ailés toute une légion (*h*)
Rougir de fang les céleftes campagnes,
Jeter au nez quatre ou cinq cents montagnes,

Et qui pis eſt avoir du gros canon ? (*i*)
Or ſi jadis Michel et le démon
Se ſont battus, meſſieurs Denis et George
Pouvaient, ſans doute, à plus forte raiſon,
Se rencontrer et ſe couper la gorge.

MAIS dans le ciel ſi la paix revenait,
Il en était autrement ſur la terre,
Séjour maudit de diſcorde et de guerre.
Le bon roi Charle en cent endroits courait,
Nommait Agnès, la cherchait, et pleurait.
Et cependant Jeanne la foudroyante,
De ſon épée invincible et ſanglante,
Au fier Warton le trépas préparait ;
Elle l'atteint vers l'énorme partie
Dont cet anglais profana le couvent ;
Warton chancelle, et ſon glaive tranchant
Quitte ſa main par la mort engourdie ;
Il tombe, et meurt en reniant les ſaints.
Le vieux troupeau des antiques nonnains,
Voyant aux pieds de l'amazone auguſte
Le chevalier ſanglant et trébuché,
Diſant *Ave*, s'écriait : Il eſt juſte
Qu'on ſoit puni par où l'on a péché.

SOEUR Rebondi, qui dans la ſacriſtie
A ſuccombé ſous le vainqueur impie,
Pleurait le traître en rendant grâce au ciel ;
Et meſurant des yeux le criminel,
Elle diſait d'une voix charitable :
Hélas ! hélas ! nul ne fut plus coupable.

Fin du onzième Chant.

O 2

NOTES ET VARIANTES

DU CHANT ONZIEME.

(*a*) On ne connaît point dans l'antiquité le dieu du myſtère ; c'eſt, ſans doute, une invention de notre auteur , une allégorie. Il y avait pluſieurs ſortes de myſtères chez les gentils , au rapport de *Pauſanias* , de *Porphyre* , de *Lactance* , d'*Aulus Gellius* , d'*Apuléius* , &c. mais ce n'eſt pas cela dont il s'agit ici.

(*b*) Edition de 1756 :

> Et Dieu permit qu'en ce jour la Pucelle
> Contre Warton combattit pour icelle.
>   Le fier Anglais , de fer enharnaché ,
> Eut à ſon tour l'ame bien ſtupéfaite
> Quand il ſe vit ſi vivement chargé , &c.

(*c*) Il eſt indubitable qu'on repréſente toujours *ſaint George* ſur un beau cheval, et de-là vient le proverbe, *monté comme un ſaint George.*

(*d*) Alluſion aux tourbillons de *Deſcartes* et à ſa matière ſubtile , imaginations ridicules et qui ont eu ſi long-temps la vogue. On ne ſait pourquoi l'auteur applique auſſi l'épithète de *rêveur* à *Newton* , qui a prouvé le vide ; c'eſt apparemment parce que *Newton* ſoupçonne qu'un eſprit extrêmement élaſtique eſt la cauſe de la gravitation ; au reſte il ne faut pas prendre une plaiſanterie à la lettre.

(*e*) Tout ce morceau eſt viſiblement imité d'*Homère*. *Minerve* dit à *Mars* ce que le ſage *Denis* dit ici au fier *George* : *O Mars, ô Mars, dieu ſanglant, qui ne te plais qu'aux combats, &c.*

(*f*) Edition de 1756 :

> Paul pour Denis gageait contre Vincens ,
>   *Quand de ſa voix , &c.*

Vers ridicule de l'éditeur *Maubert.*

(*g*) Toujours imitation d'*Homère* , qui fait bleſſer *Mars* lui-même.

(*h*) *Milton* , au cinquième chant du *Paradis perdu* , aſſure qu'une partie des anges fit de la poudre et des canons , et renverſa par terre dans le ciel des légions d'anges ; que ceux-ci prirent dans le ciel des centaines de montagnes, les chargèrent fur leur dos , avec les forêts plantées fur ces montagnes et les fleuves qui en coulaient , et qu'ils jetèrent fleuves, montagnes et forêts fur l'artillerie ennemie. C'eft un des morceaux les plus vraifemblables de ce poëme.

(i) Edition de 1756 :

> Et qui pis eft , avoir du gros canon?
> Pardonnez-moi ce peu de fiction ,
> Qui , fous les noms de Denis et de George ,
> Vous a dépeint les peuples d'Albion
> Et les Français, qui fe coupaient la gorge.
> *Mais dans le ciel* , &c.

Fin des Notes et Variantes du Chant onzième.

CHANT XII.

ARGUMENT.

*Monrose tue l'aumônier. Charles retrouve Agnès qui se
consolait avec Monrose dans le château de Cutendre.*

J'AVAIS juré de laisser la morale, (*a*)
De conter net, de fuir les longs discours.
Mais que ne peut ce grand dieu des amours?
Il est bavard, et ma plume inégale
Va griffonnant de son bec effilé
Ce qu'il inspire à mon cerveau brûlé.
Jeunes beautés, filles, veuves ou femmes,
Qu'il enrôla sous ses drapeaux charmans,
Vous qui lancez et recevez ses flammes,
Or dites-moi, quand deux jeunes amans,
Egaux en grâce, en mérite, en talens,
Aux doux plaisirs tous deux vous sollicitent,
Egalement vous pressent, vous excitent,
Mettent en feu vos sensibles appas,
Vous éprouvez un étrange embarras.
Connaissez-vous cette histoire frivole
D'un certain âne, illustre dans l'école?
Dans l'écurie, on vint lui présenter
Pour son dîner deux mesures égales,
De même forme, à pareils intervalles;
Des deux côtés l'âne se vit tenter
Egalement, et dressant ses oreilles
Juste au milieu des deux formes pareilles,

Il en est fûr, il quitte fon repas.
Adieu, Bonneau ; je cours entre fes bras.

Pucelle Chant 12.e

De l'équilibre accompliffant les lois,
Mourut de faim, de peur de faire un choix.
N'imitez pas cette philofophie ;
Daignez plutôt honorer tout d'un temps,
De vos bontés vos deux jeunes amans,
Et gardez-vous de rifquer votre vie.

A quelques pas de ce joli couvent,
Si pollué, fi trifte et fi fanglant,
Où le matin vingt nonnes affligées
Par l'amazone ont été trop vengées,
Près de la Loire était un vieux château
A pont-levis, mâchicoulis, tourelles ; (b)
Un long canal tranfparent, à fleur d'eau,
En ferpentant tournait au pied d'icelles,
Puis embraffait, en quatre cents jets d'arc,
Les murs épais qui défendaient le parc :
Un vieux baron, furnommé de Cutendre,
Etait feigneur de cet heureux logis.
En fureté chacun pouvait s'y rendre.
Le vieux feigneur, dont l'ame eft bonne et tendre,
En avait fait l'afile du pays.
Français, Anglais, tous étaient fes amis.
Tout voyageur en coche, en botte, en guêtre,
Ou prince, ou moine, ou nonne, ou turc, ou prêtre
Y recevait un accueil gracieux :
Mais il fallait qu'on entrât deux à deux ;
Car tout baron a quelque fantaifie,
Et celui-ci pour jamais réfolut
Qu'en fon châtel en nombre pair on fût,
Jamais impair. Telle était fa folie.
Quand deux à deux on abordait chez lui,

O 4

Tout allait bien : mais malheur à celui
Qui venait seul en ce logis se rendre ;
Il soupait mal ; il lui fallait attendre
Qu'un compagnon formât ce nombre heureux,
Nombre parfait qui fait que deux font deux.

La fière Jeanne ayant repris ses armes,
Qui cliquetaient sur ses robustes charmes,
Devers la nuit y conduisit au frais,
En devisant, la belle et douce Agnès.
Cet aumônier qui la suivait de près,
Cet aumônier ardent, insatiable,
Arrive aux murs du logis charitable.
Ainsi qu'un loup qui mâche sous sa dent
Le fin duvet d'un jeune agneau bêlant,
Plein de l'ardeur d'achever sa curée,
Va du bercail escalader l'entrée :
Tel enflammé de sa lubrique ardeur,
L'œil tout en feu, l'aumônier ravisseur
Allait cherchant les restes de sa joie,
Qu'on lui ravit lorsqu'il tenait sa proie.
Il sonne, il crie ; on vient ; on aperçut
Qu'il était seul ; et soudain il parut
Que les deux bois, dont les forces mouvantes
Font ébranler les solives tremblantes
Du pont-levis, par les airs s'élevaient,
Et s'élevant le pont-levis haussaient.
A ce spectacle, à cet ordre du maître,
Qui jura Dieu ? ce fut mon vilain prêtre.
Il suit des yeux les deux mobiles bois ;
Il tend les mains, veut crier, perd la voix.
On voit souvent, du haut d'une gouttière,

Defcendre un chat auprès d'une volière,
Paffant la griffe à travers les barreaux,
Qui contre lui défendent les oifeaux:
Son œil pourfuit cette efpèce emplumée,
Qui fe tapit au fond d'une ramée.
Notre aumônier fut encor plus confus,
Alors qu'il vit fous des ormes touffus
Un beau jeune homme, à la treffe dorée,
Au fourcil noir, à la mine affurée,
Aux yeux brillans, au menton cotonné,
Au teint fleuri, par les Grâces orné,
Tout rayonnant des couleurs du bel âge:
C'était l'Amour, ou c'était mon beau page:
C'était Monrofe. Il avait tout le jour
Cherché l'objet de fon naiffant amour.
Dans le couvent reçu par les nonnettes,
Il apparut à ces filles difcrètes
Non moins charmant que l'ange Gabriel,
Pour les bénir venant du haut du ciel.
Les tendres fœurs, voyant le beau Monrofe,
Sentaient rougir leurs vifages de rofe,
Difant tout bas: Ah! que n'était-il là,
Dieu paternel, quand on nous viola!
Toutes en cercle autour de lui fe mirent,
Parlant fans ceffe; et lorfqu'elles apprirent
Que ce beau page allait chercher Agnès,
On lui donna le courfier le plus frais,
Avec un guide, afin que fans efclandre
Il arrivât au château de Cutendre.

E N arrivant il vit près du chemin,
Non loin du pont, l'aumônier inhumain.

Lors tout ému de joie et de colère :
Ah ! c'eſt donc toi, prêtre de Belzébut !
Je jure ici Chandos et mon ſalut,
Et plus encor les yeux qui m'ont ſu plaire,
Que tes forfaits vont enfin ſe payer.
Sans repartir, le bouillant aumônier
Prend d'une main par la rage tremblante
Un piſtolet, en preſſe la détente ; (c)
Le chien s'abat, le feu prend, le coup part ;
Le plomb chaſſé ſiffle et vole au haſard,
Suivant au loin la ligne mal mirée
Que lui traçait une main égarée.
Le page viſe, et par un coup plus ſûr
Atteint le front, ce front horrible et dur,
Où ſe peignait une ame déteſtable.

L'AUMONIER tombe, et le page vainqueur
Sentit alors dans le fond de ſon cœur
De la pitié le mouvement aimable.
Hélas ! dit-il, meurs du moins en chrétien ;
Dis *Te Deum*; tu vécus comme un chien ;
Demande au ciel pardon de ta luxure ;
Prononce *amen*, donne ton ame à DIEU.
Non, répondit le maraud à tonſure,
Je ſuis damné, je vais au diable, adieu.
Il dit et meurt ; ſon ame déloyale
Alla groſſir la cohorte infernale. (d)

TANDIS qu'ainſi ce monſtre impénitent
Allait rôtir aux braſiers de Satan,
Le bon roi Charle, accablé de triſteſſe,
Allait cherchant ſon errante maîtreſſe,

Se promenant, pour calmer fa douleur,
Devers la Loire avec fon confeffeur.
Il faut ici, lecteur, que je remarque
En peu de mots ce que c'eft qu'un docteur,
Qu'en fa jeuneffe un amoureux monarque
Par étiquette a pris pour directeur.
C'eft un mortel tout pétri d'indulgence,
Qui doucement fait pencher dans fes mains,
Du bien, du mal la trompeufe balance,
Vous mène au ciel par d'aimables chemins,
Et fait pécher fon maître en confcience :
Son ton, fes yeux, fon gefte compofant,
Obfervant tout, flattant avec adreffe
Le favori, le maître, la maîtreffe ;
Toujours accort, et toujours complaifant.

L E confeffeur du monarque gallique
Etait un fils du bon faint Dominique ;
Il s'appelait le père Bonifoux,
Homme de bien, fe fefant tout à tous.
Il lui difait d'un ton dévot et doux :
Que je vous plains ! la partie animale
Prend le deffus : la chofe eft bien fatale.
Aimer Agnès eft un péché vraiment ;
Mais ce péché fe pardonne aifément :
Au temps jadis il était fort en vogue
Chez les Hébreux, enfans du Décalogue.
Cet Abraham, ce père des croyans,
Avec Agar s'avifa d'être père ;
Car fa fervante avait des yeux charmans
Qui de Sara méritaient la colère.

Jacob le jufte époufa les deux fœurs.
Tout patriarche a connu les douceurs
Du changement dans l'amoureux myftère.
Le vieux Booz en fon vieux lit reçut
Après moiffon la bonne et vieille Ruth.
Et fans compter la belle Betzabée,
Du bon David l'ame fut abforbée
Dans les plaifirs de fon ample férail.
Son vaillant fils, fameux par fa crinière,
Un beau matin, par vertu fingulière,
Vous repaffa tout ce gentil bercail.
De Salomon vous favez le partage :
Comme un oracle on écoutait fa voix ;
Il favait tout, et des rois le plus fage
Était auffi le plus galant des rois.
De leurs péchés fi vous fuivez la trace,
Si vos beaux ans font livrés à l'amour,
Confoléz-vous ; la fageffe a fon tour.
Jeune on s'égare, et vieux on obtient grâce.

A H ! dit Charlot, ce difcours eft fort bon,
Mais que je fuis bien loin de Salomon !
Que fon bonheur augmente mes détreffes !
Pour fes ébats il eut trois cents maîtreffes ; (e)
Je n'en ai qu'une ; hélas ! je ne l'ai plus.

D E s pleurs alors, fur fon nez répandus,
Interrompaient fa voix tendre et plaintive,
Lorfqu'il avife, en tournant vers la rive,
Sur un cheval trottant d'un pas hardi,
Un manteau rouge, un ventre rebondi,

Un vieux rabat ; c'était Bonneau lui-même.
Or chacun fait qu'après l'objet qu'on aime,
Rien n'eſt plus doux pour un parfait amant
Que de trouver ſon très - cher confident.
Le roi perdant et reprenant haleine,
Crie à Bonneau : Quel démon te ramène ?
Que fait Agnès ? dis, d'où viens-tu ? quels lieux
Sont embellis, éclairés par ſes yeux?
Où la trouver? dis donc, réponds donc, parle.

Aux queſtions qu'enfilait le roi Charle,
Le bon Bonneau conta de point en point
Comme il avait été mis en pourpoint,
Comme il avait ſervi dans la cuiſine,
Comme il avait, par fraude clandeſtine
Et par miracle, à Chandos échappé,
Quand à ſe battre on était occupé ;
Comme on cherchait cette beauté divine :
Sans rien omettre il raconta fort bien
Ce qu'il ſavait ; mais il ne ſavait rien.
Il ignorait la fatale aventure,
Du prêtre anglais la brutale luxure,
Du page aimé l'amour reſpectueux,
Et du couvent le ſac inceſtueux. (ƒ)

Après avoir bien expliqué leurs craintes,
Repris cent fois le fil de leurs complaintes,
Maudit le ſort et les cruels Anglais,
Tous deux étaient plus triſtes que jamais.
Il était nuit ; le char de la grande ourſe (g)
Vers ſon nadir avait fourni ſa courſe.

Le jacobin dit au prince penfif :
Il eft bien tard ; foyez mémoratif
Que tout mortel , prince ou moine , à cette heure
Devrait chercher quelque honnête demeure ,
Pour y fouper et pour paffer la nuit.
Le trifte roi par le moine conduit ,
Sans rien répondre , et ruminant fa peine,
Le cou penché , galoppe dans la plaine ;
Et bientôt Charle , et le prêtre et Bonneau ,
Furent tous trois aux foffés du château.

Non loin du pont était l'aimable page ,
Lequel ayant jeté dans le canal
Le corps maudit de fon damné rival ,
Ne perdait point l'objet de fon voyage.
Il dévorait en fecret fon ennui ,
Voyant ce pont entre fa dame et lui.
Mais quand il vit aux rayons de la lune
Les trois Français , il fentit que fon cœur
Du doux efpoir éprouvait la chaleur ;
Et d'une grâce adroite et non commune ,
Cachant fon nom , et fur-tout fon ardeur ,
Dès qu'il parut , dès qu'il fe fit entendre ,
Il infpira je ne fais quoi de tendre ;
Il plut au prince , et le moine benin
Le careffait de fon air patelin ,
D'un œil dévot et du plat de la main.

Le nombre pair étant formé de quatre ,
On vit bientôt les deux flèches abattre
Le pont mobile ; et les quatre courfiers

Font en marchant gémir les madriers. (*h*)
Le gros Bonneau tout essoufflé chemine,
En arrivant, droit devers la cuisine,
Songe au souper. Le moine au même lieu,
Dévotement en rendit grâce à DIEU.
Charles, prenant un nom de gentilhomme,
Court à Cutendre avant qu'il prît son somme.
Le bon baron lui fit son compliment,
Puis le mena dans son appartement.
Charle a besoin d'un peu de solitude
Il veut jouir de son inquiétude.
Il pleure Agnès. Il ne se doutait pas
Qu'il fût si près de ses jeunes appas.

Le beau Monrose en sut bien davantage.
Avec adresse il fit causer un page,
Il se fit dire où reposait Agnès,
Remarquant tout avec des yeux discrets.
Ainsi qu'un chat, qui d'un regard avide
Guette au passage une souris timide,
Marchant tout doux, la terre ne sent pas
L'impression de ses pieds délicats ;
Dès qu'il l'a vue, il a sauté sur elle.
Ainsi Monrose, avançant vers la belle,
Etend un bras, puis avance à tâtons,
Posant l'orteil et haussant les talons.
Agnès, Agnès, il entre dans ta chambre.
Moins promptement la paille vole à l'ambre,
Et le fer suit moins sympathiquement
Le tourbillon qui l'unit à l'aimant.
Le beau Monrose en arrivant se jette
A deux genoux au bord de la couchette,

Où fa maîtreffe avait entre deux draps,
Pour fommeiller, arrangé fes appas.
De dire un mot aucun d'eux n'eut la force
Ni le loifir; le feu prit à l'amorce
En un clin d'œil; un baifer amoureux
Unit foudain leurs bouches demi-clofes.
Leur ame vint fur leurs lèvres de rofes.
Un tendre feu fortit de leurs beaux yeux;
Dans leurs baifers leurs langues fe cherchèrent:
Qu'éloquemment alors elles parlèrent!
Difcours muets, langage des défirs,
Charmant prélude, organe des plaifirs,
Pour un moment il vous fallut fufpendre
Ce doux concert, et ce duo fi tendre.

AGNÈS aida Monrofe impatient
A dépouiller, à jeter promptement
De fes habits l'incommode parure,
Déguifement qui pèfe à la nature,
Dans l'âge d'or aux mortels inconnu,
Que hait fur-tout un dieu qui va tout nu.

DIEUX! quels objets! eft-ce Flore et Zéphyre?
Eft-ce Pfyché qui careffe l'Amour?
Eft-ce Vénus que le fils de Cinyre (i)
Tient dans fes bras loin des rayons du jour,
Tandis que Mars eft jaloux et foupire?

LE Mars français, Charle au fond du château
Soupire alors avec l'ami Bonneau,
Mange à regret et boit avec trifteffe,
Un vieux valet, bavard de fon métier,

Pour

Pour égayer sa taciturne alteſſe, (*k*)
Apprit au roi, ſans ſe faire prier,
Que deux beautés, l'une robuſte et fière,
Aux cheveux noirs, à la mine guerrière,
L'autre plus douce, aux yeux bleus, au teint frais,
Couchaient alors dans la gentilhommière.
Charle étonné les ſoupçonne à ces traits ;
Il ſe fait dire, et puis redire encore,
Quels ſont les yeux, la bouche, les cheveux,
Le doux parler, le maintien vertueux
Du cher objet de ſon cœur amoureux.
C'eſt elle enfin, c'eſt tout ce qu'il adore ;
Il en eſt ſûr, il quitte ſon repas.
Adieu, Bonneau ; je cours entre ſes bras.
Il dit et vole, et non pas ſans fracas :
Il était roi, cherchant peu le myſtère.

PLEIN de ſa joie, il répète et redit
Le nom d'Agnès, tant qu'Agnès l'entendit.
Le couple heureux en trembla dans ſon lit.
Que d'embarras ! comment ſortir d'affaire ?
Voici comment le beau page s'y prit :
Près du lambris, dans une grande armoire,
On avait mis un petit oratoire,
Autel de poche, où, lorſque l'on voulait,
Pour quinze ſous un capucin venait. (*l*)
Sur le retable, en voûte pratiquée
Eſt une niche en attendant ſon ſaint.
D'un rideau verd la niche était maſquée.
Que fait Monroſe ? un beau penſer lui vint
De s'ajuſter dans la niche ſacrée ;

La Pucelle.   P

En bienheureux, derrière le rideau
Il se tapit, sans pourpoint, sans manteau.
Charles volait, et presque dès l'entrée
Il saute au cou de sa belle adorée ;
Et tout en pleurs, il veut jouir des droits
Qu'ont les amans, sur-tout quand ils sont rois.
Le saint caché frémit à cette vue ;
Il fait du bruit et la table remue :
Le prince approche, il y porte la main,
Il sent un corps, il recule, il s'écrie :
Amour, Satan, saint François, saint Germain !
Moitié frayeur et moitié jalousie :
Puis tire à lui, fait tomber sur l'autel,
Avec grand bruit, le rideau sous lequel
Se blotissait cette aimable figure
Qu'à son plaisir façonna la nature.
Son dos tourné par pudeur étalait
Ce que César sans pudeur soumettait
A (*m*) Nicomède en sa belle jeunesse,
Ce que jadis le héros de la Gréce
Admira tant dans son Epheftion, (*n*)
Ce qu'Adrien mit dans le Panthéon.
Que les héros, ô ciel, ont de faibleffe !

Si mon lecteur n'a point perdu le fil
De cette histoire, au moins se souvient-il
Que dans le camp la courageuse Jeanne
Traça jadis au bas du dos profane,
D'un doigt conduit par monsieur saint Denis,
Adroitement trois belles fleurs de lis.
Cet écuffon, ces trois fleurs, ce derrière,
Emurent Charle : il se mit en prière ;

Il croit que c'eſt un tour de Belzébut.
De repentir et de douleur atteinte,
La belle Agnès s'évanouit de crainte.
Le prince alors, dont le trouble s'accrut,
Lui prend les mains : Qu'on vole ici vers elle ;
Accourez tous ; le diable eſt chez ma belle.
Aux cris du roi le confeſſeur troublé,
Non ſans regret quitte auſſitôt la table :
L'ami Bonneau monte tout eſſoufflé ;
Jeanne s'éveille, et d'un bras redoutable
Prenant ce fer que la victoire ſuit,
Cherche l'endroit d'où partait tout le bruit.
Et cependant le baron de Cutendre
Dormait à l'aiſe, et ne put rien entendre.

Fin du douzième Chant.

NOTES ET VARIANTES

DU CHANT DOUZIEME.

(*a*) Ce fragment trouvé dans les papiers de l'auteur paraît être une variante du commencement de ce douzième Chant. Il y manque quelques vers.

> Oui, j'ai juré de ne plus difcourir,
> De conter net, de bannir la harangue,
> Mais quels fermens, hélas ! puis-je tenir ?
> Le tendre Amour eft maître de ma langue ;
> L'Amour m'infpire, il lui faut obéir.
> Ce Dieu charmant eft venu me fourire
> Lorfque ma main n'ofait plus l'encenfer ;
> Quand je fuyais fes traits et fon empire,
> Du haut du ciel il vint me careffer.
> Quoi ! m'a-t-il dit, faut-il que la trifteffe
> File aujourd'hui la trame de tes jours ?
> Quand tu ferais dans la froide vieilleffe,
> Encor faudrait implorer mon fecours.
> Mais dans l'été, c'eft une ignominie
> Que de m'ôter l'empire de ton fort.
> Vivre fans moi, c'eft être déjà mort :
> Laiffe-moi donc renouveler ta vie.
> A ce difcours l'Amour ne s'eft tenu.
> Il m'a donné la plus belle maîtreffe...
> . . . .
> De fes faveurs elle enivre mes fens,
> Son tendre amour devient l'eau de Jouvence,
> Et dans fes bras j'ai trouvé mon printemps.
> Je conclus donc, cher lecteur, quand j'y penfe,
> Qu'on peut aimer au-delà de trente ans.

(*b*) *Mâchicoulis*, ou *mâchecoulis*, ce font des ouvertures entre les créneaux, par lefquelles on peut tirer fur l'ennemi quand il eft dans le foffé.

(*c*) Il faut avouer que les piftolets ne furent inventés à Piftoie que long-temps après. Nous n'ofons affirmer qu'il foit permis d'anticiper ainfi les temps ; mais que ne pardonne-t-on point dans un poëme épique ? l'épopée a de grands droits.

(*d*) L'équité demande que nous faffions ici une remarque fur la morale admirable de ce poëme. Le vice y eft toujours puni: l'aumônier fcandaleux meurt impénitent, *Grisbourdon* eft damné, *Chandos* eft vaincu et tué, &c. C'eft ce que le fage *Horatius Flaccus* recommande *in arte poëticâ*.

(*e*) *Charles* oublie fept cents femmes, ce qui fait mille. Mais en cela nous ne pouvons qu'applaudir à la retenue de l'auteur et à fa fageffe.

(*f*) Edition de 1756 :

> Et du couvent le fac inceftueux.
> Ainfi Louis, fe perdant à la chaffe
> Dans les taillis de fon Fontainebleau,
> De queftions fatigue fon Bonneau :
> A fon retour lui demande la trace
> De la beauté qui captive fon cœur,
> Veut que de rien il ne lui faffe grâce,
> Et n'en apprend que tout bien, tout honneur.
> *Après avoir*, &c.

(*g*) Le *nadir* en arabe fignifie le plus bas, et le *zénith*, le plus haut. La grande ourfe eft l'*arctos* des Grecs, qui a donné fon nom au pôle arctique.

(*h*) Ce font les planches du pont : elles ne prennent le nom de madriers que quand elles ont quatre pouces d'épaiffeur.

(*i*) *Adonis.*

(*k*) On traitait les rois d'alteffe alors.

(*l*) Il n'y avait point encore de pères capucins ; c'eft une faute contre *le coftume.*

(*m*) Des ignorans, dans les éditions précédentes toutes tronquées, avaient imprimé *Licomède* au lieu de *Nicomède* : c'était un roi de Bithynie. *Cæfar in Bithyniam miffus*, dit *Suétone*, *defedit apud Nicomedem, non fine rumore proftratæ regi pudicitiæ.*

(*n*) *Alexander pædicator Hephæftionis, Adrianus Antinoi.* Non-feulement l'empereur *Adrien* fit mettre la ftatue d'*Antinoüs* dans le Panthéon, mais il lui érigea un temple, et *Tertullien* avoue qu'*Antinoüs* fefait des miracles.

Fin des Notes et Variantes du Chant douzième.

C H A N T　X I I I.

A R G U M E N T.

*Sortie du château de Cutendre. Combat de la Pucelle et de
Jean Chandos : étrange loi du combat à laquelle la
Pucelle est soumise ; vision du père Bonifoux ; miracle
qui sauve l'honneur de Jeanne.*

C'ETAIT le temps de la saison brillante,
Quand le soleil aux bornes de son cours
Prend sur les nuits pour ajouter aux jours,
Et se plaisant, dans sa démarche lente,
A contempler nos fortunés climats,
Vers le tropique arrête encor ses pas.
O grand saint Jean, (*a*) c'était alors ta fête ;
Premier des Jeans, orateur des déserts,
Toi qui criais jadis à pleine tête,
Que du salut les chemins soient ouverts ;
Grand précurseur, je t'aime, je te sers.
Un autre Jean eut la bonne fortune
De voyager au pays de la lune
Avec Astolphe, et rendit la raison, (*b*)
Si l'on en croit un auteur véridique,
Au paladin amoureux d'Angélique.
Rends-moi la mienne, ô Jean second du nom !
Tu protégeas ce chantre aimable et rare
Qui réjouit les seigneurs de Ferrare
Par le tissu de ses contes plaisans ;
Tu pardonnas aux vives apostrophes
Qu'il t'adressa dans ses comiques strophes.

De la cuirasse il défait les cordons.

Il voit, ô ciel ! ô plaisir ! ô merveille !

Pucelle Chant 13

J. M. Moreau le J.ᵉ inv.   1788.   Longueil Sculp.

Etends fur moi tes fecours bienfefans :
J'en ai befoin ; car tu fais que les gens
Sont bien plus fots, et bien moins indulgens
Qu'on ne l'était au fiècle du génie,
Quand l'Ariofte illuftrait l'Italie.
Protége-moi contre ces durs efprits,
Frondeurs pefans de mes légers écrits.
Si quelquefois l'innocent badinage
Vient en riant égayer mon ouvrage,
Quand il le faut je fuis très-férieux ;
Mais je voudrais n'être point ennuyeux.
Conduis ma plume, et fur-tout daigne faire
Mes complimens à Denis, ton confrère.

E n accourant la fière Jeanne d'Arc
D'une lucarne aperçut dans le parc
Cent palefrois, une brillante troupe
De chevaliers ayant dames en croupe,
Et d'écuyers qui tenaient dans leurs mains
Tout l'attirail des combats inhumains ;
Cent boucliers où des nuits la courrière
Réfléchiffait fa tremblante lumière ;
Cent cafques d'or, d'aigrettes ombragés,
Et les longs bois d'un fer pointu chargés,
Et des rubans dont les touffes dorées
Pendaient au bout des lances acérées.
Voyant cela, Jeanne crut fermement
Que les Anglais avaient furpris Cutendre :
Mais Jeanne d'Arc fe trompa lourdement.
En fait de guerre on peut bien fe méprendre, (c)
Ainfi qu'ailleurs : mal voir et mal entendre

De l'héroïne était souvent le cas,
Et saint Denis ne l'en corrigea pas.

C E n'était point des enfans d'Angleterre
Qui de Cutendre avaient furpris la terre ;
C'eſt ce Dunois de Milan revenu,
Ce grand Dunois à Jeanne ſi connu,
C'eſt la Trimouille avec ſa Dorothée.
Elle était d'aife et d'amour tranfportée ;
Elle en avait fujet aſſurément :
Elle voyage avec ſon cher amant, (*d*)
Ce cher amant, ce tendre la Trimouille,
Que l'honneur guide et que l'amour chatouille.
Elle le fuit toujours avec honneur,
Et ne craint plus monſieur l'inquiſiteur.

E N nombre pair cette troupe dorée
Dans le château la nuit était entrée.
Jeanne y vola : le bon roi qui la vit,
Crut qu'elle allait combattre, et la fuivit ;
Et dans l'erreur qui trompait ſon courage,
Il laiſſe encore Agnès avec ſon page.

O page heureux, et plus heureux cent fois
Que le plus grand, le plus chrétien des rois,
Que de bon cœur alors tu rendis grâce
Au benoît faint dont tu tenais la place !
Il te fallut r'habiller promptement ; (*e*)
Tu rajuſtas ta trouſſe diaprée ;
Agnès t'aidait d'une main timorée,
Qui s'égarait et ſe trompait fouvent.

Que de baifers fur fa bouche de rofe
Elle reçut en r'habillant Monrofe !
Que fon bel œil, le voyant rajufté ,
Semblait encor chercher la volupté !
Monrofe au parc defcendit fans rien dire.
Le confeffeur tout faintement foupire ,
Voyant paffer ce beau jeune garçon ,
Qui lui donnait de la diftraction.

   LA douce Agnès compofa fon vifage,
Ses yeux, fon air, fon maintien, fon langage.
Auprès du roi Bonifoux fe rendit,
Le confola, le raffura, lui dit
Que dans la niche un envoyé célefte
Etait d'en-haut venu pour annoncer
Que des Anglais la puiffance funefte
Touchait au terme, et que tout doit paffer ;
Que le roi Charle obtiendrait la victoire.
Charles le crut, car il aimait à croire.
La fière Jeanne appuya ce difcours.
Du ciel, dit-elle, acceptons le fecours ;
Venez, grand Prince, et rejoignons l'armée,
De votre abfence à bon droit alarmée.

   SANS balancer la Trimouille et Dunois
De cet avis furent à haute voix.
Par ces héros la belle Dorothée
Honnêtement au roi fut préfentée.
Agnès la baife, et le noble efcadron
Sortit enfin du logis du baron.

   LE jufte ciel aime fouvent à rire
Des paffions du fublunaire empire.

Il regardait cheminer dans les champs
Cet efcadron de héros et d'amans.
Le roi de France allait près de fa belle
Qui, s'efforçant d'être toujours fidelle,
Sur fon cheval la main lui préfentait,
Serrait la fienne, exhalait fa tendreffe ;
Et cependant, ô comble de faibleffe !
De temps en temps le beau page lorgnait.
Le confeffeur pfalmodiant fuivait,
Des voyageurs récitait la prière,
S'interrompait en voyant tant d'attraits,
Et regardait avec des yeux diftraits
Le roi, le page, Agnès et fon bréviaire.
Tout brillant d'or, et le cœur plein d'amour,
Ce la Trimouille, ornement de la cour,
Caracolait auprès de Dorothée,
Ivre de joie et d'amour tranfportée,
Qui le nommait fon cher libérateur,
Son cher amant, l'idole de fon cœur.
Il lui difait : Je veux après la guerre
Vivre à mon aife avec vous dans ma terre.
O cher objet dont je fuis toujours fou,
Quand ferons-nous tous les deux en Poitou ?

JEANNE auprès d'eux, ce fier foutien du trône,
Portant corfet et jupon d'amazone,
Le chef orné d'un petit chapeau vert,
Enrichi d'or et de plumes couvert,
Sur fon fier âne étalait fes gros charmes,
Parlait au roi, courait, allait le pas,
Se rengorgeait, et foupirait tout bas
Pour le Dunois compagnon de fes armes ;

Car elle avait toujours le cœur ému,
Se fouvenant de l'avoir vu tout nu.

BONNEAU portant barbe de patriarche,
Suant, foufflant, Bonneau fermait la marche.
O d'un grand roi ferviteur précieux !
Il penfe à tout ; il a foin de conduire
Deux gros mulets tout chargés de vins vieux,
Longs fauciffons, pâtés délicieux,
Jambons, poulets ou cuits ou prêts à cuire.

ON avançait, alors que Jean Chandos,
Cherchant par-tout fon Agnès et fon page,
Au coin d'un bois, près d'un certain paffage,
Le fer en main, rencontra nos héros.
Chandos avait une fuite affez belle
De fiers Bretons, pareille en nombre à celle
Qui fuit les pas du monarque amoureux.
Mais elle était d'efpèce différente :
On n'y voyait ni tetons ni beaux yeux.
Oh, oh ! dit-il d'une voix menaçante,
Galans Français, objets de mon courroux,
Vous aurez donc trois filles avec vous,
Et moi Chandos je n'en aurai pas une ?
Çà, combattons : je veux que la fortune
Décide ici qui fait le mieux de nous (f)
Mettre à plaifir fes ennemis deffous,
Frapper d'eftoc et pointer de fa lance :
Que de vous tous le plus ferme s'avance ;
Qu'on entre en lice ; et celui qui vaincra,
L'une des trois à fon aife tiendra.

Le roi piqué de cette offre cynique,
Veut l'en punir, s'avance, prend fa pique.
Dunois lui dit : Ah! laiffez-moi, Seigneur,
Venger mon prince et des dames l'honneur.
Il dit et court : la Trimouille l'arrête ;
Chacun prétend à l'honneur de la fête.
L'ami Bonneau, toujours de bon accord,
Leur propofa de s'en remettre au fort.
Car c'eft ainfi que les guerriers antiques
En ont ufé dans les temps héroïques :
Même aujourd'hui dans quelques républiques
Plus d'un emploi, plus d'un rang glorieux,
Se tire aux dés, (g) et tout en va bien mieux.
Si j'ofais même en cette noble hiftoire
Citer des gens que tout mortel doit croire,
Je vous dirais que monfieur faint Mathias
Obtint ainfi la place de Judas.
Le gros Bonneau tient le cornet, foupire,
Craint pour fon roi, prend les dés, roule, tire.
Denis du haut du célefte rempart
Voyait le tout d'un paternel regard ;
Et contemplant la Pucelle et fon âne,
Il conduifait ce qu'on nomme hafard.
Il fut heureux, le fort échut à Jeanne.
Jeanne, c'était pour vous faire oublier
L'infame jeu de ce grand cordelier,
Qui ci-devant avait rafflé vos charmes.

Jeanne à l'inftant court au roi, court aux armes,
Modeftement va derrière un buiffon
Se délacer, détacher fon jupon,

Et revêtir son armure sacrée,
Qu'un écuyer tient déjà préparée ;
Puis sur son âne elle monte en courroux,
Branlant sa lance et serrant les genoux. (*h*)
Elle invoquait les onze mille belles,
Du pucelage héroïnes fidelles. (*i*)
Pour Jean Chandos, cet indigne chrétien
Dans les combats n'invoquait jamais rien.

JEAN contre Jeanne avec fureur avance :
Des deux côtés égale est la vaillance ;
Ane et cheval bardés, coiffés de fer,
Sous l'éperon partent comme un éclair,
Vont se heurter, et de leur tête dure
Front contre front fracassent leur armure ;
La flamme en sort, et le sang du coursier
Teint les éclats du voltigeant acier.
Du choc affreux les échos retentissent,
Des deux coursiers les huit pieds rejaillissent,
Et les guerriers, du coup désarçonnés,
Tombent chacun sur la croupe étonnés :
Ainsi qu'on voit deux boules suspendues
Aux bouts égaux de deux cordes tendues,
Dans une courbe au même instant partir,
Hâter leur cours, se heurter, s'applatir,
Et remonter sous le choc qui les presse,
Multipliant leur poids par leur vîtesse.
Chaque parti crut morts les deux coursiers,
Et tressaillit pour les deux chevaliers.

OR des Français la championne auguste
N'avait la chair si ferme, si robuste,

Les os fi durs, les membres fi difpos,
Si mufculeux, que le fier Jean Chandos.
Son équilibre ayant dans cette rixe
Abandonné fa ligne et fon point fixe,
Son quadrupède un haut le corps lui fit,
Qui dans le pré Jeanne d'Arc étendit
Sur fon beau dos, fur fa cuiffe gentille,
Et comme il faut que tombe toute fille.

C H A N D O S penfait qu'en ce grand défarroi
Il avait mis ou Dunois ou le roi.
Il veut foudain contempler fa conquête :
Le cafque ôté, Chandos voit une tête
Où langùiffaient deux grands yeux noirs et longs.
De la cuiraffe il défait les cordons.
Il voit, ô ciel ! ô plaifir ! ô merveille !
Deux gros tetons de figure pareille,
Unis, polis, féparés, demi-ronds,
Et furmontés de deux petits boutons
Qu'en fa naiffance a la rofe vermeille.
On tient qu'alors, en élevant la voix,
Il bénit D I E U pour la première fois.
Elle eft à moi la Pucelle de France,
S'écria-t-il ; contentons ma vengeance.
J'ai, grâce au ciel, doublement mérité
De mettre à bas cette fière beauté.
Que faint Denis me regarde et m'accufe ;
Mars et l'Amour font mes droits, et j'en ufe. (k)

S O N écuyer difait : Pouffez, Milord ;
Du trône anglais affermiffez le fort.

Frère Lourdis en vain vous décourage ;
Il jure en vain que ce faint pucelage
Eft des Troyens le grand Palladium,
Le bouclier (*l*) facré du Latium ;
De la victoire il eft, dit-il, le gage ;
C'eft l'oriflamme : il faut vous en faifir.
Oui, dit Chandos, et j'aurai pour partage
Les plus grands biens, la gloire et le plaifir.

JEANNE pâmée écoutait ce langage
Avec horreur, et fefait mille vœux
A faint Denis, ne pouvant faire mieux.
Le grand Dunois, d'un courage héroïque,
Veut empêcher le triomphe impudique.
Mais comment faire ? il faut dans tout état
Qu'on fe foumette à la loi du combat.
Les fers en l'air et la tête penchée,
L'oreille baffe et du choc écorchée,
Languiffamment le célefte baudet
D'un œil confus Jean Chandos regardait.
Il nourriffait dès long-temps dans fon ame
Pour la Pucelle une difcrète flamme,
Des fentimens nobles et délicats
Très-peu connus des ânes d'ici-bas. (*m*)

LE confeffeur du bon monarque Charle
Tremble en fa chair alors que Chandos parle.
Il craint fur-tout que fon cher pénitent,
Pour foutenir la gloire de la France,
Qu'on avilit avec tant d'impudence,
A fon Agnès n'en veuille faire autant ;

Et que la chofe encor foit imitée
Par la Trimouille et par fa Dorothée.
Au pied d'un chêne il entre en oraifon,
Et fait tout bas fa méditation,
Sur les effets, la caufe, la nature
Du doux péché qu'aucuns nomment luxure.

En méditant avec attention, (*n*)
Le benoît moine eut une vifion,
Affez femblable au prophétique fonge (*o*)
De ce Jacob, heureux par un menfonge,
Pate-pelu dont l'efprit lucratif
Avait vendu fes lentilles en juif. (*p*)
Ce vieux Jacob, ô fublime myftère !
Devers l'Euphrate une nuit aperçut
Mille béliers qui grimpèrent en rut
Sur des brebis qui les laiffèrent faire.
Le moine vit de plus plaifans objets ; (*q*)
Il vit courir à la même aventure
Tous les héros de la race future.
Il obfervait les différens attraits
De ces beautés qui, dans leur douce guerre,
Donnent des fers aux maîtres de la terre.
Chacune était auprès de fon héros,
Et l'enchaînait des chaînes de Paphos.
Tels au retour de Flore et du Zéphyre,
Quand le printemps reprend fon doux empire,
Tous ces oifeaux, peints de mille couleurs,
Par leurs amours agitent les feuillages :
Les papillons fe baifent fur les fleurs,
Et les lions courent fous les ombrages
A leurs moitiés qui ne font plus fauvages.

C'EST

C'EST-LA qu'il vit le beau François premier. (r)
Ce brave roi, ce loyal chevalier,
Avec Etampe, (s) heureusement oublie
Les autres fers qu'il reçut à Pavie.
Là Charles-Quint joint le myrte au laurier,
Sert à la fois la Flamande et la Maure.
Quels rois, ô ciel! l'un à ce beau métier
Gagne la goutte, et l'autre pis encore.
Près de Diane (t) on voit danser les Ris,
Aux mouvemens que l'Amour lui fait faire, (u)
Quand dans ses bras tendrement elle serre,
En se pâmant, le second des Henris.
De Charles neuf le successeur volage (x)
Quitte en riant sa Cloris pour un page,
Sans s'alarmer des troubles de Paris.

MAIS quels combats le jacobin vit rendre
Par Borgia, le sixième Alexandre!
En cent tableaux il est représenté.
Là sans tiare, et d'amour transporté, (y)
Avec Vanoze (z) il se fait sa famille.
Un peu plus bas on voit sa sainteté
Qui s'attendrit pour Lucrèce, sa fille.
O Léon dix! ô sublime Paul trois!
A ce beau jeu vous passiez tous les rois;
Mais vous cédez à mon grand Béarnois,
A ce vainqueur de la ligue rebelle,
A mon héros plus connu mille fois
Par les plaisirs que goûta Gabrielle, (aa)
Que par vingt ans de travaux et d'exploits. (bb)

BIENTOT on voit le plus beau des spectacles,
Ce siècle heureux, ce siècle des miracles,
La Pucelle.   Q

Ce grand Louis, cette fuperbe cour
Où tous les arts font inftruits par l'Amour.
L'Amour bâtit le fuperbe Verfailles;
L'Amour aux yeux des peuples éblouis,
D'un lit de fleurs fait un trône à Louis,
Malgré les cris du fier dieu des batailles:
L'Amour amène au plus beau des humains
De cette cour les rivales charmantes,
Toutes en feu, toutes impatientes:
De Mazarin la nièce aux yeux divins, (*cc*)
La généreufe et tendre la Vallière,
La Montefpan plus ardente et plus fière.
L'une fe livre au moment de jouir,
Et l'autre attend le moment du plaifir. (*dd*)

VOICI le temps de l'aimable Régence,
Temps fortuné, marqué par la Licence,
Où la Folie, agitant fon grelot,
D'un pied léger parcourt toute la France,
Où nul mortel ne daigne être dévot,
Où l'on fait tout excepté pénitence.
Le bon Régent, de fon palais royal,
Des voluptés donne à tous le fignal.
Vous répondez à ce fignal aimable,
Jeune Daphné, bel aftre de la cour,
Vous répondez du fein du Luxembourg,
Vous que Bacchus et le dieu de la table
Mènent au lit, efcortés par l'Amour. (*ee*)
Mais je m'arrête, et de ce dernier âge
Je n'ofe en vers tracer la vive image.
Trop de péril fuit ce charme flatteur. (*ff*)
Le temps préfent eft l'arche du Seigneur;

Qui la touchait d'une main trop hardie,
Puni du ciel, tombait en léthargie.
Je me tairai ; mais fi j'ofais pourtant,
O des beautés aujourd'hui la plus belle !
O tendre objet, noble, fimple, touchant,
Et plus qu'Agnès généreufe et fidelle ;
Si jofais mettre à vos genoux charnus
Ce grain d'encens que l'on doit à Vénus !
Si de l'Amour je déployais les armes ;
Si je chantais ce tendre et doux lien ;
Si je difais.... non, je ne dirai rien :
Je ferais trop au-deffous de vos charmes.

DANS fon extafe enfin le moine noir
Vit à plaifir ce que je n'ofe voir.
D'un œil avide, et toujours très-modefte,
Il contemplait le fpectacle célefte
De ces beautés, de ces nobles amans ;
De ces plaifirs défendus et charmans :
Hélas ! dit-il, fi les grands de la terre
Font deux à deux cette éternelle guerre ;
Si l'univers doit en paffer par-là,
Dois-je gémir que Jean Chandos fe mette (gg)
A deux genoux auprès de fa brunette ?
Du Seigneur Dieu la volonté foit faite :
Amen, Amen ; il dit, et fe pâma,
Croyant jouir de tout ce qu'il voit là.

MAIS faint Denis était loin de permettre
Qu'aux yeux du ciel Jean Chandos allât mettre
Et la Pucelle et la France aux abois.
Ami lecteur, vous avez quelquefois

La Pucelle.   Q 2*

Ouï conter qu'on nouait l'aiguillette. (*hh*)
C'est une étrange et terrible recette,
Et dont un saint ne doit jamais user,
Que quand d'une autre il ne peut s'aviser.
D'un pauvre amant le feu se tourne en glace,
Vif et perclus, sans rien faire il se lasse,
Dans ses efforts étonné de languir,
Et consumé sur le bord du plaisir.
Telle une fleur, des feux du jour séchée,
La tête basse et la tige penchée,
Demande en vain les humides vapeurs
Qui lui rendaient la vie et les couleurs.
Voilà comment le bon Denis arrête
Le fier Anglais dans ses droits de conquête. (*ii*)

J EANNE, échappant à son vainqueur confus,
Reprend ses sens quand il les a perdus;
Puis d'une voix imposante et terrible
Elle lui dit : Tu n'es pas invincible;
Tu vois qu'ici, dans le plus grand combat,
Dieu t'abandonne, et ton cheval s'abat :
Dans l'autre un jour je vengerai la France,
Denis le veut, et j'en ai l'assurance;
Et je te donne, avec tes combattans,
Un rendez-vous sous les murs d'Orléans.
Le grand Chandos lui repartit : Ma belle,
Vous m'y verrez, pucelle ou non pucelle;
J'aurai pour moi saint George le très-fort,
Et je promets de réparer mon tort.

Fin du treizième Chant.

NOTES ET VARIANTES

DU CHANT TREIZIEME.

(*a*) L'AUTEUR défigne clairement la fin du mois de juin. La fête de St *Jean le baptifeur*, qu'on appelle *Baptifte*, eft célébrée le 24 juin.

(*b*) Ce que dit ici l'auteur fait allufion au XXXIVe chant de l'*Orlando furiofo* :

> *Quando fcoprendo il nome fuo gli diffe*
> *Effer colui che l'evangelio fcriffe ;*

Voyez notre préface, et fur-tout fouvenez-vous qu'*Ariofto* place St *Jean* dans la lune avec les trois Parques.

(*c*) Edition de 1756, au lieu des trois vers fuivans, on lifait :

> Témoin Ajax, et certain général,
> Duc, bel efprit, miniftre, maréchal :
> L'un fur le Rhin, l'autre aux bords du Scamandre,
> Un beau matin s'avisèrent de prendre
> Des moutons blancs pour autant d'ennemis,
> Sans que l'honneur fût en rien compromis.
> *Ce n'était point*, &c.

M. de *Voltaire* a pris conftamment contre *la Beaumelle* la défenfe de ce général (le maréchal de *Noailles*) et de fa famille ; ainfi l'on peut facilement juger auquel des deux appartiennent ces vers.

(*d*) Edition de 1756.

> *Elle voyage avec fon cher amant.*
> Ce cher amant, ce tendre la Trimouille,
> Pour qui fon œil de pleurs fouvent fe mouille,
> L'ayant cherchée à travers cent combats,
> L'avait trouvée et ne la quittait pas.
> *En nombre pair*, &c.

(*e*) Edition de 1756 :

> Il te fallut r'habiller promptement :
> Sur le fatin de ton cu ferme et blanc,
> *Tu rajuftas*, &c.

La Pucelle.   Q 3 *

(*f*) Edition de 1756 :

> *Décide ici qui de nous fait le mieux,*
> Pousser sa lance et plaire à deux beaux yeux.
> Que la valeur soit notre seule chance !
> *Que de vous tous*, &c.

(*g*) Les exemples des sorts sont très-fréquens dans *Homère*. On devinait aussi par les sorts chez les Hébreux. Il est dit que la place de *Judas* fut tirée au sort ; et aujourd'hui à Venise, à Gènes et dans d'autres Etats, on tire au sort plusieurs places.

(*h*) Manuscrit :

> Le fier Chandos se targuait dans sa gloire,
> De deux combats espérant la victoire,
> Jurant ce mot lequel commence en F.
> Jeanne invoquait l'épouse de Joseph,
> Mère de Dieu, reine du pucelage.
> L'un contre l'autre ils volent avec rage ;
> Les deux coursiers, bardés, coiffés de fer, &c.

(*i*) Les onze mille vierges et martyres enterrées à Cologne.

(*k*) Edition de 1756 et manuscrit.

> *Mars et l'Amour sont mes droits, et j'en use.*
> Puis se tournant devers son écuyer :
> Je vois, dit-il, qu'elle est hors d'elle-même ;
> J'ai ces deux bras pour combattre et tuer :
> Pour la guérir je prendrai le troisième.
> Jamais Chandos ne promit rien en vain.
> Comme il le dit, il prend ce bras soudain.
> Le grand Dunois d'un courage héroïque, &c.

(*l*) C'était un bouclier qui était tombé du ciel à Rome, et qui était gardé soigneusement, comme un gage de la sureté de la ville.

(*m*) Edition de 1756 :

> *Très-peu connus des ânes d'ici bas :*
> Il soupirait en voyant les trois bras.
> *Le confesseur*, &c.

(*n*) Le treizième chant de l'édition de 1762 est divisé en deux dans celle de 1756, où le douzième chant finit par ce vers :

> Du doux péché qu'aucuns nomment luxure.

Et le treizième commence ainsi :

> En méditant avec attention, &c.

(*o*) Manufcrit :

> De ce Jacob, le patron du menfonge,
> Pate-pelu, dont l'efprit lucratif
> Trompa Laban, qu'il vola comme un juif.
> *Ce vieux Jacob, &c.*

Notre auteur entend, fans doute, l'artifice dont ufa *Jacob* quand il fe fit paffer pour *Efaü*. *Pate-pelu* fignifie les gants de peau et de poil dont il couvrit fes mains.

(*p*) Edition de 1756 :

> Ce vieux Jacob, (admirez bien, mes frères,
> Du livre faint les fublimes myftères.)
> *Devers l'Euphrate, &c.*

(*q*) Edition de 1756 :

> *Le moine vit de plus plaifans objets;*
> Il vit très - bien, ou crut voir le bon père,
> Ce qu'aucun faint n'obtint de voir jamais :
> Il vit courir à la même aventure,
> Il vit aux pieds des futures Agnès
> Les demi - dieux de la race future ;
> Il obferva les différens attraits
> De ces beautés, dont l'adreffe féconde
> Fefait danfer tous les maîtres du monde :
> Chacune était jufte fous fon héros,
> Partant enfemble et difant les grands mots ;
> Chacune avait fon trot et fon allure ;
> Chacun piquait à l'envi fa monture.
> Tous excellaient à ce jeu des deux dos.
> *Tels au retour de Flore, &c.*

On voit fans peine que ces trois derniers vers font du capucin. Ce chant eft un de ceux où il en a ajouté le plus.

(*r*) Manufcrit :

> C'eft-là qu'il vit le beau François premier,
> Roi malheureux, mais galant chevalier,
> Qui fur un lit fait goûter à deux belles
> Tous les plaifirs que François reçoit d'elles ;
> *Là Charles - Quint, &c.*

(*s*) *Anne de Piffeleu*, ducheffe d'Etampes.

(*t*) *Diane de Poitiers*, ducheffe de Valentinois.

Q 4

(*u*) Edition de 1756 :

> Quand dans fes bras décharnés et flétris,
> Ivre d'amour, tendrement elle ferre,
> En fe pâmant, le fecond des Henris.
> De la débauche un long et trifte ufage
> De la beauté lui fait avoir le prix.
> *De Charles neuf, &c.*

(*x*) *Henri III* et fes mignons.

(*y*) Edition de 1756 :

> Là, fans tiare, et d'amour tranfporté,
> Tournant le dos, trouffant fa foutanelle,
> Avec Vanoze il fe fait la femelle;
> Un peu plus bas on voit fa fainteté,
> Pour fes plaifirs convoitant fa famille,
> Donner l'affaut à Lucrèce, fa fille.
> O Léon dix ! ô fublime Paul trois !
> Jules fecond ! et toi Monté le drille !
> *A ce beau jeu, &c.*

On voit clairement ici que le capucin ayant lu *la femelle* au lieu de *fa famille*, a voulu fuppléer les rimes qui manquaient.

Un manufcrit porte :

> Un peu plus bas on voit fa fainteté
> Faire un enfant à Lucrèce, fa fille.

(*z*) *Alexandre VI*, pape, eut trois enfans de *Vanoza*. *Lucrèce* fa fille paffa pour être fa maîtreffe et celle de fon frère : *Alexandri filia, fponfa, nurus.*

(*aa*) La fameufe *Gabrielle d'Eftrées*, ducheffe de Beaufort.

(*bb*) Edition de 1756 :

> Le moine vit des doges de Venife,
> Et ces grands ducs, fiers oppreffeurs de Pife,
> Avec les boucs partageant leurs plaifirs ;
> Mais les laiffant à leurs puans défirs.
> *Bientôt on voit, &c.*

(*cc*) Celle qui depuis fut la connétable *Colonne.*

(*dd*) Edition de 1756 :

> *Et l'autre attend le moment du plaifir.*
> Mais tout à coup quelle métamorphofe !
> D'un long froc noir lugubrement paré,

L'amour met bas sa couronne de rose ;
Son front se perd sous un bonnet carré.
Le sot Scrupule et la froide Décence
Masquent les traits de sa riante enfance.
L'Hymen le fuit à pas mystérieux ;
Les deux flambeaux brûlent des mêmes feux,
Feux sans éclat, dont la pâle lumière
Porte l'ennui dans les lieux qu'elle éclaire.
A la lueur de ces tristes flambeaux,
Suivi d'un prêtre et de deux m.......
Pour guide un diable en noire soutanelle,
Le grand Louis, couronné de pavots,
Vient épouser sa vieille m.......
Le moine vit ce phénix des Bourbons
Enforcelé de deux flasques tetons,
Sur un sofa piquer sa haridelle.
L'Amour en pleurs et sa suite fidelle,
Les Jeux, les Ris s'envolent à Paphos.
Paris, la cour, sont en proie aux dévots.
Une grossière et maussade luxure
Rappelle aux sens toute la volupté.
Sous l'air cafard un cynisme effronté
Met Diogène où régnait Epicure.
Dans les excès d'une crapule obscure
Le courtisan cherche la liberté.
Hercule en froc et Priape en soutane
Dans les palais portent l'obscénité ;
Tout leur fait jour, et le couple profane,
Recommandé par sa brutalité,
A son plaisir patine la beauté.
C'en était fait du tendre Amour en France,
Quand la Fortune, ou bien la Providence,
A Saint-Denis logea ce roi bigot.
Le moine voit, à ce règne cagot,
Dans les destins succéder la Régence,
Temps fortuné, marqué par la Licence,
Où la Folie, agitant son grelot,
Jette sur tout un vernis d'innocence ;
Où le cafard n'est prisé que du sot.
Tendre Argenton, folâtre Parabère,
C'est par vos soins que le dieu de Cythère,
Régnant en maître au palais d'Orléans,
Sur ses autels revoit fumer l'encens.

Le dieu du goût , fon feul et digne émule ,
Tâche d'unir les grâces aux talens.
Faune et Priape , et le brutal Hercule ,
Forcés de fuir , rentrent dans les couvens ;
Ils n'ofent plus fe faire voir en France
Que fous les traits de Rieux ou de Vence.
Le bon Régent , &c.

(*ee*) Edition de 1756 :

Mènent au lit , *efcortés par l'Amour.*
Près de Paris , fous la pourpre romaine. . . .
Mais je m'arrête ; un femblable tableau
Pourrait au peintre attirer dure aubaine :
Il y faudrait placer plus d'un Bonneau
En robe courte. Or , dans ce dernier âge ,
Homme d'épée eft un fier m. . . . .
Et moi chétif , j'abhorre le tapage.
Je tiendrai donc contre l'appât flatteur ;
Je me tairai , n'en déplaife au lecteur.
O Rambouillet ! &c.

Il y a eu encore ici des vers ajoutés , et comme ci-deffus (note *c*) dans la charitable intention de faire à l'auteur des ennemis puiffans.

(*ff*) Edition de 1756 :

Je me tairai , n'en déplaife au lecteur.
O Rambouillet , afile du myftère !
Meudon , Choifi , réduits délicieux ,
Que les Plaifirs , les Amours et les Jeux
Ont fi fouvent préférés à Cythère ,
Sur vos fecrets , cenfurés par Lignière ,
Et refpectés de fon prudent recteur ,
Ma chafte mufe eft forcée à fe taire.
Le temps préfent eft l'arche du Seigneur ;
Qui la touchait d'une main trop hardie ,
Puni du ciel , tombait en léthargie.
Je me tairai. Mais fi j'ofais pourtant ,
O des beautés aujourd'hui la plus belle !
O tendre objet , noble , fimple , touchant ,
O potelée et douce la Tournelle !
Si j'ofais mettre à vos genoux charnus
Ce grain d'encens que l'on doit à Vénus ;

Si je chantais cette haute fortune ,
L'objet des vœux de Flavacourt la brune ;
Si je chantais ce tendre et doux lien ,
Ce nœud fi cher , quoique fi peu chrétien ,
Formé , béni par la vieille éminence ,
Maudit , rompu par un prélat bigot ,
Et refferré par ce grand roi de France ,
Malgré l'avis et les fermens d'un fot ;
Si de l'Amour je déployais les armes ;
Si je difais . . . . non , je ne dirai mot ;
Je ferais trop au-deffous de vos charmes.
 Dans fon extafe enfin le moine noir
Vit à plaifir ce que je n'ofe voir.
D'uu œil avide , et toujours très-modefte ,
Il contemplait le fpectacle célefte
De tous ces rois accouplés bout à bout ;
Charles fecond fur la belle Portfmouth ;
George fecond fur la tendre Yarmouth ;
Et ce dévot roi de Lufitanie ,
En priant D I E U fe pâmant fur fa mie ;
Et ce Victor , attrapé tour à tour
Par fon orgueil , par fon fils , par l'amour.

Lignière était un jéfuite confeffeur de *Louis XV* ; mais confeffeur heureufement moins connu que *le Tellier* et *la Chaife*.

Madame de *la Tournelle* , née *Mailli* , prit le titre de ducheffe de Châteauroux en acceptant la place de maîtreffe du roi. Elle était d'une beauté fingulière. On fait avec quelle rudeffe de zèle l'évêque de Soiffons *Fitz-James* , petit fils de mademoifelle *Churchil* , maîtreffe de *Jacques II* , traita une femme qui avait en France la même dignité que fa grand'mère avait eue en Angleterre.

Cet évêque était un homme fimple , tolérant , bon et fans intrigue ; mais par-là même très-propre à fe rendre , fans le favoir , l'inftrument des intrigans de la cour. On lui fit accroire qu'il était obligé en confcience de forcer le roi à traiter fa maîtreffe avec une rigueur à peine excufable s'il eût été queftion de chaffer de la cour un miniftre qui aurait trahi l'Etat ou corrompu le monarque.

Madame de *Châteauroux* fut rappelée bientôt après ; le roi envoya chez elle un miniftre d'Etat (M. le comte de *Maurepas* fon ennemi) la prier de fa part de vouloir bien reprendre fes places à la cour. Elle tomba malade le jour même et mourut. On attribua fa mort aux violentes émo tions qu'elle avait éprouvées. Dans le moment de fa faveur on fe déchaina contre elle., comme c'eſt l'uſage. *La pauvre femme*, diſait un de ſes amis, *elle n'eſt qu'à plaindre ; c'eſt une tuile qui lui eſt tombée ſur la tête.* Il avait raiſon. La faveur ne valut à madame de *Châteauroux* que de la contrainte, des chagrins et une mort prématurée.

Madame de *Flavacourt* était ſœur de madame de *Châteauroux.* On prétendait qu'elle aſpirait à la même place ; et les courtiſans attribuaient à ſes vues ambitieuſes la réſiſtance qu'elle avait oppoſée au goût paſſager du roi.

Ces vers de l'édition de 1756 furent faits pendant le ſiége de Fribourg, époque du raccommodement ; mais la nouvelle faveur de madame de *Châteauroux* n'ayant duré qu'un moment, l'auteur a cru devoir les changer.

Suite de la même variante ; édition de 1756.

> Mais quand au bout de l'auguſte enfilage
> Il aperçut entre Iris et ſon page,
> . . . .
> Cet auteur roi, ſi dur et ſi bizarre,
> Que dans le Nord on admire, on compare
> A Salomon ; ainſi que les Germains,
> Leur empereur au Céſar des Romains.
> *Hélas ! dit-il,* &c.

Ces vers ne ſont pas de M. de *Voltaire. Entre Iris et ſon page* n'eſt qu'une répétition du vers ſur *Henri III : Quitte en riant ſa Cloris pour un page*, Le nom de *Salomon du Nord*, dont on ſe moque ici, n'a pas été donné par les gens du Nord, mais par M. de *Voltaire* lui-même ; (*) et nous avons d'ailleurs des raiſons déciſives pour croire que ces vers n'ont pu être que des éditeurs, ſoit capucins, ſoit propoſans.

(*gg*) Edition de 1756 :

> *Dois-je gémir que Jean Chandos ſe mette*
> Les deux gigots ſur ſa belle brunette ?

Vers enjolivé par le capucin.

(*hh*) On portait autrefois des hauts de chauſſe attachés avec une aiguillette ; et on diſait d'un homme qui n'avait pu s'acquitter de ſon devoir, que ſon aiguillette était nouée. Les ſorciers ont de tout temps

(*) *Le Salomon du Nord en eſt donc l'Alexandre.*

paſſé pour avoir le pouvoir d'empêcher la conſommation du mariage : cela s'appelait *nouer l'aiguillette*. La mode des aiguillettes paſſa ſous *Louis XIV*, quand on mit des boutons aux braguettes.

(*ii*) Edition de 1756 :

> Chandos ſuant , et ſoufflant comme un bœuf,
> Cherche du doigt ſi l'autre eſt une fille :
> Au diable ſoit , dit-il , la ſotte aiguille !
> Bientôt le diable emporte l'étui neuf ;
> Il veut encor ſecouer ſa guenille.
> *Jeanne échappant* , &c.

On reconnaît encore ici les vers du capucin. Les lecteurs qui ont du goût diſtingueront ſans peine tous ces embelliſſemens étrangers. Nous nous diſpenſerons d'en faire auſſi ſouvent la remarque.

Fin des Notes et Variantes du Chant treizième.

C H A N T X I V.

ARGUMENT.

Comment Jean Chandos veut abuſer de la dévote Dorothée.
Combat de la Trimouille et de Chandos. Ce fier Chandos
eſt vaincu par Dunois.

O Volupté, mère de la nature, (*a*)
Belle Vénus, ſeule divinité
Que dans la Gréce invoquait Epicure,
Qui du chaos chaſſant la nuit obſcure,
Donnes la vie et la fécondité,
Le ſentiment et la félicité
A cette foule innombrable, agiſſante
D'êtres mortels à ta voix renaiſſante ;
Toi que l'on peint déſarmant dans tes bras
Le Dieu du ciel et le Dieu de la guerre,
Qui d'un ſourire écartes le tonnerre,
Rends l'air ſerein, fais naître ſous tes pas
Les doux plaiſirs qui conſolent la terre ;
Deſcends des cieux, Déeſſe des beaux jours,
Viens ſur ton char entouré des Amours,
Que les zéphyrs ombragent de leurs ailes,
Que font voler tes colombes fidelles,
En ſe baiſant dans le vague des airs :
Viens échauffer et calmer l'univers,
Viens ; qu'à ta voix les Soupçons, les Querelles,
Le triſte Ennui, plus déteſtable qu'elles,
La noire Envie, à l'œil louche et pervers,
Soient replongés dans le fond des enfers,

L'Hermite auprès qui marmotte tout bas,
Et Jean Chandos qui près d'eux caracole,

Pucelle Chant 4.

J. M. Moreau le j.ᵉ inv.　　　　1788　　　　Halbou Sculp.

Et garrottés de chaînes éternelles :
Que tout s'enflamme et s'unisse à ta voix ;
Que l'univers en aimant se maintienne.
Jetons au feu nos vains fatras de lois ,
N'en suivons qu'une, et que ce soit la tienne.

TENDRE Vénus , conduis en sureté
Le roi des Francs qui défend sa patrie.
Loin des périls conduis à son côté
La belle Agnès , à qui son cœur se fie.
Pour ces amans de bon cœur je te prie.
Pour Jeanne d'Arc je ne t'invoque pas,
Elle n'est pas encor sous ton empire :
C'est à Denis de veiller sur ses pas ;
Elle est pucelle, et c'est lui qui l'inspire.
Je recommande à tes douces faveurs
Ce la Trimouille et cette Dorothée.
Verse la paix dans leurs sensibles cœurs ;
De son amant que jamais écartée
Elle ne soit exposée aux fureurs
Des ennemis qui l'ont persécutée. (b)

ET toi, Comus, (c) récompense Bonneau,
Répands tes dons sur ce bon Tourangeau
Qui sut conclure un accord pacifique
Entre son prince et ce Chandos cynique.
Il obtint d'eux avec dextérité ,
Que chaque troupe irait de son côté ,
Sans nul reproche et sans nulles querelles,
A droite, à gauche, ayant la Loire entre elles.
Sur les Anglais il étendit ses soins ,
Selon leurs goûts, leurs mœurs et leurs besoins.

Un gros *roſtbif* que le beurre aſſaiſonne, (*d*)
Des *plumpuddings*, des vins de la Garonne
Leur ſont offerts ; et les mets plus exquis,
Les ragoûts fins dont le jus pique et flatte,
Et les perdrix à jambes d'écarlate,
Sont pour le roi, les belles, les marquis.
Le fier Chandos partit donc après boire,
Et côtoya les rives de la Loire,
Jurant tout haut que la première fois
Sur la Pucelle il reprendrait ſes droits.
En attendant il reprit ſon beau page.
Jeanne revint, ranimant ſon courage,
Se replacer à côté de Dunois.

LE roi des Francs avec ſa garde bleue,
Agnès en tête, un confeſſeur en queue,
A remonté, l'eſpace d'une lieue,
Les bords fleuris où la Loire s'étend
D'un cours tranquille et d'un flot inconſtant.

SUR des bateaux et des planches uſées
Un pont joignait les rives oppoſées.
Une chapelle était au bout du pont :
C'était dimanche. Un ermite à ſandale
Fait réſonner ſa voix ſacerdotale :
Il dit la meſſe ; un enfant la répond.
Charle et les ſiens ont eu ſoin de l'entendre,
Dès le matin au château de Cutendre ;
Mais Dorothée en entendait toujours
Deux pour le moins, depuis qu'à ſon ſecours
Le juſte ciel, vengeur de l'innocence,
Du grand bâtard employa la vaillance,

Et

Et protégea ses fidelles amours.
Elle descend, se retrousse, entre vîte,
Signe sa face en trois jets d'eau bénite,
Plie humblement l'un et l'autre genou,
Joint les deux mains, et baisse son beau cou.
Le bon ermite en se tournant vers elle,
Tout ébloui, ne se connaissant plus,
Au lieu de dire un *fratres*, *oremus*,
Roulant les yeux, dit : *fratres, qu'elle est belle !*

CHANDOS entra dans la même chapelle,
Par passe-temps, beaucoup plus que par zèle.
La tête haute, il salue en passant
Cette beauté dévote à la Trimouille ;
Passe, repasse, et toujours en sifflant ;
Mais derrière elle enfin il s'agenouille,
Sans un seul mot de *pater* ou d'*ave*.
D'un cœur contrit au Seigneur élevé,
D'un air charmant, la tendre Dorothée
Se prosternait, par la grâce excitée,
Front contre terre et derrière levé ;
Son court jupon, retroussé par mégarde, (e)
Offrait aux yeux de Chandos qui regarde,
A découvert, deux jambes dont l'Amour
A dessiné la forme et le contour,
Jambes d'ivoire, et telles que Diane
En laissa voir au chasseur Actéon.
Chandos alors, fesant peu l'oraison,
Sentit au cœur un désir très-profane.
Sans nul respect pour un lieu si divin,
Il va glissant une insolente main
Sous le jupon qui couvre un blanc satin. (f)

La Pucelle.   R

Je ne veux point, par un crayon cynique,
Effarouchant l'esprit sage et pudique
De mes lecteurs, étaler à leurs yeux
Du grand Chandos l'effort audacieux.

MAIS la Trimouille ayant vu disparaître
Le tendre objet dont l'Amour le fit maître,
Vers la chapelle il adresse ses pas.
Jusqu'où l'Amour ne nous conduit-il pas !
La Trimouille entre au moment où le prêtre
Se retournait, où l'insolent Chandos
Etait tout près du plus charmant des dos,
Où Dorothée, effrayée, éperdue,
Poussait des cris qui vont fendre la nue.
Je voudrais voir nos bons peintres nouveaux
Sur cette affaire exerçant leurs pinceaux,
Peindre à plaisir sur ces quatre visages
L'étonnement des quatre personnages.
Le Poitevin criait à haute voix :
Oses-tu bien, chevalier discourtois,
Anglais sans frein, profanateur impie,
Jusqu'en ces lieux porter ton infamie ?
D'un ton railleur où règne un air hautain,
Se rajustant, et regagnant la porte,
Le fier Chandos lui dit : Que vous importe ?
De cette église êtes-vous sacristain ?
Je suis bien plus, dit le Français fidèle,
Je suis l'amant aimé de cette belle ;
Ma coutume est de venger hautement
Son tendre honneur attaqué trop souvent.
Vous pourriez bien risquer ici le vôtre,
Lui dit l'Anglais : nous savons l'un et l'autre

Notre portée ; et Jean Chandos peut bien
Lorgner un dos, mais non montrer le fien.

LE beau Français, et le Breton qui raille,
Font préparer leurs chevaux de bataille.
Chacun reçoit des mains d'un écuyer
Sa longue lance et fon rond bouclier,
Se met en felle, et d'une courfe fière,
Paffe, repaffe, et fournit fa carrière.
De Dorothée et les cris et les pleurs
N'arrêtaient point l'un et l'autre adverfaire.
Son tendre amant lui criait : Beauté chère,
Je cours pour vous, je vous venge, ou je meurs.
Il fe trompait : fa valeur et fa lance
Brillaient en vain pour l'Amour et la France.

APRÈS avoir en deux endroits percé
De Jean Chandos le haubert fracaffé,
Prêt à faifir une victoire sûre,
Son cheval tombe, et fur lui renverfé,
D'un coup de pied fur fon cafque fauffé,
Lui fait au front une large bleffure.
Le fang vermeil coule fur la verdure.
L'ermite accourt ; il croit qu'il va paffer,
Crie *in manus*, et le veut confeffer.
Ah Dorothée ! ah douleur inouïe !
Auprès de lui fans mouvement, fans vie,
Ton défefpoir ne pouvait s'exhaler.
Mais que dis-tu lorfque tu pus parler ?
,, Mon cher amant ! c'eft donc moi qui te tue ?
De tous tes pas la compagne affidue.

Ne devait pas un moment s'écarter ;
Mon malheur vient d'avoir pu te quitter.
Cette chapelle eſt ce qui m'a perdue ;
Et j'ai trahi la Trimouille et l'Amour,
Pour aſſiſter à deux meſſes par jour ! ,,
Ainſi parlait ſa tendre amante en-larmes.

CHANDOS riait du ſuccès de ſes armes :
,, Mon beau Français, la fleur des chevaliers,
Et vous auſſi, dévote Dorothée,
Couple amoureux, ſoyez mes priſonniers ;
De nos combats c'eſt la loi reſpectée. (g)
J'eus un moment Agnès en mon pouvoir ;
Puis j'abattis ſous moi votre Pucelle ;
Je l'avoûrai, je fis mal mon devoir :
J'en ai rougi ; mais avec vous, la belle,
Je reprendrai tout ce que je perdis ;
Et la Trimouille en dira ſon avis. ,,

LE Poitevin, Dorothée et l'hermite
Tremblaient tous trois à ce propos affreux ;
Ainſi qu'on voit au fond des antres creux
Une bergère, éplorée, interdite,
Et ſon troupeau que la crainte a glacé,
Et ſon beau chien par un loup terraſſé.

LE juſte ciel, tardif en ſa vengeance,
Ne ſouffrit pas cet excès d'inſolence.
De Jean Chandos les péchés redoublés,
Filles, garçons, tant de fois violés,
Impiété, blaſphême, impénitence,
Tout en ſon temps fut mis dans la balance,

Et fut pefé par l'ange de la mort.
Le grand Dunois avait de l'autre bord
Vu le combat et la déconvenue
De la Trimouille ; une femme éperdue
Qui le tenait languiffant dans fes bras,
L'hermite auprès qui marmotte tout bas,
Et Jean Chandos qui près d'eux caracole.
A ces objets il pique, il court, il vole.

C'ETAIT alors l'ufage en Albion,
Qu'on appelât les chofes par leur nom.
Déjà du pont franchiffant la barrière,
Vers le vainqueur il s'était avancé.
(h) *Fils de putain* nettement prononcé,
Frappe au tympan de fon oreille altière.
Oui, je le fuis, dit-il d'une voix fière ;
Tel fut Alcide et le divin Bacchus, (i)
L'heureux Perfée et le grand Romulus,
Qui des brigands ont délivré la terre.
C'eft en leur nom que j'en vais faire autant.
Va, fouviens-toi que d'un bâtard normand (k)
Le bras vainqueur a foumis l'Angleterre.
O vous, bâtards du maître du tonnerre,
Guidez ma lance et conduifez mes coups !
L'honneur le veut ; vengez-moi, vengez-vous.
Cette prière était peu convenable ;
Mais le héros favait très-bien la fable :
Pour lui la Bible eut des charmes moins doux.
Il dit et part. La molette dorée
Des éperons armés de courtes dents
De fon courfier pique les nobles flancs :

R 3

Le premier coup de fa lance acérée
Fend de Chandos l'armure diaprée,
Et fait tomber une part du collet
Dont l'acier joint le cafque au corfelet.

Le brave Anglais porte un coup effroyable;
Du bouclier la voûte impénétrable
Reçoit le fer qui s'écarte en gliffant.
Les deux guerriers fe joignent en paffant;
Leur force augmente ainfi que leur colère :
Chacun faifit fon robufte adverfaire.
Les deux courfiers fous eux fe dérobans,
Débarraffés de leurs fardeaux brillans,
S'en vont en paix errer dans les campagnes.
Tels que l'on voit dans d'affreux tremblemens
Deux gros rochers, détachés des montagnes,
Avec grand bruit l'un fur l'autre roulans :
Ainfi tombaient ces deux fiers combattans,
Frappant la terre et tous deux fe ferrans.
Du choc bruyant les échos retentiffent,
L'air s'en émeut, les nymphes en gémiffent.
Ainfi quand Mars, fuivi par la Terreur,
Couvert de fang, armé par la Fureur,
Du haut des cieux defcendait pour défendre
Les habitans des rives du Scamandre,
Et quand Pallas animait contre lui
Cent rois ligués dont elle était l'appui ;
La terre entière en était ébranlée,
De l'Achéron la rive était troublée ; (l)
Et, pâliffant fur fes horribles bords,
Pluton tremblait pour l'empire des morts.

LES deux héros fièrement se relèvent,
Les yeux en feu, se regardent, s'observent,
Tirent leur sabre, et sous cent coups divers
Rompent l'acier dont tous deux sont couverts.
Déjà le sang, coulant de leurs blessures,
D'un rouge noir avait teint leurs armures.
Les spectateurs en foule se pressans
Fesaient un cercle autour des combattans,
Le cou tendu, l'œil fixe, sans haleine,
N'osant parler et remuant à peine.
On en vaut mieux quand on est regardé ;
L'œil du public est aiguillon de gloire.
Les champions n'avaient que préludé
A ce combat d'éternelle mémoire.
Achille, Hector, et tous les demi-dieux,
Les grenadiers bien plus terribles qu'eux,
Et les lions beaucoup plus redoutables,
Sont moins cruels, moins fiers, moins implacables,
Moins acharnés. Enfin l'heureux bâtard
Se ranimant, joignant la force à l'art,
Saisit le bras de l'Anglais qui s'égare,
Fait d'un revers voler son fer barbare ;
Puis d'une jambe avancée à propos
Sur l'herbe rouge étend le grand Chandos ;
Mais en tombant son ennemi l'entraîne.
Couverts de poudre ils roulent dans l'arène,
L'Anglais dessous et le Français dessus.

LE doux vainqueur, dont les nobles vertus
Guident le cœur quand son sort est prospère,
De son genou pressant son adversaire :

R 4

Rends-toi, dit-il. Oui, dit Chandos, attends;
Tiens, c'eft ainfi, Dunois, que je me rends.

TIRANT alors, pour reffource dernière,
Un ftylet court, il étend en arrière
Son bras nerveux, le ramène en jurant,
Et frappe au cou fon vainqueur bienfefant :
Mais une maille en cet endroit entière
Fit émouffer la pointe meurtrière.
Dunois alors cria : Tu veux mourir,
Meurs, fcélérat : et, fans plus difcourir,
Il vous lui plonge, avec peu de fcrupule,
Son fer fanglant devers la clavicule.
Chandos mourant, fe débattant en vain,
Difait encor tout bas, *fils de putain !*
Son cœur altier, inhumain, fanguinaire,
Jufques au bout garda fon caractère.
Ses yeux, fon front, pleins d'une fombre horreur,
Son gefte encor menaçaient fon vainqueur.
Son ame impie, inflexible, implacable,
Dans les enfers alla braver le diable.
Ainfi finit, comme il avait vécu,
Ce dur Anglais par un Français vaincu.

LE beau Dunois ne prit point fa dépouille :
Il dédaignait ces ufages honteux,
Trop établis chez les Grecs trop fameux.
Tout occupé de fon cher la Trimouille,
Il le ramène, et deux fois fon fecours
De Dorothée ainfi fauva les jours.
Dans le chemin elle foutient encore
Son tendre amant qui, de fes mains preffé,

Semble revivre, et n'être plus bleſſé
Que de l'éclat de ces yeux qu'il adore ;
Il les regarde et reprend ſa vigueur.
Sa belle amante, au ſein de la douleur,
Sentit alors le doux plaiſir renaître :
Les agrémens d'un ſourire enchanteur
Parmi ſes pleurs commençaient à paraître ;
Ainſi qu'on voit un nuage éclairé
Des doux rayons d'un ſoleil tempéré.

L E roi gaulois, ſa maîtreſſe charmante,
L'illuſtre Jeanne, embraſſent tour à tour
L'heureux Dunois dont la main triomphante
Avait vengé ſon pays et l'Amour.
On admirait ſur-tout ſa modeſtie,
Dans ſon maintien, dans chaque repartie.
Il eſt aiſé, mais il eſt beau pourtant
D'être modeſte alors que l'on eſt grand.

J E A N N E étouffait un peu de jalouſie,
Son cœur tout bas ſe plaignait du deſtin.
Il lui fâchait que ſa pucelle main
Du mécréant n'eût pas tranché la vie :
Se ſouvenant toujours du double affront
Qui vers Cutendre a fait rougir ſon front,
Quand par Chandos au combat provoquée, (m)
Elle ſe vit abattue et manquée.

Fin du quatorzième Chant.

NOTES ET VARIANTES

DU CHANT QUATORZIEME.

(*a*) CET exorde femble imité du premier chant de l'admirable poëme de *Lucrèce* :

> *Æneadum genitrix hominum divûmque voluptas,*
> *Alma Venus cæli fubter labentia figna , &c. &c.*

(*b*) Edition de 1756 :

> Tendre Vénus , c'eft par un muletier
> Que tu formas le cœur de Corifandre.
> Depuis ce jour , douce , avifée et tendre ,
> A tes autels prompte à facrifier ,
> Elle fut plaire , et jouir et fe rendre
> A tous les nœuds dignes de la lier.
> Ainfi l'on voit un artifan groffier
> Tourner, polir, d'une main rude et noire ,
> L'or , le rubis , et le jafpe et l'ivoire
> Dont fe pavane un brillant chevalier.
> Aux beaux Français , dont la troupe aguerrie
> Unit l'audace à la galanterie ,
> Au poffeffeur du bon fens de Bonneau ,
> La belle fait les honneurs du château ,
> Et puis conclut un accord pacifique
> Entre Charlot et Chandos le cynique.
> *Il obtint d'eux , &c.*

Ces vers fe rapportent à l'épifode de *Corifandre* , que nous avons placé à la fuite de ce quatorzième chant , et qui dans l'édition de 1756 précédait la mort de *Chandos.*

Ce même chant quatorzième , qui était alors le quinzième , et qui , comme on l'a dit , fuivait le chant de *Corifandre* , commençait ainfi dans quelques éditions :

> O Volupté , mère de la nature ,
> Belle Vénus , feule divinité
> Que dans la Grèce invoquait Epicure ,
> Qui du chaos chaffant la nuit obfcure ,

Donnes la vie et la fécondité ,
Le fentiment et la félicité ,
A cette foule innombrable , agiffante ,
D'êtres mortels à ta voix renaiffante ;
Toi que l'on peint défarmant dans tes bras
Le Dieu du ciel et le Dieu de la guerre ,
Qui d'un fourire écartes le tonnerre ,
Calmes les flots , fais naître fous tes pas
Tous les plaifirs qui confolent la terre ;
Tendre Vénus , c'eft par un muletier
Que tu formas l'efprit de Corifandre :
Depuis ce jour , fpirituelle et tendre ,
A tes autels prompte à facrifier ,
Son cœur inftruit ne fe laiffa plus prendre
Que dans des nœuds dignes de la lier.
Ainfi l'on voit un artifan groffier
Tourner , polir , d'une main rude et noire ,
L'or , le rubis , et le jafpe et l'ivoire ,
Que porte enfuite un galant chevalier.
D'un air modefte et mêlé d'affurance ,
Noble , engageant , poli , refpectueux ,
Elle reçoit le monarque de France.
Un feu charmant anime fes beaux yeux ;
Les grâces font dans fa démarche lefte ,
Dans fon maintien , dans fon ris , dans fon gefte :
Puis ayant fait les honneurs du château
Au poffeffeur du bon fens de Bonneau ,
Aux beaux Français dont la troupe aguerrie
Unit l'audace et la galanterie ;
Sur les Anglais elle étendit fes foins ,
Selon leurs goûts , leurs mœurs et leurs befoins.
Un gros roft-beef que le beurre affaifonne ,
Des plumpuddings , des vins de la Garonne
Leur font offerts ; et les mets plus exquis ,
Les ragoûts fins dont le jus pique et flatte ,
Et les perdrix à jambes d'écarlate ,
Sont pour le roi , les belles , les marquis.
Elle fit plus. Son heureufe entremife
Sut ménager avec douce accortife
Les deux partis ; obtint que chacun d'eux ,
Mettant à part fa folie héroïque ,
Fit de chez elle un départ pacifique ,
A droite , à gauche , et la Loire entre deux ,

Sans nul reproche et sans forfanterie,
Selon les lois de la chevalerie.
Le preux Chandos, suivant les mêmes lois,
Sur son beau page a repris son empire;
Charle et Chandos sont rentrés dans leurs droits.
Agnès Sorel tout doucement soupire,
Son tendre cœur, près du plus grand des rois,
Du page heureux se souvient quelquefois,
Toujours docile au roi qui toujours l'aime.
Heureux ceux-là qu'on peut tromper de même !
Quand le château fut bien débarrassé
Du grand dégât qu'avaient fait de tels hôtes,
La belle alors n'eut rien de plus pressé
Que de songer à réparer ses fautes.
Elle appela les plus jeunes amans
Qui l'ayant vue avaient couru les champs.
Le dieu d'amour voulut une vengeance;
Elle honora, d'un choix plein de prudence,
Un bachelier beau, bien fait et dispos;
Mais revenons, lecteurs, à nos héros.
Le roi des Francs avec sa garde bleue, &c.

(*c*) *Comus*, dieu des festins.

(*d*) *Rost-beef*, prononcez *rostbif ;* c'est le mets favori des Anglais:
c'est ce que nous appelons un *aloyau*. Les *puddings* font des pâtisseries; il
y a des *plumpuddings*, des *breadpuddings*, et plusieurs autres sortes de
puddings. *Notandi sunt tibi mores.*

(*e*) Edition de 1756 :

Son court jupon, retroussé par mégarde,
Offrait aux yeux de Chandos qui regarde,
A découvert „deux jambes que l'Amour
Refit depuis pour porter Pompadour,
Cette beauté que pour Louis Dieu garde,
Et qu'au couvent il mettra quelque jour :
Jambes d'ivoire, &c.

Ces deux derniers vers font des éditeurs.

(*f*) Manuscrit :

Il la dirige, il découvre sans peine
Ce bel autel où s'adressent ses vœux,
Autel charmant, autel à la romaine
A deux envers, pour lui sacrés tous deux.
Je ne veux point, &c.

(*g*) Edition de 1756 :

> *De nos combats c'eſt la loi reſpectée.*
> Venez, je veux que ce héros vaincu
> Soit en un jour et captif et cocu.
> *Le juſte ciel, &c.*

(*h*) Il l'était en effet.

(*i*) *Alcide , Bacchus , Perſée ,* fils de *Jupiter , Romulus* de *Mars, &c.*

(*k*) *Guillaume le conquérant ,* bâtard d'un duc de Normandie , fils de putain, comme le remarque judicieuſement l'auteur d'après milord *Ch....d.*

(*l*) Cet endroit eſt encore imité d'*Homère ;* mais ceux qui font femblant de l'avoir lu dans le grec , diront que le français ne peut jamais en approcher.

(*m*) Manuſcrit :

> Quand par Chandos , hélas ! ſi maltraitée
> Elle ſe vit abattue et ratée.

Fin des Notes et Variantes du Chant quatorzième.

CHANT QUATORZIEME

DE L'EDITION DE 1756.

CORISANDRE. (a)

Mon cher lecteur fait par expérience
Que ce beau dieu qu'on nous peint dans l'enfance,
Et dont les jeux ne font point jeux d'enfans,
A deux carquois tout à fait différens.
L'un a des traits dont la douce piqûre
Se fait fentir fans danger, fans douleur,
Croît par le temps, pénètre au fond du cœur,
Et vous y laiffe une vive bleffure.
Les autres traits font un feu dévorant,
Dont le coup part et brûle au même inftant.
Dans les cinq fens il porte le ravage.
Un rouge vif allume le vifage ;
D'un nouvel être on fe croit animé,
D'un nouveau fang le corps eft enflammé.
On n'entend rien, le regard étincelle ; (b)
L'eau fur le feu bouillonnant à grand bruit,
Qui fur fes bords s'élève, échappe et fuit,
N'eft qu'une image imparfaite, infidelle,
De ces défirs dont l'excès vous pourfuit.
Vous connaiffez tous ces états, mes frères ;
Mais ce tyran de nos ames légères,
Ce dieu fripon, cet étourdi d'Amour,
Fefait alors un bien plus plaifant tour.

   Il fit loger entre Blois et Cutendre
Une beauté, dont les aimables traits
Auraient paffé tous les charmes d'Agnès,
Si cette belle avait eu le cœur tendre,
Beau don qui vaut tous les autres attraits.
C'était la jeune et fotte Corifandre.

L'Amour voulut que tout roi, chevalier,
Homme d'Eglife et jeune bachelier,
Dès qu'il verrait cette belle imbécille,
Perdît le fens à fe faire lier.
Mais les valets, le peuple, efpèce vile,
Etaient exempts de la bizarre loi :
Il fallait être ou noble, ou prêtre, ou roi
Pour être fou. Ce n'eft pas tout encore :
L'art d'Efculape, et cent grains d'ellébore,
Contre ce mal étaient un vain fecours ;
Et la cervelle empirait tous les jours,
Jufqu'au moment où la belle innocente
Pour quelque amant ferait compatiffante :
Et ce moment du ciel était prefcrit,
Pour que la fotte eût enfin de l'efprit.

   Plus d'un galant né fur les bords de Loire,
Pour avoir vu Corifandre une fois,
Avait perdu le fens et la mémoire.
L'un fe croit cerf, et broute dans les bois :
L'autre imagine avoir un cu de verre ;
Dès qu'un paffant le heurte en fon chemin,
Il va criant qu'on caffe fon derrière :
Bertaud fe croit du fexe féminin,
Porte une jupe, et fe meurt de trifteffe
Qu'à la trouffer nul amant ne s'empreffe :
D'un large bàt Meradon s'eft chargé ;
Il fe croit âne et ne fe trompe guère,
Veut qu'on le charge, et ne ceffe de braire :
Culand (c) fe croit en marmite changé,
Marche à trois pieds ; une main pofe à terre,
L'autre fait l'anfe. Hélas, chacun de nous
Pourrait fort bien fe mettre au rang des fous,
Sans avoir vu la belle Corifandre.
Quel bon efprit ne fe laiffe furprendre
A fes défirs ? et qui n'a fes travers ?
Chacun eft fou, tant en profe qu'en vers.

   Or Corifandre avait une grand'mère,
Femme de bien, d'une humeur peu févère,

Dont en secret l'orgueil se complaisait
A voir les fous que sa fille fesait.
Mais de scrupule à la fin obsédée,
Elle eut pitié d'un si triste fléau :
Notre beauté, si fatale au cerveau,
Fut dans sa chambre étroitement gardée ;
On fit poster, pour garder le château,
Deux champions à la mine assurée,
Qui défendaient l'accès de la maison
A tout venant qui risquait sa raison.

    La belle sotte, ainsi claquemurée,
Filait, cousait, et chantait sans penser,
Sans nul regret qui vînt la traverser,
Sans goût, sans soin, et sans la moindre envie
De s'appliquer à guérir la folie
De ses amans : ce qui n'aurait tenu
Qu'à dire : oui, si la belle eût voulu.

    Le fier Chandos, encor tout en colère
D'avoir manqué sa gentille adversaire,
Vers ses Anglais retournait en grondant,
Semblable au chien dont la vorace dent
Saisit en vain le lièvre qui s'échappe ;
Il tourne, il crie, il vire, il pleure, il jappe :
Puis vers son maître approche à petits pas,
Portant la queue et l'oreille fort bas.
Chandos maudit son animal revêche,
Qui lui fit faute en ce brave duel.
Son général cependant lui dépêche,
Pour le hâter, un jeune colonel,
Brave irlandais, nommé Paul Tirconel,
Portant l'air haut, une large poitrine,
Jarrets tendus, bras nerveux, double échine,
Au sourcil fier ; on voit bien à sa mine
Qu'il n'a jamais essuyé cet affront
Qui de Chandos fesait rougir le front.

    Ces deux guerriers, avec leur noble escorte,
De Corisandre arrivant à la porte,
Veulent entrer, quand des deux portiers l'un

                                   Crie :

Crie : Arrêtez, gardez-vous d'entreprendre
De pénétrer jusqu'à Corisandre,
Si vous voulez garder le sens commun.
   Le fier Chandos, qui croit qu'on l'injurie,
Pousse en avant, et frappant en furie,
D'un coup d'estoc renverse à douze pas
Un des huissiers, qui se démet le bras,
Et tout meurtri roule au loin sur le sable.
   Paul Tirconel, non moins impitoyable,
De l'éperon donne à la fois deux coups,
Lâche la bride et serre les genoux.
Son beau coursier, plus prompt que la tempête,
Saute, bondit, et passe sur la tête
De l'autre huissier, qui lève un œil confus,
Reste un moment interdit et perclus,
Et se tournant reçoit une ruade,
Qui vous l'étend près de son camarade.
Tel en province un brillant officier,
Jeune, galant, aigrefin, petit-maître,
Court au spectacle, et rosse le portier,
Gagne une loge, et, placé sans payer,
Siffle par air tout ce qu'il voit paraître.
   La suite anglaise arrive dans la cour :
La vieille dame y descend éplorée.
A ce grand bruit Corisandre effarée
Prend un jupon, sort de la chambre, accourt.
Chandos leur fait un compliment fort court,
En digne Anglais, qui de parler n'a cure.
Mais observant l'innocente figure,
Ce teint de lis, ces charmes succulens,
Ces bras d'ivoire, et ces tetons naissans
Que de ses mains arrondit la nature,
Il s'en promet une heureuse aventure ;
Et Corisandre, à l'hébété maintien,
Jette au hasard un œil qui ne dit rien.
Pour Tirconel, d'une façon gentille,
Il salua la grand'mère et la fille,
Et pour sa part fit aussi les yeux doux.

La Pucelle.   S *

Qu'arrive-t-il ? les voilà tous deux fous.
Chandos atteint de cette maladie,
En maquignon, natif de Normandie,
Pour un cheval prend la jeune beauté,
Prétend qu'il foit fellé, bridé, monté,
Et puis claquant fa croupe rebondie,
D'un demi tour s'élance fur fon dos.
La belle plie, et tombe fous Chandos ;
Quand Tirconel, par une autre manie,
Au même inftant fe croit cabaretier,
Et prend la belle à genoux accroupie (*d*)
Pour un tonneau ; prétend le relier
Et le percer, et fur-tout effayer
De la liqueur que Bacchus a rougie.

Tout chevauchant alors Chandos lui crie :
Vous êtes fou ! *God dam !* L'efprit malin
A détraqué, je crois, votre cervelle.
Quoi ! vous prenez pour un tonneau de vin
Mon cheval blanc à crinière ifabelle. —
C'eft mon tonneau, j'en porte le bondon, —
C'eft mon cheval, — c'eft mon tonneau, mon frère.
Egalement tous deux avaient raifon. (*e*)
Chacun foutient fa brave opinion.
Un jacobin fe met moins en colère
Pour faint Thomas, ou tel autre faint père,
Et d'Olivet pour fon cher Cicéron.
Des démentis en réplique et duplique,
Et certains mots que, grâce à ma pudeur,
Mon ftyle honnête épargne à mon lecteur,
Mots effrayans par qui l'honneur fe pique, (*f*)
Font que déjà nos illuftres Bretons,
Ont dégaîné leurs fiers eftramaçons.

Comme le vent, dans fon faible murmure,
Frife d'abord la furface des eaux,
S'élève, gronde, et brifant les vaiffeaux,
Répand l'horreur fur toute la nature :
Ainfi l'on vit nos deux Anglais d'abord
Se plaifanter, faire femblant de rire,

Puis fe fâcher, puis dans leur noir délire
Se menacer et fe porter la mort.
Tous deux en garde, en la même pofture,
Le bras tendu, le corps en fon profil,
La tête haute et le bras de droit fil,
En quarte, en tierce, ils tâtent leur peau dure.
 Mais auffitôt, fans règle ni mefure,
Plus acharnés, plus fiers, plus en courroux,
Du fer tranchant ils portent de grands coups.
 Au mont Etna, dans leur forge brûlante,
Du noir cocu les borgnes compagnons
Font retentir l'enclume étincelante
Sous des marteaux moins redoublés, moins prompts,
En préparant au maître du tonnerre
Le gros canon dont fe moque la terre.
 Des deux côtés le fang eft répandu,
Du bras, du col, et du crâne fendu,
Malgré l'acier de leur brillante armure,
Sans qu'un feul cri fuccède à la bleffure.
La bonne mère en gémit de douleur,
Dit fon *Pater*, demande un confeffeur ;
Et cependant fa fille avec langueur,
Se rengorgeant, rajufte fa coiffure.
 Nos deux Anglais laffés, fanglans, rendus,
Giffaient tous deux fur la terre étendus,
Quand arriva notre bon roi de France,
Et ces héros, brillans porteurs de lance,
Et ces beautés, qui formaient une cour
Digne de Mars et du dieu de l'amour.
 La belle fotte au-devant d'eux s'avance,
Fait gauchement une humble révérence,
Nonchalamment leur donne le bon jour,
Et les voit tous avec indifférence.
Qui l'aurait cru, que la nature mit
Tant de poifon dans des yeux fans efprit !
Des beaux Français les têtes détraquées
Sont par la belle à peine remarquées.
Les dons du ciel verfés bénignement

Sont des mortels reçus différemment :
Tout se façonne à notre caractère :
Diversement sur nous la grâce opère.
Le même suc, dont la terre nourrit
Des fruits divers les semences écloses,
Fait des œillets, des chardons et des roses. (g)
Chacun se sent des mœurs de son pays :
Tout se varie : une tête française
Tourne autrement qu'une cervelle anglaise.
Chez les Anglais, sombres et durs esprits,
Toute folie est noire, atrabilaire ;
Chez les Français elle est vive et légère.

 D'abord nos gens, se prenant par la main,
Dansent en rond et chantent le refrain.
Le gros Bonneau lourdement se démène,
Hors de cadence ainsi que hors d'haleine ;
Bréviaire en main, le père Bonifoux
A pas plus lents danse avec tous ces fous ; (h)
Il s'est placé tout auprès du beau page,
D'un air dévot lorgnant ce beau visage ;
A son souris, à son dévot langage,
A ses yeux doux, à ses mains, à son ton,
On lui croirait un reste de raison.

 Le mal nouveau qui fascine la vue
De la royale et dansante cohue,
Leur fait penser que la cour du château
Est un jardin avec un bassin d'eau :
Et voulant tous s'y baigner, ils dépouillent
Leurs corselets ; et nus sur le gazon,
Nageant à vide et levant le menton,
Dans l'onde claire ils pensent qu'ils se mouillent.
Et remarquez que le moine engageant,
Près de Monrose allait toujours nageant.

 A cet amas de têtes sans cervelle,
A ces objets, à tant de nudités,
On vit d'abord nos pudiques beautés,
La Dorothée, Agnès et la Pucelle,
Qui détournaient leur discrète prunelle,
Puis regardaient, et puis levaient les yeux
Avec le cœur et les mains vers les cieux.

Quoi ! s'écria l'inébranlable Jeanne,
J'aurai pour moi faint Denis et mon âne ;
J'aurai battu plus d'un anglais profane ,
Vengé mon prince et fauvé des couvens ;
J'aurai marché vers les murs d'Orléans ;
Le tout en vain ! Le deftin nous condamne
A voir périr nos travaux impuiffans ,
Et nos héros à perdre le bon fens.
La douce Agnès, la tendre Dorothée,
De nos nageurs fe tenaient à portée,
Pleuraient tantôt, et riaient quelquefois
De voir fi fous des héros et des rois.
  Mais que réfoudre ? où fuir ? quel parti prendre ?
On regrettait le château de Cutendre.
Une fervante en fecret leur apprit
Comme on trouvait au logis de la belle ,
L'art de guérir ceux qui perdaient l'efprit.
La Providence a décrété, dit-elle,
Que le bon fens ne peut être hébergé
Chez les cerveaux dont il a délogé ,
Que quand enfin la belle Corifandre
Aux lacs d'Amour fe laiffera furprendre.
  Ce bon avis ne fut pas fans profit.
Le muletier par bonheur l'entendit :
Car vous faurez que ce valet terrible ,
Pour Jeanne d'Arc étant toujours fenfible,
Jaloux de l'âne, avait d'un pied difcret
Suivi de loin l'amazone en fecret.
Il fe fentit la noble confiance
De fecourir et fon prince et la France.
La belle était juftement dans un coin (i)
Propre au myftère : il l'aperçut de loin.
Du moine noir il s'avifa de prendre
L'accoutrement : la belle à cet afpect
Sentit fon cœur faifi d'un faint refpect.
Elle obéit fans ofer fe défendre ,
Innocemment et fans réflexion ;
Comme fefant une bonne action.

S 3

Le muletier fit tant par fes menées
Qu'il accomplit fes hautes deftinées.
Il la fubjugue. A peine elle fentit
La volupté, dont la trifte ignorance
De fa jeune ame abrutiffait l'effence,
De tous côtés le charme fe rompit.
Chaque cervelle auffitôt fut remife
En fon état, non fans quelque méprife :
Car le roi Charle obtint le gros bon fens
Du vieux Bonneau, lequel eut en partage
Celui du moine ; et chacun des galans
Troqua de même. On eut peu d'avantage
Dans ces marchés : la raifon des humains,
Ce don de D I E U, n'eft que fort peu de chofe ;
Il ne l'a pas verfée à pleines mains,
Et tout mortel eft content de fa dofe.
Ce changement n'en produifit aucun
Chez les amans : chacun pour fa maîtreffe
Garda fon goût, conferva fa tendreffe ;
Car en amour, que fait le fens commun ?
Pour Corifandre, elle obtint la fcience
Du bien, du mal, une honnête affurance,
De l'art, du goût, enfin mille agrémens
Qu'elle ignorait dans fa trifte innocence.
Un muletier lui fit tous ces préfens.
Ainfi d'Adam la compagne imbécille,
Dans fon jardin vivant fans volupté,
Dès que du diable elle eut un peu tâté,
Devint charmante, éclairée et fubtile,
Telles que font les femmes de nos jours,
Sans appeler le diable à leur fecours.

Fin du Chant de Corifandre.

NOTES ET VARIANTES

DU CHANT DE CORISANDRE.

(a) CE chant ne se trouve que dans les premières éditions, et il y fourmille de fautes. Il paraît ici, pour la première fois, imprimé correctement, d'après le manuscrit de l'auteur. Il a été supprimé dans l'édition de 1762 et les suivantes.

(b) Edition de 1756 :

> Sans réfléchir le geste et l'acte suit.
> L'eau sur le feu bouillonnant à grand bruit,
> Qui sur les bords du broc qui la recèle,
> S'élève, court, s'échappe, tombe et fuit,
> N'est qu'une image imparfaite, infidelle,
> Du feu d'amour, quand dans nous il agit.
> *Vous connaissez*, &c.

(c) Les premiers éditeurs n'avaient pas manqué de changer ces noms pour susciter des ennemis à M. de *Voltaire*.

(d) Edition de 1756 :

> Pour un tonneau qu'il convient préparer
> Pour le percer et pour le soutirer
> Par l'orifice, au clair jusqu'à la lie.
> *Tout chevauchant*, &c.

(e) Edition de 1756 :

> Ils soutenaient leur folle opinion,
> Avec l'ardeur dont un moine en colère
> Plaide en faveur du dévot scapulaire,
> *Et d'Olivet*, &c.

(f) Edition de 1756 :

> Mots effrayans pour qui d'amour se pique,
> Mirent en feu nos illustres Bretons
> Qui se narguaient de leurs estramaçons.
>   Comme le vent d'abord faible, murmure,
> S'élève, gronde, et brisant les vaisseaux,
> Trop agités pour résister aux eaux,
> *Répand l'horreur*, &c.

S 4

(*g*) Edition de 1756 :

> D'Argens soupire alors que d'Arget rit ;
> Et Maupertuis débite des fadaises ,
> Comme Newton ses doctes hypothèses.
>
> . . . .
> . . . .

Nous supprimons ici deux vers des éditeurs. Les trois précédens ne font pas davantage de M. de *Voltaire* ; mais ces éditeurs, qui savaient les querelles qu'il avait eues récemment à Berlin , le fesaient parler comme ils auraient parlé eux-mêmes dans des circonstances semblables.

(*h*) Edition de 1756 :

> Mais se plaisant sur-tout avec le page ,
> A son souris , à son dévot langage ,
> A ses yeux doux , à son geste , à son ton ,
> On croit au père un reste de raison,
> *Le mal nouveau qui fascine la vue , &c.*

(*i*) Edition de 1756 :

> La belle était justement dans un coin
> Propre au mystère : il la guette de loin ,
> Puis court vers elle, armé , plein de courage.
> On le crut fou ; mais c'était le seul sage.
> O muletier , de quels rares trésors
> La juste main de la riche nature
> T'avait payé la trop commune injure
> De la fortune ! En un seul haut-le-corps
> Il met à bas la belle créature ;
> Il la subjugue . . . .
> . . . .
> . . . .
> . . . .
> . . . .
>
> Du brusque assaut la jeune Corisandre
> N'avait pas eu le temps de se défendre :
> Les poings fermés , tout le corps en arrêt ,
> Serrant les dents, retirant le jarret ,
> Sans dire mot , sans rien voir , rien entendre,
> Elle attendait , en invoquant les saints ,
> Que l'ennemi se fût cassé les reins.
> Pour elle enfin le moment vint d'apprendre
> Et de savoir. A peine elle sentit
> *La volupté , &c.*

Fin des Notes et Variantes du Chant de Corisandre.

Le fier Talbot entre et fe précipite.
Fureur, fuccés, gloire, amour, tout l'excite.

Pucelle Chant 15.°

CHANT XV.

ARGUMENT.

Grand repas à l'hôtel-de-ville d'Orléans, suivi d'un assaut général. Charles attaque les Anglais. Ce qui arrive à la belle Agnès et à ses compagnons de voyage.

CENSEURS malins, je vous méprise tous,
Car je connais mes défauts mieux que vous.
J'aurais voulu dans cette belle histoire,
Ecrite en or au temple de Mémoire,
Ne présenter que des faits éclatans,
Et couronner mon roi dans Orléans
Par la Pucelle, et l'amour et la gloire.
Il est bien dur d'avoir perdu mon temps
A vous parler de Cutendre et d'un page,
De Grisbourdon, de sa lubrique rage,
D'un muletier, et de tant d'accidens
Qui font grand tort au fil de mon ouvrage.

MAIS vous savez que ces événemens
Furent écrits par Tritême le sage ; (*a*)
Je le copie et n'ai rien inventé ;
Dans ces détails si mon lecteur s'enfonce,
Si quelquefois sa dure gravité
Juge mon sage avec sévérité,
A certains traits si le sourcil lui fronce,
Il peut, s'il veut, passer sa pierre ponce (*b*)
Sur la moitié de ce livre enchanté ;
Mais qu'il respecte au moins la vérité.

O Vérité ! vierge pure et facrée,
Quand feras-tu dignement révérée ?
Divinité, qui feule nous inftruis,
Pourquoi mets-tu ton palais dans un puits ?
Du fond du puits quand feras-tu tirée ?
Quand verrons-nous nos doctes écrivains,
Exempts de fiel, libres de flatterie,
Fidèlement nous apprendre la vie,
Les grands exploits de nos beaux paladins ?
Oh qu'Ariofte étala de prudence,
Quand il cita l'archevêque Turpin ! (c)
Ce témoignage à fon livre divin
De tout lecteur attire la croyance.

Tout inquiet encor de ion deftin,
Vers Orléans Charle était en chemin,
Envirònné de fa troupe dorée,
D'armes, d'habits richement décorée;
Et demandant à Dunois des confeils,
Ainfi que font tous les rois fes pareils,
Dans le malheur dociles et traitables,
Dans la fortune un peu moins praticables.
Charles croyait qu'Agnès et Bonifoux
Suivaient de loin. Plein d'un efpoir fi doux,
L'amant royal fouvent tourne la tête
Pour voir Agnès, et regarde et s'arrête;
Et quand Dunois, préparant fes fuccès,
Nomme Orléans, le roi lui nomme Agnès.

L'heureux bâtard, dont l'active prudence
Ne s'occupait que du bien de la France,
Le jour baiffant, découvre un petit fort
Que négligeait le bon duc de Bedfort.

Ce fort touchait à la ville investie :
Dunois le prend, le roi s'y fortifie.
Des assiégeans c'était les magasins.
Le dieu sanglant qui donne la victoire,
Le dieu joufflu qui préside aux festins,
D'emplir ces lieux se disputaient la gloire,
L'un de canons et l'autre de bons vins :
Tout l'appareil de la guerre effroyable,
Tous les apprêts des plaisirs de la table
Se rencontraient dans ce petit château ;
Quels vrais succès pour Dunois et Bonneau !

Tout Orléans à ces grandes nouvelles
Rendit à DIEU des grâces solennelles.
Un *Te Deum* en (*d*) faux-bourdon chanté
Devant les chefs de la noble cité,
Un long dîner où le juge et le maire,
Chanoine, évêque, et guerrier invité,
Le verre en main, tombèrent tous par terre ;
Un feu sur l'eau, dont les brillans éclairs
Dans la nuit sombre illuminent les airs,
Les cris du peuple et le canon qui gronde,
Avec fracas annoncèrent au monde
Que le roi Charle, à ses sujets rendu,
Va retrouver tout ce qu'il a perdu.

Ces chants de gloire et ces bruits d'alégresse
Furent suivis par des cris de détresse.
On n'entend plus que le nom de Bedfort,
Alerte, aux murs, à la brèche, à la mort.
L'Anglais usait de ces momens propices
Où nos bourgeois, en vidant les flacons,

Louaient leur prince, et danfaient aux chanfons.
Sous une porte on plaça deux faucifles,
Non de boudin, non telles que Bonneau
En inventa pour un ragoût nouveau ;
Mais fauciffons dont la poudre fatale
Se dilatant, s'enflant avec éclair,
Renverfe tout, confond la terre et l'air,
Machine affreufe, homicide, infernale,
Qui contenait dans fon ventre de fer
Ce feu pétri des mains de Lucifer.
Par une mêche artiftement pofée,
En un moment la matière embrafée,
S'étend, s'élève, et porte à mille pas
Bois, gonds, battans et ferrure en éclats.
Le fier Talbot entre et fe précipite.
Fureur, fuccès, gloire, amour, tout l'excite.
On voit de loin briller fur fon armet
En or frifé le chiffre de Louvet :
Car la Louvet était toujours la dame
De fes penfers, et piquait fa grande ame.
Il prétendait careffer fes beautés
Sur les débris des murs enfanglantés.

C E beau Breton, cet enfant de la guerre,
Conduit fous lui les braves d'Angleterre.
Allons, dit-il, généreux conquérans,
Portons par-tout et le fer et les flammes,
Buvons le vin des poltrons d'Orléans,
Prenons leur or, baifons toutes leurs femmes.
Jamais Céfar, dont les traits éloquens
Portaient l'audace et l'honneur dans les ames,
Ne parla mieux à fes fiers combattans.

SUR ce terrain que la porte enflammée
Couvre en fautant d'une épaiffe fumée,
Eft un rempart que la Hire et Poton
Ont élevé de pierre et de gazon.
Un parapet, garni d'artillerie,
Peut repouffer la première furie,
Les premiers coups du terrible Bedford.

POTON, la Hire y paraiffent d'abord.
Un peuple entier derrière eux s'évertue,
Le canon gronde, et l'horrible mot *tue*
Eft répété quand les bouches d'enfer
Sont en filence, et ne troublent plus l'air.
Vers le rempart les échelles dreffées
Portent déjà cent cohortes preffées ;
Et le foldat, le pied fur l'échelon,
Le fer en main, pouffe fon compagnon.

DANS ce péril, ni Poton ni la Hire
N'ont oublié leur efprit qu'on admire.
Avec prudence ils avaient tout prévu,
Avec adreffe à tout ils ont pourvu.
L'huile bouillante et la poix embrafée,
De pieux pointus une forêt croifée,
De larges faulx, que leur tranchant effort
Fait reffembler à la faulx de la mort ;
Et des moufquets qui lancent les tempêtes
De plomb volant fur les bretonnes têtes,
Tout ce que l'art et la néceffité,
Et le malheur et l'intrépidité,
Et la peur même ont pu mettre en ufage,
Eft employé dans ce jour de carnage.

Que de Bretons bouillis, coupés, percés,
Mourans en foule et par rangs entaffés !
Ainfi qu'on voit fous cent mains diligentes
Choir les épis des moiffons jauniffantes.

MAIS cet affaut fièrement fe maintient;
Plus il en tombe, et plus il en revient.
De l'hydre affreux les têtes menaçantes
Tombant à terre, et toujours renaiffantes,
N'effrayaient point le fils de Jupiter;
Ainfi l'Anglais, dans les feux, fous le fer,
Après fa chute encor plus formidable,
Brave en montant le nombre qui l'accable.

TU t'avançais fur ces remparts fanglans,
Fier Richemont, digne efpoir d'Orléans.
Cinq cents bourgeois, gens de cœur et d'élite,
En chancelant marchent fous fa conduite,
Enluminés du gros vin qu'ils ont bu;
Sa sève encore animait leur vertu;
Et Richemont criait d'une voix forte:
Pauvres bourgeois, vous n'avez plus de porte,
Mais vous m'avez, il fuffit, combattons.
Il dit, et vole au milieu des Bretons.
Déjà Talbot s'était fait un paffage
Au haut du mur, et déjà dans fa rage
D'un bras terrible il porte le trépas.
Il fait de l'autre avancer fes foldats; (e)
Criant *Louvet* d'une voix ftentorée; (f)
Louvet l'entend, et s'en tient honorée.
Tous les Anglais criaient auffi *Louvet*,
Mais fans favoir ce que Talbot voulait.

O fots humains ! on fait trop vous apprendre
A répéter ce qu'on ne peut comprendre.

CHARLE en fon fort triftement retiré,
D'autres anglais par malheur entouré,
Ne peut marcher vers la ville attaquée.
D'accablement fon ame eft fuffoquée.
Quoi, difait-il, ne pouvoir fecourir
Mes chers fujets que mon œil voit périr !
Ils ont chanté le retour de leur maître.
J'allais entrer, et combattre, et peut-être
Les délivrer des Anglais inhumains.
Le fort cruel enchaîne ici mes mains. (g)
Non, lui dit Jeanne, il eft temps de paraître.
Venez, mettez, en fignalant vos coups,
Ces durs Bretons entre Orléans et vous.
Marchez, mon prince, et vous fauvez la ville ;
Nous fommes peu, mais vous en valez mille.
Charles lui dit : Quoi ! vous favez flatter !
Je vaux bien peu ; mais je vais mériter,
Et votre eftime et celle de la France,
Et des Anglais. Il dit, pique et s'avance.
Devant fes pas l'oriflamme eft porté,
Jeanne et Dunois volent à fon côté.
Il eft fuivi de fes gens d'ordonnance ;
Et l'on entend à travers mille cris :
Vivent le roi, Montjoie et faint Denis.

CHARLES, Dunois, et la Barroife altière,
Sur les Bretons s'élancent par derrière :
Tels que des monts qui tiennent dans leur fein
Les réfervoirs du Danube et du Rhin,

L'aigle fuperbe aux ailes étendues,
Aux yeux perçans, aux huit griffes pointues,
Planant dans l'air tombe fur des faucons
Qui s'acharnaient fur le cou des hérons. (*h*)

CE fut alors que l'audace anglicane,
Semblable au fer fur l'enclume battu,
Qui de fa trempe augmente la vertu,
Repouffa bien la valeur gallicane.
Les voyez-vous ces enfans d'Albion,
Et ces foldats des fils de Clodion;
Fiers, enflammés, de fang infatiables,
Ils ont volé comme un vent dans les airs.
Dès qu'ils font joints, ils font inébranlables,
Comme un rocher fous l'écume des mers.
Pied contre pied, aigrette contre aigrette,
Main contre main, œil contre œil, corps à corps,
En jurant DIEU, l'un fur l'autre on fe jette,
Et l'un fur l'autre on voit tomber les morts.

OH, que ne puis-je en grands vers magnifiques
Ecrire au long tant de faits héroïques!
Homère feul a le droit de conter
Tous les exploits, toutes les aventures,
De les étendre, et de les répéter,
Dé fupputer les coups et les bleffures,
Et d'ajouter aux grands combats d'Hector,
De grands combats, et des combats encor.

DÉTOURNEZ-VOUS de ces objets funeftes, (*i*)
Ami lecteur, ofez lever vos yeux

Et

Et votre efprit vers les plaines céleftes.
Venez, montez aux demeures des dieux,
Contemplez-y la fageffe profonde,
Qui dans la paix fait le deftin du monde;
Un tel fpectacle eft plus digne de vous
Que le barbare et fanglant étalage
De ces combats qui fe reffemblent tous:
Leur long récit doit ennuyer le fage.

Fin du quinzième Chant.

NOTES ET VARIANTES

DU CHANT QUINZIEME.

(*a*) Nous avons déjà remarqué que l'abbé *Tritême* n'a jamais rien dit de la Pucelle et de la belle *Agnès* ; c'est par pure modestie que l'auteur de ce poëme attribue tout à un autre.

(*b*) Dit-on pierre ponce ou de ponce ? c'est une grande question.

(*c*) L'archevêque *Turpin*, à qui l'on attribue la vie de *Charlemagne* et de *Roland*, était archevêque de Reims sur la fin du huitième siècle : ce livre est d'un moine nommé *Turpin*, qui vivait dans l'onzième ; et c'est de ce roman que l'*Arioste* a tiré quelques-uns de ses contes. Le sage auteur feint ici qu'il a puisé son poëme dans l'abbé *Tritême*.

(*d*) Le faux-bourdon est un plain-chant mesuré. Le serpent de la paroisse donne le ton, et toutes les parties s'accordent comme elles peuvent. C'est une musique excellente pour les gens qui n'ont point d'oreille.

(*e*) Manuscrit :

> Il s'établit sur ce dernier asile
> Qui te restait, ô malheureuse ville !
> *Charle en son fort*, &c.

(*f*) *Stentor* était le crieur d'*Homère*. Il est immortalisé pour ce beau talent, et le mérite bien.

(*g*) Manuscrit. Ce chant finissait ainsi :

> *Le fort cruel enchaîne ici mes mains.*
> Ma chère Agnès, hélas ! que devient-elle ?
> Je perds encor mon Agnès, ma Pucelle ;
> Mon confesseur eût pu me consoler ;
> Il m'est ravi ; le ciel pour m'accabler
> M'ôte à la fois dans cette horrible guerre
> Tous les plaisirs du ciel et de la terre !
>   C'était ainsi que Charles répondait
> Par ses sanglots au canon qui grondait.

Le gros Bonneau , dans ce cruel martyre,
Près de son roi pleurait à faire rire ;
Et le bâtard , se sentant étonner ,
Ne savait plus quel conseil lui donner.

(*h*) Edition de 1756 :

Qui s'acharnaient sur le cou des hérons.
L'Anglais surpris , croyant voir une armée,
Descend soudain de la ville alarmée.
Tous les bourgeois , devenus valeureux,
Les voyant fuir , descendent après eux.
Charles plus loin , entouré de carnage ,
Jusqu'à leur camp se fait un beau passage.
Les assiégeans à leur tour assiégés ,
En tête , en queue , assaillis , égorgés ,
Tombent en foule au bord de leurs tranchées ,
D'armes , de morts , et de mourans jonchées ;
Et de leurs corps ils fesaient un rempart.

   Dans cette horrible et sanglante mêlée,
Le roi disait à Dunois : Cher bâtard ,
Dis-moi , de grâce , où donc est-elle allée ?
Qui ? dit Dunois. . . Le bon roi lui repart :
Ne sais-tu pas ce qu'elle est devenue ? . . . .
Qui donc ? . . . . Hélas ! elle était disparue
Hier au soir , avant qu'un heureux sort
Nous eût conduits au château de Bedfort ;
Et dans la place on est entré sans elle.
Nous la trouverons bien , dit la Pucelle.
Ciel ! dit le roi , qu'elle me soit fidelle !
Garde-la moi. Pendant ce beau discours
Il avançait et combattait toujours.

   Oh ! que ne puis-je en grands vers magnifiques
Ecrire au long tant de faits héroïques ?
Homère seul a le droit de conter
Tous les exploits , toutes les aventures,
De les étendre et de les répéter ,
De supputer les coups et les blessures ,
Et d'ajouter aux grands combats d'Hector
De grands combats , et des combats encor.
C'est-là , sans doute , un sûr moyen de plaire.
Mais je ne puis me résoudre à vous taire
D'autres dangers , dont un destin cruel
Circonvenait la belle Agnès Sorel ,
Quand son amant s'avançait vers la gloire.

Dans le chemin, fur les rives de Loire,
Elle entretient le père Bonifoux,
Qui toujours fage, infinuant et doux,
Du tentateur lui contait quelque hiftoire
Divertiffante, et fans réflexions,
Sous l'agrément déguifant fes leçons.
A quelques pas, la Trimouille et fa dame
S'entretenaient de leur fidelle flamme,
Et du deffein de vivre enfemble un jour,
Dans leur château, tout entiers à l'amour.
Dans leur chemin la main de la nature
Tend fous leurs pieds un tapis de verdure,
Velours uni, femblable au pré fameux
Où s'exerçait la rapide Atalante.
Sur le duvet de cette herbe naiffante
Agnès approche et chemine avec eux.
Le confeffeur fuivit la belle errante.
Tous quatre allaient, tenant de beaux difcours
De piété, de combats et d'amours.
Sur les Anglais, fur le diable on raifonne.
En raifonnant on ne vit plus perfonne.
Chacun fondait doucement, doucement,
Homme et cheval, fous le terrain mouvant.
D'abord les pieds, puis le corps, puis la tête,
Tout difparut, ainfi qu'à cette fête
Qu'en un palais d'un auteur cardinal
Trois fois au moins par femaine on apprête;
A l'opéra, fouvent joué fi mal,
Plus d'un héros à nos regards s'échappe,
Et dans l'enfer defcend par une trappe.
Monrofe vit du rivage prochain
La belle Agnès, et fut tenté foudain
De venir rendre à l'objet qu'il obferve
Tout le refpect que fon ame conferve.
Il paffe un pont; mais il devient perclus,
Quand la voyant fon œil ne la vit plus.
Froid comme marbre, et blême comme gypfe,
Il veut marcher, mais lui-même il s'éclipfe.
Paul Tirconel, qui de loin l'aperçut,
A fon fecours à grand galop courut.
En arrivant fur la place funefte,
Paul Tirconel y fond avec le refte.
Ils tombent tous dans un grand fouterrain

Qui conduifait aux portes d'un jardin
Tel que n'en eut Louis le quatorzième,
Aïeul d'un roi qu'on méprife et qu'on aime ; (*)
Et le jardin conduifait au château ,
Digne en tout fens de ce jardin fi beau.
C'était. . . . mon cœur à ce feul mot foupire ,
De Conculix le formidable empire.
O Dorothée , Agnès et Bonifoux !
Qu'allez-vous faire ? et que deviendrez-vous ?

(i) Edition de 1762 :

Au lieu de ces vers, le chant fe terminait par ceux-ci ;

C'eft-là fans doute un fûr moyen de plaire ;
Je ne l'ai point, c'eft à moi de me taire.

(*) Les manufcrits portent :

Tel que jamais n'en eut le quatorzième
De nos Louis , aïeul d'un roi qu'on aime.

Fin des Notes et Variantes du Chant quinzième.

CHANT XVI.

ARGUMENT.

Comment St Pierre apaifa St George et St Denis,
et comment il promit un beau prix à celui des deux
qui lui apporterait la meilleure ode. Mort de la belle
Rofamore.

PALAIS des cieux, ouvrez-vous à ma voix,
Etres brillans, aux fix ailes légères,
Dieux emplumés, dont les mains tutélaires
Font les deftins des peuples et des rois !
Vous qui cachez, en étendant vos ailes,
Des derniers cieux les fplendeurs éternelles,
Daignez un peu vous ranger de côté :
Laiffez-moi voir, en cette horrible affaire,
Ce qui fe paffe au fond du fanctuaire ;
Et pardonnez ma curiofité.

CETTE prière eft de l'abbé Tritême, (a)
Non pas de moi ; car mon œil effronté
Ne peut percer jufqu'à la cour fuprême ;
Je n'aurais pas tant de témérité.

LE dur faint George et Denis notre apôtre
Etaient au ciel enfermés l'un et l'autre ;
Ils voyaient tout ; mais ils ne pouvaient pas
Prêter leurs mains aux terreftres combats ;

Il salua trois fois très humblement
Les Conseillers, le premier Président ;

Pucelle Chant 16.e

J. M. Moreau le j.r. *inv.*   Langer *Sculp.*

Ils cabalaient : c'eft tout ce qu'on peut faire,
Et ce qu'on fait quand on eft à la cour.
George et Denis s'adreffent tour à tour
Dans l'empyrée au bon monfieur faint Pierre.

CE grand portier, dont le pape eft vicaire,
Dans fes filets enveloppant le fort,
Sous fes deux clefs tient la vie et la mort.
Pierre leur dit : Vous avez pu connaître,
Mes chers amis, quel affront je reçus
Quand je remis une oreille à Malchus.
Je me fouviens de l'ordre de mon maître;
Il fit rentrer mon fer dans fon fourreau, (*b*)
Il m'a privé du droit brillant des armes ;
Mais j'imagine un moyen tout nouveau,
Pour décider de vos grandes alarmes.

VOUS, faint Denis, prenez dans ce canton
Les plus grands faints qu'ait vu naître la France;
Vous, monfieur George, allez en diligence
Prendre les faints de l'île d'Albion.
Que chaque troupe en ce moment compofe
Un hymne en vers, non pas une ode en profe. (*c*)
Houdart a tort ; il faut dans ces hauts lieux
Parler toujours le langage des dieux ;
Qu'on faffe, dis-je, une ode pindarique
Où le poëte exalte mes vertus,
Ma primauté, mes droits, mes attributs,
Et que le tout foit mis vîte en mufique ;
Chez les mortels il faut toujours du temps
Pour rimailler des vers affez méchans :
On va plus vîte au féjour de la gloire.

Allez, vous dis-je, exercez vos talens ;
La meilleure ode obtiendra la victoire :
Et vous ferez le fort des combattans.

AINSI parla du plus haut de son trône
Aux deux rivaux l'infaillible Barjône ;
Cela fut dit en deux mots tout au plus ;
Le laconifme eft langue des élus.
En un clin d'œil, les deux rivaux céleftes
Pour terminer leurs querelles funeftes ,
Vont affembler les faints de leurs pays ,
Qui fur la terre ont été beaux efprits.

LE bon patron qu'on révère à Paris ,
Fit auffitôt feoir à fa table ronde
Saint Fortunat, (d) peu connu dans le monde ,
Et qui paffait pour l'auteur du *Pange ;*
Et faint Profper , (e) d'épithètes chargé ,
Quoiqu'un peu dur et qu'un peu janféniſte.
Il mit auffi Grégoire dans fa lifte ,
Le grand Grégoire , (f) évêque tourangeau ,
Cher au pays qui vit naître Bonneau ;
Et faint Bernard , (g) fameux par l'antithéfe ,
Qui dans fon temps n'avait pas fon pareil ;
Et d'autres faints pour fervir de confeil.
Sans prendre avis , il eft rare qu'on plaife.

GEORGE , en voyant tous ces foins de Denis ,
Le regardait d'un dédaigneux fouris ;
Il avifa dans le facré pourpris
Un faint Auftin prêcheur de l'Angleterre , (h)
Puis en ces mots il lui dit fon avis :

BON homme Auſtin, je ſuis né pour la guerre,
Non pour les vers, dont je fais peu de cas ;
Je fais brandir mon large cimeterre,
Pourfendre un buſte, et caſſer tête et bras ;
Tu fais rimer : travaille, verſifie,
Soutiens en vers l'honneur de la patrie.
Un ſeul anglais, dans les champs de la mort,
De trois français triomphe ſans effort.
Nous avons vu devers la Normandie,
Dans le haut Maine, en Guienne, en Picardie,
Ces beaux meſſieurs aiſément mis à bas ;
Si pour frapper nous avons meilleurs bras,
Crois, en fait d'hymne, et d'ode et d'œuvre telle,
Quand il s'agit de penſer, de rimer,
Que nous avons non moins bonne cervelle.
Travaille, Auſtin, cours en vers t'eſcrimer :
Je veux que Londre ait à jamais l'empire
Dans les deux arts de bien faire et bien dire.
Denis ameute un tas de rimailleurs
Qui tous enſemble ont très-peu de génie ;
Travaille ſeul : tu fais tes vieux auteurs ;
Courage, allons, prends ta harpe bénie,
Et moque-toi de ſon académie.

LE bon Auſtin, de cet emploi chargé,
Le remercie en auteur protégé.
Denis et lui dans un réduit commode
Vont ſe tapir ; et chacun fit ſon ode.
Quand tout fut fait, les brûlans ſéraphins,
Les gros joufflus, têtes de chérubins,
Près de Barjône en deux rangs ſe perchèrent ;
Au-deſſous d'eux les anges ſe nichèrent ;

Et tous les faints, foigneux de s'arranger,
Sur des gradins s'affirent pour juger.

AUSTIN commence : il chantait les prodiges
Qui de l'Egypte endurcirent les cœurs ;
Ce grand Moïfe, et fes imitateurs
Qui l'égalaient dans fes divins preftiges ;
Les flots du Nil, jadis fi bienfefans,
D'un fang affreux dans leur courfe écumans ;
Du noir limon les venimeux reptiles
Changés en verge, et la verge en ferpens ;
Le jour en nuit ; les déferts et les villes,
De moucherons, de vermine couverts,
La rogne aux os ; la foudre dans les airs ;
Les premiers-nés d'une race rebelle,
Tous égorgés par l'ange du Seigneur ;
L'Egypte en deuil, et le peuple fidèle
De fes patrons emportant la vaiffelle, (i)
Et par le vol méritant fon bonheur ;
Ce peuple errant pendant quarante années ;
Vingt mille juifs égorgés pour un veau ; (k)
Vingt mille encore envoyés au tombeau
Pour avoir eu des amours fortunées. (l)
Et puis Aód, ce Ravaillac hébreu, (m)
Affaffinant fon maître au nom de DIEU ;
Et Samuël, qui d'une main divine
Prend fur l'autel un couteau de cuifine,
Et bravement met Agag en hachis, (n)
Car cet Agag était incirconcis ;
Puis la beauté qui, fauvant Béthulie, (o)
Si purement de fon corps fit folie ;
Le bon Baza qui maffacra Nadad ; (p)

Et puis Achab mourant comme un impie, (q)
Pour n'avoir pas égorgé Benhadad ;
Le roi Joas meurtri par Jofabad, (r)
Fils d'Atrobad ; et la reine Athalie,
Si méchamment mise à mort par Joad. (s)

LONGUETTE fut la trifte litanie ;
Ces beaux récits étaient entrelacés
De ces grands traits fi chers aux temps paffés.
On y voyait le foleil fe diffoudre,
La mer fuyant, la lune mife en poudre,
Le monde en feu, qui toujours treffaillait,
Dieu qui cent fois en fureur s'éveillait ;
Des flots de fang, des tombeaux, des ruines.
Et cependant près des eaux argentines
Le lait coulait fous de verds oliviers,
Les monts fautaient tout comme des béliers,
Et les béliers tout comme des collines.
Le bon Auftin célébrait le Seigneur
Qui menaçait le Chaldéen vainqueur,
Et qui laiffait fon peuple en efclavage ;
Mais des lions brifant toujours les dents,
Sous fes deux pieds écrafant les ferpens,
Parlant au Nil, et fufpendant la rage
Des bafilics (t) et des léviatans. (u)
Auftin finit. Sa pindarique ivreffe
Fit élever parmi les bienheureux
Un bruit confus, un murmure douteux,
Qui n'était pas en faveur de la pièce.

DENIS fe lève ; et baiffant fes doux yeux,
Puis les levant avec un air modefte,

Il falua l'auditoire célefte,
Parut furpris de leurs traits radieux ;
Et finement fa pudeur femblait dire :
Encouragez celui qui vous admire.
Il falua trois fois très-humblement
Les confeillers, le premier préfident ;
Puis il chanta d'une voix douce et tendre
Cet hymne adroit que vous allez entendre.

O Pierre ! ô Pierre ! ô toi fur qui JESUS
Daigna fonder fon Eglife immortelle,
Portier des cieux, pafteur de tout fidéle,
Maître des rois à tes pieds confondus,
Docteur divin, prêtre faint, tendre père,
Augufte appui de nos rois très-chrétiens,
Etends fur eux ta faveur falutaire :
Leurs droits font purs, et ces droits font les tiens.
Le pape à Rome eft maître des couronnes :
Aucun n'en doute ; et fi ton lieutenant
A qui lui plaît fait ce petit préfent,
C'eft en ton nom, car c'eft toi qui les donnes.
Hélas ! hélas ! nos gens de parlement
Ont banni Charle : ils ont impudemment
Mis fur le trône une race étrangère ;
On ôte au fils l'héritage du père.
Divin portier, oppofe tes bienfaits
A cette audace, à dix ans de mifère ;
Rends-nous les clefs de la cour du palais.

C'EST fur ce ton que faint Denis prélude ;
Puis il s'arrête : il lit avec étude
Du coin de l'œil dans les yeux de Céphas,

En affectant un secret embarras.
Céphas content fit voir sur son visage
De l'amour propre un secret témoignage ;
Et rassurant les esprits interdits
Du chantre habile, il dit dans son langage :
Cela va bien ; continuez, Denis.

L'HUMBLE Denis repart avec prudence :
Mon adversaire a pu charmer les cieux ;
Il a chanté le Dieu de la vengeance,
Je vais bénir le Dieu de la clémence :
Haïr est bon, mais aimer vaut bien mieux.

DENIS alors, d'une voix assurée,
En vers heureux chanta le bon berger
Qui va cherchant sa brebis égarée,
Et sur son dos se plaît à la charger ;
Le bon fermier, dont la main libérale
Daigne payer l'ouvrier négligent
Qui vient trop tard, afin que diligent
Il vienne ouvrer dès l'aube matinale ;
Le bon patron qui, n'ayant que cinq pains
Et trois poissons, nourrit cinq mille humains :
Le bon prophète, encor plus doux qu'austère,
Qui donne grâce à la femme adultère,
A Magdelène ; et permet que ses pieds
Soient gentiment par la belle essuyés.
(Par Magdelène, Agnès est figurée.)
Denis a pris ce délicat détour ;
Il réussit : la grand'chambre éthérée
Sentit le trait, et pardonna l'amour.
Du doux Denis l'ode fut bien reçue ;

Elle eut le prix, elle eut toutes les voix.
Du faint anglais l'audace fut déçue;
Auftin rougit; il fuit en tapinois :
Chacun en rit, le paradis le hue.
Tel fut hué dans les murs de Paris
Un pédant fec, à face de Therfite,
Vil délateur, infolent hypocrite,
Qui fut payé de haine et de mépris,
Quand il ofa dans fes phrafes vulgaires
Flétrir les arts et condamner nos frères.

PIERRE à Denis donna deux beaux agnus,
Denis les baife; et foudain l'on ordonne,
Par un arrêt figné de douze élus,
Qu'en ce grand jour les Anglais foient vaincus
Par les Français, et par Charle en perfonne.

EN ce moment la barroife amazone
Vit dans les airs, dans un nuage épais,
De fon grifon la figure et les traits;
Comme un foleil, dont fouvent un nuage
Reçoit l'empreinte et réfléchit l'image.
Elle cria : ce jour eft glorieux;
Tout eft pour nous, mon âne eft dans les cieux.
Bedford furpris de ce prodige horrible,
Déjà s'arrête et n'eft plus invincible.
Il lit au ciel, d'un regard confterné,
Que de faint George il eft abandonné.
L'Anglais furpris, croyant voir une armée,
Defcend foudain de la ville alarmée;
Tous les bourgeois, devenus valeureux,
Les voyant fuir, defcendent après eux.

Charles plus loin, entouré de carnage,
Jufqu'à leur camp fe fait un beau paffage.
Les affiégeans, à leur tour affiégés,
En tête, en queue, affaillis, égorgés,
Tombent en foule au bord de leurs tranchées,
D'armes, de morts, et de mourans jonchées.

C'est en ces lieux, c'eft dans ce champ mortel
Que tu venais exercer ta vaillance,
O dur Anglais ! ô Chriftophe Arondel !
Ton maintien fec, ta froide indifférence,
Donnaient du prix à ton courage altier.
Sans dire un mot, ce fourcilleux guerrier
Examinait comme on fe bat en France ;
Et l'on eût dit, à fon air d'impoftance,
Qu'il était là pour fe défennuyer.
Sa Rofamore, à fes pas attachée,
Eft comme lui de fer enharnachée,
Tel qu'un beau page ou qu'un jeune écuyer :
Son cafque eft d'or, fa cuiraffe eft d'acier ;
D'un perroquet la plume panachée
Au gré des vents ombrage fon cimier.
Car dès ce jour où fon bras meurtrier
A dans fon lit décollé Martinguerre
Elle fe plaît tout à fait à la guerre.
On croirait voir la fuperbe Pallas
Quittant l'aiguille et marchant aux combats,
Ou Bradamante, ou bien Jeanne elle-même.
Elle parlait au voyageur qu'elle aime,
Et lui montrait les plus grands fentimens,
Lorfqu'un démon trop funefte aux amans ,
Pour leur malheur, vers Arondel attire

Le dur Poton et le jeune la Hire,
Et Richemont qui n'a pitié de rien.
Poton, voyant le grave et fier maintien
De notre Anglais, tout indigné s'élance
Sur le caufeur; et d'un grand coup de lance,
Qui par le flanc fort au milieu du dos,
D'un fang trop froid lui fait verfer des flots;
Il tombe et meurt : et la lance caffée
Roule avec lui dans fon corps enfoncée.

A ce fpectacle, à ce moment affreux,
On ne vit point la belle Rofamore
Se renverfer fur l'amant qu'elle adore,
Ni s'arracher l'or de fes blonds cheveux,
Ni remplir l'air de fes cris douloureux,
Ni s'emporter contre la Providence;
Point de foupirs : elle cria, *vengeance*.
Et dans l'inftant que Poton fe baiffait,
En ramaffant fon fer qui fe caffait,
Ce bras tout nu, ce bras dont la puiffance
Avait d'un coup féparé dans un lit
Un chef grifon du cou d'un vieux bandit,
Tranche à Poton la main trop redoutable,
Cette main droite à fes yeux fi coupable.
Les nerfs cachés fous la peau des cinq doigts,
Les font mouvoir pour la dernière fois;
Poton depuis ne fut jamais écrire.

MAIS dans l'inftant le brave et beau la Hire
Porte au guerrier, du grand Poton vainqueur,
Un coup mortel qui lui perce le cœur.
Son cafque d'or, que fa chute détache,

Découvre

Découvre un fein de rofes et de lis ;
Son front charmant n'a plus rien qui le cache ;
Ses longs cheveux tombent fur fes habits ;
Ses grands yeux bleus dans la mort endormis,
Tout laiffe voir une femme adorable,
Et montre un corps formé pour les plaifirs.
Le beau la Hire en pouffe des foupirs,
Répand des pleurs ; et d'un ton lamentable
S'écrie : O ciel ! je fuis un meurtrier,
Un houffard noir plutôt qu'un chevalier ;
Mon cœur, mon bras, mon épée eft infame :
Eft-il permis de tuer une dame ?
Mais Richemont, toujours mauvais plaifant,
Et toujours dur, lui dit : Mon cher la Hire,
Va, tes remords ont fur toi trop d'empire ;
C'eft une anglaife, et le mal n'eft pas grand :
Elle n'eft pas pucelle comme Jeanne.

TANDIS qu'il tient un difcours fi profane,
D'un coup de flèche il fe fentit bleffé :
Et, devenu plus fier, plus courroucé,
Il rend cent coups à la troupe bretonne
Qui, comme un flot, le preffe et l'environne.
La Hire et lui, nobles, bourgeois, foldats,
Portent par-tout les efforts de leurs bras :
On tue, on tombe, on pourfuit, on recule,
De corps fanglans un monceau s'accumule ;
Et des mourans l'Anglais fait un rempart.

DANS cette horrible et fanglante mêlée,
Le roi difait à Dunois : Cher bâtard,
Dis-moi, de grâce, où donc eft-elle allée ?

La Pucelle.   V

Qui ? dit Dunois. Le bon roi lui repart :
Ne fais-tu pas ce qu'elle eſt devenue ? —
Qui donc ? — hélas ! elle était diſparue,
Hier au ſoir, avant qu'un heureux ſort
Nous eût conduits au château de Bedfort :
Et dans la place on eſt entré ſans elle.
Nous la trouverons bien, dit la Pucelle.
Ciel ! dit le roi, qu'elle me ſoit fidelle !
Garde-la moi. Pendant ce beau diſcours,
Il avançait et combattait toujours.

BIENTOT la nuit, couvrant notre hémiſphère,
L'enveloppa d'un noir et long manteau,
Et mit un terme à ce cours tout nouveau
Des beaux exploits que Charle eût voulu faire.

COMME il ſortait de cette grande affaire,
Il entendit qu'on avait le matin
Vu cheminer vers la forêt voiſine
Quelques tendrons du genre féminin ;
Une ſur-tout, à la taille divine,
Aux grands yeux bleus, au minois enfantin,
Au ſouris tendre, à la peau de ſatin,
Que ſermonait un bon bénédictin.
Des écuyers brillans, à mines fières,
Des chevaliers, ſur leurs courſiers fringans,
Couverts d'acier, et d'or et de rubans,
Accompagnaient les belles cavalières.
La troupe errante avait porté ſes pas
Vers un palais qu'on ne connaiſſait pas,
Et que jamais, avant cette aventure,

On n'avait vu dans ces lieux écartés;
Rien n'égalait fa bizarre ftructure.

LE roi, furpris de tant de nouveautés,
Dit à Bonneau : Qui m'aime doit me fuivre;
Demain matin, je veux au point du jour
Revoir l'objet de mon fidèle amour,
Reprendre Agnès, ou bien ceffer de vivre.
Il refta peu dans les bras du fommeil.
Et quand Phofphore, (x) au vifage vermeil,
Eut précédé les rofes de l'aurore,
Quand dans le ciel on attelait encore.
Les beaux courfiers que conduit le foleil, (y)
Le roi, Bonneau, Dunois et la Pucelle,
Allégrement fe remirent en felle,
Pour découvrir ce fuperbe palais.
Charles difait : Voyons d'abord ma belle;
Nous rejoindrons affez tôt les Anglais;
Le plus preffé, c'eft de vivre avec elle.

Fin du feizième Chant.

V 2

NOTES

DU CHANT SEIZIEME.

(*a*) J'AVOUE que je ne l'ai point lu dans *Tritême* : mais il se peut que je n'aie pas lu tous les ouvrages de ce grand homme.

(*b*) *Remettez votre épée en son lieu , car qui prendra l'épée périra par l'épée.* Saint *Pierre* conseille ici avec une piété adroite aux Anglais de ne pas faire la guerre.

(*c*) *La Motte-Houdart* , poëte un peu sec , mais qui a fait d'assez bonnes choses , avait malheureusement fait des odes en prose , en 1730 ; preuve nouvelle que ce poëme divin fut composé vers ce temps-là.

(*d*) *Fortunat* , évêque de Poitiers , poëte. Il n'est pas l'auteur du *Pange lingua* , qu'on lui attribue.

(*e*) *Saint Prosper* , auteur d'un poëme fort sec sur la grâce, au cinquième siècle.

(*f*) *Grégoire de Tours* , le premier qui écrivit une histoire de France , toute pleine de miracles.

(*g*) *Saint Bernard* , bourguignon , né en 1091 , moine de Cîteaux , puis abbé de Clervaux ; il entra dans toutes les affaires publiques de son temps , et agit autant qu'il écrivit. On ne voit pas qu'il ait fait beaucoup de vers. Quant à l'antithèse dont notre auteur le glorifie , il est vrai qu'il était grand amateur de cette figure. Il dit d'*Abélard* : *Leonem invasimus , insidimus in draconem*. Sa mère étant grosse de lui songea qu'elle accouchait d'un chien blanc , et on lui prédit que son fils serait moine, et aboierait contre les mondains.

(*h*) *Saint Austin* ou *Augustin* , moine qu'on regarde comme le fondateur de la primatie de Cantorbéri , ou Kenterburi.

(*i*) Les Juifs empruntèrent , comme on fait , les vases des Egyptiens , et s'enfuirent.

(*k*) Les lévites qui égorgèrent vingt mille de leurs frères.

(*l*) *Phynée* qui fit massacrer vingt-quatre mille de ses frères , parce qu'un d'eux couchait avec une madianite.

(*m*) *Aod* , ou *Eüd* , assassina le roi *Eglon* , mais de la main gauche.

(*n*) *Samuel* coupa en morceaux le roi *Agag* que *Saül* avait mis à rançon.

(*o*) *Judith* affez connue.

(*p*) *Baza*, roi d'Ifraël, affaffina *Nadad* ou *Nabab*, et lui fuccéda.

(*q*) *Achab* avait eu une groffe rançon de *Benhadad*, roi fyrien, comme *Saül* en avait eu une d'*Agag*, et fut tué pour avoir pardonné. *Benhadad* vaincu envoya des députés à *Achab* pour lui demander la vie. S'il vit, répondit *Achab* aux députés, il n'eft plus que mon frère. Cette réponfe qui, humainement parlant, eft d'une naïveté touchante et fublime, attira fur *Achab* la colère du ciel et fur-tout celle des prophètes. (Rois, liv. III, ch. 20.)

(*r*) *Joas* affaffiné par *Jozabad*.

(*s*) Allufion à l'épigramme de *Racine* :

> Je pleurs, hélas ! de ce pauvre Holopherne,
> Si méchamment mis à mort par Judith.

(*t*) Bafilic, animal fort fameux, mais qui n'exifta jamais.

(*u*) Léviatan, autre animal fort célèbre. Les uns difent que c'eft la baleine, les autres le crocodile.

(*x*) Phofphore, porte-lumière, qui précédait l'aurore, laquelle précédait le char du foleil. Tout était animé, tout était brillant dans l'ancienne mythologie. On ne peut trop en poëfie déplorer la pérte de ces temps de génie, remplis de belles fictions, toutes allégoriques. Que nous fommes fecs et arides en comparaifon, nous autres *remués de barbares*!

(*y*) Les anciens donnèrent un char au foleil. Cela était fort commun. *Zoroaftre* traverfait les airs dans un char ; *Elie* fut tranfporté au ciel dans un char lumineux. Les quatre chevaux du foleil étaient blancs. Leurs noms étaient *Piroïs*, *Eoüs*, *Eton*, *Phlégon*, felon *Ovide* ; c'eft-à-dire, l'enflammé, l'oriental, l'annuel, le brûlant. Mais felon d'autres favans antiquaires, ils s'appelaient *Erithrée*, *Actéon*, *Lampos* et *Philogée* ; c'eft-à-dire, le rouge, le lumineux, l'éclatant, le terreftre. Je crois que ces favans fe font trompés, et qu'ils ont pris les noms des quatre parties du jour pour ceux des chevaux ; c'eft une erreur groffière que je démontrerai dans le prochain mercure, en attendant les deux differtations *in-folio* que j'ai faites fur ce fujet.

Fin des Notes du Chant feizième.

CHANT XVII.

ARGUMENT.

Comment Charles VII, Agnès, Jeanne, Dunois, la Tri-
mouille, &c. devinrent tous fous, et comment ils revinrent
en leur bon sens par les exorcismes du R. P. Bonifoux,
confesseur ordinaire du roi.

Oh que ce monde est rempli d'enchanteurs !
Je ne dirai rien des enchanteresses.
Je t'ai passé, temps heureux des faiblesses,
Printemps des fous, bel âge des erreurs ;
Mais à tout âge on trouve des trompeurs,
De vrais sorciers, tout-puissans séducteurs,
Vêtus de pourpre et rayonnans de gloire.
Au haut des cieux ils vous mènent d'abord,
Puis on vous plonge au fond de l'onde noire ;
Et vous buvez l'amertume et la mort.
Gardez-vous tous, gens de bien que vous êtes,
De vous frotter à de tels négromans :
Et s'il vous faut quelques enchantemens,
Aux plus grands rois préférez vos grisettes.

HERMAPHRODIX a bâti tout exprès
Le beau château qui retenait Agnès,
Pour se venger des belles de la France,
Des chevaliers, des ânes et des saints
Dont la pudeur et les exploits divins
Avaient bravé sa magique puissance.

Le Confeſſeur qui dans ſa promte fuite,

D'Agnès Sorel évitoit la pourſuite,

Pucelle Chant 17.

J. M. Moreau le j.^e inv.   Triere Sculp.

Quiconque entrait en ce maudit logis,
Méconnaiffait fur le champ fes amis ;
Perdait le fens, l'efprit et la mémoire.
L'eau du Léthé que les morts allaient boire,
Les mauvais vins, funeftes aux vivans,
Ont des effets bien moins extravagans.

Sous les grands arcs d'un immenfe portique,
Amas confus de moderne et d'antique,
Se promenait un fantôme brillant,
Au pied léger, à l'œil étincelant,
Au gefte vif, à la marche égarée,
La tête haute, et de clinquans parée.
On voit fon corps toujours en action ;
Et fon nom eft l'*Imagination.*
Non cette belle et charmante déeffe
Qui préfida dans Rome, et dans la Gréce,
Aux beaux travaux de tant de grands auteurs,
Qui répandit l'éclat de fes couleurs,
Ses diamans, fes immortelles fleurs,
Sur plus d'un chant du grand peintre d'Achille,
Sur la Didon que célébra Virgile,
Et qui d'Ovide anima les accens ;
Mais celle-là qu'abjure le bon fens,
Cette étourdie, effarée, infipide,
Que tant d'auteurs approchent de fi près,
Qui les infpire, et qui fervit de guide
Aux Scudéris, (a) le Moine, Defmarets.
Elle répand fes faveurs les plus chères
Sur nos romans, nos nouveaux opéra ;
Et fon empire affez long-temps dura
Sur le théâtre, au barreau, dans les chaires.

V 4

Près d'elle était le *Galimatias*,
Monftre bavard careffé dans fes bras;
Nommé jadis le docteur féraphique, (*b*)
Subtil, profond, énergique, angélique,
Commentateur d'imagination,
Et créateur de la confufion,
Qui depuis peu fit *Marie à la Coque.* (*c*)
Autour de lui voltigent l'équivoque,
La louche énigme, et les mauvais bons-mots,
A double fens, qui font l'efprit des fots;
Les préjugés, les méprifes, les fonges,
Les contre-fens, les abfurdes menfonges,
Ainfi qu'on voit aux murs d'un vieux logis
Les chats-huans et les chauve-fouris.
Quoi qu'il en foit, ce damnable édifice
Fut fabriqué par un tel artifice,
Que tout mortel qui dans ces lieux viendra
Perdra l'efprit tant qu'il y reftera.

A peine Agnès, avec fa douce efcorte,
De ce palais avait touché la porte,
Que Bonifoux, ce grave confeffeur,
Devint l'objet de fa fidelle ardeur;
Elle le prend pour fon cher roi de France.
O mon héros! ô ma feule efpérance!
Le jufte ciel vous rend à mes fouhaits;
Ces fiers Bretons font-ils par vous défaits?
N'auriez-vous point reçu quelque bleffure?
Ah! laiffez-moi détacher votre armure.
Lors elle veut, d'un effort tendre et doux,
Oter le froc du père Bonifoux;
Et dans fes bras bientôt abandonnée;

L'œil enflammé, le cou vers lui tendu,
Cherche un baiser qui soit pris et rendu.
Charmante Agnès, que tu fus consternée,
Lorsque cherchant un menton frais tondu,
Tu ne sentis qu'une barbe tannée,
Longue, piquante, et rude et mal peignée !
Le confesseur tout effaré s'enfuit,
Méconnaissant la belle qui le suit.
La tendre Agnès se voyant dédaignée,
Court après lui, de pleurs toute baignée.

COMME ils couraient dans ce vaste pourpris,
L'un se signant et l'autre toute en larmes,
Ils sont frappés des plus lugubres cris.
Un jeune objet, touchant, rempli de charmes,
Avec frayeur embrassait les genoux
D'un chevalier qui, couvert de ses armes,
L'allait bientôt immoler sous ses coups.
Peut-on connaître à cette barbarie
Ce la Trimouille et ce parfait amant
Qui de grand cœur en tout autre moment
Pour Dorothée aurait donné sa vie ?
Il la prenait pour le fier Tirconel :
Elle n'avait nul trait en son visage
Qui ressemblât à cet anglais cruel ;
Elle cherchait le héros qui l'engage,
Le cher objet d'un amour immortel ;
Et lui parlant, sans pouvoir le connaître,
Elle lui dit : Ne l'avez-vous point vu
Ce chevalier qui de mon cœur est maître ?
Qui près de moi dans ces lieux est venu ?
Mon la Trimouille, hélas ! est disparu.

Que fait-il donc? de grâce, où peut-il être?
Le Poitevin, à ces touchans difcours,
Ne connut point fes fidelles amours.
Il croit entendre un anglais implacable,
Qui vient fur lui prêt à trancher fes jours.
Le fer en main il fe met en défenfe,
Vers Dorothée en mefure il avance :
Je te ferai, dit-il, changer de ton,
Fier, dédaigneux, trifte, arrogant Breton;
Dur infulaire, ivre de bierre forte,
C'eft bien à toi de parler de la forte,
De menacer un homme de mon nom!
Moi petit-fils des Poitevins célèbres,
Dont les exploits, au féjour des ténèbres,
Ont fait paffer tant d'anglais valeureux,
Plus fiers que toi, plus grands, plus généreux.
Eh quoi, ta main ne tire pas l'épée!
De quel effroi ta vile ame eft frappée!
Fier en difcours, et lâche en action,
Chevreuil anglais, Therfite d'Albion,
Fait pour brailler chez tes parlementaires,
Vîte, effayons tous deux nos cimeterres;
Çà, qu'on dégaîne, ou je vais de ma main
Signer ton front, des fronts le plus vilain,
Et t'appliquer fur ton large derrière,
A mon plaifir, deux cents coups d'étrivière.
A ce difcours qu'il prononce en fureur,
Pâle, éperdue, et mourante de peur :
Je ne fuis point anglais, dit Dorothée ;
J'en fuis bien loin : comment, pourquoi, par où
Me vois-je ici par vous fi maltraitée?
Dans quel danger je fuis précipitée!

Je cherche ici le héros du Poitou;
C'eſt une fille, hélas, bien tourmentée,
Qui baiſe en pleurs votre noble genou.
Elle parlait, mais ſans être écoutée;
Et la Trimouille étant tout à fait fou,
Allait déjà la prendre par le cou.

LE confeſſeur, qui dans ſa prompte fuite
D'Agnès Sorel évitait la pourſuite,
Bronche en courant et tombe au milieu d'eux;
Le Poitevin veut le prendre aux cheveux,
N'en trouve point, roule avec lui par terre;
La belle Agnès, qui le ſuit et le ſerre,
Sur lui trébuche en pouſſant des clameurs
Et des ſanglots qu'interrompent ſes pleurs;
Et ſous eux tous ſe débat Dorothée,
Très en déſordre et fort mal ajuſtée.

TOUT au milieu de ce conflit nouveau,
Le bon roi Charle eſcorté de Bonneau,
Avec Dunois et la fière Pucelle,
Entre à la fois dans ce fatal château,
Pour y chercher ſa maîtreſſe fidelle.
O grand pouvoir! ô merveille nouvelle!
A peine ils ſont de cheval deſcendus,
Sous le portique à peine ils ſont rendus,
Incontinent ils perdent la cervelle.
Tels dans Paris tous ces docteurs fourrés,
Pleins d'argumens ſous leurs bonnets quarrés,
Vont gravement vers la ſorbonne antique,
Séjour de noiſe, antre théologique,
Où la Diſpute et la Confuſion

Ont établi leur facré domicile,
Et dont jamais n'approcha la Raifon.
Nos révérends arrivent à la file :
Ils avaient l'air d'être de fens raffis :
Chacun paffait pour fage en fon logis ;
On les prendrait pour des gens fort honnêtes,
Point querelleurs et point extravagans ;
Quelques-uns même étaient de bonnes têtes :
Ils font tous fous quand ils font fur les bancs.

CHARLE enivré de joie et de tendreffe,
Les yeux mouillés, tout pétillant d'ardeur,
Et reffentant un battement de cœur,
Difait d'un ton d'amour et de langueur :

MA chère Agnès, ma pudique maîtreffe,
Mon paradis, précis de tous les biens,
Combien de fois, hélas ! fus-tu perdue ?
A mes défirs te voilà donc rendue.
Parle d'amour, je te vois, je te tiens ;
Oh que tu fais une charmante mine !
Mais tu n'as plus cette taille fi fine,
Que je pouvais embraffer autrefois
En la ferrant du bout de mes dix doigts.
Quel embonpoint ! quel ventre ! quelles feffes !
Voilà le fruit de nos tendres careffes :
Agnès eft groffe, Agnès me donnera
Un beau bâtard qui pour nous combattra.
Je veux greffer, dans l'ardeur qui m'emporte,
Ce fruit nouveau fur l'arbre qui le porte.
Amour le veut ; il faut que dans l'inftant
J'aille au-devant de cet aimable enfant. »

A qui le roi fe fefait-il entendre ?
A qui tient-il ce difcours noble et tendre ?
Qui tenait-il dans fes bras amoureux ?
C'était Bonneau, foufflant, fuant, poudreux ;
C'était Bonneau ; jamais homme en fa vie
Ne fe fentit l'ame plus ébahie.
Charle preffé d'un défir violent,
D'un bras nerveux le pouffe tendrement ;
Il le renverfe ; et Bonneau pefamment
S'en va tomber fur la troupe mêlée,
Qui de fon poids fe fentit accablée.
Ciel ! que de cris et que de hurlemens !
Le confeffeur reprit un peu fes fens ;
Sa groffe panfe était jufte portée
Deffus Agnès et deffous Dorothée ;
Il fe relève, il marche, il court, il fuit ;
Tout haletant le bon Bonneau le fuit.
Mais la Trimouille à l'inftant s'imagine
Que fa beauté, fa maîtreffe divine,
Sa Dorothée était entre les bras
Du tourangeau qui fuyait à grands pas.
Il court après ; il le preffe, il lui crie :
Rends-moi mon cœur, bourreau, rends-moi ma vie ;
Attends, arrête. En prononçant ces mots,
D'un large fabre il frappe fon gros dos.
Bonneau portait une épaiffe cuiraffe,
Et reffemblait à la pefante maffe,
Qui dans la forge à grand bruit retentit,
Sous le marteau qui frappe et rebondit.
La peur hâtait fa marche équarquillée.
Jeanne voyant le Bonneau qui trottait,
Et les grands coups que l'autre lui portait,

Jeanne cafquée et de fer habillée,
Suit à grands pas la Trimouille, et lui rend
Tout ce qu'il donne au royal confident.
Dunois, la fleur de la chevalerie,
Ne fouffre pas qu'on attente à la vie
De la Trimouille; il eft fon cher appui;
C'eft fon deftin de combattre pour lui :
Il le connaît; mais il prend la Pucelle
Pour un anglais; il vous tombe fur elle,
Il vous l'étrille ainfi qu'elle étrillait
Le Poitevin qui toujours chatouillait
L'ami Bonneau qui lourdement fuyait.

Le bon roi Charle, en ce défordre extrême,
Dans fon Bonneau voit toujours ce qu'il aime.
Il voit Agnès. Quel état pour un roi!
Pour un amant des amans le plus tendre!
Nul ennemi ne lui caufe d'effroi;
Contre une armée il voudrait la défendre.
Tous ces guerriers après Bonneau courans,
Sont à fes yeux des raviffeurs fanglans.
L'épée au poing fur Dunois il s'élance;
Le beau bâtard fe retourne et lui rend
Sur la vifière un énorme fendant.
Ah! s'il favait que c'eft le roi de France,
Qu'il fe verrait avec un œil d'horreur!
Il périrait de honte et de douleur.
En même temps Jeanne, par lui frappée,
Lui répondit de fa puiffante épée;
Et le bâtard, incapable d'effroi,
Frappe à la fois fa maîtreffe et fon roi;
A droite, à gauche, il lance fur leurs têtes

De mille coups les rapides tempêtes.
Charmant Dunois, belle Jeanne, arrêtez;
Ciel! quels feront vos regrets et vos larmes,
Quand vous faurez qui pourfuivent vos armes,
Et qui vous frotte, et qui vous combattez!

LE Poitevin, dans l'horrible mêlée,
De temps en temps appefantit fon bras
Sur la Pucelle, et roffe fes appas.
L'ami Bonneau ne les imite pas;
Sa groffe tête était la moins troublée.
Il recevait, mais il ne rendait point.
Il court toujours; Bonifoux le précède,
Aiguillonné de la peur qui le point.
Le tourbillon que la rage pofsède,
Tous contre tous, affaillans, affaillis,
Battans, battus, dans ce grand chamaillis,
Criant, hurlant, parcourent le logis.
Agnès en pleurs, Dorothée éperdue,
Crie au fecours : on m'égorge, on me tue.
Le confeffeur, plein de contrition,
Menait toujours cette proceffion.

IL aperçoit à certaine fenêtre,
De ce logis le redoutable maître,
Hermaphrodix, qui contemplait gaîment
Des bons Français le barbare tourment,
Et fe tenait les deux côtés de rire.
Bonifoux vit que ce fatal empire
Etait, fans doute, une œuvre du démon.
Il confervait un refte de raifon;
Son long capuce et fa large tonfure
A fa cervelle avaient fervi d'armure.

Il fe fouvint que notre ami Bonneau
Suivait toujours l'ufage antique et beau,
Très-fagement établi par nos pères,
D'avoir fur foi les chofes néceffaires;
Mufcade, clou, poivre, girofle et fel. (d)
Pour Bonifoux il avait fon miffel.
Il aperçut une fontaine claire,
Il y courut, fel et miffel en main,
Bien réfolu d'attraper le malin.
Le voilà donc qui travaille au myftère;
Il dit tout bas : *Sanctam*, *Catholicam*,
Papam, *Romam*, *aquam benedictam*.
Puis de Bonneau prend la taffe, et va vîte
Adroitement afperger d'eau bénite
Le farfadet né de la belle Alix.

　　C H E Z les païens l'eau brûlante du Styx
Fut moins fatale aux ames criminelles.
Son cuir tanné fut couvert d'étincelles;
Un gros nuage, enfumé, noir, épais,
Enveloppa le maître et le palais.
Les combattans, couverts d'une nuit fombre,
Couraient encore et fe cherchaient dans l'ombre.
Tout auffitôt le palais difparut;
Plus de combat, d'erreur ni de méprife;
Chacun fe vit, chacun fe reconnut;
Chaque cervelle en fon lieu fut remife.
A nos héros un feul moment rendit
Le peu de fens qu'un feul moment perdit:
Car la folie, hélas ! ou la fageffe,
Ne tient à rien dans notre pauvre efpèce.
C'était alors un grand plaifir de voir

Ces

Ces paladins aux pieds du moine noir,
Le béniffant, chantant des litanies,
Se demandant pardon de leurs folies.
O la Trimouille! ô vous royal amant!
Qui me peindra votre raviffement!
On n'entendait que ces mots : Ah! ma belle,
Mon tout, mon roi, mon ange, ma fidelle,
C'eft vous! c'eft toi! jour heureux, doux momens!
Et des baifers, et des embraffemens,
Cent queftions, cent réponfes preffées,
Leur voix ne peut fuffire à leurs penfées.
Le confeffeur, d'un paternel regard,
Les lorgnait tous et priait à l'écart.
Le grand bâtard et fa fière maîtreffe
Modeftement s'expliquaient leur tendreffe.
De leurs amours le rare compagnon
Elève alors la tête avec le ton ;
Il entonna l'octave difcordante
De fon gofier de cornet à bouquin.
A cette octave, à ce bruit tout divin,
Tout fut ému : la nature tremblante
Frémit d'horreur ; et Jeanne vit foudain
Tomber les murs de ce palais magique,
Cent tours d'acier et cent portes d'airain,
Comme autrefois la horde mofaïque
Fit voir, au fon de fa trompe hébraïque,
De Jéricho le rempart écroulé, (e)
Réduit en poudre, à la terre égalé.
Le temps n'eft plus de femblable pratique.

Alors, alors, ce fuperbe palais
Si brillant d'or, fi noirci de forfaits,

La Pucelle. X

Devint un ample et facré monaftère.
Le fallon fut en chapelle changé.
Le cabinet, où ce maître enragé
Avait dormi dans le vice plongé,
Tranfmué fut en un beau fanctuaire.
L'ordre de DIEU, qui préfide aux deftins,
Ne changea point la falle des feftins,
Mais elle prit le nom de réfectoire.
On y bénit le manger et le boire.
Jeanne, le cœur élevé vers les faints,
Vers Orléans, vers le facre de Reims,
Dit à Dunois : Tout nous eft favorable
Dans nos amours et dans nos grands deffeins ;
Efpérons tout ; foyez fûr que le diable
A contre nous fait fon dernier effort.
Parlant ainfi Jeanne fe trompait fort. (ƒ)

Fin du dix-feptième Chant.

NOTES ET VARIANTES

DU CHANT DIX-SEPTIEME.

(*a*) S*cudéri* , auteur d'Alaric , poëme épique ; *le Moine* , jésuite , auteur du Saint-Louis , ou Louïsiade , poëme épique ; *Desmarets Saint-Sorlin* , auteur de Clovis , poëme épique ; ces trois ouvrages font de terribles poëmes épiques.

(*b*) Noms que prenaient autrefois les théologiens.

(*c*) L'histoire de *Marie à la Coque* , ouvrage rare par l'excès du ridicule , composé par *Languet* , alors évêque de Soissons ; ce passage nous indique que le fameux poëme que nous commentons fut fait vers l'an 1730 , temps où il était beaucoup question de *Marie à la Coque*.

(*d*) C'est ce qu'on appelait autrefois *cuisine de poche* , et ce que signifie ce vers d'une comédie :

> Porte cuisine en poche , et poivre concassé.

(*e*) Jéricho , comme vous savez , tomba au son des cornemuses : c'est un événement très-commun.

(*f*) Le commencement de ce chant , qui était alors le quatorzième , et suivait la mort de *Chandos* , est différent dans un manuscrit trouvé parmi les papiers de l'auteur. Le voici :

> C'était le temps de la saison brillante ,
> Quand le soleil , aux bornes de son cours ,
> Prend sur les nuits pour ajouter aux jours ,
> Et se plaisant dans sa démarche lente
> A contempler nos fortunés climats ,
> Vers le tropique arrête encor ses pas.
> O grand saint Jean ! c'était alors ta fête;
> Premier des Jeans , orateur des déserts ,
> Toi qui crias jadis à pleine tête ,
> Que du salut les chemins soient ouverts ;
> Grand précurseur du vainqueur des enfers ,
> Toi qui plongeas l'agneau de Dieu dans l'onde ,
> Et baptisas le baptiseur du monde !
> Du roi des Francs le benin confesseur
> Voulut alors réparer le scandale

Qu'avait porté la luxure fatale
De Jean Chandos au logis du Seigneur.
Il rebénit la chapelle polluc ,
Puis fit crier dans les lieux d'alentour ,
Par cet hermite à la barbe touffue :
» Tout pénitent qui veut en ce saint jour,
» De ses péchés détaillant le grimoire ,
» Se dérober au gentil purgatoire ,
» Peut s'adresser au père Bonifoux;
» Avec trois mots tous péchés sont absous. »
    A ce tocsin de la vie éternelle ,
Des lieux voisins une foule accourut ,
Bourgeois, soldat , jeune , sempiternelle ,
Anglais , Français , pour faire son salut ,
Attrit , contrit , à genoux comparut ,
De ses péchés contant la kyrielle.
La belle Agnès , qui toujours dans son cœur
Avait gardé la crainte du Seigneur ,
Au tribunal ne fut pas la dernière.
Le révérend tenait sa cour plénière ,
Les yeux baissés , un mouchoir à la main ,
A droite , à gauche , absolvant son prochain.
O Dorothée ! ô cœur dévot et tendre ;
Dans le saint lieu tu vins aussi te rendre ;
Et la Trimouille , un peu faible et traînant ,
Y vint chercher sa part du sacrement.
Ce couple heureux eut le plaisir suprême
De détailler les doux péchés qu'il aime ;
Et Bonifoux était par piété
Le confident de leur fidélité.
Ces gens de bien ayant dit leur histoire ,
Se promenaient sur le bord de la Loire ,
Signant leur face , et récitant encor
Quelques morceaux de leur *Confiteor*.
Le beau Monrose alors vint à paraître ;
Il déplorait la mort de son cher maître.
De ce trépas le grand événement
Porte en son cœur un trouble pénitent :
Il entrevoit , dans sa douleur profonde ,
Le grand néant des vanités du monde ;
Et de remords saintement tourmenté ,
Pour un moment songe à l'éternité.
Il entre seul dans la demeure sainte ;

Il se présente à ce bon Bonifoux
Qui le reçoit dans sa petite enceinte,
Le pose en face entre ses deux genoux,
Et lui pressant la tête et la poitrine,
Lui fait conter les péchés qu'il devine.
Cher pénitent, pour ces petits péchés,
Et pour les cas en iceux épluchés,
Il vous convient avoir la discipline.
Çà, mettez-vous en état; que ma main
Légérement pour votre bien remplisse
Sur votre peau ce bienheureux office.
D'un cœur contrit et d'un air enfantin,
Le doux Monrose offre à la main du père
Modestement, ces globes de satin,
Dont quelquefois abusa le malin.
Il les soumet au tourment salutaire
Qui va mêler la rose à leur blancheur.
Que devins-tu, mon prudent confesseur,
Lorsque tu vis sur ce charmant ivoire
Ces fleurs de lis, ces monumens de gloire,
Ce rare hommage au sceptre des Français,
Ainsi rendu par le cu d'un Anglais !
Charle avait pris ce signe inconcevable
Pour un effet des malices du diable.
Toi, qui lis mieux dans le livre du ciel,
Tu découvris par quel ordre éternel
Les fleurs de lis allaient lever leur tête,
Que fit baisser cette longue tempète.
Extasié, saisi d'un saint transport,
Tu contemplais ces trois fleurs de lis d'or
En champ d'albâtre; et ta main suspendue,
Comme ton ame, en demeurait perclue;
Tu t'arrêtais, cou penché, pied tremblant,
Les bras en haut, l'œil fixe, étincelant.
Comme il gardait cette belle attitude,
Paul Tirconel, soldat fier, esprit rude,
Vers la chapelle avançait sans dessein,
De Jean Chandos déplorant le destin.
Le cœur pétri du fiel de ses ancêtres,
Et détestant les Français et les prêtres,
Il vit de loin ce beau page étalé,
Et Bonifoux par derrière installé.
Il crut voir pis. Sa cervelle gâtée

X 3

Croyait le mal beaucoup plus que le bien,
Cette posture et ce plaisant maintien
Sont un affront à son ame irritée.
Quoi ! disait-il, un Français jacobin
A de Chandos le plus bel héritage !
Il prend son fer, il se livre à la rage.
Mourose fuit en tenant d'une main
Son haut-de-chausse , et le dominicain
Tout éperdu court en suivant le page.
Tirconel suit le grave personnage ,
Qui lourdement se hâtait par la peur.
Le Poitevin voyant son confesseur ,
Que Tirconel semblait vouloir pourfendre ,
Suit cet Anglais, et crie : Ose m'attendre,
Maudit Breton ; n'auras-tu donc du cœur
Qu'avec un moine ? et ta rare valeur
Contre un guerrier craint-elle de paraître ?
Je fus hier bien battu ; mais peut-être
Tu reverras en moi quelque vigueur ,
Et tour-à-tour chacun trouve son maître.
Ainsi parlait la Trimouille assez bas
A Tirconel qui ne l'entendait pas.
La Dorothée, en voyant dans la plaine
Son cher amant qui courait hors d'haleine,
Se mit alors à galopper aussi.
La belle Agnès , qui la voit fuir ainsi ,
Trotte après elle , et cependant ignore
Pourquoi l'on court, et de loin trotte encore :
Tel un mouton , par son instinct porté ,
Saute à son tour quand un autre a sauté.
Le fier Dunois était près du roi Charle
Vers l'autre bord : en secret il lui parle
De l'appareil , des mesures, du temps
Dont il lui faut entrer dans Orléans.
Non loin du pont la redoutable Jeanne
Caracolait noblement sur son âne;
Elle aperçut dessus ces bords fleuris,
Vers la chapelle à quelques quarts de mille,
Les six coursiers se suivant à la file;
D'étonnement ses sens furent saisis.
Jeanne bientôt s'étonna davantage,
Lorsque voyant ces gens courir si bien,
En un moment elle ne vit plus rien.

Au coin d'un bois la main de la nature
Tend fous leurs pieds un tapis de verdure,
Velours uni , femblable au pré fameux
Où s'exerçait la rapide Atalante.
Sur le duvet de cette herbe riante ,
Monrofe vole , et de fes blonds cheveux
L'air foulevait la parure ondoyante.
Jeanne de l'œil le fuit et s'y complait.
Mais tout-à-coup Monrofe difparaît.
Le confeffeur au même endroit arrive.
Ciel ! plus de prêtre et plus de Bonifoux.
Tirconel vient toujours plein de courroux.
Jeanne portait une vue attentive
Sur cet Anglais ; l'Anglais s'évanouit
A fes regards. La Trimouille le fuit ,
La Trimouille eft éclipfé comme un autre.
Quel fentiment , quel trouble était le vôtre ?
O Dorothée ! Elle accourt , et foudain
Elle eft perdue , et l'œil la cherche en vain.
Agnès fe rend fur la place funefte ,
La belle Agnès y fond avec le refte.
Tel dans Paris près du palais royal ,
A l'opéra fouvent joué fi mal ,
Plus d'un héros à nos regards échappe ,
Et dans l'enfer defcend par une trappe.
Jeanne effarée , et fe frottant les yeux ,
Priant Denis , et fon âne et les cieux ,
Crut être alors dans le pays du diable ,
Des enchanteurs , des larves , des forciers ,
Pays fi cher à nos bons devanciers ,
Que de Roland le chantre inimitable
Chanta depuis dans fon délire heureux ;
Que Torquato rendit encor fameux ,
Que crut long-temps l'Eglife charitable,
Qu'ont fuppofé de graves parlemens,
Et des docteurs , et même des favans.
Jeanne piquant fa divine monture ,
La lance en main ; fe rend fur la verdure ,
Où fe paffait cette étrange aventure.
Mais c'eft en vain que d'un double éperon
Elle preffait le célefte grifon.
Il s'arrêta vers la place fatale,
D'un cou rétif, et rebelle au bridon ,

X 4

Se démenant d'une ardeur sans égale,
Ruant, tournant, et fuyant ce gazon.
Tout animal reçut de la nature
Certain inftinct dont la conduite eft sûre ;
Et les humains n'ont que de la raison.
De faint Denis cet ingénieux âne
Sent le péril que ne voyait point Jeanne.
Il prend son vol, et prompt comme un éclair,
Portant sa dame aux campagnes de l'air,
Franchit le bois qui bordait la prairie.
Du faint patron l'affiftance chérie,
Qui conduifait le quadrupède oifeau,
Fixa fa courfe aux portes d'un château,
Tel que n'en eut jamais le quatorzième
De ces Louis, aïeul d'un roi qu'on aime.
Jeanne voyant le marbre, les rubis,
Le jafpe et l'or de ce brillant pourpris :
Ah fainte Vierge ! ah Denis! cria-t-elle,
Le ciel le veut, la vengeance m'appelle,
C'eft le château du paillard Conculix.
Tandis qu'ainfi l'errante chevalière
Branlant fa lance, et fefant fa prière,
De l'aventure attend l'heureufe fin,
Le roi des Francs fuit toujours son chemin,
Environné de fa troupe dorée, &c.

Voyez la fuite au chant XVe, page 282. Une partie de ces vers fe trouve dans les variantes du même chant, tirées des éditions imprimées.

Le chant fuivant, qui alors était le quinzième, commençait ainfi dans le manufcrit ; le préambule fe trouve à préfent au chant dix-feptième, et la fin dans le chant vingtième.

OH que ce monde eft rempli d'enchanteurs !
Je ne dirai rien des enchantereffes :
Je t'ai paffé, bel âge des faibleffes,
Je t'ai paffé, temps heureux des erreurs ;
Mais à tout âge on trouve des trompeurs,
De ces forciers tout-puiffans féducteurs,
Vêtus de pourpre et rayonnans de gloire.
Au haut des cieux ils vous mènent d'abord ;
Puis on vous plonge au fein de l'onde noire,
Et vous buvez l'amertume et la mort.
Gardez-vous tous, gens de bien que vous êtes,
De vous frotter à de tels négromans ;

Et s'il vous faut quelques enchantemens,
Aux plus grands rois préférez vos grifettes.
  Jeanne preffant de fon divin baudet
Le dos pointu fous fes feffes charnues,
Vers le château fondit du haut des nues,
Le cœur ému, le regard ftupéfait,
Vers ce château dont le mur étalait
Des ornemens dont l'œil s'émerveillait.
Jeanne effarée, et ne fachant que croire,
Craignant encor les tours de Conculix,
Fit en fecret à monfieur faint Denis
Une oraifon qu'on tient jaculatoire ;
Elle priait feulement en efprit,
Ne difant mot. Saint Denis l'entendit.
Il fit foudain, du haut de l'empyrée,
Partir un trait d'influence facrée,
Qui pénétra tout droit jufqu'au grifon :
Lors élevant la tête avec le ton,
L'âne entonna l'octave difcordante
De fon gofier de cornet à bouquin.
A cette octave, à ce bruit tout divin,
Blois, Orléans, Tours et Saumur et Nante,
Tout retentit ; la nature tremblante
S'émut d'horreur, et Jeanne vit foudain
Tomber les murs de ce palais magique,
Cent tours d'acier et cent portes d'airain ;
Comme autrefois la horde mofaïque
Ayant fonné de fa trompe hébraïque,
De Jéricho le rempart difparut,
Le beau rempart, fi jamais il en eut.
Le temps n'eft plus de femblable pratique ;
Et pour brifer les murs audacieux
Du Milanais ou du pays belgique,
Nous prétendons que le canon vaut mieux.
Dès qu'aux accens de la trompette afine,
Des murs épais la fuperbe ruine
S'éparpilla dans les champs d'alentour,
Le faint baudet et la groffe héroïne
D'un faut léger entrèrent dans la cour.
Les prifonniers près de Jeanne accoururent ;
Ce la Trimouille et ce dur Tirconel
Accompagnaient Dorothée et Sorel:
En bons chrétiens tous les deux comparurent.

La Pucelle.

Dans l'esclavage ils s'étaient réunis ;
Les malheureux volontiers font amis.
De Charles sept le confesseur très-sage
Venait derrière avec le jeune page.
Mais quelle foule, ô ciel ! quel assemblage
De prisonniers de toute nation,
De tout état, âge, religion,
Que Conculix tenait en esclavage
Pour ses plaisirs et pour son double usage !
Auprès de Jeanne ils s'empressèrent tous :
Chacun voulait conter son aventure.
Jeanne cria : qu'on se mette à genoux.
Chacun se mit en cette humble posture.
Alors, alors ce superbe palais,
Si brillant d'or, si noirci de forfaits,
Devint un ample et sacré monastère.
Le sallon fut en chapelle changé ;
Le cabinet, où ce maître enragé
Avait dormi dans le vice plongé,
Transmué fut en un beau sanctuaire :
L'ordre de Dieu, qui préside aux destins,
Ne changea point la salle des festins,
Mais elle prit le nom de réfectoire.
Le Conculix pour jamais fut exclus
De ces repas, réservés aux élus ;
On y bénit le manger et le boire.
Mais qui croirait que ce séjour si saint,
Malgré Denis, très-fortement retint
L'impression des mœurs du premier maître ?
C'est en ces lieux que devaient reparaître
Ces vains désirs et ces vœux effrontés,
Ces attentats dont frémit la nature,
Et que les Grecs ont hardiment chantés.
Muses, tremblez de l'étrange aventure
Qu'il faut apprendre à la race future.
Et vous, lecteurs, en qui le ciel a mis
Les sages goûts d'une tendresse pure,
Remerciez le bon monsieur Denis
Qu'un grand péché n'ait pas été commis.

La suite se trouve au vingtième chant.

Fin des Notes et Variantes du Chant dix-septième.

Mon Roi, dit-elle, avouez que ce jour
Est fortuné pour cette pauvre race.

Pucelle Chant 18.º

CHANT XVIII.

ARGUMENT.

Disgrâce de Charles et de sa troupe dorée.

JE ne connais dans l'histoire du monde (*a*)
Aucun héros, aucun homme de bien,
Aucun prophète, aucun parfait chrétien,
Qui n'ait été la dupe d'un vaurien,
Ou des jaloux, ou de l'esprit immonde.

LA Providence en tout temps éprouva
Mon bon roi Charle avec mainte détresse.
Dès son berceau fort mal on l'éleva ;
Le Bourguignon poursuivit sa jeunesse ; (*b*)
De tous ses droits son père le priva ;
Le parlement de Paris près Gonesse, (*c*)
Tuteur des rois, (*d*) son pupille ajourna ;
De ses beaux lis un chef anglais s'orna ;
Il fut errant, manqua souvent de messe
Et de dîner ; rarement séjourna
En même lieu. Mère, (*e*) oncle, ami, maîtresse,
Tout le trahit ou tout l'abandonna.
Un page anglais partagea la tendresse
De son Agnès ; et l'enfer déchaîna
Hermaphrodix, qui par magique adresse
Pour quelque temps la tête lui tourna.
Il essuya des traits de toute espèce ;
Il les souffrit, et DIEU lui pardonna.

DE nos amans la troupe fière et lefte
S'acheminait loin du château funefte,
Où Belzébut dérangea le cerveau
Des chevaliers, d'Agnès et de Bonneau.
Ils côtoyaient la forêt vafte et fombre,
Qui d'Orléans porte aujourd'hui le nom.
A peine encor l'époufe de Titon
En fe levant mêlait le jour à l'ombre.
On aperçut de loin des hoquetons,
Au rond bonnet, aux écourtés jupons ;
Leur corfelet paraiffait mi-partie
De fleurs de lis et de trois léopards. (f)
Le roi fit halte, en fixant fes regards
Sur la cohorte en la forêt blottie.
Dunois et Jeanne avancent quelques pas.
La tendre Agnès, étendant fes beaux bras,
Dit à fon Charle : Allons, fuyons, mon maître.
Jeanne en courant s'approcha, vit paraître
Des malheureux deux à deux enchaînés,
Les yeux en terre, et les fronts confternés.
Hélas ! ce font des chevaliers, dit-elle,
Qui font captifs ; et c'eft notre devoir
De délivrer cette troupe fidelle.
Allons, bâtard, allons, et fefons voir
Ce qu'eft Dunois et ce qu'eft la Pucelle.
Lance en arrêt, ils fondent à ces mots
Sur les foldats qui gardaient ces héros.
Au fier afpect de la puiffante Jeanne
Et de Dunois, et plus encor de l'âne,
D'un pas léger ces prétendus guerriers
S'en vont au loin comme des levriers.
Jeanne auffitôt, de plaifir tranfportée,

Complimenta la troupe garrottée.
Beaux chevaliers que l'Anglais mit aux fers,
Remerciez le roi qui vous délivre;
Baifez fa main, foyez prêts à le fuivre,
Et vengeons-nous de ces Anglais pervers.
Les chevaliers, à cette offre courtoife,
Montraient encore une face fournoife,
Baiffaient les yeux.... Lecteurs impatiens,
Vous demandez qui font ces perfonnages,
Dont la Pucelle animait les courages.
Ces chevaliers étaient des garnemens
Qui, dans Paris payés pour leur mérite,
Allaient ramer fur le dos d'Amphitrite;
On les connut à leurs accoutremens.
En les voyant le bon Charles foupire :
Hélas! dit-il, ces objets dans mon cœur
Ont enfoncé les traits de la douleur.
Quoi! les Anglais règnent dans mon empire!
C'eft en leur nom que l'on rend des arrêts!
C'eft pour eux feuls que l'on dit des prières!
C'eft de leur part, hélas! que mes fujets
Sont de Paris envoyés aux galères!....
Puis le bon prince avec compaffion
Daigne approcher du maître compagnon,
Qui de la file était mis à la tête.
Nul malandrin n'eut l'air plus mal-honnête;
Sa barbe torfe ombrage un long menton;
Ses yeux tournés plus menteurs que fa bouche,
Portent en bas un regard double et louche;
Ses fourcils roux mélangés et retords,
Semblent loger la fraude et l'impofture.
Sur fon front large eft l'audace et l'injure,

L'oubli des lois, le mépris des remords ;
Sa bouche écume, et sa dent toujours grince.

LE sycophante, à l'aspect de son prince,
Affecte un air humble, dévot, contrit,
Baisse les yeux, compose et radoucit
Les traits hagards de son affreux visage.
Tel est un dogue au regard impudent,
Au gosier rauque affamé de carnage ;
Il voit son maître, il rampe doucement,
Lèche ses mains, le flatte en son langage,
Et pour du pain devient un vrai mouton.
Ou tel encore on nous peint le démon,
Qui s'échappant des gouffres du Tartare,
Cache sa queue et sa griffe barbare,
Vient parmi nous, prend la mine et le ton,
Le front tondu d'un jeune anachorète,
Pour mieux tenter sœur Rose ou sœur Discrète.

LE roi des Francs, trompé par le félon,
Lui témoigna commisération,
L'encouragea par un discours affable.
Dis-moi quel est ton métier, pauvre diable,
Ton nom, ta place, et pour quelle action
Le Châtelet, avec tant d'indulgence,
Te fait ramer sur les mers de Provence ?
Le condamné, d'un ton de doléance,
Lui répondit : O monarque trop bon !
Je suis de Nante, et mon nom est Fréron. (g)
J'aime Jésus d'un feu pur et sincère,
Dans un couvent je fus quelque temps frère,
J'en ai les mœurs ; et j'eus dans tous les temps

Un très-grand foin du falut des enfans.
A la vertu je confacrai ma vie.
Sous les charniers qu'on dit des Innocens,
Paris m'a vu travailler de génie ;
J'ai vendu cher mes feuilles à Lambert ;
Je fuis connu dans la place Maubert ;
C'eft là fur-tout qu'on m'a rendu juftice.
Des indévots quelquefois par malice
M'ont reproché les faibleffes du froc,
Celles du monde et quelques tours d'efcroc ;
Mais j'ai pour moi ma bonne confcience.

C E bon propos toucha le roi de France.
Confole-toi, dit-il, et ne crains rien.
Dis-moi, l'ami, fi chaque camarade,
Qui vers Marfeille allait en ambaffade,
Ainfi que toi fut un homme de bien.
Ah ! dit Fréron, fur ma foi de chrétien,
Je réponds d'eux ainfi que de moi-même ;
Nous fommes tous en un moule jetés.
L'abbé Guyon, (h) qui marche à mes côtés,
Quoi qu'on en dife, eft bien digne qu'on l'aime ;
Point étourdi, point brouillon, point menteur,
Jamais méchant ni calomniateur.
Maître Chaumeix (i) deffous fa mine baffe,
Porte un cœur haut, plein d'une fainte audace ;
Pour fa doctrine il fe ferait feffer.
Maître Gauchat (k) pourrait embarraffer
Tous les rabins fur le texte et la glofe.
Voyez plus loin cet avocat fans caufe ;
Il a quitté le barreau pour le ciel.
Ce Sabatier (l) eft tout pétri de miel. (m)

Ah l'efprit fin ! le bon cœur ! le faint prêtre !
Il eft bien vrai qu'il a trahi fon maître,
Mais fans malice et pour très-peu d'argent.
Il s'eft vendu, mais c'eft au plus offrant.
Il trafiquait comme moi de libelles :
Eft-ce un grand mal ? on vit de fon talent.
Employez-nous ; nous vous ferons fidelles.
En ce temps-ci la gloire et les lauriers
Sont dévolus aux auteurs des charniers.
Nos grands fuccès ont excité l'envie ;
Tel eft le fort des auteurs, des héros,
Des grands efprits, et fur-tout des dévots :
Car la vertu fut toujours pourfuivie.
O mon bon roi ! qui le fait mieux que vous ?

COMME il parlait fur ce ton tendre et doux,
Charle aperçut deux triftes perfonnages,
Qui des deux mains cachaient leurs gros vifages.
Qui font, dit-il, ces deux rameurs honteux ?

VOUS voyez là, reprit l'homme aux femaines, (*n*)
Les plus difcrets et les plus vertueux
De ceux qui vont fur les liquides plaines.
L'un eft Fantin, (*o*) prédicateur des grands,
Humble avec eux, aux petits débonnaire ;
Sa piété ménagea les vivans ;
Et pour cacher le bien qu'il favait faire,
Il confeffait et volait les mourans.
L'autre eft Grizel, (*p*) directeur de nonnettes,
Peu foucieux de leurs faveurs fecrettes,
Mais s'appliquant fagement les dépôts,
Le tout pour DIEU. Son ame pure et fainte

Méprifait

Méprifait l'or ; mais il était en crainte
Qu'il ne tombât aux mains des indévots. (q)

POUR le dernier de la noble féquelle,
C'eſt mon foutien, c'eſt mon cher la Beaumelle. (r)
De dix gredins qui m'ont vendu leur voix,
C'eſt le plus bas, mais c'eſt le plus fidèle ;
Efprit diſtrait, on prétend que parfois,
Tout occupé de fes œuvres chrétiennes,
Il prend d'autrui les poches pour les fiennes.
Il eſt d'ailleurs fi fage en fes écrits,
Il fait combien pour les faibles efprits
La vérité fouvent eſt dangereufe ;
Qu'aux yeux des fots fa lumière eſt trompeufe,
Qu'on en abufe ; et ce difcret auteur,
Qui toujours d'elle eut une fage peur,
A réfolu de ne la jamais dire.
Moi, je la dis à votre majeſté ;
Je vois en vous un héros que j'admire,
Et je l'apprends à la poſtérité.
Favorifez ceux que la calomnie
Voulut noircir de fon fouffle empeſté.
Sauvez les bons des filets de l'impie.
Délivrez-nous, vengez-nous, payez-nous,
Foi de Fréron, nous écrirons pour vous.

ALORS il fit un difcours pathétique
Contre l'Anglais et pour la loi falique ;
Et démontra que bientôt fans combat,
Avec fa plume il défendrait l'Etat.
Charle admira fa profonde doctrine ;
Il fit à tous une charmante mine,

La Pucelle.   Y

Les affurant avec compaffion
Qu'il les prenait fous fa protection.

LA belle Agnès, préfente à l'entrevue,
S'attendriffait, fe fentait toute émue;
Son cœur eft bon. Femme qui fait l'amour,
A la douceur eft toujours plus encline
Que femme prude ou bien femme héroïne.
Mon roi, dit-elle, avoüez que ce jour
Eft fortuné pour cette pauvre race.
Puifque ces gens contemplent votre face,
Ils font heureux, leurs fers feront brifés.
Votre vifage eft vifage de grâce. (s)
Les gens de loi font des gens bien ofés
D'inftrumenter au nom d'un autre maître !
C'eft mon amant qu'on doit feul reconnaître ;
Ce font pédans en juges déguifés.
Je les ai vus ces héros d'écritoire,
De nos bons rois ces tuteurs prétendus,
Bourgeois altiers, tyrans en robe noire,
A leur pupille ôter fes revenus ;
Par-devant eux le citer en perfonne,
Et gravement confifquer fa couronne.
Les gens de bien qui font à vos genoux,
Par leurs arrêts font traités comme vous ;
Protégez-les : vos caufes font communes ;
Profcrit comme eux, vengez leurs infortunes.

DE ce difcours le roi fut très-touché :
Vers la clémence il a toujours penché.
Jeanne, dont l'ame eft d'efpèce moins tendre,
Soutint au roi qu'il les fallait tous pendre ;

Que les Frérons, et gens de ce métier,
N'étaient tous bons qu'à garnir un poirier.
Le grand Dunois, plus profond et plus fage,
En bon guerrier tint un autre langage.
Souvent, dit-il, nous manquons de foldats ;
Il faut des dos, des jambes et des bras.
Ces gens en ont ; et dans nos aventures,
Dans les affauts, les marches, les combats,
Nous pouvons bien nous paffer d'écritures.
Enrôlons-les ; mettons-leur dès demain
Au lieu de rame un moufquet à la main.
Ils barbouillaient du papier dans les villes ;
Qu'aux champs de Mars ils deviennent utiles.
Du grand Dunois le roi goûta l'avis.
A fes genoux ces bonnes gens tombèrent
En foupirant, et de pleurs les baignèrent.
On les mena fous l'auvent d'un logis,
Où Charle, Agnès, et la troupe dorée,
Après diner pafsèrent la foirée.
Agnès eut foin que l'intendant Bonneau
Fît bien manger la troupe délivrée ;
On leur donna les reftes du ferdeau.

CHARLE et les fiens affez gaîment foupèrent,
Et puis Agnès et Charles fe couchèrent.
En s'éveillant chacun fut bien furpris
De fe trouver fans manteau, fans habits.
Agnès en vain cherche fes engageantes,
Son beau collier de perles jauniffantes,
Et le portrait de fon royal amant.
Le gros Bonneau, qui gardait tout l'argent
Bien enfermé dans une bourfe mince,

Ne trouve plus le tréfor de fon prince.
Linge, vaiffelle, habits, tout eft trouffé,
Tout eft parti. La horde griffonnante
Sous le drapeau du gazetier de Nante,
D'une main prompte et d'ün zèle empreffé,
Pendant la nuit avait débarraffé
Notre bon roi de fon lefte équipage.
Ils prétendaient que pour de vrais guerriers,
Selon Platon, le luxe eft peu d'ufage.
Puis s'efquivant par de petits fentiers,
Au cabaret la proie ils partagèrent.
Là par écrit doctement ils couchèrent
Un beau traité, bien moral, bien chrétien,
Sur le mépris des plaifirs et du bien.
On y prouva que les hommes font frères,
Nés tous égaux, devant tous partager
Les dons de DIEU, les humaines misères,
Vivre en commun pour fe mieux foulager.
Ce livre faint, mis depuis en lumière,
Fut enrichi d'un docte commentaire
Pour diriger *et l'efprit et le cœur*,
Avec préface et l'avis au lecteur.

Du clément roi la maifon confternée
Eft cependant au trouble abandonnée ;
On court en vain dans les champs, dans les bois.
Ainfi jadis on vit le bon Phinée,
Prince de Thrace, et le pieux Enée, (*t*)
Tout effarés et de frayeur pantois,
Quand à leur nez lès gloutonnes harpies,
Jufte à midi de leurs antres forties,
Vinrent manger le dîner de ces rois.

AGNÈS timide, et Dorothée en larmes,
Ne favent plus comment couvrir leurs charmes.
Le bon Bonneau, fidèle tréforier,
Les fefait rire à force de crier.
Ah! difait-il, jamais pareille perte
Dans nos combats ne fut par nous foufferte.
Ah! j'en mourrai; les fripons m'ont tout pris;
Le roi mon maître eft trop bon quand j'y penfe.
Voilà le prix de fon trop d'indulgence,
Et ce qu'on gagne avec les beaux efprits.
La douce Agnès, Agnès compatiffante,
Toujours accorte et toujours bien difante,
Lui répliqua : Mon cher et gros Bonneau,
Pour Dieu, gardez qu'une telle aventure
Ne vous infpire un dégoût tout nouveau
Pour les auteurs et la littérature,
Car j'ai connu de très-bons écrivains,
Ayant le cœur auffi pur que les mains,
Sans le voler aimant le roi leur maître,
Fefant du bien fans chercher à paraître,
Parlant en profe, en vers mélodieux,
De la vertu, mais la pratiquant mieux;
Le bien public eft le fruit de leurs veilles;
Le doux plaifir, déguifant leurs leçons,
Touche les cœurs en charmant les oreilles;
On les chérit; et s'il eft des Frelons
Dans notre fiècle, on trouve des abeilles.

BONNEAU reprit : Eh que m'importe, hélas!
Frelon, abeille, et tout ce vain fatras?
Il faut dîner, et ma bourfe eft perdue.
On le confole; et chacun s'évertue,

En vrais héros endurcis aux revers,
A réparer les dommages foufferts.
On s'achemine auffitôt vers la ville,
Vers ce château, le noble et sûr afile
Du grand roi Charle et de fes paladins,
Garni de tout et fourni de bons vins.
Nos chevaliers à moitié s'équipèrent;
Fort fimplement les dames s'ajuftèrent.
On arriva mal en point, haraffé,
Un pied tout nu, l'autre à demi chauffé.

Fin du dix-huitième Chant.

NOTES ET VARIANTES

DU CHANT DIX-HUITIEME.

(*a*) **C**E chant a paru pour la première fois avec les contes de *Guillaume Vadé.*

L'auteur l'a joint aux nouvelles éditions de la Pucelle , avec quelques changemens.

(*b*) Le duc de *Bourgogne* qui affaffina le duc d'*Orléans.* Mais le bon *Charles* le lui rendit bien au pont de Montereau.

(*c*) Goneffe , village auprès de Paris , célèbre par fes boulangers et par plufieurs combats.

(*d*) *Charles VII* ajourné à la table de marbre par l'avocat général *Defmarets.*

(*e*) Sa propre mère *Ifabelle de Bavière* fut celle qui le perfécuta le plus. Elle preffa le traité de Troyes , par lequel fon gendre , le roi d'Angleterre , *Henri V* , eut la couronne de France.

(*f*) Ce font les armes d'Angleterre.

(*g*) Selon les chroniques de ce temps-là , il y avait un miférable de ce nom qui écrivait des feuilles fous les charniers Saint-Innocent. Il fit quelques tours de paffe-paffe , pour lefquels il fut enfermé plufieurs fois au châtelet , à bicêtre et au fort-l'évêque. Il avait été quelque temps moine , et s'était fait chaffer du couvent; il réuffit beaucoup dans le nouveau métier qu'il embraffa. Plufieurs célèbres écrivains lui ont rendu juftice. Il était originaire de Nantes , et exerçait à Paris la profeffion de gazetier fatirique. Jamais homme ne fut plus méprifé et plus détefté que lui , comme dit la chronique de *Froiffart.*

(*h*) *Guyon* ou *Goyon* , auteur du temps de *Charles VI.* Il compofa une Hiftoire romaine déteftable , à la vérité , mais qui était paffable pour le temps. Il fit auffi l'Oracle des philofophes. C'eft un tiffu ridicule de calomnies. Auffi il s'en repentit fur la fin de fa vie , comme le dit *Monftrelet.*

(*i*) Autre calomniateur du temps.

( ) Autre calomniateur.

Y 4

(*l*) *Sabatier*, natif de Castres, auteur de deux espèces de dictionnaires, où il dit le pour et le contre ; calomniateur effronté, et le tout pour de l'argent. Il trahit son maître M. le comte de L . . . , *c* , et fut chassé d'une manière un peu rude, dont il s'est ressenti long-temps.

(*m*) Première édition :

> Ce Caveirac est tout pétri de miel ;
> Ah l'honnête homme ! indulgent, pacifique,
> Doux, charitable, et sur-tout véridique !
> Tous ces savans dignes de mes lauriers,
> Grands écrivains, Cicérons des charniers,
> Sont comme moi victime de l'envie.
> On nous accuse, et bien mal à propos,
> D'avoir commis quelque crime de faux ;
> Mais la vertu fut toujours poursuivie.

(*n*) *Fréron* donnait alors toutes les semaines une feuille, dans laquelle il hasardait quelquefois de petits mensonges, de petites calomnies, de petites injures, pour lesquels il fut repris de justice, comme on l'a déjà dit.

(*o*) Il semble que ce chant de l'abbé *Tritême* soit une prophétie. En effet, nous avons vu un *Fantin*, docteur et curé à Versailles, qui fut aperçu volant un rouleau de cinquante louis à un malade qu'il confessait. Il fut chassé, mais il ne fut pas pendu.

(*p*) Autre prophétie. Tout Paris a vu un abbé *Grizel*, fameux directeur de femmes de qualité, dissiper en débauches sourdes l'argent qu'il extorquait de ses dévotes, et qu'on lui remettait en dépôt pour le soulagement des pauvres. Il y a grande apparence que quelque homme instruit de nos mœurs a inféré une partie de cette tirade dans cette nouvelle édition du divin poëme de l'abbé *Tritême*. Il aurait bien dû dire un mot de l'abbé *la Coste*, condamné à être marqué d'un fer chaud, et aux galères perpétuelles, en l'an de grâce 1759, pour plusieurs crimes de faux. Cet abbé *la Coste* avait travaillé avec *Fréron* à l'année littéraire.

(*q*) Première édition :

> Qu'il ne tombât aux mains des indévots.
>   Voici, grand roi, ce benin sycophante,
> A tête longue et de côté pendante ;
> Du nombre trois par fois il se tourmente,
> A son air humble, au maintien qu'il a pris,
> Du bon Tartuffe on le croirait le fils.

Sur tous ſes tours ſon petit pays gloſe ;
Du doigt index on le montre aux paſſans ;
On fait de lui des contes ſi plaiſans !
Je crois, pour moi, qu'il en eſt quelque choſe.
Mais, ô mon roi ! votre bénignité
Eſt au-deſſus de ſa malignité.
Pour le dernier, &c.

Il eſt probablement ici queſtion de *Vernet* le *trinitaire*. Voyez la Satire intitulée *l'Hypocriſie*, vol. de Contes ; la lettre curieuſe de *Robert Covelle*, Mélanges littéraires, tome III, &c.

(*r*) *La Beaumelle*, natif d'un village près de Caſtres, prédicant quelque temps à Genève, précepteur chez M. de *Boiſy*, puis réfugié à Copenhague. Chaſſé de ce pays, il alla à Gotha, où l'on vola la toilette d'une dame et ſes dentelles ; il s'enfuit avec la femme de chambre qui avait commis ce vol, ce qui eſt connu de toute la cour de Gotha. Il a été mis au cachot deux fois à Paris, enſuite en a été banni ; et ce malheureux a trouvé enfin de la protection. C'eſt lui qui eſt l'auteur d'un mauvais petit ouvrage intitulé *Mes penſées*, dans lequel il vomit les plus lâches injures contre preſque tous les gens en place. C'eſt lui qui a falſifié les *Lettres de madame de Maintenon*, et les a fait imprimer avec les notes les plus ſcandaleuſes et les plus calomnieuſes. Il fit imprimer à Francfort, en quatre petits volumes, le *Siècle de Louis XIV*, qu'il falſifia et qu'il chargea de remarques, non-ſeulement rebutantes par la plus craſſe ignorance, mais puniſſables pour les calomnies atroces répandues contre la maiſon royale, et contre les plus illuſtres maiſons du royaume.

Tous ceux dont il eſt ici queſtion ont écrit des volumes d'ordures contre celui qui daigne ici les faire connaître. Il y a des gens qui ſont bien aiſes de voir inſulter, calomnier, par des gredins, les hommes célèbres dans les arts. Ils leur diſent : N'y faites pas attention ; laiſſez crier ces miſérables, afin que nous ayons le plaiſir de voir des gueux vous jeter de la boue. Nous ne penſons pas ainſi ; nous croyons qu'il faut punir les gueux quand ils ſont inſolens et fripons, et ſur-tout quand ils ennuient. Ces anecdotes trop véritables ſe trouvent en vingt endroits, et doivent s'y trouver comme des ſentences affichées contre les malfaiteurs au coin de toutes les rues. *Oportet cognoſci malos.*

(*s*) Première édition :

Les gens de loi ſont des gens bien oſés,
D'inſtrumenter au nom d'un autre maître !
C'eſt mon amant qu'on doit ſeul reconnaître ;
L'arrêt eſt nul, et vous l'allez caſſer.
Jeanne dont l'ame, &c.

La Pucelle.

(*t*) Les harpies *Cœlæno* , *Ocypete* et *Aëllo* , filles de *Neptune* et de la Terre, venaient manger tous les mets qu'on servait sur la table du roi de Thrace, *Phinée* , et infectaient toute la maison. *Zétès* et *Calaïs* , fils de *Borée* , chassèrent ces harpies jusque vers les îles Strophades près de la Grèce. Elles traitèrent *Enée* comme *Phinée* ; mais *Virgile* en fait des prophétesses. Voilà de plaisantes créatures pour être inspirées de Dieu !

> *Virginei volucrum vultus , fœdissima ventris*
> *Proluvies , uncæque manus , et pallida semper*
> *Ora fame.*

Elles se plaignent à *Enée* de ce qu'il veut leur faire la guerre pour quelques morceaux de bœuf , et lui prédisent que pour sa peine il sera contraint un jour de manger ses assiettes en Italie. Les amateurs des anciens disent que cette fiction est fort belle.

Fin des Notes et Variantes du Chant dix-huitième.

CHANT XIX.

ARGUMENT.

Mort du brave et tendre la Trimouille et de la charmante Dorothée. Le dur Tirconel se fait chartreux.

SŒUR de la mort, impitoyable guerre,
Droit des brigands que nous nommons héros,
Monstre sanglant, né des flancs d'Atropos,
Que tes forfaits ont dépeuplé la terre !
Tu la couvris et de sang et de pleurs.
Mais quand l'Amour joint encor ses malheurs
A ceux de Mars, lorsque la main chérie
D'un tendre amant, de faveurs enivré,
Répand un sang par lui-même adoré,
Et qu'il voudrait racheter de sa vie ;
Lorsqu'il enfonce un poignard égaré
Au même sein que ses lèvres brûlantes
Ont marqueté d'empreintes si touchantes ;
Qu'il voit fermer à la clarté du jour
Ces yeux aimés qui respiraient l'amour :
D'un tel objet les peintures terribles
Font plus d'effet sur les cœurs nés sensibles,
Que cent guerriers qui terminent leur sort,
Payés d'un roi pour courir à la mort.

CHARLE, entouré de la troupe royale,
Avait repris cette raison fatale,

Préfent maudit dont on fait tant de cas,
Et s'en fervait pour chercher les combats.
Ils cheminaient vers les murs de la ville,
Vers ce château, fon noble et sûr afile,
Où fe gardaient ces magafins de Mars,
Ce long amas de lances et de dards,
Et les canons que l'enfer en fa rage
Avait fondus pour notre affreux ufage.
Déjà des tours le faîte paraiffait;
La troupe en hâte au grand trot avançait,
Pleine d'efpoir ainfi que de courage:
Mais la Trimouille, honneur des Poitevins
Et des amans, allant près de fa dame
Au petit pas, et parlant de fa flamme,
Manqua fa route et prit d'autres chemins.

DANS un vallon qu'arrofe une onde pure,
Au fond d'un bois de cyprès toujours verds,
Qu'en pyramide a formés la nature,
Et dont le faîte a bravé cent hivers,
Il eft un antre où fouvent les Naïades
Et les Silvains viennent prendre le frais.
Un clair ruiffeau, par des conduits fecrets,
Y tombe en nappe et forme vingt cafcades;
Un tapis verd eft tendu tout auprès;
Le ferpolet, la méliffe naiffante,
Le blanc jafmin, la jonquille odorante,
Y femblent dire aux bergers d'alentour:
Repofez-vous fur ce lit de l'Amour.
Le Poitevin entendit ce langage
Du fond du cœur. L'haleine des zéphyrs,
Le lieu, le temps, fa tendreffe, fon âge,

Sur-tout fa dame, allument fes défirs.
Les deux amans de cheval defcendirent.
Sur le gazon côte à côte fe mirent,
Et puis des fleurs, puis des baifers cueillirent :
Mars et Vénus, planant du haut des cieux,
N'ont jamais vu d'objets plus dignes d'eux.
Du fond des bois les Nymphes applaudirent ;
Et les moineaux, les pigeons de ces lieux
Prirent exemple, et s'en aimèrent mieux.

DANS le bois même était une chapelle,
Séjour funèbre à la mort confacré,
Où l'avant-veille on avait enterré
De Jean Chandos la dépouille mortelle.
Deux deffervans, vêtus d'un blanc furplis,
Y dépêchaient de longs *De profundis ;*
Paul Tirconel affiftait au fervice,
Non qu'il goûtât ce dévot exercice,
Mais au défunt il était attaché.
Du preux Chandos il était frère d'armes,
Fier comme lui, comme lui débauché,
Ne connaiffant ni l'amour ni les larmes.
Il confervait un refte d'amitié
Pour Jean Chandos ; et dans fa violence
Il jurait DIEU qu'il en prendrait vengeance,
Plus par colère encor que par pitié.

IL aperçut du coin d'une fenêtre
Les deux chevaux qui s'amufaient à paître ;
Il va vers eux : ils tournent en ruant
Vers la fontaine, où l'un et l'autre amant
A fes tranfports en fecret s'abandonne,

Occupés d'eux et ne voyant perfonne.
Paul Tirconel, dont l'efprit inhumain
Ne fouffrait pas les plaifirs du prochain,
Grinça des dents, et s'écria : Profanes,
C'eft donc ainfi, dans votre indigne ardeur,
Que d'un héros vous infultez les manes !
Rebut honteux d'une cour fans pudeur,
Vils ennemis, quand un anglais fuccombe,
Vous célébrez ce rare événement ;
Vous l'outragez au fein du monument,
Et vous venez vous baifer fur fa tombe !
Parle, eft-ce toi, difcourtois chevalier,
Fait pour la cour, et né pour la molleffe,
Dont la main faible aurait, par quelque adreffe,
Donné la mort à ce puiffant guerrier ?
Quoi, fans parler tu lorgnes ta maîtreffe !
Tu fens ta honte, et ton cœur fe confond.

A ce difcours la Trimouille répond :
Ce n'eft point moi ; je n'ai point cette gloire.
DIEU qui conduit la valeur des héros,
Comme il lui plaît accorde la victoire.
Avec honneur je combattis Chandos ;
Mais une main qui fut plus fortunée,
Aux champs de Mars trancha fa deftinée ;
Et je pourrai peut-être dès ce jour
Punir auffi quelque anglais à mon tour.

COMME un vent frais d'abord par fon murmure
Frife en fifflant la furface des eaux,
S'élève, gronde, et brifant les vaiffeaux
Répand l'horreur fur toute la nature,

Tels la Trimouille et le dur Tirconel
Se préparaient au terrible duel,
Par ces propos pleins d'ire et de menace.
Ils font tous deux fans cafque et fans cuiraffe.
Le Poitevin fur les fleurs du gazon
Avait jeté, près de fa Milanaife,
Cuiraffe, lance, et fabre et morion,
Tout fon harnois, pour être plus à l'aife.
Car de quoi fert un grand fabre en amours ?
Paul Tirconel marchait armé toujours ;
Mais il laiffa dans la chapelle ardente
Son cafque d'or, fa cuiraffe brillante,
Ses beaux braffards aux mains d'un écuyer.
Il ne garda qu'un large baudrier
Qui foutenait fa lame étincelante.
Il la tira. La Trimouille à l'inftant,
Prêt à punir ce brutal infulaire,
D'un faut léger à fon arme fautant,
La ramaffa tout bouillant de colère,
Et s'écriant : Monftre cruel, attends,
Et tu verras bientôt ce que mérite
Un fcélérat qui, fefant l'hypocrite,
S'en vient troubler un rendez-vous d'amans.
Il dit, et pouffe à l'anglais formidable.
Tels en Phrygie Hector et Ménélas
Se menaçaient, fe portaient le trépas,
Aux yeux d'Hélène affligée et coupable. (a)

L'antre, le bois, l'air, le ciel retentit
Des cris perçans que jetait Dorothée :
Jamais l'amour ne l'a plus tranfportée ;
Son tendre cœur jamais ne reffentit

Un trouble égal. Eh quoi, fur le pré même
Où je goûtais les pures voluptés !
Dieux tout-puiffans, je perdrais ce que j'aime !
Cher la Trimouille ! ah, barbare, arrêtez ;
Barbare anglais, percez mon fein timide.

D I S A N T ces mots, courant d'un pas rapide,
Les bras tendus, les yeux étincelans,
Elle s'élance entre les combattans.
De fon amant la poitrine d'albâtre,
Ce doux fatin, ce fein qu'elle idolâtre,
Etait déjà vivement effleuré
D'un coup terrible à grand' peine paré.
Le beau français, que fa bleffure irrite,
Sur le breton vole et fe précipite.
Mais Dorothée était entre les deux.
O dieu d'amour ! ô ciel ! ô coup affreux !
O quel amant pourra jamais apprendre,
Sans arrofer mes écrits de fes pleurs,
Que des amans le plus beau, le plus tendre,
Le plus comblé des plus douces faveurs,
A pu frapper fa maîtreffe charmante !
Ce fer mortel, cette lame fanglante
Perçait ce cœur, ce fiége des amours,
Qui pour lui feul fut embrafé toujours :
Elle chancelle, elle tombe expirante,
Nommant encor la Trimouille.... et la mort,
L'affreufe mort déjà s'emparait d'elle ;
Elle le fent, elle fait un effort,
Rouvre les yeux qu'une nuit éternelle
Allait fermer ; et de fa faible main,
De fon amant touchant encor le fein,

Et

Et lui jurant une ardeur immortelle,
Elle exhalait fon ame et fes fanglots :
Et j'aime.... j'aime.... étaient les derniers mots
Que prononça cette amante fidelle.
C'était en vain. Son la Trimouille, hélas !
N'entendait rien. Les ombres du trépas
L'environnaient ; il eft tombé près d'elle
Sans connaiffance : il était dans fes bras
Teint de fon fang, et ne le fentait pas.
A ce fpectacle épouvantable et tendre,
Paul Tirconel demeura quelque temps
Glacé d'horreur ; l'ufage de fes fens
Fut fufpendu. Tel on nous fait entendre
Que cet Atlas, que rien ne put toucher, (b)
Prit autrefois la forme d'un rocher.

MAIS la pitié que l'aimable nature
Mit de fa main dans le fond de nos cœurs,
Pour adoucir les humaines fureurs,
Se fit fentir à cette ame fi dure :
Il fecourut Dorothée ; il trouva
Deux beaux portraits, tous deux en miniature,
Que Dorothée avec foin conferva
Dans tous les temps et dans toute aventure.
On voit dans l'un la Trimouille aux yeux bleus,
Aux cheveux blonds ; les traits de fon vifage
Sont fiers et doux ; la grâce et le courage
Y font mêlés par un accord heureux.
Tirconel dit : il eft digne qu'on l'aime.
Mais que dit-il, lorfqu'au fecond portrait
Il aperçut qu'on l'avait peint lui-même ?
Il fe contemple ; il fe voit trait pour trait.

La Pucelle.   Z

Quelle furprife ! en fon ame il rappelle
Que vers Milan voyageant autrefois,
Il a connu Carminetta la belle,
Noble et galante, aux Anglais peu cruelle;
Et qu'en partant au bout de quelques mois,
La laiffant groffe, il eut la complaifance
De lui donner, pour adoucir l'abfence,
Ce beau portrait que du lombard Bélin (c)
La main favante a mis fur le vélin.
De Dorothée, hélas! elle fut mère;
Tout eft connu: Tirconel eft fon père.

Il était froid, indifférent, hautain,
Mais généreux et dans le fond humain.
Quand la douleur à de tels caractères
Fait éprouver fes atteintes amères,
Ses traits fur eux font des impreffions
Qui n'entrent point dans les cœurs ordinaires,
Trop aifément ouverts aux paffions.
L'acier, l'airain plus fortement s'allume
Que les rofeaux qu'un feu léger confume.
Ce dur anglais voit fa fille à fes pieds,
De fon beau fang la mort s'eft affouvie;
Il la contemple, et fes yeux font noyés
Des premiers pleurs qu'il verfa de fa vie.
Il l'en arrofe, il l'embraffe cent fois,
De hurlemens il étonne les bois;
Et maudiffant la fortune et la guerre,
Tombe à la fin fans haleine et fans voix.

A ces accens tu r'ouvris la paupière,
Tu vis le jour, la Trimouille, et foudain

Tu déteftas ce refte de lumière.
Il retira fon arme meurtrière
Qui traverfait cet adorable fein ;
Sur l'herbe rouge il pofe la poignée,
Puis fur la pointe avec force élancé,
D'un coup mortel il eft bientôt percé,
Et de fon fang fa maîtreffe eft baignée.

Aux cris affreux que pouffa Tirconel,
Les écuyers, les prêtres accoururent ;
Epouvantés du fpectacle cruel,
Ces cœurs de glace ainfi que lui s'émurent ;
Et Tirconel aurait fuivi fans eux
Les deux amans au féjour ténébreux.

Ayant enfin de ce défordre extrême
Calmé l'horreur, et rentrant en lui-même,
Il fit pofer ces amans malheureux
Sur un brancard que des lances formèrent :
Au camp du roi des guerriers les portèrent,
Et de leurs pleurs les chemins arrosèrent.

Paul Tirconel, homme en tout violent,
Prenait toujours fon parti fur le champ.
Il détefta, depuis cette aventure,
Et femme et fille, et toute la nature.
Il monte un barbe ; et courant fans valets,
L'œil morne et fombre, et ne parlant jamais,
Le cœur rongé, va dans fon humeur noire
Droit à Paris, loin des rives de Loire.
En peu de jours il arrive à Calais,
S'embarque, et paffe à fa terre natale :
C'eft là qu'il prit la robe monacale

De faint Bruno; (*d*) c'eft là qu'en fon ennui
Il mit le ciel entre le monde et lui,
Fuyant ce monde, et fe fuyant lui-même;
C'eft là qu'il fit un éternel carême;
Il y vécut fans jamais dire un mot,
Mais fans pouvoir jamais être dévot.

QUAND le roi Charle, Agnès et la guerrière
Virent paffer ce convoi douloureux,
Qu'on aperçut ces amans généreux,
Jadis fi beaux et fi long-temps heureux,
Souillés de fang et couverts de pouffière,
Tous les efprits parurent effrayés,
Et tous les yeux de pleurs furent noyés.
On pleura moins dans la fanglante Troie,
Quand de la mort Hector devint la proie;
Et lorfqu'Achille en modefte vainqueur
Le fit traîner avec tant de douceur, (*e*)
Les pieds liés et la tête pendante
Après fon char qui volait fur des morts;
Car Andromaque au moins était vivante,
Quand fon époux paffa les fombres bords.

LA belle Agnès, Agnès toute tremblante,
Preffait le roi qui pleurait dans fes bras,
Et lui difait : Mon cher amant, hélas!
Peut-être un jour nous ferons l'un et l'autre
Portés ainfi dans l'empire des morts :
Ah! que mon ame, auffi-bien que mon corps,
Soit à jamais unie avec la vôtre!

A ces propos, qui portaient dans les cœurs
La trifte crainte et les molles douleurs,

Jeanne prenant ce ton mâle et terrible,
Organe heureux d'un courage invincible,
Dit : Ce n'eſt point par des gémiſſemens,
Par des ſanglots, par des cris, par des larmes,
Qu'il faut venger ces deux nobles amans;
C'eſt par le ſang : prenons demain les armes.
Voyez, ô roi ! ces remparts d'Orléans,
Triſtes remparts que l'Anglais environne.
Les champs voiſins ſont encor tout fumans
Du ſang verſé, que vous-même en perſonne
Fîtes couler de vos royales mains.
Préparons-nous : ſuivez vos grands deſſeins,
C'eſt ce qu'on doit à l'ombre enſanglantée
De la Trimouille et de ſa Dorothée :
Un roi doit vaincre, et non pas ſoupirer.
Charmante Agnès, ceſſez de vous livrer
Aux mouvemens d'une ame douce et bonne.
A ſon amant Agnès doit inſpirer
Des ſentimens dignes de ſa couronne.
Agnès reprit : Ah ! laiſſez-moi pleurer !

Fin du dix-neuvième Chant.

NOTES

DU CHANT DIX-NEUVIEME.

(*a*) Vous favez , mon cher lecteur , qu'*Hector* et *Ménélas* fe battirent, et qu'*Hélène* les regardait faire tranquillement. *Dorothée* a bien plus de vertu : auffi notre nation eft bien plus vertueufe que celle des Grecs. Nos femmes font galantes , mais au fond elles font beaucoup plus tendres , comme je le prouve dans mon Philofophe chrétien , tome XII , page 169.

(*b*) Je crois que notre auteur entend par ces mots, *que rien ne put toucher* la dureté de cœur que fit paraître *Atlas* quand il refufa l'hofpitalité à *Perfée.* Il le laiffa coucher dehors , et *Jupiter* l'en punit, comme chacun fait , en le changeant en montagne.

(*c*) Ce *Bélin* était en effet un contemporain ; ce fut lui qui depuis peignit *Mahomet II.*

(*d*) Vous favez que *Bruno* fonda les chartreux , après avoir vu ce chanoine de Paris qui parlait après fa mort.

(*e*) Je foupçonne un peu d'ironie dans notre grave auteur.

Fin des Notes du Chant dix-neuvième.

Vers son amant elle avança la main,
Sans y songer; puis la tira soudain.

Pucelle Chant 20.e

J. M. Moreau le j.ne inv.

Duclos Sculp

CHANT XX.

ARGUMENT.

Comment Jeanne tomba dans une étrange tentation ; tendre témérité de son âne ; belle résistance de la Pucelle.

L'HOMME et la femme est chose bien fragile, (a)
Sur la vertu gardez-vous de compter.
Ce vase est beau, mais il est fait d'argile :
Un rien le casse : on peut le rajuster ;
Mais ce n'est pas entreprise facile.
Garder ce vase avec précaution,
Sans le ternir, croyez-moi, c'est un rêve :
Nul n'y parvient ; témoin le mari d'Eve,
Et le vieux Loth, et l'aveugle Samson,
David le saint, le sage Salomon,
Et vous sur-tout, sexe doux, sexe aimable,
Tant du nouveau que du vieux testament,
Et de l'histoire, et même de la fable.
Sexe dévot, je pardonne aisément
Vos petits tours et vos petits caprices,
Vos doux refus, vos charmans artifices ;
Mais j'avoûrai qu'il est de certains cas,
De certains goûts que je n'excuse pas.
J'ai vu par fois une bamboche, un singe,
Gros, court, tanné, tout velu sous le linge,
Comme un blondin caressé dans vos bras.
J'en suis fâché pour vos tendres appas.

Un âne ailé vaut cent fois mieux peut-être,
Qu'un fat en robe et qu'un lourd petit-maître.
Sexe adorable, à qui j'ai confacré
Le don des vers dont je fus honoré,
Pour vous inftruire il eft temps de connaître
L'erreur de Jeanne, et comme un beau grifon
Pour un moment égara fa raifon ;
Ce n'eft pas moi, c'eft le fage Tritême,
Ce digne abbé qui vous parle lui-même.

Le gros damné de père Grisbourdon,
Terrible encore au fond de fa chaudière,
En blafphémant cherchait l'occafion
De fe venger de la Pucelle altière,
Par qui là-haut d'un coup d'eftramaçon
Son chef tondu fut privé de fon tronc.
Il s'écriait : O Belzébut ! mon père,
Ne pourrais-tu dans quelque gros péché
Faire tomber cette Jeanne févère ?
J'y crois pour moi ton honneur attaché. (b)
Comme il parlait, arriva plein de rage
Hermaphrodix au ténébreux rivage,
Son eau bénite encor fur le vifage.
Pour fe venger l'amphibie animal
Vint s'adreffer à l'auteur de tout mal.
Les voilà donc tous les trois qui confpirent
Contre une femme. Hélas ! le plus fouvent
Pour les féduire il n'en fallut pas tant.
Depuis long-temps tous les trois ils apprirent
Que Jeanne d'Arc deffous fon cotillon
Gardait les clefs de la ville affiégée ;
Et que le fort de la France affligée

Ne dépendait que de fa miffion.
L'efprit du diable a de l'invention :
Il courut vîte obferver fur la terre
Ce que fefaient fes amis d'Angleterre ;
En quel état, et de corps et d'efprit,
Se trouvait Jeanne après le grand conflit.

LE roi, Dunois, Agnès alors fidelle,
L'âne, Bonneau, Bonifoux, la Pucelle,
Etaient entrés vers la nuit dans le fort,
En attendant quelque nouveau renfort.
Des affiégés la brèche réparée
Aux affaillans ne permet plus l'entrée.
Des ennemis la troupe eft retirée.
Les citoyens, le roi Charle et Bedfort,
Chacun chez foi foupe en hâte et s'endort.

MUSES, tremblez de l'étrange aventure
Qu'il faut apprendre à la race future ;
Et vous, lecteurs, en qui le ciel a mis
Les fages goûts d'une tendreffe pure,
Remerciez et Dunois et Denis,
Qu'un grand péché n'ait pas été commis.

IL vous fouvient que je vous ai promis
De vous conter les galantes merveilles
De ce Pégafe aux deux longues oreilles,
Qui combattit, fous Jeanne et fous Dunois,
Les ennemis des filles et des rois.
Vous l'avez vu fur fes ailes dorées
Porter Dunois aux lombardes contrées :
Il en revint ; mais il revint jaloux :

Vous favez bien qu'en portant la Pucelle,
Au fond du cœur il fentit l'étincelle
De ce beau feu, plus vif encor que doux,
Ame, reffort, et principe des mondes,
Qui dans les airs, dans les bois, dans les ondes,
Produit les corps et les anime tous.
Ce feu facré, dont il nous refte encore
Quelques rayons dans ce monde épuifé,
Fut pris au ciel pour animer Pandore.
Depuis ce temps le flambeau s'eft ufé :
Tout eft flétri ; la force languiffante
De la nature, en nos malheureux jours,
Ne produit plus que d'imparfaits amours.
S'il eft encore une flamme agiffante,
Un germe heureux des principes divins,
Ne cherchez pas chez Vénus-Uranie,
Ne cherchez pas chez les faibles humains,
Adreffez-vous aux héros d'Arcadie.

BEAUX céladons, que des objets vainqueurs
Ont enchaînés par des liens de fleurs ;
Tendres amans en cuiraffe, en foutane,
Prélats, abbés, colonels, confeillers,
Gens du bel air, et même cordeliers,
En fait d'amour, défiez-vous d'un âne.
Chez les Latins le fameux âne d'or,
Si renommé par fa métamorphofe,
De celui-ci n'approchait pas encor ;
Il n'était qu'homme, et c'eft bien peu de chofe.

L'ABBÉ Tritême, efprit fage et difcret,
Et plus favant que le pédant Larchet, (c)

Modeste auteur de cette noble histoire,
Fut effrayé plus qu'on ne saurait croire,
Quand il fallut, aux siècles à venir,
De ces excès transmettre la mémoire.
De ses trois doigts il eut peine à tenir
Sur son papier sa plume épouvantée.
Elle tomba : mais son ame agitée
Se rassura, fesant réflexion
Sur la malice et le pouvoir du diable.

D u genre-humain cet ennemi coupable
Est tentateur de sa profession ;
Il prend les gens en sa possession.
De tout péché ce père formidable,
Rival de D I E U, séduisit autrefois
Ma chère mère un soir au coin d'un bois, (d)
Dans son jardin. Ce serpent hypocrite
Lui fit manger d'une pomme maudite.
Même on prétend qu'il lui fit encor pis.
On la chassa de son beau paradis.
Depuis ce jour, Satan dans nos familles
A gouverné nos femmes et nos filles.
Le bon Tritême en avait dans son temps
Vu de ses yeux des exemples touchans.
Voici comment ce grand homme raconte
Du saint baudet l'insolence et la honte.

L A grosse Jeanne, au visage vermeil,
Qu'ont rafraîchi les pavots du sommeil,
Entre ses draps doucement recueillie,
Se rappelait les destins de sa vie.
De tant d'exploits son jeune cœur flatté,

A faint Denis n'en donna pas la gloire ;
Elle conçut un grain de vanité.
Denis fâché, comme on peut bien le croire,
Pour la punir, laiffa quelques momens
Sa protégée au pouvoir de fes fens.
Denis voulut que fa Jeanne qu'il aime,
Connût enfin ce qu'on eft par foi-même,
Et qu'une femme, en toute occafion,
Pour fe conduire a befoin d'un patron.
Elle fut prête à devenir la proie
D'un piége affreux que tendit le démon.
On va bien loin fitôt qu'on fe fourvoie. (*e*)

LE tentateur, qui ne néglige rien,
Prenait fon temps ; il le prend toujours bien.
Il eft par-tout : il entra par adreffe
Au corps de l'âne, il forma fon efprit,
Valeur des fons à fa langue il apprit,
De fa voix rauque adoucit la rudeffe,
Et l'inftruifit aux fineffes de l'art
Approfondi par Ovide et Bernard. (*f*)

L'ANE éclairé furmonta toute honte ;
De l'écurie adroitement il monte
Au pied du lit, où dans un doux repos
Jeanne en fon cœur repaffait fes travaux ;
Puis doucement s'accroupiffant près d'elle,
Il la loua d'effacer les héros,
D'être invincible, et fur-tout d'être belle.
Ainfi jadis le ferpent féducteur,
Quand il voulut fubjuguer notre mère,
Lui fit d'abord un compliment flatteur.
L'art de louer commença l'art de plaire.

Ou suis-je ? ô ciel ! s'écria Jeanne d'Arc :
Qu'ai-je entendu ? par faint Luc ! par faint Marc !
Eft-ce mon âne ? ô merveille ! ô prodige !
Mon âne parle, et même il parle bien.

L'ANE à genoux, compofant fon maintien,
Lui dit : ô d'Arc ! ce n'eft point un preftige ;
Voyez en moi l'âne de Canaan :
Je fus nourri chez le vieux Balaam ;
Chez les païens Balaam était prêtre,
Moi j'étais juif ; et fans moi, mon cher maître
Aurait maudit tout ce bon peuple élu,
Dont un grand mal fut fans doute advenu.
Adonaï récompenfa mon zèle ;
Au vieil Enoc bientôt on me donna ;
Enoc avait une vie immortelle ;
J'en eus autant ; et le maître ordonna
Que le cifeau de la Parque cruelle
Refpecterait le fil de mes beaux ans.
Je jouis donc d'un éternel printemps.
De notre pré le maître débonnaire
Me permit tout, hors un cas feulement :
Il m'ordonna de vivre chaftement.
C'eft pour un âne une terrible affaire.
Jeune et fans frein dans ce charmant féjour,
Maître de tout, j'avais droit de tout faire,
Le jour, la nuit, tout, excepté l'amour.
J'obéis mieux que ce premier fot homme,
Qui perdit tout pour manger une pomme.
Je fus vainqueur de mon tempérament ;
La chair fe tut ; je n'eus point de faibleffes ;
Je vécus vierge : or favez-vous comment ?

Dans le pays il n'était point d'ânesses.
Je vis couler, content de mon état,
Plus de mille ans dans ce doux célibat. (g)

Lorsque Bacchus vint du fond de la Gréce,
Porter le thyrse, et la gloire et l'ivresse,
Dans les pays par le Gange arrosés,
A ce héros je servis de trompette :
Les Indiens par nous civilisés
Chantent encor ma gloire et leur défaite.
Silène (h) et moi nous sommes plus connus
Que tous les grands qui suivirent Bacchus.
C'est mon nom seul, ma vertu signalée,
Qui fit depuis tout l'honneur d'Apulée. (i)

Enfin là-haut dans ces plaines d'azur,
Lorsque saint George, à vos Français si dur,
Ce fier saint George, aimant toujours la guerre,
Voulut avoir un courfier d'Angleterre ;
Quand saint Martin, fameux par son manteau, (k)
Obtint encore un cheval affez beau ;
Monsieur Denis, qui fait, comme eux, figure,
Voulut, comme eux, avoir une monture :
Il me choisit, près de lui m'appela ; (l)
Il me fit don de deux brillantes ailes ;
Je pris mon vol aux voûtes éternelles ;
Du grand faint Roch (m) le chien me festoya ;
J'eus pour ami le porc de saint Antoine,
Célefte porc, emblême de tout moine ;
D'étrilles d'or mon maître m'étrilla ;
Je fus nourri de nectar, d'ambrosie :
Mais, ô ma Jeanne ! une si belle vie

N'approche pas du plaifir que je fens
Au doux afpect de vos charmes puiffans.
Le chien, le porc, et George et Denis même,
Ne valent pas votre beauté fuprême.
Croyez fur-tout que de tous les emplois
Où m'éleva mon étoile bénigne,
Le plus heureux, le plus felon mon choix,
Et dont je fuis peut-être le plus digne,
Eft de fervir fous vos auguftes lois.
Quand j'ai quitté le ciel et l'empyrée,
J'ai vu par vous ma fortune honorée.
Non, je n'ai pas abandonné les cieux,
J'y fuis encor; le ciel eft dans vos yeux. (n)

A ce difcours, peut-être téméraire,
Jeanne fentit une jufte colère :
Aimer un âne et lui donner fa fleur !
Souffrirait-elle un pareil déshonneur,
Après avoir fauvé fon innocence
Des muletiers et des héros de France !
Après avoir, par la grâce d'en haut,
Dans le combat mis Chandos en défaut !
Mais que cet âne, ô ciel! a de mérite !
Ne vaut-il pas la chèvre favorite
D'un calabrois qui la pare de fleurs ?
Non, difait-elle, écartons ces horreurs.
Tous ces penfers formaient une tempête
Au cœur de Jeanne, et confondaient fa tête.
Ainfi qu'on voit fur les profondes mers
Les fiers tyrans des ondes et des airs,
L'un accourant des cavernes auftrales,
L'autre fifflant des glaces boréales;

Battre un vaisseau cinglant sur l'Océan,
Vers Sumatra, Bengale, ou Céïlan :
Tantôt la nef aux cieux semble portée,
Près des rochers tantôt elle est jetée ;
Tantôt l'abyme est prêt à l'engloutir,
Et des enfers elle paraît sortir.

L'ENFANT malin qui tient sous son empire
Le genre humain, les ânes et les dieux,
Son arc en main, planait au haut des cieux,
Et voyait Jeanne avec un doux sourire.
De Jeanne d'Arc le grand cœur en effet
Etait flatté de l'étonnant effet
Que produisait sa beauté singulière,
Sur le sens lourd d'une ame si grossière.
Vers son amant elle avança la main,
Sans y songer ; puis la tira soudain.
Elle rougit, s'effraie et se condamne ;
Puis se rassure, et puis lui dit : Bel âne,
Vous concevez un chimérique espoir ;
Respectez plus ma gloire et mon devoir ;
Trop de distance est entre nos espèces ;
Non, je ne puis approuver vos tendresses ;
Gardez-vous bien de me pousser à bout.

L'ANE reprit : L'amour égale tout.
Songez au cygne à qui Léda fit fête (o)
Sans cesser d'être une personne honnête.
Connaissez-vous la fille de Minos, (p)
Pour un taureau négligeant des héros,
Et soupirant pour son beau quadrupède ?
Sachez qu'un aigle enleva Ganimède,

Et

Et que Philyre avait favorifé
Le dieu des mers en cheval déguifé.

Il pourfuivait fon difcours ; et le diable,
Premier auteur des écrits de la fable,
Lui fourniffait ces exemples frappans,
Et mettait l'âne au rang de nos favans.

Tandis qu'il parle avec tant d'élégance,
Le grand Dunois, qui près de là couchait,
Prêtait l'oreille, était tout ftupéfait
Des traits hardis d'une telle éloquence.
Il voulut voir le héros qui parlait,
Et quel rival l'Amour lui fufcitait.
Il entre, il voit, ô prodige ! ô merveille !
Le poffédé porteur de longue oreille,
Et ne crut pas encor ce qu'il voyait.

Jadis Vénus fut ainfi confondue,
Lorfqu'en un rets formé de fil d'airain,
Aux yeux des dieux, le malheureux Vulcain
Sous le dieu Mars la montra toute nue.
Jeanne après tout n'a point été vaincue ;
Le bon Denis ne l'abandonnait pas ;
Près de l'abyme il affermit fes pas ;
Il la foutint dans ce péril extrême.
Jeanne s'indigne, et rentre en elle-même,
Comme un foldat dans fon pofte endormi,
Qui fe réveille aux premières alarmes,
Frotte fes yeux, faute en pied, prend les armes,
S'habille en hâte, et fond fur l'ennemi.

La Pucelle.   A a *

DE Débora la lance redoutable
Etait chez Jeanne auprès de fon chevet,
Et de malheur fouvent la préfervait.
Elle la prend ; la puiffance du diable
Ne tint jamais contre ce fer divin.
Jeanne et Dunois fondent fur le malin ;
Le malin court, et fa voix effrayante
Fait retentir Blois, Orléans et Nante ;
Et les baudets dans le Poitou nourris,
Du même ton répondaient à fes cris.
Satan fuyait ; mais dans fa courfe prompte,
Il veut venger les Anglais et fa honte ;
Dans Orléans il vole comme un trait
Droit au logis du préfident Louvet.
Il s'y tapit dans le corps de madame ;
Il était fûr de gouverner cette ame ;
C'était fon bien ; le perfide eft inftruit
Du mal fecret qui tient la préfidente ;
Il fait qu'elle aime, et que Talbot l'enchante.
Le vieux ferpent en fecret la conduit,
Il la dirige, il l'enflamme, il efpère
Qu'elle pourra prêter fon miniftère
Pour introduire aux remparts d'Orléans
Le beau Talbot et fes fiers combattans :
En travaillant pour les Anglais qu'il aime,
Il fait affez qu'il combat pour lui-même.

Fin du vingtième Chant.

NOTES ET VARIANTES

DU CHANT VINGTIEME.

(a) EDITION de 1756 :

Que la vengeance eſt une paſſion
Funeſte au monde , affreuſe , impitoyable !
C'eſt un tourment , c'eſt une obſeſſion ;
Et c'eſt auſſi le partage du diable.
Le gros damné , &c.

(b) Edition de 1756 :

J'y crois pour moi ton honneur attaché.
Il ne faut pas beaucoup de rhétorique ,
Pour engager le tentateur antique
A travailler de ſon premier métier.
De tout méchef ce maudit ouvrier
Courut bien vîte obſerver ſur la terre , &c.

(c) Le pédant *Larcher* , mazarinier ridicule , homme de collége , qui , dans un livre de critique , aſſure , d'après *Hérodote* , qu'à Babylone toutes les dames ſe proſtituaient dans le temple par dévotion , et que tous les jeunes Gaulois étaient ſodomites.

(d) Voilà comment il convient de parler du diable , et de tous les diables qui ont ſuccédé aux furies , et de toutes les impertinences qui ont ſuccédé aux impertinences antiques. On ſait aſſez que *Satan* , *Belzébut* , *Aſtaroth* , n'exiſtent pas plus que *Tiſiphone* , *Alecton* et *Mégère.* Le ſombre et fanatique *Milton* , de la ſecte des indépendans , déteſtable ſecrétaire en langue latine du parlement nommé le *Croupion* , et déteſtable apologiſte de l'aſſaſſinat de *Charles I* , peut tant qu'il voudra célébrer l'enfer , et peindre le diable déguiſé en cormoran et en crapaud , et faire tenir tous les diables en pygmées dans une grande ſalle ; ces imaginations dégoûtantes , affreuſes , abſurdes , ont pu plaire à quelques fanatiques comme lui. Nous déclarons que nous avons ces facéties abominables en horreur. Nous ne voulons que nous réjouir.

A a 2

(e) Manufcrit :

> Négligemment la belle fur fon lit
> Sans corfelet, fans armes s'étendit.
> Ses vêtemens qui fe jouaient en ondes ,
> Se relevaient fur fes deux cuiffes rondes.
> *Le tentateur , &c.*

(f) *Bernard* , auteur de l'opéra de Caftor et Pollux , et de quelques pièces fugitives , a fait un Art d'aimer , comme *Ovide.*

(g) Edition de 1756 :

> Bientôt il plut au maître du tonnerre ,
> Au créateur du ciel et de la terre ,
> Pour racheter le genre humain captif ,
> De fe faire homme , et, ce qui pis eft , juif.
> Jofeph , Panther, et la brune Marie ,
> Sans le favoir firent cette œuvre pie.
> A fon époux la belle dit adieu ,
> Puis accoucha d'un bâtard qui fut Dieu.
> Il fut d'abord fuivi par la canaille ,
> Par des Matthieux , des Jacques , des enfans :
> Car Dieu fe cache aux fages comme aux grands ;
> L'humble le fuit , l'homme d'état s'en raille :
> La cour d'Hérode et les gens du bel air
> Narguent un Dieu bâtard et fait de chair.
> De cette chair l'humanité facrée
> Eft de Pilate affez peu révérée.
> Mais quelques jours avant qu'il fût feffé ,
> Et qu'un long bois pour Jefus fût dreffé ,
> Il devait faire en public fon entrée.
> C'était un point de la religion ,
> Que fur un âne il entrât dans Sion ;
> Cet âne était prédit par Ifaïe ,
> Ezéchiel , Baruch et Jérémie :
> C'était un cas important dans la loi ;
> O Jeanne d'Arc ! cet âne , c'était moi.
> Un ordre vint à l'archange terrible ,
> Qui du jardin eft le fuiffe inflexible ,
> De me laiffer fortir de ce beau lieu.
> Je pris ma courfe et j'allai porter Dieu.
> Notre préfence impofait aux oracles :
> A chaque pas nous fefions des miracles ;
> Vérole , toux , fièvre , chancre , farcin ,

Difparaiffaient à notre afpect divin ;
Chacun criait : Vive le roi de gloire !
Vous connaiffez le refte de l'hiftoire.
Le créateur pendu publiquement
Reffufcita bientôt fecrètement.

Je fus fidèle et reftai chez fa mère,
Très-mal bâté , fefant très-maigre chère.
Marie , au jour de fon affomption ,
Par teftament me laiffa penfion ;
Et je vécus mille ans dans la maifon ,
Jufques'au jour où cette maifon fainte,
De la cité quittant l'indigne enceinte,
Alla par mer aux rivages heureux
Où de Lorette eft le tréfor fameux.
Là du Seigneur je fervis les pucelles ;
J'en fus aimé ; je fus plus vierge qu'elles.
Enfin là haut , &c.

(*h*) L'âne de *Silène* eft affez connu ; on tient qu'il fervit de trompette.

(*i*) L'âne d'*Apulée* ne parla point ; il ne put jamais prononcer que *oh* et *non :* mais il eut une bonne fortune avec une dame , comme on peut le voir dans l'*Apuleïus* en deux volumes in-4.º , *cum notis ad ufum delphini*. Au refte on attribua de tout temps les mêmes fentimens aux bêtes qu'aux hommes. Les chevaux pleurent dans l'Iliade et dans l'Odyffée ; les bêtes parlent dans *Pilpay* , dans *Lokman* et dans *Efope* , &c.

(*k*) Les hérétiques doivent favoir que le diable demandant l'aumône à *Martin* , ce *Martin* lui donna la moitié de fon manteau.

(*l*) Edition de 1756 :

D'étrilles d'or mon maître m'étrilla ;
Du doux Jéfus les bontés paternelles
Me firent don de deux brillantes ailes ;
Et dans le temps que les anges des airs
Fefaient voguer la maifon fur les mers,
Je pris mon vol aux voûtes éternelles :
L'aigle de Jean et le bœuf de Matthieu
Me firent fête en cet augufte lieu ;
L'agneau fans tache avec moi brouta l'herbe ;
Là je bravai le cheval fi fuperbe,
Qui doit porter , par arrêt du deftin,
Tantôt Luther , tantôt le dur Calvin.

Je fus nourri de nectar , d'ambrofie:
Mais, ô ma Jeanne ! une fi belle vie

A a 3

N'approche pas du plaisir que je sens
Au doux aspect de vos charmes puissans.
L'aigle, le bœuf, le cheval, l'agneau même,
Ne valent pas votre beauté suprême.
Croyez sur-tout, &c.

(*m*) *Saint Roch*, qui guérit de la peste, est toujours peint avec un chien ; et *saint Antoine* est toujours suivi d'un cochon. Tous les bons chrétiens connaissent l'aigle de *saint Jean*, le bœuf de *saint Luc*, et les autres bêtes du paradis.

(*n*) Edition de **1756** :

Ainsi parlait l'âne avec élégance,
En appuyant sa flatteuse éloquence
D'un geste heureux, que n'ont point eu Baron,
Et Bourdaloue et le doux Massillon.
Ce beau récit, cette histoire admirable,
Cet air naïf dont l'âne débitait,
Mais plus que tout ce geste inimitable,
Firent sur Jeanne un vif et prompt effet,
Que son Dunois n'avait point encor fait.
    Tandis qu'il parle avec tant d'impudence,
Le grand Dunois, qui près de là couchait,
Prêtait l'oreille, était tout stupéfait
Des traits hardis d'une telle éloquence.
Il voulut voir le héros qui parlait,
Et quel rival l'Amour lui suscitait.
Il entre, il voit, ô prodige ! ô merveille !
Le possédé porteur de longue oreille,
Et ne crut pas encor ce qu'il voyait.
De Débora la lance redoutable
Etait chez Jeanne auprès de son chevet.
Il la saisit ; la puissance du diable
Ne tint jamais contre ce fer divin.
Le grand Dunois poursuit l'esprit malin ;
Belzébut tremble ; et prompt à disparaître,
Emporte l'âne à travers la fenêtre.
Il le conduit par le chemin des airs
Dans ce château, fatal à l'innocence,
Où Conculix tenait en sa puissance
La belle Agnès et les héros divers,
Anglais, Français, qui, tombés dans le piége,
Sont prisonniers en ce lieu sacrilége.

Ce Conçulix, depuis le jour cruel
Où le bâtard et la Pucelle altière,
L'ayant couvert d'un affront éternel,
De son palais ont forcé la barrière,
Se gardait bien de donner des soupés
Aux chevaliers dans ses lacs attrapés.
Il les traitait avec rude manière,
Il les tenait dans le fond d'un caveau.
Son chancelier s'en vint en long manteau
Signifier à la troupe éplorée
De Conculix la volonté sacrée.
Vous jeûnerez et vous boirez de l'eau,
Serez fessés une fois par semaine,
Jusqu'au moment où quelqu'une ou quelqu'un,
En remplissant un devoir peu commun,
Pourra sauver votre demi-douzaine.
Tâchez d'aimer ; il faut qu'un de vous six
Du fond du cœur brûle pour Conculix.
Il veut qu'on l'aime : il en vaut bien la peine.
Si nul de vous ne peut y réussir,
Soyez fessés, car tel est son plaisir.

Il s'en retourne ; après cette sentence
Les prisonniers restent en conference.
Mais qui voudra se dévouer pour tous ?
Agnès disait : pourrais-je en conscience
Du dieu d'amour sentir ici les coups ?
Le don d'aimer ne dépend pas de nous :
Et je serai fidelle au roi de France.
Parlant ainsi, ses regards affligés
Lorgnent Monrose, et de pleurs sont chargés.
Monrose dit : Pour moi j'aime une belle
Que pour des dieux je ne saurais quitter.
Cent Conculix ne sauraient me tenter,
Et je voudrais être fessé pour elle.

Je voudrais l'être aussi pour mon amant,
Dit Dorothée. Il n'est point de tourment
Que de l'amour le charme n'adoucisse :
Quand on est deux est-il quelque supplice ?

Son la Trimouille, à ce discours charmant,
Tombe à ses pieds, et s'abandonne en proie
A des douleurs qu'allége un peu de joie.

Le confesseur, ayant toussé deux fois,
Leur dit : Messieurs, j'étais jeune autrefois:

A a 4

Ce temps n'eft plus , et les rides de l'âge
Ont filloné la peau de mon vifage :
Que puis-je ? hélas ! je fuis, par mon emploi ,
Dominicain et confeffeur du roi :
Je ne faurais vous tirer d'efclavage.
    Paul Tirconel , qu'anime un fier courage ,
Se lève , et dit : Hé bien ! ce fera moi.
    A ces trois mots dits avec affurance ,
Les prifonniers reprirent l'efpérance.
A Conculix , le lendemain matin ,
Etant pourvu du fexe féminin ,
Paul écrivit une lettre fort tendre ,
Qu'au chancelier la geolière alla rendre.
Paul y joignit un petit madrigal ,
D'un goût tout neuf et fort original.

(*o*) *Léda* ayant donné fes faveurs à un cygne , accoucha de deux œufs.

(*p*) *Pafiphaé* , amoureufe d'un taureau , en eut le minotaure. *Philyre* eut d'un cheval le centaure *Chiron* , précepteur d'*Achille* : ce ne fut point *Neptune* , mais *Saturne* qui prit la forme d'un cheval ; notre auteur fe trompe en ce point. Je ne nie pas que quelques doctes ne foient de fon avis.

Fin des Notes et Variantes du Chant vingtième.

Au-lieu d'amis, Jeanne, la lance en main,
Fondait vers lui sur son âne divin.

Picelle Chant 21.ͤ

J. M. Moreau le j.ͤ inv.   Baquoy Sculp.

CHANT XXI.

ARGUMENT.

Pudeur de Jeanne démontrée. Malice du diable. Rendez-
vous donné par la présidente Louvet au grand Talbot.
Services rendus par frère Lourdis. Belle conduite de la
discrète Agnès. Repentir de l'âne. Exploits de la Pucelle.
Triomphe du grand roi Charles VII.

MON cher lecteur sait par expérience
Que ce beau dieu qu'on nous peint dans l'enfance,
Et dont les jeux ne sont pas jeux d'enfans,
A deux carquois tout à fait différens :
L'un a des traits, dont la douce piqûre
Se fait sentir sans danger, sans douleur,
Croît par le temps, pénètre au fond du cœur,
Et vous y laisse une vive blessure.
Les autres traits sont un feu dévorant
Dont le coup part et brûle au même instant.
Dans les cinq sens ils portent le ravage,
Un rouge vif allume le visage,
D'un nouvel être on se croit animé,
D'un nouveau sang le corps est enflammé,
On n'entend rien ; le regard étincelle.
L'eau sur le feu bouillonnant à grand bruit,
Qui sur ses bords s'élève, échappe et fuit,
N'est qu'une image imparfaite, infidelle,
De ces désirs dont l'excès vous poursuit.

PROFANATEURS indignes de mémoire,
Vous qui de Jeanne avez souillé la gloire,
Vils écrivains, qui du mensonge épris
Falsifiez les plus sages écrits,
Vous prétendez que ma Pucelle Jeanne
Pour son grifon sentit ce feu profane ;
Vous imprimez qu'elle a mal combattu, (a)
Vous insultez son sexe et sa vertu.
D'écrits honteux compilateurs infames,
Sachez qu'on doit plus de respect aux dames;
Ne dites point que Jeanne a succombé :
Dans cette erreur nul savant n'est tombé,
Nul n'avança des faussetés pareilles.
Vous confondez et les faits et les temps,
Vous corrompez les plus rares merveilles ;
Respectez l'âne et ses faits éclatans ;
Vous n'avez pas ses fortunés talens,
Et vous avez de plus longues oreilles.
Si la Pucelle, en cette occasion,
Vit d'un regard de satisfaction
Les feux nouveaux qu'inspirait sa personne,
C'est vanité qu'à son sexe on pardonne,
C'est amour-propre, et non pas l'autre amour.

POUR achever de mettre en tout son jour
De Jeanne d'Arc le lustre internissable,
Pour vous prouver qu'aux malices du diable,
Aux fiers transports de cet âne éloquent,
Son noble cœur était inébranlable,
Sachez que Jeanne avait un autre amant.
C'était Dunois, comme aucun ne l'ignore ;
C'est le bâtard que son grand cœur adore.

On peut d'un âne écouter les difcours,
On peut fentir un vain défir de plaire ;
Cette paffade, innocente et légère,
Ne trahit point de fidèles amours.

C'est dans l'hiftoire une chofe avérée,
Que ce héros, ce fublime Dunois,
Etait bleffé d'une flèche dorée,
Qu'Amour tira de fon premier carquois.
Il commanda toujours à fa tendreffe ;
Son cœur altier n'admit point de faibleffe,
Il aimait trop et l'Etat et le roi,
Leur intérêt fut fa première loi.

O Jeanne ! il fait que ton beau pucelage
De la victoire eft le précieux gage :
Il refpectait Denis et tes appas ;
Semblable au chien courageux et fidèle,
Qui réfiftant à la faim qui l'appelle,
Tient la perdrix et ne la mange pas.
Mais quand il vit que le baudet célefte
Avait parlé de fa flamme funefte,
Dunois voulut en parler à fon tour.
Il eft des temps où le fage s'oublie.

C'était, fans doute, une grande folie
Que d'immoler fa patrie à l'Amour.
C'était tout perdre ; et Jeanne encor honteufe
D'avoir d'un âne écouté les propos,
Réfiftait mal à ceux de fon héros.
L'amour preffait fon ame vertueufe ;
C'en était fait, lorfque fon doux patron
Du haut du ciel détacha fon rayon ;

Ce rayon d'or, fa gloire et fa monture,
Qui tranfporta fa béate figure
Quand il chercha, par fes foins vigilans,
Un pucelage aux remparts d'Orléans.
Ce faint rayon frappant au fein de Jeanne,
En écarta tout fentiment profane.
Elle cria : Cher bâtard, arrêtez,
Il n'eft pas temps, nos amours font comptés :
Ne gâtons rien à notre deftinée ;
C'eft à vous feul que ma foi s'eft donnée ;
Je vous promets que vous aurez ma fleur.
Mais attendons que votre bras vengeur,
Votre vertu, fous qui le breton tremble,
Ait du pays chaffé l'ufurpateur.
Sur des lauriers nous coucherons enfemble.

A ce propos le bâtard s'adoucit ;
Il écouta l'oracle et fe foumit.
Jeanne reçut fon pur et doux hommage,
Modeftement ; et lui donna pour gage
Trente baifers chaftes, pleins de pudeur,
Et tels qu'un frère en reçoit de fa fœur.
Dans leurs défirs tous deux ils fe continrent,
Et de leurs faits honnêtement convinrent.
Denis les voit, Denis très-fatisfait,
De fes projets preffa le grand effet.

LE preux Talbot devait cette nuit même
Dans Orléans entrer par ftratagême ;
Exploit nouveau pour fes Anglais hautains,
Tous gens fenfés, mais plus hardis que fins.

O dieu d'amour! ô faibleffe! ô puiffance!
Amour fatal, tu fus près de livrer
Aux ennemis ce rempart de la France.
Ce que l'Anglais n'ofait plus efpérer,
Ce que Bedfort et fon expérience,
Ce que Talbot et fa rare vaillance
Ne purent faire, Amour, tu l'entrepris!
Tu fais nos maux, cher enfant, et tu ris.

Si dans le cours de fes vaftes conquêtes
Il effleura de fes flèches honnêtes
Le cœur de Jeanne, il lança d'autres coups
Dans les cinq fens de notre préfidente.
Il la frappa de fa main triomphante
Avec les traits qui rendent les gens fous.
Vous avez vu la fatale efcalade,
L'affaut fanglant, l'horrible canonade,
Tous ces combats, tous ces hardis efforts,
Au haut des murs, en dedans, en dehors,
Lorfque Talbot et fes fières cohortes
Avaient brifé les remparts et les portes,
Et que fur eux tombaient du haut des toits
Le fer, la flamme, et la mort à la fois.
L'ardent Talbot avait, d'un pas agile,
Sur des mourans pénétré dans la ville,
Renverfant tout, criant à haute voix:
Anglais! entrez; bas les armes, bourgeois!
Il reffemblait au grand dieu de la guerre,
Qui fous fes pas fait retentir la terre,
Quand la Difcorde, et Bellone, et le Sort,
Arment fon bras, miniftre de la mort.

LA préfidente avait une ouverture
Dans fon logis, auprès d'une mafure,
Et par ce trou contemplait fon amant ;
Ce cafque d'or, ce panache ondoyant,
Ce bras armé, ces vives étincelles
Qui s'élançaient du rond de fes prunelles,
Ce port altier, cet air d'un demi-dieu.
La préfidente en était toute en feu,
Hors de fes fens, de honte dépouillée.
Telle autrefois, d'une loge grillée,
Madame Audou, (b) dont l'Amour prit le cœur,
Lorgnait Baron cet immortel acteur,
D'un œil ardent dévorait fa figure,
Son beau maintien, fes geftes, fa parure,
Mêlait tout bas fa voix à fes accens,
Et recevait l'amour par tous les fens.

CHEZ la Louvet vous favez que le diable
Etait entré fans fe rendre importun ;
Et que le diable et l'Amour, c'eft tout un :
L'archange noir, de mal infatiable,
Prit la cornette et les traits de Suzon,
Qui dès long-temps fervait dans la maifon ;
Fille entendue, active, néceffaire,
Coiffant, frifant, portant des billets doux,
Savante en l'art de conduire une affaire,
Et ménageant fouvent deux rendez-vous,
L'un pour fa dame, et puis l'autre pour elle.
Satan caché fous l'air de la donzelle,
Tint ce difcours à notre groffe belle :

VOUS connaiffez mes talens et mon cœur,
Je veux fervir votre innocente ardeur ;

Votre intérêt d'affez près me concerne.
Mon grand coufin eft de garde ce foir
En fentinelle à certaine poterne ;
Là, fans rifquer que votre honneur foit terne,
Le beau Talbot peut en fecret vous voir.
Ecrivez-lui ; mon grand coufin eft fage,
Il vous fera très-bien votre meffage.
La préfidente écrit un beau billet,
Tendre, emporté : chaque mot porte à l'ame
La volupté, les défirs et la flamme.
On voyait bien que le diable dictait.
Le grand Talbot, habile ainfi que tendre,
Au rendez-vous fit ferment de fe rendre :
Mais il jura que dans ce doux conflit,
Par les plaifirs il irait à la gloire ;
Et tout fut prêt, afin qu'au faut du lit
Il ne fît plus qu'un faut à la victoire.

Il vous fouvient que le frère Lourdis
Fut envoyé, par le grand faint Denis,
Chez les Anglais pour lui rendre fervice.
Il était libre et chantait fon office,
Difait fa meffe, et même confeffait.
Le preux Talbot fur fa foi le laiffait,
Ne jugeant pas qu'un ruftre, un imbécile,
Un moine épais, excrément de couvent,
Qu'il avait fait feffer publiquement,
Pût traverfer un général habile.
Le jufte ciel en jugeait autrement.
Dans fes décrets il fe complaît fouvent
A fe moquer des plus grands perfonnages.
Il prend les fots pour confondre les fages.

Un trait d'efprit, venant du paradis,
Illumina le crâne de Lourdis.
De fon cerveau la matière épaiffie
Devint légère, et fut moins obfcurcie;
Il s'étonna de fon difcernement.
Las! nous penfons, le bon DIEU fait comment!
Connaiffons-nous quel reffort invifible
Rend la cervelle ou plus ou moins fenfible?
Connaiffons-nous quels atomes divers
Font l'efprit jufte ou l'efprit de travers?
Dans quels recoins du tiffu cellulaire
Sont les talens de Virgile ou d'Homère?
Et quel levain, chargé d'un froid poifon,
Forme un Therfite, un Zoïle, un Fréron?
Un intendant de l'empire de Flore
Près d'un œillet voit la ciguë éclore;
La caufe en eft au doigt du Créateur;
Elle eft cachée aux yeux de tout docteur:
N'imitons pas leur babil inutile.

LOURDIS d'abord devint très-curieux;
Utilement il employa fes yeux.
Il vit marcher fur le foir, vers la ville,
Des cuifiniers qui portaient à la file
Tous les apprêts pour un repas exquis;
Truffes, jambons, gélinottes, perdrix;
De gros flacons à panfe cifelée
Rafraîchiffaient, dans la glace pilée
Ce jus brillant, ces liquides rubis
Que tient Cîteaux (c) dans fes caveaux bénis.
Vers la poterne on marchait en filence;
Lourdis alors fut rempli de fcience, (d)

Non

Non de latin, mais de cet art heureux
De se conduire en ce monde scabreux.
Il fut doué d'une douce faconde,
Devint accort, attentif, avisé,
Regardant tout du coin d'un œil rusé,
Fin courtisan, plein d'astuce profonde,
Le moine, enfin, le plus moine du monde.
Ainsi l'on voit en tout temps ses pareils,
De la cuisine entrer dans les conseils ;
Brouillons en paix, intrigans dans la guerre,
Régnant d'abord chez le grossier bourgeois,
Puis se glissant au cabinet des rois,
Et puis enfin troublant toute la terre ;
Tantôt adroits et tantôt insolens,
Renards ou loups, ou singes ou serpens :
Voilà pourquoi les Bretons mécréans,
De leur engeance ont purgé l'Angleterre.

Notre Lourdis gagne un petit sentier,
Qui par un bois mène au royal quartier.
En son esprit roulant ce grand mystère,
Il va trouver Bonifoux son confrère.
Don Bonifoux, en ce même moment,
Sur les destins rêvait profondément ;
Il mesurait cette chaîne invisible
Qui tient liés les destins et les temps,
Les petits faits, les grands événemens,
Et l'autre monde, et le monde sensible.
Dans son esprit il les combine tous,
Dans les effets voit la cause et l'admire,
Il en suit l'ordre : il fait qu'un rendez-vous
Peut renverser ou sauver un empire.

La Pucelle.   B b

Le confeffeur fe fouvenait encor
Qu'on avait vu les trois fleurs de lis d'or
En champ d'albâtre à la feffe d'un page,
D'un page anglais : fur-tout il envifage
Les murs tombés du mage Hermaphrodix.
Ce qui fur-tout l'étonne davantage,
C'eft le bon fens, c'eft l'efprit de Lourdis.
Il connut bien qu'à la fin faint Denis
De cette guerre aurait tout l'avantage.

LOURDIS fe fait préfenter poliment
Par Bonifoux à la royale amie :
Sur fa beauté lui fait fon compliment,
Et fur le roi ; puis il lui dit comment
Du grand Talbot la prudence endormie
A pour le foir un rendez-vous donné
Vers la poterne, où ce déterminé
Eft attendu par la Louvet qui l'aime.
On peut, dit-il, ufer d'un ftratagême ;
Suivre Talbot, et le furprendre là,
Comme Samfon le fut par Dalila.
Divine Agnès, propofez cette affaire
Au grand roi Charle. Ah ! mon révérend père,
Lui dit Agnès, penfez-vous que le roi
Puiffe toujours être amoureux de moi ?
Je n'en fais rien : je penfe qu'il fe damne,
Répond Lourdis ; ma robe le condamne,
Mon cœur l'abfout. Ah ! qu'ils font fortunés,
Ceux qui pour vous feront un jour damnés !
Agnès reprit : Moine, votre réponfe
Eft bien flatteufe, et de l'efprit annonce.
Puis dans un coin le tirant à l'écart,

Elle lui dit : Auriez-vous par hafard
Chez les Anglais vu le jeune Monrofe ?
Le moine noir l'entendit finement :
Oui, je l'ai vu, dit-il ; il eft charmant.
Agnès rougit, baiffe les yeux, compofe
Son beau vifage ; et prenant par la main
L'adroit Lourdis, le mène avant nuit clofe
Au cabinet de fon cher fuzerain.

LOURDIS y fit un difcours plus qu'humain.
Le roi Charlot, qui ne le comprit guère,
Fit affembler fon confeil fouverain,
Ses aumôniers et fon confeil de guerre.
Jeanne au milieu des héros fes pareils,
Comme au combat affiftait aux confeils.
La belle Agnès d'une façon gentille,
Difcrètement travaillant à l'aiguille,
De temps en temps donnait de bons avis,
Qui du roi Charle étaient toujours fuivis.

ON propofa de prendre avec adreffe
Sous les remparts Talbot et fa maîtreffe :
Tels dans les cieux le Soleil et Vulcain
Surprirent Mars avec fon Aphrodife. (e)
On prépara cette grande entreprife,
Qui demandait et la tête et la main.
Dunois d'abord prit le plus long chemin,
Fit une marche et pénible et favante,
Effort de l'art que dans l'hiftoire on vante.
Entre la ville et l'armée on paffa.
Vers la poterne enfin on fe plaça.
Talbot goûtait avec fa préfidente

Les premiers fruits d'une union naiſſante,
Se promettant que du lit aux combats,
En vrai héros il ne ferait qu'un pas.
Six régimens devaient ſuivre à la file.
L'ordre eſt donné. C'était fait de la ville.
Mais ſes guerriers de la veille engourdis,
Pétrifiés d'un ſermon de Lourdis,
Bâillaient encore et ſe mouvaient à peine.
L'un contre l'autre ils dormaient dans la plaine.
O grand miracle ! ô pouvoir de Denis !

JEANNE et Dunois, et la brillante élite
Des chevaliers qui marchaient à leur ſuite,
Bordaient déjà, ſous les murs d'Orléans,
Les longs foſſés du camp des aſſiégeans.
Sur un cheval venu de Barbarie,
Le ſeul que Charle eût dans ſon écurie,
Jeanne avançait, en tenant d'une main
De Débora l'eſtramaçon divin ;
A ſon côté pendait la noble épée
Qui d'Holopherne a la tête coupée.
Notre Pucelle, avec dévotion,
Fit à Denis tout bas cette oraiſon :

» TOI qui daignas à ma faibleſſe obſcure,
» Dans Domremi, confier cette armure,
» Sois le ſoutien de ma fragilité,
» Pardonne-moi, ſi quelque vanité
» Flatta mes ſens quand ton âne infidelle
» S'émancipa juſqu'à me trouver belle.
» Mon cher patron, daigne te ſouvenir
» Que c'eſt par moi que tu voulus punir

,, De ces Anglais les ardeurs enragées,
,, Qui polluaient des nonnes affligées.
,, Un plus grand cas se préfente aujourd'hui :
,, Je ne puis rien fans ton divin appui.
,, Prête ta force au bras de ta fervante,
,, Il faut fauver la patrie expirante,
,, Il faut venger les lis de Charles fept
,, Avec l'honneur du préfident Louvet.
,, Conduis à fin cette aventure honnête,
,, Ainfi le ciel te conferve la tête ! ,,

Du haut du ciel faint Denis l'entendit ;
Et dans le camp fon âne la fentit :
Il fentit Jeanne ; et d'un battement d'aile,
La tête haute, il s'envole vers elle.
Il s'agenouille, il demande pardon
Des attentats de fa tendreffe impure.
Je fus, dit-il, poffédé du démon ;
Je m'en repens. Il pleure, il la conjure
De le monter ; il ne faurait fouffrir
Que fous fa Jeanne un autre ofe courir.
Jeanne vit bien qu'une vertu divine
Lui ramenait la volatile afine.
Au pénitent fa grâce elle accorda ;
Feffa fon âne, et lui recommanda
D'être à jamais plus difcret et plus fage.
L'âne le jure, et rempli de courage,
Fier de fa charge, il la porte dans l'air.

Sur les Anglais il fond comme un éclair,
Comme un éclair que la foudre accompagne.
Jeanne en volant inonde la campagne

Bb 3

De flots de fang, de membres difperfés,
Coupe cent cous l'un fur l'autre entaffés.

DANS fon croiffant de la nuit la courrière
Lui fourniffait fa douteufe lumière.
L'Anglais furpris, encor tout étourdi,
Regarde en haut d'où le coup eft parti.
Il ne voit point la lance qui le tue ;
La troupe fuit, égarée, éperdue,
Et va tomber dans les mains de Dunois.
Charles fe voit le plus heureux des rois.
Ses ennemis à fes coups fe préfentent,
Tels que perdreaux en l'air éparpillés,
Tombant en foule et par le chien pillés,
Sous le fufil la bruyère enfanglantent.
La voix de l'âne infpire la terreur ;
Jeanne d'en haut étend fon bras vengeur,
Pourfuit, pourfend, perce, coupe, déchire ;
Dunois affomme ; et le bon Charles tire
A fon plaifir tout ce qui fuit de peur.

LE beau Talbot, tout enivré des charmes
De fa Louvet, et de plaifirs rendu,
Sur fon beau fein mollement étendu,
A fa poterne entend le bruit des armes ;
Il en triomphe. Il difait à part foi :
Voilà mes gens, Orléans eft à moi.
Il s'applaudit de fes rufes habiles.
Amour, dit-il, c'eft toi qui prends les villes.
Dans cet efpoir Talbot encouragé,
Donne à fa belle un baifer de congé.
Il fort du lit, il s'habille, il s'avance,
Pour recevoir les vainqueurs de la France.

Auprès de lui le grand Talbot n'avait
Qu'un écuyer, qui toujours le suivait.
Grand confident et rempli de vaillance,
Digne vassal d'un si galant héros,
Gardant sa lance ainsi que les manteaux.
Entrez, amis, saisissez votre proie,
Criait Talbot; mais courte fut sa joie.
Au lieu d'amis, Jeanne, la lance en main,
Fondait vers lui sur son âne divin.
Deux cents Français entrent par la poterne;
Talbot frémit, la terreur le consterne.
Ces bons Français criaient : *Vive le roi,*
A boire, à boire, avançons; marche à moi.
A moi, Gascons, Picards, qu'on s'évertue,
Point de quartier; les voilà, tire, tue.

Talbot, remis du long saisissement
Que lui causa le premier mouvement,
A sa poterne ose encor se défendre.
Tel, tout sanglant, dans sa patrie en cendre,
Le fils d'Anchise attaquait son vainqueur.
Talbot combat avec plus de fureur;
Il est anglais; l'écuyer le seconde :
Talbot et lui combattraient tout un monde.
Tantôt de front, et tantôt dos à dos,
De leurs vainqueurs ils repoussent les flots;
Mais à la fin leur vigueur épuisée
Cède aux Français une victoire aisée.
Talbot se rend, mais sans être abattu.
Jeanne et Dunois prisèrent sa vertu.
Ils vont tous deux, de manière engageante,
Au président rendre la présidente.

Sans nul foupçon il la reçoit très-bien.
Les bons maris ne favent jamais rien.
Louvet toujours ignora que la France
A fa Louvet devait fa délivrance.

Du haut des cieux Denis applaudiffait ;
Sur fon cheval faint George frémiffait ;
L'âne entonnait fon octave écorchante,
Qui des Bretons redoublait l'épouvante.
Le roi, qu'on mit au rang des conquérans,
Avec Agnès foupa dans Orléans.
La même nuit, la fière et tendre Jeanne,
Ayant au ciel renvoyé fon bel âne,
De fon ferment accompliffant les lois,
Tint fa parole à fon ami Dunois.
Lourdis, mêlé dans la troupe fidelle,
Criait encore : *Anglais ! elle eft pucelle !* (*f*)

Fin du vingt-unième et dernier Chant.

NOTES ET VARIANTES

DU CHANT VINGT-UNIEME.

(*a*) L'AUTEUR du teſtament du cardinal *Albéroni*, et de quelques autres livres pareils, s'aviſa de faire imprimer la Pucelle avec des vers de ſa façon, qui ſont rapportés dans notre préface. Ce malheureux était un capucin défroqué, qui ſe réfugia à Lauſanne et en Hollande, où il fut correcteur d'imprimerie.

(*b*) On ſent bien qu'ici le nom de madame *Audou* eſt ſubſtitué au nom d'une grande dame de la cour, qui en effet avait eu de la paſſion pour *Baron* le comédien.

(*c*) Il y a dans Citeaux et dans Clervaux une groſſe tonne, ſemblable à celle d'Heidelberg : c'eſt la plus belle relique du couvent.

(*d*) Manuſcrit :

> *Lourdis alors fut rempli de ſcience.*
> Bientôt d'un ſot il devint un fripon
> Homme d'état, politique, eſpion,
> Fin courtiſan, plein d'aſtuce profonde,
> Le moine enfin, le plus moine du monde.
> *Ainſi l'on voit, &c.*

(*e*) *Aphrodiſe* eſt le nom grec de *Vénus* ; cela ne veut dire qu'*écume.* Mais que les noms grecs ſont ſonores ! que cette écume eſt une belle allégorie ! Voyez *Héſiode.* Vous ne douterez pas que les anciennes fables ne ſoient ſouvent l'emblème de la vérité.

(*f*) Le dernier chant des premières éditions étant preſqu'entièrement changé ou ſupprimé dans celles qui ont été imprimées ſous les yeux de l'auteur, nous le donnons ici tel qu'il a paru dans les éditions en 18 et en 24 chants.

> JE dois conter quelle terrible ſuite
> De Conculix eut l'infame condúite ;
> Ce que devint l'effronté Tirconel,
> Et quel ſecours étrange et ſalutaire
> Sut procurer notre révérend père
> A Dorothée, à la douce Sorel,
> Et par quel art il les tira d'affaire.

Je dois chanter par quels feux, quels exploits,
L'âne ravit la Pucelle à Dunois,
Et comment Dieu punit l'âne infidelle
Par qui Satan pollua la Pucelle.

   Mais, avant tout, le siége d'Orléans,
Où s'escrimaient tant de fiers combattans,
Est le grand point qui tous nous interesse.
O dieu d'amour! ô puissance! ô faiblesse!
Amour fatal! tu fus près de livrer
Aux ennemis ce rempart de la France.
Ce que l'Anglais n'osait plus espérer,
Ce que Bedfort et son expérience,
Ce que Talbot et sa rare vaillance
Ne purent faire, Amour, tu l'entrepris.
Songez, lecteurs, que ces fatales flammes
Brûlent vos corps et hasardent vos ames.
Tu fais nos maux, cher enfant, et tu ris.

   En te jouant dans la triste contrée,
Où cent héros combattaient pour deux rois,
Ta douce main blessa depuis deux mois
Le grand Talbot d'une flèche dorée,
Que tu tiras de ton premier carquois.
C'était avant ce siége mémorable,
Dans une trève, hélas! trop peu durable.
Il conféra, soupa paisiblement
Avec Louvet, ce grave président,
Lequel Louvet eut la gloire imprudente
De faire aussi souper la presidente.
Madame était un peu collet-monté.
L'Amour se plut à dompter sa fierté.
Il hait l'air prude, et souvent l'humilie.
Il dérangea sa noble gravité,
Par un des traits qui donnent la folie.
La présidente en cette occasion,
Gagna Talbot et perdit la raison.

   Vous avez vu la fatale escalade,
L'assaut sanglant, l'horrible canonade,
Tous ces combats, tous ces hardis efforts,
Au haut des murs, en dedans, en dehors,
Lorsque Talbot et ses fières cohortes
Avaient brisé les remparts et les portes,
Et que sur eux tombaient du haut des toits
Le fer, la flamme et la mort à la fois.

L'ardent Talbot avait d'un pas agile
Sur des mourans pénétré dans la ville,
Renverfant tout, criant à haute voix :
Anglais ! entrez ; bas les armes, bourgeois !
Il reffemblait au grand dieu de la guerre,
Qui fous fes pas fait retentir la terre,
Quand la difcorde, et Bellone et le Sort
Arment fon bras, miniftre de la mort.

La préfidente avait une ouverture,
Dans fon logis, auprès d'une mafure,
Et par ce trou contemplait fon amant,
Ce cafque d'or, ce panache ondoyant,
Ce bras armé, ces vives étincelles
Qui s'élançaient du rond de fes prunelles,
Ce port altier, cet air d'un demi-dieu.
La préfidente en était toute en feu,
Hors de fes fens, de honte dépouillée.
Telle autrefois, d'une loge grillée,
Une beauté, dont l'Amour prit le cœur,
Lorgnait Baron, cet immortel acteur,
D'un œil ardent dévorait fa figure,
Son beau maintien, fes geftes, fa parure,
Mêlait tout bas fa voix à fes accens,
Et recevait l'amour par tous les fens.

N'en pouvant plus, la belle préfidente,
Dans fon accès, dit à fa confidente :
Cours, ma Sufon, vole, va le trouver,
Dis-lui, dis-lui qu'il vienne m'enlever.
Si tu ne peux lui parler, fais-lui dire
Qu'il ait pitié de mon tendre martyre ;
Et que s'il eft un digne chevalier,
Je veux fouper ce foir dans fon quartier.

La confidente envoie un jeune page,
C'était fon frère ; il fait bien fon meffage ;
Et fans tarder, fix eftafiers hardis
Vont chez Louvet, et forcent le logis.

On entre, on voit une femme mafquée,
Et mouchetée, et peinte et requinquée,
Le front garni de cheveux vrais ou faux,
Montés en arc et tournés en anneaux.
On vous l'enlève, on la fait difparaître
Par des chemins dont Talbot eft le maître.

Ce beau Talbot ayant dans ce grand jour
Tant répandu, tant effuyé d'alarmes,
Voulut le foir, dans les bras de l'Amour,
Se confoler du malheur de fes armes.
Tout vrai héros, ou vainqueur ou battu,
Quand il le peut, foupe avec fa maitreffe. (*)
Sire Talbot, qui n'eft point abattu,
Attend chez lui l'objet de fa tendreffe.

Tout était prêt pour un fouper exquis ;
De gros flacons à panfe cifelée
Ont rafraîchi, dans la glace pilée,
Ce jus brillant, ces liquides rubis,
Que tient Citeaux dans fes caveaux bénis ;
A l'autre bout de la fuperbe tente,
Eft un fopha d'une forme élégante,
Bas, large, mou, très-proprement orné,
A deux chevets, à doffier contourné,
Où deux amis peuvent tenir à l'aife.
Sire Talbot vivait à la françaife.

Son premier foin fut de faire chercher
Le tendre objet qu'il avait fu toucher.
Tout ce qu'il voit parle de fon amante :
Il la demande ; on vient ; on lui préfente
Un monftre gris en pompons enfantins,
Haut de trois pieds, en comptant fes patins.
D'un rouge vif fes paupières bordées
Sont d'un fuc jaune en tout temps inondées :
Un large nez, au bout tors et crochu,
Semble couvrir un long menton fourchu.

Talbot cru voir la maîtreffe du diable.
Il jette un cri qui fait trembler la table.
C'était la fœur du gros monfieur Louvet,
Qu'en fon logis la garde avait trouvée,
Et qui de gloire et de plaifir crevait,
Se pavanant de fe voir enlevée.

La préfidente, en proie à la douleur
D'avoir manqué fon illuftre entreprife,
Se défolait de la trifte méprife :
Jamais Valois n'a plus maudit fa fœur.

_____

(*) On rapporte qu'après la bataille de Mariendal M. de *Turenne* paffa la nuit dans un moulin. Il coucha avec la meûnière. Son aide de camp en parut un peu étonné. *Mon ami*, lui dit le maréchal, *il faut bien fe confoler.*

L'amour déjà troublait fa fantaifie.
Ce fut bien pis, lorfque la jaloufie
Daus fon cerveau porta de nouveaux traits,
Elle devint plus folle que jamais.

   L'âne plus fou revint vers la Pucelle.
Jeanne s'émut, fes fens furent charmés.
Les yeux en feu : Par faint Deuis ! dit-elle,
Eft-il bien vrai, Monfieur, que vous m'aimez?

   Si je vous aime ! en doutez-vous encore,
Répondit l'âne? Oui, mon cœur vous adore.
Ciel ! que je fus jaloux du cordelier !
Qu'avec plaifir je fervis l'écuyer,
Qui vous fauva de la fureur clauftrale
Où s'emportait la bête monacale !
Mais que je fuis plus jaloux mille fois
De ce bâtard, de ce brutal Dunois !
Ivre d'amour, et fou de jaloufie,
Je tranfportais Dunois en Italie.
Las ! il revint ; il vous offrit fes vœux;
Il eft plus beau, mais non plus amoureux.
O noble Jeanne ! ornement de ton âge,
Dont l'univers vante le pucelage,
Eft-ce Dunois qui fera ton vainqueur ?
Ce fera moi, j'en jure par mon cœur.
Ah ! fi le ciel en m'ôtant les âneffes
Te réferva mes plus pures careffes ;
Si, toujours doux, toujours tendre et difcret,
Jufqu'à ce jour j'ai gardé mon fecret,
De mes défirs fi Jeannette eft flattée ;
Si, pénétré du plus ardent amour,
Je te préfère au célefte féjour,
Et fi mon dos tant de fois t'a portée,
Tu pourras bien me porter à ton tour.

   Jeanne reçut cet aveu téméraire
Avec furprife autant qu'avec colère ;
Et cependant fon grand cœur en fecret
Etait flatté de l'étonnant effet
Que produifait fa beauté fingulière
Sur les fens lourds d'une ame fi groffière.

   Vers fon amant elle avance la main
Sans y fonger, puis la tire foudain.
Elle rougit, s'effraie et fe condamne,
Puis fe raffure, et puis lui dit : Bel âne,

Vous concevez un chimérique espoir :
Respectez plus ma gloire et mon devoir ;
Trop de distance est entre nos espèces ;
Non, je ne puis approuver vos tendresses.
Gardez-vous bien de me pousser à bout.

   L'âne reprit : L'amour égale tout.
Songez au cygne à qui Léda fit fête,
Sans cesser d'être une personne honnête.
Connaissez-vous la fille de Minos ?
Un taureau l'aime : elle fuit des héros,
Et va coucher avec son quadrupède :
Sachez qu'un aigle enleva Ganymède,
Et que Philyre avait favorisé
Le dieu des mers en cheval déguisé.

   Il poursuivait son discours ; et le diable,
Premier auteur des écrits de la fable,
Lui fournissait ces exemples frappans,
Et mettait l'âne au rang de nos savans.
Jeanne écoutait ; que ne peut l'éloquence ?
Toujours l'oreille est le chemin du cœur.
L'étonnement est suivi du silence.
Jeanne ébranlée, admire, rêve, pense.
Aimer un âne et lui donner sa fleur !
Souffrirait-elle un pareil déshonneur,
Après avoir sauvé son innocence
Des muletiers et des héros de France ?
Après avoir, par la grâce d'en haut,
Dans le combat mis Chandos en defaut ?
Mais ce bel âne est un amant céleste,
Il n'est héros si brillant et si leste ;
Nul n'est plus tendre, et nul n'a plus d'esprit :
Il eut l'honneur de porter Jésus-Christ ;
Il est venu des plaines éternelles ;
D'un séraphin il a l'air et les aîles ;
Il n'est point là de bestialité,
C'est bien plutôt de la divinité.
Tous ces pensers formaient une tempête
Au cœur de Jeanne, et confondaient sa tête.
Ainsi l'on voit sur les profondes mers
Deux fiers tyrans des ondes et des airs,
L'un accourant des cavernes australes,
L'autre sifflant des plaines boréales,
Contre un vaisseau cinglant sur l'océan,

Vers Sumatra, Bengale ou Ceïlan;
Tantôt la nef aux cieux femble portée,
Près des rochers tantôt elle eft jetée,
Tantôt l'abyme eft prêt à l'engloutir,
Et des enfers elle paraît fortir.
    Notre amazone eft ainfi tourmentée.
L'âne eft preffant, et la belle agitée
Ne put tenir, dans fon émotion,
Le gouvernail que l'on nomme raifon.
D'un tendre feu fes yeux étincelèrent,
Son cœur s'émut, tous fes fens fe troublèrent;
Sur fon vifage un inftant de pâleur
Fut remplacé d'une vive rougeur.
Du harangueur le redoutable gefte
Etait fur-tout l'écueil le plus funefte.
Elle n'eft plus maîtreffe de fes fens;
Ses yeux mouillés deviennent languiffans;
Deffus fon lit fa tête s'eft penchée;
De fes beaux yeux la honte s'eft cachée;

. . . .

    L'enfant malin qui tient fous fon empire
Le genre humain, les ânes et les dieux,
Son arc en main, planait au haut des cieux,
Et voyait Jeanne avec un doux fourire,

. . . .

Quand tout-à-coup on entend une voix:
Jeanne, accourez, fignalez vos exploits;
Levez-vous donc, Dunois eft fous les armes;
On va combattre, et déjà nos gendarmes
Avec le roi commencent à fortir:
Habillez-vous, eft il temps de dormir?
    C'était la belle et jeune Dorothée,
De bonté d'ame envers Jeanne portée,
Qui, la croyant dans les bras du fommeil,
Venait la voir et hâterfon réveil.
    Ainfi parlant à la belle pâmée,
Elle entr'ouvrit la porte mal fermée;
Dieux! quel fpectacle! elle fit par trois fois,
Tout en tremblant le figne de la croix.
Jadis Vénus fut bien moins confondue,
Lorfqu'en des rets formés de fils d'airain,
A tous les dieux ce cocu de Vulcain
Sous le dieu Mars la fit voir toute nue.

Jeanne ayant vu que Dorothée eft là,
Témoin de tout, immobile refta,
Puis dans fon lit fe remit, s'ajufta,
Puis en ces mots d'un ton ferme parla :
Vous avez vu, ma fille, un grand myftère,
Suite d'un vœu que j'ai fait pour le roi :
Si l'apparence eft un peu contre moi,
J'en fuis fâchée, et vous faurez vous taire.
De l'amitié je fais remplir les droits ;
En cas pareil comptez fur mon filence ;
Cachez fur-tout cette affaire à Dunois,
Vous rifqueriez le falut de la France.
   Après ces mots elle fauta du lit, (*)
Son corfelet et fon haubert vêtit,
Quand Dorothée, encor toute furprife,
Ainfi lui parle avec toute franchife :
  « En vérité, Madame, mon efprit
Ne connaît rien à pareille aventure ;
Je vous tiendrai le fecret, je vous jure,
Car de l'amour j'éprouvai la bleffure,
J'en fuis atteinte, et mon malheur m'apprit
A pardonner des faibleffes aimables.
Oui, tous les goûts pour moi font refpectables.
Mais j'avoûrai que je ne conçois pas,
Lorfque l'on peut ferrer entre fes bras
Le beau Dunois, comment on peut defcendre
. . . .
Comment enfin on peut fans réfiftance,
Sans nul dégoût, en bonne confcience,
S'aimer fi peu, fi peu fe refpecter,
Que d'affouvir un défir fi profane,
De préférer au beau Dunois un âne,
Et d'efpérer quelque plaifir goûter.
Vous en goûtiez pourtant, la belle Dame !
Car je l'ai lu dans vos yeux pleins de flamme.

(*) Au lieu de ces vers de l'édition en vingt-quatre chants, on trouve
ceux-ci dans celle de 1756 :

Après ces mots elle fauta du lit ;
D'eau de lavande amplement fe fervit,
Prit fa culotte et changea de chemife ;
Son corfelet, &c.

Certes

Certes en moi la nature pâtit ;
Je me connais ; je ferais alarmée
D'un tel galant. » Jeanne alors repartit
En foupirant : *Ah ! s'il l'avait aimée !* (*)

(*) Le trait qui termine ce chant eft un mot connu. On a laiffé en
blanc quelques vers par refpect pour les dames. Ces vers ne fe trouvent
dans aucun des manufcrits que nous avons confultés, et ils portent d'ailleurs
avec eux la marque évidente de leur fuppofition.

On voit en lifant ce dernier chant que l'ouvrage n'eft pas terminé ; et
il eft aifé de fentir par quelle raifon l'auteur prit un nouveau plan et
changea le dénouement. Suivant le premier plan, il paraît que le poëme
ne devait avoir que quinze chants : tous les manufcrits antérieurs aux
premières éditions n'en ont pas davantage. C'eft d'après une de ces copies
que les *la Beaumelle* et les *Maubert* publièrent en 1755 leur première édition
de ce poëme arrangé à leur manière. Ces éditeurs et leurs fucceffeurs,
ennemis apparemment du nombre impair, et s'imaginant que les chants
d'un poëme épique devaient être effentiellement en nombre rond, ont
divifé la Pucelle, tantôt en dix-huit, tantôt en vingt-quatre chants,
fans autre peine que d'en couper plus ou moins en deux ; car leurs éditions d'ailleurs ne contiennent, aux falfifications près, rien de plus que
les manufcrits.

Ce fut fans doute pour arrêter toutes ces éditions fubreptices que M. de
Voltaire fe détermina, en 1762, à publier fon véritable ouvrage, et en
donna la première édition in-8° en vingt chants, dont fix n'étaient pas
connus ; favoir, les huit, neuf, feize, dix-fept, dix-neuf et vingtièmes ;
le chant de *Corifandre* en était fupprimé : dans la fuite il y ajouta encore
le dix-huitième chant qui avait paru féparément en 1764. De forte que
le nombre en eft demeuré fixé à vingt et un.

Nous n'avons remarqué que de légères différences entre les premiers
manufcrits. Dans quelques-uns le quinzième et dernier chant commence
ainfi :

Tout bon français dans le fond de fon cœur
Doit favourer un plaifir bien flatteur,
Alors qu'il voit dans les champs de l'honneur,
La lance au poing, fon refpectable maître,
Suivi des fiens, en héros reparaître,
Avec l'objet qui feul fait fon bonheur,
Et la Pucelle, et fon doux confeffeur,
Et fon Bonneau plus néceffaire encore.
Vers Orléans conduit par fa valeur,
Il va défendre un peuple qui l'implore,
Et l'arracher au joug de fon vainqueur.

Le fier Chandos, malgré tout fon courage,
N'ayant pu vaincre au grand jeu des deux dos,
Cette Pucelle et fi belle et fi fage,

La Pucelle.   C c

Se confolait avec fon jeune page.
La nuit verfait fes humides pavots ;
L'anglais confus pourfuivait fon voyage
Devers fon camp ; et le roi fortuné ,
Par un fentier , du chemin détourné ,
Près d'Orléans rejoignit fon armée ,
Au point du jour , au pied d'un petit fort
Que négligeait le bon duc de Bedfort.
Ce fort touchait à la ville inveftie , &c.

La fuite comme au quinzième chant de notre édition, page 283, jufqu'à
ce vers :

Va retrouver tout ce qu'il a perdu.

On lit enfuite :

Le beau Dunois après tant d'aventures ,
Se retrouvant auprès de Jeanne d'Arc ,
Avait reçu du dieu qui porte un arc
De nouveaux traits et de vives bleffures ;
Depuis ce jour qu'ils s'étaient vus tout nus ;
Ce dieu malin qui jamais ne s'habille ,
Lui fuggérait pour cette augufte-fille
De grands défirs aux héros très-connus..
Mais ce Dunois fi fier et fi fenfible ,
Si beau , fi frais , fi poli , fi loyal ,
Ne favait pas qu'il avait un rival ,
Et le rival de tous le plus terrible.
     Mon cher lecteur me femble affez inftruit
Que quand Dunois aux Alpes fut conduit ,
Il y vola fur fa noble monture ,
Tant célébrée en la fainte écriture.
La nuit des temps cache encore aux humains
De l'âne ailé quels étaient les deffeins ,
Quand il avait fur fes ailes dorées
Porté Dunois aux lombardes contrées.
De ce héros cet âne était jaloux.
Plus d'une fois en portant la Pucelle
Au fond du cœur , &c.

La fuite comme au vingtième chant , page 362, jufqu'à ce vers :

L'abbé Tritême , efprit fage , &c.

Après celui-ci :

Que fon Dunois n'avait pas encor fait ;

on lit :

Son cœur s'émut, tous fes fens fe troublèrent ,
Sur fon vifage un inftant de pâleur
Fut remplacé d'une vive rougeur ;
D'un tendre feu fes yeux étinçelèrent.

Elle flatta fon amant de la main,
Mais en tremblant, puis la tira foudain.
Elle foupire, elle craint, fe condamne,
Puis fe raffure, et puis lui dit : Bel âne,
De vos récits mes efprits font charmés ;
Mais dois-je croire, hélas ! que vous m'aimez ?
Si je vous aime ! en doutez-vous encore ? &c.

La fuite comme aux variantes du vingt-unieme chant, pages 398 et fuivantes, fauf que les vers groffiers laiffés en blanc ne fe trouvent pas dans les manufcrits.

Il eft évident que ces vers intercallés font de la façon des premiers éditeurs, ainfi qu'un affez grand nombre d'autres vers indiqués dans les variantes des autres chants. Le premier but de ces éditeurs était, comme on l'a dit, de gagner quelque argent, et le fecond de nuire à M. de *Voltaire*, et de lui fufciter de nouveaux ennemis ; car, non-feulement ils ont fouillé fon poëme de leurs ordures, mais ils y ont outragé plufieurs de fes amis, et des perfonnes puiffantes auxquelles il était attaché. Ce font les mêmes motifs qui avaient déjà porté *la Beaumelle* à falfifier le *Siècle de Louis XIV*.

Le dernier chant de l'édition de 1756 eft fuivi de cet épilogue :

C'EST par ces vers, enfans de mon loifir,
Que j'égayais les foucis du vieil âge :
O don du ciel ! tendre amour ! doux défir !
On eft encore heureux par votre image ;
L'illufion eft le premier plaifir.
J'allais enfin, libre en mon hermitage,
Chantant les feux de Jeanne et de Dunois,
Me confoler de la jaloufe rage,
Des faux mépris, des cruautés des rois,
Des traits du fot, des fottifes du fage ;
Mais quel démon me vole cet ouvrage ?
Brifons ma lyre ; elle échappe à mes doigts.
Ne t'attends pas à de nouveaux exploits,
Lecteur ; ma Jeanne aura fon pucelage,
Jufqu'à ce que les vierges du Seigneur,
Malgré leurs vœux, fachent garder le leur.

Ces vers femblent tirés de quelque manufcrit où le poëme n'était pas achevé, et où *Jeanne* ne cédait ni à *Dunois* ni à fon autre amant. Les éditeurs capucins ou diacres du faint évangile les ont imprimés à la fuite de leur dernier chant qu'on vient de lire, et avec lequel cet épilogue formerait une contradiction groffière ; nouvelle preuve de l'honnêteté de ces fameux éditeurs et de leur bonne intention.

FIN.

TABLE

DES CHANTS

ET ARGUMENS

DE LA PUCELLE.

*A*VERTISSEMENT *des Éditeurs.*   Page 3

Préface de don Apuleius Riforius, bénédictin.   13

CHANT PREMIER.

Argument. *Amours honnêtes de Charles VII et d'Agnès Sorel. Siége d'Orléans par les Anglais. Apparition de St Denis, &c.*   21

CHANT SECOND.

Argument. *Jeanne, armée par St Denis, va trouver Charles VII à Tours : ce qu'elle fit en chemin, et comment elle eut fon brevet de pucelle.*   37

CHANT TROISIEME.

Argument. *Defcription du palais de la Sottife. Combat vers Orléans. Agnès fe revêt de l'armure de Jeanne pour aller trouver fon amant : elle eft prife par les Anglais, et fa pudeur fouffre beaucoup.*   58

CHANT QUATRIEME.

Argument. *Jeanne et Dunois combattent les Anglais. Ce qui leur arrive dans le château d'Hermaphrodix.* 78

CHANT CINQUIEME.

Argument. *Le cordelier Grisbourdon, qui avait voulu violer Jeanne, est en enfer très-justement. Il raconte son aventure aux diables.* 104

CHANT SIXIEME.

Argument. *Aventure d'Agnès et de Monrose. Temple de la Renommée. Aventure tragique de Dorothée.* 120

CHANT SEPTIEME.

Argument. *Comment Dunois sauva Dorothée condamnée à la mort par l'inquisition.* 138

CHANT HUITIEME.

Argument. *Comment le charmant la Trimouille rencontra un anglais à Notre-Dame de Lorette, et ce qui s'ensuivit avec sa Dorothée.* 153

CHANT NEUVIEME.

Argument. *Comment la Trimouille et sire Arondel retrouvèrent leurs maîtresses en Provence; et du cas étrange advenu dans la Sainte-Baume.* 169

CHANT DIXIEME.

Argument. *Agnès Sorel poursuivie par l'aumônier de Jean Chandos. Regrets de son amant, &c. Ce qui advint à la belle Agnès dans un couvent.* 181

CHANT ONZIEME.

Argument. *Les Anglais violent le couvent : combat de St George, patron d'Angleterre, contre St Denis, patron de la France.* 198

CHANT DOUZIEME.

Argument. *Monrofe tue l'aumônier. Charles retrouve Agnès, qui fe confolait avec Monrofe dans le château de Cutendre.* 214

CHANT TREIZIEME.

Argument. *Sortie du château de Cutendre. Combat de la Pucelle et de Jean Chandos : étrange loi du combat à laquelle la Pucelle eft foumife ; vifion du père Bonifoux ; miracle qui fauve l'honneur de Jeanne.* 230

CHANT QUATORZIEME.

Argument. *Comment Jean Chandos veut abufer de la dévote Dorothée. Combat de la Trimouille et de Chandos. Ce fier Chandos eft vaincu par Dunois.* 254

CHANT QUINZIEME.

Argument. *Grand repas à l'hôtel-de-ville d'Orléans, fuivi d'un affaut général. Charles attaque les Anglais. Ce qui arrive à la belle Agnès et à fes compagnons de voyage.* 281

CHANT SEIZIEME.

Argument. *Comment faint Pierre apaifa faint George et faint Denis, et comment il promit un beau prix à celui des deux qui lui apporterait la meilleure ode. Mort de la belle Rofamore.* 294

CHANT DIX-SEPTIEME.

Argument. *Comment Charles VII, Agnès, Jeanne, Dunois, la Trimouille, &c. devinrent tous fous, et comment ils revinrent en leur bon sens par les exorcismes du R. P. Bonifoux, confesseur ordinaire du roi.* 310

CHANT DIX-HUITIEME.

Argument. *Disgrâce de Charles et de sa troupe dorée.* 331

CHANT DIX-NEUVIEME.

Argument. *Mort du brave et tendre la Trimouille et de la charmante Dorothée. Le dur Tirconel se fait chartreux.* 347

CHANT VINGTIEME.

Argument. *Comment Jeanne tomba dans une étrange tentation; tendre témérité de son âne; belle résistance de la Pucelle.* 359

CHANT VINGT-UNIEME.

Argument. *Pudeur de Jeanne démontrée. Malice du diable. Rendez-vous donné par la présidente Louvet au grand Talbot. Services rendus par frère Lourdis. Belle conduite de la discrète Agnès. Repentir de l'âne. Exploits de la Pucelle. Triomphe du grand roi Charles VII.* 377

Fin de la Table.

VOLTAIRE

II

LA
PUCELLE

www.ingramcontent.com/pod-product-compliance
Lightning Source LLC
Chambersburg PA
CBHW070749030726
47504CB00003B/496